KB154137

나를 녹여 당신 안에서

당신만을 영원히 사랑하며 살겠노라 했던

나의 옛 약속이 어제와 같이

마흔네 해가 잠결처럼 날아갔어도

행복한 오늘이 고스란히 남았습니다.

앞으로 또 이렇게

빨간 꿈 하얀 마음으로

당신과 하나 되어 가는 길은

검은 구름이 더는 소낙비를 뿌리며

당신 온몸 적시지 않는 길……

차 몰고 밥해 먹고 소주 마시며 방글방글 사랑 여행 3만 6000리

# 칠순 닭살 에어비앤비 유럽 관통

초판 1쇄 발행 / 2019년 2월 15일

지은이 / 유근복
펴낸이 / 박국용

편집디자인 / 창커뮤니케이션

펴낸곳 / 도서출판 금토
주소 / 경기도 용인시 수지구 태봉로 17, 205-302
전화 / 070-4202-6252
팩스 / 031-264-6254
e메일 / kumtokr@hanmail.net

1996년 3월 6일 출판등록 제 16-1273호

ISBN 978-89-86903-00-3  03810

값 / 14,000원

차  몰고  밥해 먹고  소주  마시며

방
글
방
글

사
랑
여
행

# 칠순 닭살
## 에어비앤비
## 유럽 관통

적은 돈으로도 재미와 행복 넘치는 세계여행

3
만
6
0
0
0
리

유근복 글

검토

# CONTENTS

❙ 책머리에 ❙ 에게해 푸른 밤, 잠 못 드는 사랑 44년

제1장
## 슬픈 프랑스, 웃으며 크게 한 바퀴

제 2 장

절벽에 붙은 삶, 공중 위의 기도

제3장
# 지하 도시, 동굴 호텔, 심야 고속버스

제 4 장

발칸 기차 침대칸은 밤이 행복해

## 에게해 푸른 밤, 잠 못 드는 사랑 44년

*
* *
*

프랑스 파리 샤를 드골 공항을 떠나 에게해 남단 크레타섬 이라클리온 공항에 도착하니 밤 10시다. 다음날 새벽 6시 반에 떠나는 아테네행 비행기를 타려면 그 밤을 공항에서 보낼 수밖에 없다.

공항 로비 한구석에 자리를 잡고 건물 밖 쓰레기장으로 달려가 크고 두툼한 종이 박스를 주워와 요리 찢고 조리 펼쳐 공항 의자에 큼직하게 깐다. 걸레질까지 깨끗이 해 마나님을 푹신한 잠자리에 눕혀드린 후, 나는 의자 아래 바닥에 앉아 졸린 눈 비벼가며 불침번을 선다.

'집 떠나면 개고생이라더니 바로 요런 거로구나.'

그러다가 긴 여행에서 얻은 피로로 세상모르고 단잠에 빠진 마나님 얼굴을 올려다보니 또 다른 생각이 떠오른다.

'나 유근복은 그대 서혜원의 전속 보디가드로서 이 세상 끝날까지 당신을 이렇게 안전하게 지켜낼 거야.'

세상 태어나 70 평생에 처음 겪어보는 노숙을 이처럼 소년 같은 즐거움으로 맞이할 수 있었던 것은 과연 무엇 때문이었을까? '칠순 스페셜 유럽 여행'이라는 특별 이벤트 때문이었을까? 아니면 그날 밤까지 44년을 함께 살아오면서 겪고 넘어야 했던 수많은 아픔과 기쁨이 한데 어우러져 빚어낸 단단한 사랑 탓이었을까?

그 밤에 나는 잠들지 못했다. 푸릇푸릇 에게해의 새벽이 밝아올 때까지 아내와 내가 살아온 세월이 옴니버스 영화처럼 머리를 스쳐 지나가 이리저리 몸을 뒤척이며 깊은 잠에 빠져들 수 없었다.

그 세월은 지난 2004년 결혼 30주년을 맞아, 가슴 깊이 숨어있던 생각들이 용암처럼 끓어 올라 쏟아낸 글, 지금은 작은 가리개로 표구가 되어, 14년 동안 우리 집 거실을 지켜온 내 평생의 진실한 고백 속에 남아있다.


### 사랑하는 아내 서혜원 씨!

30년을 사랑하였으므로 100년을 또한 사랑하며 살게 하소서. 어느 찰나의 일이었단 말입니까. 지난밤 잠결의 일이었단 말입니까. 이른 아침 호수를 덮은 짙은 안개 저편에 가물거리는 풍경처럼 아득하고 희미한 30년 세월이 이토록 허무하게 가버렸단 말입니까. 이젠 다시 돌아가 끄집어 내 올 수 없는 사라져간 30년 세월이 이렇듯 짧은 순간이었단 말입니까.

터질 듯 가슴 저리는 우리 아름다운 세월이 시작된 곳, 퇴계로 LCI 예식장에서 두 손을 꼭 잡고 사랑으로 평생을 함께하겠노라 온 천하에 선포하며 '한여름 밤의 꿈', 그 설레던 피아노 반주에 맞추어 한 걸음, 또 한 걸음 꿈같은 행진을 시작한 후 1년, 2년, 10년, 20년, 그리고 또 10년! 서

청소년을 사랑하였으므로
백년을 또한 사랑하게 하소서

...

2004년 10월 8일
당신의 ...

른 해는 그렇게 무정하게 우리를 휘감고 가서 숨어 버렸단 말입니까.

어린아이처럼 신이 나서 환호하던 기쁨의 순간도 있었고, 질곡의 아픈 세월이 있어 당신을 옥죄던 순간도 수없이 많았으며, 아이들로 인해 당신의 여리고 여린 가슴 시퍼렇게 멍이 들고 재가 되어 쌓인 순간들도 있었고, 천방지축 나의 어리석음으로 인해 당신의 고운 얼굴을 주름 짓게 하던 순간도 많았으니 그런 나날이 차곡차곡 쌓여 모인 서른 겹 세월이었습니다.

수유리 작은 덧방은 아이들 셋이 누우면 꽉 차버리는 그런 방이었습니다. 사민팔방 돌아가며 갈라진 방바닥 틈새를 테이프로 두 겹 세 겹 붙여가며 사랑하는 우리 '송단연(딸 셋, 송희, 단희, 연희)'이 연탄가스에 쓰러질까 노심초사하던 당신. 물색 모르는 쥐새끼들이 당신 여린 가슴 놀라게 하며 달아나던 흑백영화 같은 우습던 시절도 있었습니다.

깜깜한 밤이 새벽으로 이어져도 사랑하는 딸 기다리며 대문 앞 땅바닥에 주저앉아 좋다 한 시간, 눈물 삼키며 또 한 시간 하염없이 가슴 태우던 당신. 보험 하나 더 팔까, 눈치 보며 들어가다 경비원에게 쫓겨나며 눈물 삼키던 시절도 있었습니다.

그 눈물 훔치느라 갈래갈래 골이 파여 거칠어진 당신의 그 두 손, 다른 사람 볼까 자꾸만 감추는 당신의 그 손은 그러나 '송단연' 예쁘게 길러내고 우리 다섯 식구 성장의 시간을 만들며, 단장하며, 그렇게 우리 세월을 완성한 기적의 손입니다.

부끄러워하지 말아요. 우리 다섯 식구의 서른 해가 그 안에 있습니다. 자랑스러울 뿐입니다, 사랑스러울 뿐입니다.

어릴 적 우리 엄니와 또 장모 이수옥 님이 보여주신 그 한없는 자애로움을 그대로 닮아 한없이, 한없이 용서하고 또 용서하며 살아온 하늘만큼 땅만큼 깊고 넓은 당신의 뜨거운 가슴에는 당신의 눈물과 고뇌와 인내의 세월이 묻혀 있음을 '송단연'과 나는 잊을 길이 없어 당신 앞에 무릎 꿇어 빕니다. 달아난 세월처럼 그 아픈 기억들 훌훌 털어 멀리멀리 날려 보내고 부디부디, 오래오래 건강하시라 무릎 꿇어 빕니다.

당뇨약이며 이름 모르는 수많은 약일랑 이 세상 다른 모든 이나 먹으라 하고 당신만은 이제 잊고 살 수 있기를 바랍니다. 주님의 은총이 역시 그러하시기를 두 손 모아 기도드립니다.

나를 녹여 당신 속에서, 당신만을 영원히 사랑하며 살겠노라 했던 나의 옛 약속이 마치 어제와도 같이 서른 해가 잠결처럼 날아갔어도, 송이송이 우리 '송희'는 신랑 '카를로스(Carlos, 중국계 캐나다인 黃加樂'와 함께 더해가는[加가] 즐거움에[樂락] 기쁘기 한이 없고, '단희'와 '재은' 부부는 작지만 따스한 보금자리에서 자기들이 좋아하는 귀여운 고양이 캐릭터 키티(Kitty)에 둘러싸여 즐거우며, '연희'와 '영인' 부부는 개구쟁이 아이들과 함께 웃으니, 그런 행복한 오늘이 고스란히 남았습니다.

앞으로 서른 해, 또 그다음 서른 해, 빨간 꿈 하얀 마음으로 당신과 하나 되어가는 길은 검은 구름이 더는 소낙비를 뿌리며 당신 온몸 적셔대지 않는 길, 험한 파도가 더는 솟구쳐 올라 심술부리지 않는 길, 당신 눈물로 하여 더는 당신 손 갈래갈래 터지게 버려두지 않는 길, '한여름 밤의 꿈', 그 황홀한 결혼행진곡이 끝없이 들릴 것 같은 신혼의 가슴 설레는 길입니다.

붉게 타는 화려한 태양이 늘 머리 위를 비추며 길 따라 흐르는 시냇물엔 쉬리랑 꺽지가 바위 밑에 숨어 한낮을 피하고, 빨간 백일홍 나무는 끝간 데 없이 마주 서서 화사하게 인사하며, 예쁜 새들과 나비랑 꿀벌들이 부지런히 오가는 아름다운 꽃길입니다. 빨간색, 노란색으로 떨어지는 낙엽들이 바람에 날려 구르다 쌓여가도 무심하게 누구 하나 쓸어 내버리지 않는 한가로운 길, 하얀 눈이 펑펑 쏟아져 내려 한 길, 두 길 쌓여도 발자국 하나 없이 눈부신 햇살만이 살며시 앉아 쉬는 그런 고요한 길입니다.

그런 당신과 나만의 고요한 황혼길, 그런 당신과 나만의 화려한 길입니다. 좁은 문 지나 저편에 아기 천사들의 맑고 고운 합창 소리에 잠이 들어 눈을 감을 때까지 사랑하며 또 사랑하며 당신과 하나 되어 가는 길입니다.

우리 두 손 꼭 잡고 한 몸 되어 가는 길에 축복이 있기를 주님께 기도드

이라클리온 공항 로비에서 70 평생 첫 노숙을 하며 눈을 부릅뜨고
마나님을 지킨다.

립니다. 주님의 사랑이 늘 당신과 함께하기를, 주님의 평화가 늘 당신과 함께하기를, 주님의 은총으로 몸과 마음이 늘 건강하기를 두 손 모아 기도하며 당신을 사랑하오리다. 당신 혜원 씨를 늘 그렇게 깊이깊이 사랑하오리다.

나는 당신을 위해 태어났으며, 당신은 나와 '송단연'을 위해 30년 세월을 바쳤으므로 난 늘 그렇게 당신 혜원 씨를 깊이깊이 사랑하겠나이다.

　　*
　　*
　　*
　　*


그로부터 14년이 더 지난 지금도 내 마음은 이 글에서 조금도 벗어나지 않았음을 그날 밤 그 공항 로비에서 다시 한번 확인했다.

# 제 1 장

# 슬픈 프랑스
# 웃으며 크게 한 바퀴

렌터카 직원은 차도 안 내주고 저희끼리 시시덕거리고
예약된 숙소 문 못 열어 복도에 드러눕고
가슴 설레던 몽블랑은 비에 젖어 떨기만 하고
성당에서 화장실 찾다 야박하게 쫓겨나고
환영 포옹 액션에 비싼 시계 소매치기당하고.
아니, 여행이란 게 이런 거야?
하긴 인생도 알고 보면 그렇지, 뭐.
그래도 남는 건 웃음뿐,
영원한 건 우리 사랑뿐!

외로운 바위섬에 서 있는 고색창연한 성, 몽생미셸 앞에서

# '투 밀리언 마일러'의 곶감 빼먹기

**＊**
**＊＊**
**＊＊**

나는 대한항공에서 누적 보너스 마일리지가 170만 마일에 이르는 왕고참 밀리언 마일러(million miler)다. 요즘은 밀리언 마일러가 너무 흔한 것 같아 체크인할 때면 농담으로 직원에게 '투 밀리언 마일러'라며 '투(two)'를 강조한다.

그렇게 동정을 구해보아도 체크인 때 항상 일등석 카운터를 쓸 수 있다는 것과 체크인 짐의 무게 제한이 없다는 것, 그리고 체크인 후 비행기 출발 전까지 공항 안 별도 라운지에서 쉬며 와인과 양주를 마음껏 마시고, 이것저것 주워 먹을 수 있다는 기존 밀리언 마일러의 특혜 이외에는 달리 특별한 배려가 없다. 야속한 직원 아가씨! 애써 세게 발음하며 강조한 '투'를 허공 속으로 날려 보내다니, 미워요, 미워!

오래전 밀리언 마일러는 회원카드에 암행어사 마패가 그려져 있었던 것으로 기억되는데, 대한항공을 이용할 때면 그야말로 마패의 위력이 있었다. 김포공항이나 인천공항은 물론 해외 출장지 공항에서도 일반석으로 체크인을 하면, 항공기 출발 무렵 게이트 앞에서 거의 예외 없이 방송으로 나를 찾아 비즈니스석으로 업그레이드해 탑승권을 다시 주었고, 내가 중역이 되어 비즈니스석으로 표를 살 때도 여러 번 일등석으로 업그레이드시켜 주곤 했다.

물론 마일리지 공제가 없는 공짜 업그레이드였다.

내가 대한항공 밀리언 마일러가 된 날은 1998년 7월 13일이다. 1년 중 반은 사무실에서, 반은 해외 출장으로 비행기 안에서 보내던 시절이었다. 그런 나를 가리켜 해외 바이어들은 70년대 미국 팝가수 존 덴버의 히트곡 '리빙 온 어 제트 플레인(Leaving on a Jet plane)'의 '리빙'을 짧게 발음하는 '리빙(living)'으로 바꾸어, '비행기를 타고 떠나는 사람'이 아니라 '비행기 안에서 사는 사람'이라며 우스갯소리를 하곤 했다.

1998년은 온 나라가 IMF의 소용돌이에 휩싸여, 내가 다니던 회사도 법정관리를 받게 되었다. 그때 나는 우리 회사와 거래하기를 불안해하는 바이어들을 설득해 붙잡아야 하는 절박한 심정의 수출 담당 중역으로서 시도 때도 없이 물불 가리지 않고 출장을 다녔다. 일본을 거쳐 미국에 갔다 돌아오자마자 공항 로비에서 총무부 직원이 전해주는 유럽행 비행기 표를 받고, 공항에 마중 나온 마나님 손 한 번 굳세게 잡아보고는 속옷 건네 받아 다시 유럽으로 떠나곤 했다.

어쩌다 출장에서 돌아와 마침 사무실에 있던 날 전화를 받았다.

"대한항공 지점장입니다. 밀리언 마일러가 되신 걸 축하드리고 기념패를 전달하기 위해 사무실로 방문하고 싶습니다."

그렇게 찾아와 크리스털 인증패를 전해준 지점장에게 물었다.

"우리나라에 밀리언 마일러가 몇 명이나 되기에 고맙게도 이렇게 직접 찾아와 전달해 주시는 거요?"

"정확한 숫자는 말씀드릴 수 없고 두 자릿수라는 것만 말씀드립니다."

그럼 최대 99명? 우리나라에서 대한항공을 가장 많이 이용하는 99명 중 한 명이니 직접 찾아와 축하해 주는 서비스가 그리 놀랄 만한 것도 아니라는 생각이 들었다.

인천에서 미국 LA까지 편도 6000마일이니 왕복 1만 2000마일, 인천-파리 구간도 비슷해 1년 열두 달을 매달 꼬박꼬박 미국이나 유럽을 왕복해야 1년에 14만 마일이고 7년을 그렇게 매달 꼬박꼬박 날아다녀야 누적 100만 마일, 한 달씩 걸러 1년에 6번을 다니면 14년이 걸려야 하는 거리이니 보통 사람들이 쉽게 할 수 있는 일이 아니지 않은가? 무언가 더 받아야 할 것 같았다, 처음에는 사무실로 찾아온 것만으로도 고맙게 여겼는데. 인간의 욕심은 어느 순간 고삐가 풀리면 이렇게 하늘로, 하늘로 날아오르며 마냥 부풀려지는 것일까.

그 후 20년이 지난 지금도 170만 마일 정도의 누적기록을 가지고는 있지만, 보너스 티켓은 곶감 빼먹듯 쏙쏙 다 빼먹고 남은 건 우리 부부 합산해도 한 사람 유럽여행 분 밖에 안 되는 초라한 신세가 되었으니 이번 여행에서도 별다른 수가 없었다.

거기에 또 문제가 있다. 우리 부부는 언제, 어느 때, 어디서고 꼭 붙어 다니지 않으면 안

밀리언 마일러 인증패

되는 '빛과 그림자' 관계라서 한 사람이 대한항공 보너스 티켓을 사용하면 또 한 사람도 자동으로 대한항공을 이용할 수밖에 없다. 회사 중역들이 동시에 출장 갈 때는 서로 다른 비행기를 나누어 타듯이 부부도 나누어 타는 게 만일에 대비해 필요하다고 말하는 사람도 있지만 우리는 아니다, 절대로 아니다, 빛과 그림자. 빛이 사라지면 그림자도 당연히 사라져야 하는 일심동체 인간이다.

항공사 선택 옵션이 사라져 버렸으니 이제 할 일은 '풀 방구리에 쥐 드나들 듯' 대한항공 인터넷 홈페이지를 열심히 뒤져 이벤트 할인 표가 나오기를 기다리는 수밖에 없었다. 은근과 끈기를 요구하는 시간과의 싸움은 제일 먼저 이렇게 대한항공과 시작되었다.

어느 날, 대한항공 홈페이지에 접속해 프로모션을 클릭하니 이벤트 할인행사에 드디어 파리 왕복이 떴다. 연휴를 벗어나 5월 4

일심동체 인간인 우리 부부는 알래스카 네나나 강 협곡의 거친 래프팅도 함께해

일 출발하면 98만 원. 첫 라운드 결투는 쉽게 넘어갔다. 이걸로 하기로 하고 귀국일은 마나님 분부를 받들어, 우리 밭 농작물이 애타게 주인을 기다리다 지칠 때쯤인 6월 20일로 정했다. 정확히는 48박 49일 여행이었다.

이 날짜에 맞추어 보너스 표까지 예약을 마치고, 함께 가기로 한 일행들에게 할인행사 끝나기 전에 같은 비행기 표를 사라고 알려주고, 우리 부부는 컴퓨터에 e티켓을 내려받아 잘 모셔 두었다.

## 공항 렌터카부터 손님 대접 꽝!

*
*
*
*

인천공항을 출발한 비행기가 11시간 35분을 날아 파리 샤를 드 골 공항에 도착한 것은 현지 시각으로 오후 1시 30분, 입국 절차를 마치고 게이트 앞에서 미리 나와 기다리던 김흥식 · 서정순 부부를 만나 여행 인원 6명이 모두 한자리에 모이게 되었다. 그 부부는 며칠 전 파리에 도착해 그곳에 사는 언니 집에 머물고 있다가 프랑스어를 잘하는 젊은 조카를 데리고 나왔다.

김흥식 친구는 1975년 대한항공 정비본부 입사 동기로 대한항공 요직을 두루 거치고 미주지역 본부장을 지낸 후, 본사 종합통제본부장인 부사장으로 있으면서 중국 황산과 같은 신항로를 개설하고, 항공운항 전산화를 완성했으며, 계열사 사장까지 지낸 대한항공 최고경영진의 일원이었다.

스페인 산티아고 순례길 종점 콤포스텔라 대성당에 도착해 감격하는 김흥식 · 서정순 부부(왼쪽)와 우리 유근복 · 서혜원 부부

부인 서정순 씨는 영어가 능숙한 데다 해야 할 일을 놓고는 잠시도 가만히 있지 못하는 성격으로, 대한항공 부사장 사모님답게 동에 번쩍, 서에 번쩍 뛰어다니며 여행의 온갖 궁금증을 해결하는 실력자였다. 심지어 호텔 프런트에서 사근사근하게 '밀당'을 벌여 호텔 숙박비까지 깎아내는, 매우 적극적이고 사교적인 분이라 내가 '발바리 마님'이라는 별명을 지어드렸다. 이번 프랑스 여행 총무를 맡아 모든 업무 처리와 회계 관리를 야무지게 해내는 걸 보면서 얼마나 잘 지어준 별명인지 여행 내내 감탄하게 되었다.

부부는 독실한 천주교 신자로 그 2년 전에도 우리 부부와 스페인 산티아고 순례길을 함께하며 200km를 거뜬하게 걸은 적이 있다. 또 다른 일행인 김정자 · 최현숙 마나님은 발바리 마님의 성당 친구로 이 여행을 함께 하게 되었다.

김흥식 부부나 우리나 파리 시내는 골목골목 안 다녀본 곳이 없을 정도라 이번 여행에서 파리는 가지 않고, 공항에서 바로 자동차를 렌트해 프랑스 일주를 시작하기로 하며 그 스케줄은 김흥식 부부가 도맡기로 했다. 그 바람에 파리가 처음이라는 김 · 최 두 분 마나님께는 매우 미안했다. 파리는 나중에 가족과 함께 들르기 위해 남겨놓으시라는 사탕발림을 하면서도 미안하기는 마찬가지였다.

내가 파리 샤를 드골 국제공항에 처음 와본 것은 1980년 초였다. 당시 프랑스 사람들은 영국과 오랜 적대관계에 있어서 영어는 입 밖에 내지도 않았다. 영어를 알아들어도 대답은 프랑스어로 하

리옹 숙소에서 일행이 방글방글. 왼쪽부터 서혜원, 김정자, 최현숙, 서정순, 김흥식, 유근복

던 자존심 높던 시절이다.

요즘은 세계 어느 공항이든 잘 구비되어있는 '인포메이션' 창구도 없던 시절이라 난생처음 도착한 공항을 이리저리 헤매며 파리 시내로 나가는 공항버스 타는 곳을 찾아다니다 순찰 중인 젊은 경찰관 두 명을 만나 기쁜 마음에 달려가 영어로 물었다.

"얘들아, 파리 시내로 가는 공항버스 어디서 타니?"

두 젊은 경찰관은 내 질문을 듣더니 서로 마주 보고 웃는 것이었다. 동양의 조그만 놈이 가소롭게 영어로 묻는다며 웃었는지, 왜 웃었는지는 30년이 지난 지금도 모르겠으나 대답은 여지없이 프랑스어로 종알종알이었다. 대답하는 것으로 보아서는 내 질문을 알아들은 것 같은데 내가 프랑스어를 모르니 영어로 다시 물을 수밖에. 그들은 다시 한번 서로 마주 보며 크게 웃더니 또 프랑스어로 쭝얼쭝얼하면서 그냥 가버리는 것이었다. 참으로 무례하기 짝이 없던 녀석들! 그들도 지금은 틀림없이 나처럼 힘 못 쓰는 늙은이들이 되어있겠지?

그런 파리 경찰관 두 사람으로 인해 내가 받은 프랑스와 프랑스 사람에 대한 불쾌한 첫인상은 내 인생을 통해 절대 지워지지 않은 채 선명하게 남아있다. 그 후에도 수없이 드나든 파리는 안 좋은 경험을 여러 차례 더 안겨주며 여지없이 나를 슬프게 만들었다.

우리 일행은 공항에 도착하자마자 마중 나온 서정순 씨의 젊은 조카와 함께 예약한 자동차를 빌리러 '알라모' 렌터카 사무실로 가서 예약 확인증을 내밀었다. 내가 인터넷으로 예약한 차종은 프랑스 차 시트로엥 7인승 밴이었다.

우리 순서가 되어 보험 가입 확인과 추가 운전자 등록 등을 마치고, 7인승이라 해도 큰 가방이 8개나 되어 공간에 문제가 없을지 걱정하며 사무실 한쪽에서 차가 오기를 기다렸다. 10분, 20분을 기다려도 두세 명인 직원들은 다른 손님을 받고, 일이 끝나면 저희끼리 잡담하며 웃고 떠들면서도 우리에게는 전혀 신경을 쓰지 않았다.

아무리 기다려도 소식이 없어 프랑스어가 통하는 조카를 시켜 자동차 언제 오느냐고 물었더니 돌아오는 대답이 이랬다.

"우리가 예약한 차가 다 나가고 없어서 비슷한 다른 차종으로 찾고 있으니 잠시 기다리라는데요."

그런데도 직원들 얼굴에서는 미안해하는 표정이라고는 전혀 찾아볼 수 없었다.

'그렇다면 설명을 해주어야 하는 것 아냐? 아, 파리는 다시 또 나를 슬프게 할 작정이야?'

한참을 기다리다 다시 물어보니 마침 동종의 차를 반납한 사람이 있어서 세차 중이니 곧 올 거라고 했다. 그렇다면 우리가 묻기 전에 이야기를 해주어야 하지 않았나 말이다, 나, 원, 참! 그래도 세차 중이면 금방 끝나겠지 하고 안심하고 기다렸으나 세차 끝나고 온다던 차가 감감무소식! 앉을 데도 없이 여섯 명이 1시간을 넘게 기다리자니 모두 지쳐 말들도 없었다. 젊은 조카만 괜히 자기가 죄를 지은 듯 초조해하며 직원들에게 왔다 갔다 해보지만 별 진척이 없었다. 직원들은 역시 미안한 기색이라곤 전혀 없이 저희끼리 시시덕거리고.

그렇게 1시간 반이 지나서야 차가 왔다고 알려주었다. 그래, 나를 실망하게 하지 않으면 파리가 아니지! 지금까지 미국은 물론 유럽에서도 수없이 자동차 렌트를 해왔지만 이렇게 힘든 적은 없었다.

나는 렌터카 회사 '헤르츠'와 '알라모'의 단골이어서 출장 중 미국에서 차를 빌릴 때는 공항 입국장을 나와 근처에 있는 렌터카 사무실까지 갈 때와 사람이 많으면 줄 서서 기다릴 때 이외에는 시간이 걸리지 않았다. 그것도 프리미엄 고객 창구가 따로 있어서 기다릴 필요도 없이 회원카드 주고 이름만 대면 5분에서 10분이면 처리를 완료하고 바로 자동차 열쇠를 받아 출발할 수 있었다. 특히 헤르츠 같은 경우는 알라모보다 좀 비싼 게 흠이지만 그 옛날에도 예약하고 가면 사무실 앞 커다란 전광판에 내 이름이 떠 있고, 내 차가 주차구역 몇 번에 있다고 알려주었다. 그곳으로 가면 현장 직원이 단말기를 들고 즉석에서 간단히 처리하고 출발시켜 주었는데, 어떻게 이토록 차이가 날 수 있단 말인가. 미국과 프랑스의 문화 차이? 서비스 차이? 시스템 차이? 에잇, 뭐라 해도 파리는 마음에 안 들어!

그래도 반가운 마음에 얼른 달려나가 차를 보니 예약한 시트로엥이 아닌 포드 밴이었다. 차종은 달랐지만 어쨌든 차를 받아 안도하는 마음으로 차를 점검해 인도받고 이미 시차 적응을 끝낸 김홍식 친구가 운전을 맡고 내가 조수를 하기로 했다.

지긋지긋한 공항부터 빠져나와 잠시 한가한 곳에 차를 세웠다. 와이파이를 켜고 핸드폰 구글 맵을 시작해 오늘 우리 첫 방문지인 남동쪽 디종의 '에어비앤비' 숙소 주소를 입력했다. 에어비앤비는 전 세계 여행 및 숙박 관련 공간을 공유할 수 있는 온라인 커뮤니티 플랫폼 서비스라는 것을 모르는 분은 그리 많지 않을 것이다.

내비게이션이 잘 작동하는 것 같은데, 음성 안내까지 반가운 한국말로 나오는 게 아닌가! 전 세계 어디를 가도 음성 언어를 한국말로 선택해 그 유명한 미스 김의 안내를 받을 수 있다는 것은 얼마나 큰 자랑거리인가! 한국에서는 경험하지 못하는 구글 맵의 내비게이션 기능이 놀라웠다.

# 전기밥솥 쌀밥에 김치찌개 디너

\*
\*
\*
\*

오후 4시 30분, 비행기 도착 후 3시간 동안이나 자동차 찾느라 공항에서 이미 잔뜩 지치고 김이 완전히 새버렸으나 이제부터는 기다리고 기다리던 프랑스 일주 여행이니 다 같이 애써 즐기기로 한다. 자, 출발이다! 이제 이 글의 시제도 생동감 있게 현재형으로 바꾸기로 하자!

프랑스 중심에서 약간 북쪽에 있는 파리부터 남동쪽 중부 디종까지 운전해야 할 거리는 348km, 최대한 빨리 달려도 3시간 반은 걸릴 것이니 저녁 8시나 되어야 도착한다. 아무리 대단한 구글 내

지긋지긋한 파리 공항을 나서자 고속도로가 뻥 뚫려

비와 미스 김이 있다 해도 초행길은 어둡기 전에 도착해야 한다. 이번 여행 숙소는 모두 집을 통째로 빌리는 것이므로 숙소에 도착해 문 열쇠를 받으려면 운전 중에도 호스트와 문자 연락이 되어야 한다.

에어비앤비 호스트와 게스트는 처음에는 핸드폰으로 문자메시지를 주고받는다. 그러나 문자메시지는 글자 수에 제한이 있어서 내용이 긴 것은 에어비앤비 인터넷 웹사이트에서 확인하게 되어 있다. 미국 샌프란시스코에 있는 본부의 컴퓨터 통신시스템이 전 세계를 커버하는 것을 보면 문자메시지 네트워크가 잘 구축되어 있는 듯하다. 로밍이나 통신료와 관계없이 신속하고 편리하게 소통할 수 있다.

에어비앤비 메시지는 '따랑~' 하는 고유의 독특한 수신음이 들려, 그 소리만으로도 호스트의 메시지가 도착했음을 알 수 있다. 예약 때도 전 세계 어느 곳이든 숙소 예약이 완료되면 거의 동시에 이 네트워크를 통해 호스트의 메시지가 들어와 고맙다는 인사와 함께 예약을 확인해주고, 그 네트워크로 답장이나 질문을 보내면 바로 답장이 들어온다.

이번 여행에서 알게 된 것인데, 게스트의 연락이나 질문에 얼마나 빨리 답을 보내느냐가 호스트에 대한 본부의 중요한 평가항목인 것 같다. 호스트는 좋은 점수를 받기 위해 본부 네트워크를 통한 메시지에는 언제나 즉시 답변을 보내준다.

내가 여행지 숙소를 정하는 첫 번째 조건은 주방이 딸려 있어야 한다는 것이다. 느끼한 서양 음식을 못 먹고 칼칼한 한식을 먹어야 속이 편안한 촌스러운 식성 탓이다. 그래서 수십 년간 수없이 출장을 다니면서도 우아한 접대 만찬 후에는 반드시 칼칼한 한식을 먹어야 속이 풀렸다.

호텔에서 제일 비싼 스위트룸은 아파트와 같이 거실과 주방이 있고 방도 여러 개다. 여러 명이 여행할 때는 호텔비를 분담해 이런 스위트룸을 빌리는 것이 각자 일반 객실을 빌리는 것보다 이익일 때가 많다. 호화로운 방에서 우아하게 지내면서도 크게 비싸지 않고, 시장에서 식료품을 사다 직접 요리해 먹는 즐거움이 있으며, 스위트룸 VIP 고객으로서 특별함도 맛볼 수 있어 '강추'하는 바이다.

2년 전, 친구들 여섯 부부가 베트남 다낭을 여행할 때 하얏트리젠시 호텔 스위트룸 두 개를 이용한 적이 있는데, 스위트룸 고객으로서 특별한 관심을 받기 때문에 교통편 예약, 관광지 정보, 식당 예약 등 정보가 필요할 때면 로비에서 고객의 잔심부름을 해주는 '컨시어지'에게 부탁해 우리 전속 직원과 같은 특별서비스를 받으며 싼값으로 우아한 여행을 한 적이 있다.

여행을 자주 한 사람이라도 호텔의 이 컨시어지 역할을 잘 모를 수 있는데, 고급 호텔에는 로비 한쪽 구석에 이 팻말과 테이블이 있고 그 자리를 지키는 직원이 있다. 이 직원은 호텔 고객이 궁금해하는 각종 질문에 답하며 주변 관광 정보나 식당 추천, 예약 등 각종 심부름을 해주는 사람이다. 나는 출장 때 호텔에 들면 컨시어지 위치부터 확인해, 체류 동안 모든 일에 최대한 활용해 개인 비서를 둔 것처럼 편리함을 얻곤 했다.

요즘은 주방이 딸린 아파트 호텔도 있고, 자기 집을 빌려주는 '에어비앤비'로 대표되는 공유민박이 모두 주방을 갖추고 있어서, 이번 여행에는 에어비앤비를 이용하기로 한 것이다.

여자들이 여행을 떠나면서 제일 신나는 게 밥걱정 안 해도 되는 거라는데 이런 면에서 우리 마나님에게는 송구함을 금치 못하지만, 이런 나의 식성을 이해해 주고 여행 중에는 집에서보다 오히려 밥걱정을 더 많이 하며 이것저것 챙겨 주는 마나님을 위해, 설거지는 내가 해드리는 것으로 미안함을 던다.

조금이라도 일찍 도착하기 위해 좀 밟기로 한다. 공항에서 일행을 배웅하고 돌아간 발바리 마님 조카가 고속도로에는 과속 카메라가 있으니 조심하라고 했으나 카메라도 안 보이고 경찰차도 볼수 없다. 우리를 위해 잠시 자리를 비켜준 건 아닐까?

나는 마나님들에게 15일 동안 우리가 프랑스를 일주하며 돌아볼 도시들을 읽어준다.

"디종 ➡ 보졸레 ➡ 샤모니 ➡ 안시 ➡ 리옹 ➡ 르퓌앙블레 ➡ 아비뇽 ➡ 생폴드방스 ➡ 니스 ➡ 이탈리아 빈티밀 ➡ 망통 ➡ 모나코 ➡ 칸 ➡ 엑상프로방스 ➡ 마르세유 ➡ 아를 ➡ 몽펠리에 ➡ 카르카손 ➡ 툴루즈 ➡ 보르도 ➡ 생테밀리옹 ➡ 투르 ➡ 몽생미셸 ➡ 도빌 ➡ 노르망디 ➡ 벨기에 브뤼셀! 이렇게 26

개 도시를 이동하며 총 4950km를 운전해야 하니 기사 두 사람 잘 먹여 주세요."

뒷자리에서는 아무 반응이 없다. 나를 비롯해 오늘 도착한 일행은 한국 시각으로는 한참 잠을 잘 시간이라 다들 곯아떨어진 것이다.

김홍식 친구만 열심히 남쪽으로, 남쪽으로, 미스 김 안내를 받으며 눈을 부릅뜨고 운전대와 씨름한다. 중간에 한 사람 두 사람 깨어나 기사님 졸리지 않게 이것저것 챙겨 먹이며 운전을 시킨다. 이 시각 한국 고속도로를 생각하면 운전하는 게 그렇게 신이 날 수 없다. 이 시간이면 경부고속도로 양재동 부근은 퇴근 차들로 완전 주차장이 되어있을 텐데, 여기서는 우리 앞길을 방해하는 차가 전혀 없다.

저녁 8시 15분, 공항을 떠난 지 4시간도 안 되어 자그마한 시골 동네 같은 디종 숙소 주변에 도착한다. 해가 길어 아직 어둠은 시작되지 않았으나 이때쯤이면 어둠이 갑작스레 덮쳐 금방 길 찾기가 어려워지니 숙소를 빨리 찾아야 한다. 구글 미스 김이 작은 골목까지 잘 안내하려고 노력하지만 주소 하나만 달랑 들고 집 찾기는 역시 만만치 않다. 구글 맵으로 보면 집은 바로 옆인데 들어가는 길을 쉽게 찾지 못한다.

'집 근처에 다 왔는데 길이 헷갈리네요.'

호스트에게 문자를 보낸다. 바로 답이 오는데 전화를 달란다. 로밍 요금 무서워 데이터 차단한 채 전화통화도 않고, 와이파이만 믿고 나온 사람들 속도 모르고 전화를 달라니. 저쪽이 카톡이 안 되니 보이스톡도 안 되고, 프랑스 유심칩 전화기가 아니라 전화를 걸면 한국을 돌아서 오는 국제전화가 되는데?

다시 메시지를 보내고 받고, 이리저리 돌다 지나가는 주민에게 물어도 보고, 그러다 드디어 앞을 보니 우리 차를 향해 손짓하는 사람이 보인다. 자기 옆 주차장으로 들어오라는 신호를 보낸다.

이번 여행에서 디종은 특별한 이유가 있어서 들른 곳은 아니고, 비행기에서 내려 처음 목적지로 가는 도중의 중간 휴식지로 묵어가는 곳이다. 관광지가 아니라 에어비앤비 숙소가 거의 없어 간신히 잡은 집인데, 우리네 연립주택 정도 되는 낡은 건물에 게다가 2층이다! 유럽은 1층이 우리 2층이니 2층이면 3층이고, 엘리베이터는 '물론' 없는 계단식 건물이다. 인터넷에서 사진만 보고 '상품'을 고르려면 항상 오류가 따를 수밖에 없다.

문제점이나 감점 요인을 호스트가 자진해 올릴 리는 없으니 사용자 후기를 꼼꼼히 읽어보아야 하는데, 이 집은 후기고 뭐고 선택의 여지가 없었다. 침실 2개와 거실 소파 베드가 딸린 집의 6명 하루 숙박료가 청소비와 서비스 수수료 포함해 24만 3000원. 에어비앤비는 숙박료에 청소비와 서비스 수수료가 포함되는데, 서비스 수수료는 아마도 호스트가 에어비앤비 본부에 내는 비용이 아닌가 생각된다. 예약 후 취소 때 서비스 수수료는 환불이 안 된다든가 하는 식으로 숙소마다 정해 놓은 규정이 따로 있어서 예약 때 잘 살펴보아야 한다.

첫날부터 자동차 빌리느라 고생, 3층까지 계단으로 짐 가방 올리느라 또 고생, 우리는 왜 이런 고생을 하며 여기까지 왔을까?

호스트에게 집 안내를 받으며 날씨가 너무 쌀쌀해 난방을 어떻게 하는지 확실하게 확인한다.

"내일 아침 체크아웃 때는 내가 오지 못할 수도 있으니 열쇠를 집 앞 우편함에 넣고 가세요."

호스트가 떠나고 짐 대충 부려놓으니 9시다. 짐은 이따 각자 정리하기로 하고 우선 뭘 좀 먹어야 하는데 집 밖으로 나와 보니 벌써 어둑어둑하다. 숙소가 변두리에 있는 건지 식당이 한 군데 보이기는 하는데 동네 사람들 맥주나 한잔하는 그런 집 같아 보인다. 재빨리 포기하고, 늦었지만 밥을 해 먹기로 하고 물과 과일이라도 사러 조그만 동네 슈퍼를 찾아가자 주인이 손님을 안 받는다.

"9시에 문을 닫아서 물건을 팔 수 없으니 나가주쇼."

시계를 보니 아직 1~2분 남아있어서 물만 좀 팔라고 해도 막무가내다. 오늘 프랑스 사람들 모두 한국 손님 대접이 영 말이 아니다. 등 떠밀려 쫓겨나 다른 슈퍼를 찾아가 겨우 물과 과일을 몇 개 사서 돌아온다.

메뉴는 순식간에 김치찌개로 만장일치. 저녁 준비를 위해 발바리 마님이 짐을 푸는데 전기밥솥이 등장한다. 우리 6명이 자동차로 여행한다고 하자 파리에 사는 언니가 '싣고 다니며 밥해 먹고 나중에 버려도 된다' 면서 전기밥솥과 백숙용 닭까지 주셔서 가져왔다는 것이다. 발바리 마님 언니도 역시 발바리이실 게 틀림없다.

김치찌개를 먹는다니 벌써 모두 기운이 솟는다. 마나님들은 부지런히 식사 준비를 하고 두 남자는 짐 정리를 한다. 짐 정리의 대가인 '달걀말이 아저씨' 김흥식 친구는 4시간 운전에도 끄떡없다는 듯 손놀림이 바빠지고, 나는 내일 아침이면 짐을 다시 싸는데 뭘 그러느냐고 대충 필요한 것만 꺼내고 끝!

산티아고 순례길에서 김흥식 친구는 군인 막사 같은 공동숙소에서 자고 나면 바로 침낭을 단단하고 예쁘게 개는데, 배낭에 착 달라붙을 수 있게 작고 단정하게 마는 솜씨가 타의 추종을 절대 불허하며 달걀을 말듯이 정성을 다하는 것이었다. 또 숙소에 도착하면 바로 자기 짐을 모두 꺼내 '관물정돈'에 들어가는데, 그 각 잡는 솜씨가 훈련소에 금방 입소한 신병과도 같아 내가 그런 별명을 지어주었다.

김치찌개와 함께 각자 집에서 가져온 밑반찬들을 꺼내 놓으니 화려한 한정식 밥상이 된다. 하루밤에 안 지났지만 한참 만에 보는 밥과 김치다. 마나님들은 식사 준비하고 남자들은 설거지하면서 조금만 수고하면 이렇게 맛있는 저녁을 먹을 수 있는데, 뭐하러 느끼한 양식을 먹느냐고 나는 기고만장이다. 어쨌든 모두 마파람에 게 눈 감추듯 밥그릇을 비운다.

문득 일행 중 제일 젊은 최현숙 마나님이 어떻게 낭군을 홀로 두고 집을 떠나올 수 있었는지 궁금하다. 낭군께서 일이 있어 이번 여행을 같이 못 한다는 말은 들었으나 용기를 내어 묻는다.

"낭군께서 아무 말 않고 15일간이나 여행을 보내주시던가요?"

다들 궁금했던지 좌중이 조용해진다. 주인공에게 시선 집중.

"세상 모든 남편이 아내를 사랑하겠지만 주머니에 넣고 다닐 만큼 사랑한다는 남편 보셨어요? 우리 남편이 자기 친구들 앞에서, 나를 조그맣게 줄일 수만 있다면 남방 주머니에 넣고 다니고 싶다고 얘기하는데, 낯 뜨거워서 쥐구멍에라도 들어가고 싶었어요."

최현숙 마나님 첫마디에 다섯 명은 곧바로 혼절 직전이 되어 말을 잃고 눈도 깜박거리지 못한다. 나는 모처럼 강적을 찾은 것 같아 긴장된다.

"지금도 그 친구들 만나면 놀림감이 되는데 이 정도 남편이니 어딘들 못 보내겠어요. 근데 갑자기 처음으로 유럽을 가게 되고, 말로만 듣던 프랑스를 가게 되었으니 불안했겠지요."

유럽 여행이 처음이라는 그 마나님을 모시고 온 데 대해 갑자기 자부심이 느껴진다. 산전수전 공중전까지 다 겪은 아저씨들이란 걸 알고 그 집 낭군이 믿었던 것 같아 남자들 책임이 크다.

## 정통 알프스 산장 통째 빌려 암흑

*
*
*
*

밤잠이 제대로 올 리 없다. 그렇게 오랫동안 비행기 타고 출장을 다녀도 도저히 극복이 안 되고 괴로운 게 바로 '시차'라는 놈이었다. 전날 아무리 피곤해도 새벽 3시 안팎이면 틀림없이 잠이 깨고 눈이 말똥말똥해지며 정신도 맑아지는 것이었다. 계속 누워 있어 보아도 잠은 더 멀리 도망가고 시간만 허송하니 바로 일어나

칠순 닭살 여행 메모

전날 있었던 상담을 정리해 보고서를 작성하곤 했다.

1980년대 초반 내가 과장일 때는 윈도가 소개되기 전이라 DOS를 사용했는데, 286 흑백 샤프 노트북을 가지고 다니며 마이크로소프트의 웍스 프로그램을 이용해 출장 보고서를 작성했다. 컴퓨터에 입력해 놓으면 출장에서 돌아와 사장님께 보고할 때도 유용하게 사용할 수 있고, 직원들에게도 상담 내용과 합의사항을 상세히 설명해, 뒤처리를 빠뜨리지 않고 챙길 수 있었다. 그리고 며칠 후 다시 홀가분하게 출장을 떠났다. 그런 보고서를 작성하는 시간이 바로 시차 때문에 잠을 깬 고요한 밤이었다. 전날 메모를 참조해 기억을 되살리기에 아주 좋은 시간이니까.

아침 7시, 호박죽을 먹으며 달걀말이 아저씨가 오늘 여행일정을 설명한다.

"알프스 몽블랑산이 있는 샤모니에 가는데, 중간에 와인으로 유명한 보졸레에 들러 점심을 먹습니다."

중간 휴식지이긴 하지만 그래도 여기까지 왔으니 다운타운 구경을 안 할 수 없어, 10시에 출발하기로 하고 그 전에 나갔다 오기로 한다. 다들 준비하고 나가는데 우리 마나님에게 문제가 생긴다. 전보다 많이 좋아지긴 했으나 집을 떠나 물을 갈아 마시면 꼭 한 번씩 치르는 배탈 설사가 시작된 것이다. 그래서 우리 부부는 설사약을 꼭 챙겨서

골목 안에 유서 깊은 노트르담 성당이 보이는 디종의 아침 풍경

다니고, 물도 끓여 보온병에 넣어 다니곤 하는데, 비행기를 타고 오
느라 문제가 생긴 것 같다. 우리 마나님은 아무래도 화장실 옆을 지
켜야 할 것 같으니 다들 갔다 오라고 한다.

빛과 그림자로서 항상 붙어 다니며 밀착 경호 의무를 다해야 하
는 나는 당연히 화장실 보초를 서기로 하고 4명만 다녀오라고 내
보낸다. 마나님은 자기 때문에 구경도 못가고 화장실 앞을 지키는
나에게 같이 가지 그랬느냐며 연신 미안해한다.

"무슨 말씀! 당신은 빛이고 나는 그 빛이 있어야 생기는 그림자
일 뿐인데, 빛이 없는 그림자가 있을 수 있겠어요?"

나는 보디가드로서 의무를 성실히 수행한다.

2시간 후 돌아온 일행은 중심가가 바로 옆이라며 어디에 무슨 성당이 있고 어디에 개선문이 있었다고 열심히 설명하지만 보지 않은 사람에게는 제대로 와 닿을 리 없다. 역시 프랑스 여행의 시작인 것 같다, 성당 얘기가 제일 먼저 나오는 것을 보니.

짐을 챙기고 출발 준비를 한다.

"보졸레에서는 어디 멋진 포도농원이나 그림 같은 공원 잔디밭에 앉아 샌드위치를 먹읍시다."

발바리 마님 제안에 마나님들은 소풍 가는 아이들처럼 신나게 샌드위치를 준비한다.

영화에서 많이 본 로맨틱한 풍경, 약간 경사진 파란 잔디밭 언덕 가운데에 커다란 느티나무 한 그루가 그늘을 만들어 주고, 그 밑에는 와인과 빵을 가득 담은 등나무 바구니가 있다. 주인공 남녀는 자리 깔고 옆으로 누워 서로를 바라보며 애절하고 사랑스러운 눈빛으로 천천히 서로의 입술을 가까이하는……, 그런 데서 우리도 오늘 여섯 명이 사랑스러운 눈빛으로 샌드위치를 먹으며 주인공이 되어 보는 거다.

그사이 남자 둘은 큰 가방 6개와 전기밥솥, 닭백숙 가방, 간식 가방 등을 어떻게 차에 실을지 고민한다. 어제 공항에서 출발할 때는 무조건 빨리 벗어나고 싶은 생각에 좌석이고 짐칸이고 마구 쑤셔 넣어 왔으나 이제부터는 마나님들 편안함을 먼저 생각해야 하니 짐은 짐칸에 다 실어야 하고 그러려면 기하학을 잘 응용해야 한다. 이 방면에 선수인 달걀말이 아저씨가 열심히 가방을 넣었다

뺐다, 뒤집었다 세웠다 하며 한참을 연구한 끝에 자리를 잘 잡고 다음부터는 요렇게 실어야 한다고 사진을 찍어둔다.

우리 마나님도 배탈이 가라앉아 평화를 찾았으니 어제 호스트가 일러준 대로 집 문을 단단히 잠그고 열쇠를 우편함에 밀어 넣는다.

네 분 마나님 좌석도 편한 자리 불편한 자리가 있으니 운전석 뒷자리에서 교대로 돌아가며 앉되 운전석 뒷자리는 기사 간식을 잘 챙겨드리며 졸음을 쫓아주는 엄중한 임무를 맡기로 한다.

10시, 드디어 2일 차 여행 시작! '도시락'이라는 상품명으로 나온 와이파이 수신기는 이름을 참 잘 지은 것 같다. 도시락 가방처럼 어느 때고 핸드폰 곁에 지니고 다니라는 의미가 잘 드러난다. '도시락'이 든 배낭을 조수석에 잘 모셔 작동을 시키고, 구글 맵을 통해 모두의 애인 미스 김을 불러내 그녀가 시키는 대로 출발한다.

나는 운전대 잡고 1시간만 지나면 엔진 소리를 자장가 삼아 잠드는 예쁜 버릇이 있고, 특히 점심 먹고 운전하면 잠시 후 영락없이 꾸벅꾸벅하는 착한 버릇이 있으니 오전에는 내가 운전하고, 오후에는 김흥식 친구가 하기로 한다.

오늘은 알프스 몽블랑 봉우리가 있는 샤모니 마을을 향해 달린다. 만년필 꼭지에서나 더러 보아온, 하얀 눈으로 덮인 몽블랑을 실제로 가서 본다니 가슴이 설렌다. 더구나 가는 길에 보졸레에 들러 와인도 한잔 걸칠 생각을 하니, 이제야말로 진짜 여행을 하는 기분이다.

어제 공항 렌터카 일은 잊자! 롱펠로우 아저씨도 속삭이셨지, 〈인생예찬〉이라는 유명한 시에서 이렇게 일러주셨지 않나.

아무리 즐거워 보여도 미래는 믿지 말아요

죽어버린 과거는 주검을 묻어버려요

살아 숨 쉬는 현재에서 행동해요

내 안에는 심장이 뛰고 머리 위에는 신이 있어요


그래! 공항에서 있었던 어제 기억은 이미 12시간 전에 죽어 사라진 과거가 되었으니 몸통째 묻어버리고 다시 들추어내 상처받을 필요가 없다.

하늘은 청명하고 고속도로는 어제와 마찬가지로 우리를 기다리고 있었던 듯 방해꾼들을 쫓아내고 휑하니 뚫려 있다. 유 기사, 밟지 말고 천천히 가라고 뒷좌석 마나님이 열심히 간식을 챙겨 입에 넣어주신다.

그러나 세상만사는 그렇게 늘 우리 뜻대로 되는 게 아니라고 하늘이 가르침을 내린다. 갑자기 소나기가 쏟아지며 맑고 푸른 하늘을 가려 버리는 것이다. 그래도 몽블랑 가는 우리 앞길은 막지 못한다.

그런데 내 전화기에서 갑자기 메시지 수신음이 들린다. 아니, 또 무슨 일이야? 아침에 출발한 디종 숙소 호스트에게서 온 메시지다.

'집 열쇠 어디 두었어?'

'당연히 당신이 넣으라는 우편함에 밀어 넣었지.'

'거기 없는데?'

'잘 찾아봐. 분명히 넣었으니까.'

이게 어떻게 된 거야, 틀림없이 그 우편함 구멍으로 천천히 밀어 넣었는데.

열쇠가 없으면 새로운 게스트가 들어올 수 없다며 겁을 주는데, 열쇠를 새로 만드는 비용을 우리에게 물리겠다는 건가? 어쨌든 우리는 분명 그 우편함에 넣었으니 그 이후는 모르겠다고 버틴다. 자기가 잘못해 열쇠를 못 찾으면서 우리에게 뒤집어씌우려는 수작이라고, 나쁜 놈이라며 모두 흥분한다. 앞으로 숙소에서 어딘가 열쇠를 둘 때는 사진으로 찍어두어야 하겠다고 생각한다.

더는 연락이 없어 우리는 잊어버리고 몽블랑을 향해 달린다. 중간 경유지인 보졸레까지 150km, 보졸레에서 스위스·이탈리아 접경지역 샤모니까지 다시 220km를 가는 코스이니 오늘도 전체 이동 거리는 400km 가까이 된다.

소나기가 쏟아졌다 그쳤다 하는 가운데 드디어 보졸레에 도착한다. 평범한 시골 마을로 보이는 지역 전체가 '빈야드(포도농장)'는 아닐 테니 이제부터 멋진 농장을 찾아가 그림 같은 자리에서 점심을 먹기로 한다.

농장 이름이나 주소를 알아야 구글 미스 김에게 물어볼 텐데 어떻게 해야 하나? 차를 멈추고 행인에게 묻는다. 나이 좀 들어 보이는 사람은 영어가 잘 안 되고, 젊은 친구들이 좀 나은데 '빈야드'에 대해서는 딱 부러진 게 없이 이리 가봐라, 저리 가봐라, 헷갈린다. 우리가 생각한 보졸레는 적어도 와인에 관한 한 갈 곳이 많을 것으로 생각했는데 그런 게 아닌 것 같다.

시간은 흐르고 배는 고파오는데 드디어 확실한 정보를 얻는다. 동네 한쪽에 와인 박물관이 있으니 그리로 가보라며 구체적인 길 안내를 해준다. 작은 시골길을 따라가다 동네 안에 있는 작은 공원을 만난다. 2시가 다 된 시간이라 공원 벤치에 앉아 점심을 먹기로 한다. 우리가 기대한 그림 같은 장면은 다만 기대였을 뿐 우리를 그런 멋진 주인공으로 만들어 주지 않는다.

식사 후 수많은 포도농장으로 둘러싸인 시골길을 따라가다 보졸레의 제왕이라는 농장주 조르주 뒤뵈프가 만든 '하모 뒤뵈프'라는 와인 박물관에 도착한다. 안에는 보졸레 와인에 대한 비디오 설명과 함께 와인 양조 장비들을 전시하는 것 같은데, 우리는 1인당 12유로로 입장료가 싼 건물 밖 와이너리(와인 양조장) 견학 코스

와인박물관 내부

만 다녀오기로 한다.

박물관에서 제공하는 전차를 타고 2시간에 걸쳐 공정별 와인 저장 탱크들로 꽉 들어찬 공장 설비와 여기에 딸린 작은 유원지를 둘러보고 나온다. 1인당 12유로씩이나 냈으니 와인 한 잔씩 맛보라고 내줄 법도 하건만 그런 게 없어 실망이 크다. 우리는 마트에 가도 한 모금은 공짜로 마실 수 있는데 입장료까지 내고 들어온 와인 공장에서 이게 뭐란 말이야, 다시는 안 올꼬야! 이제부턴 보졸레 와인도 안 마실꼬야!

4시 30분, 아쉬움을 안고 알프스 몽블랑 산봉우리가 기다리는 오늘의 최종 목적지 샤모니 마을로 향한다. 구글을 확인하니 숙소까지 2시간 반이 걸린다고 해서 샤모니 숙소 호스트에게 메시지를 보낸다.

'참, 그러고 보니 디종 집 열쇠는 어떻게 되었지?'

나중에 우리 귀국한 후 열쇠 만든 돈 내라고 청구가 올 것 같아 신경이 쓰여 메시지를 보내니 바로 답장이 온다.

'열쇠 찾았어, 미안해.'

일행 모두 욕을 바가지로 한다. 우리를 그렇게 신경 쓰게 만들어 놓고 열쇠를 찾았으면 바로 연락해야지, 이런 경우가 어디 있어? 파리만 나를 슬프게 하는 게 아니다.

몽블랑은 해발 4810m로 알프스산맥 최고봉이자 서유럽에서 가장 높다는 산이다. 나는 고산병 트라우마가 있어 한편으로는 은근히 걱정이 앞선다. 어디까지 올라갈까?

꽤 오래전에 장모님과 마나님 모시고 스위스 융프라우에 오른

2008년, 알래스카 매킨리산 정상에 올라 빙하를 밟았다.

적이 있다. 장모님과 마나님은 쌩쌩한데 나 혼자 갑자기 어지러워
지며 힘이 빠져 그 자리에 누웠다가 급히 내려왔다. 후에 바로 그
게 고산병이라는 말을 들었고, 그 후로는 높은 산 이야기만 나오
면 겁이 나곤 한다.

그래서 그 후 마나님과 함께 경비행기를 타고 알래스카 매킨리
산에 올라가 빙하에 내려 사진 찍고 여기저기 걸어 다닌 적이 있
는데, 그때도 잔뜩 긴장했지만 그런 증상이 없었기 때문에 융프라
우에 올랐을 때만 나타나는 특별한 증상이 아닌가 하는 생각도 들
었다. 그러나 마음을 놓을 수는 없다.

갑자기 고속도로 저 앞에서 무언가 나타나 우리를 향해 하얀 가

슴을 들이민다. 앗, 몽블랑이다! 잠들었던 마나님들이 놀라 깨어나 창밖을 보며 소리를 지른다, 저게 그 몽블랑이야? 저게 그 알프스야? 길을 따라 차가 이리저리 돌 때마다 그 하얀 산을 앞에 두고, 왼쪽에 두고, 오른쪽에 두고, 사진 찍기 바쁘다.

드디어 알프스 기슭 해발 1035m에 있는 주민 1만 명 정도의 자그맣고 예쁜 마을 샤모니에 도착한다. 오후 7시 10분인데 산기슭이라 어둑어둑하다. 겨울 패딩점퍼를 입었는데도 알프스라고 추위가 매섭다. 원래는 이름이 샤모니였는데 몽블랑이 유명해지면서 '샤모니몽블랑'으로 이름을 바꾸었다는 이 마을은 알프스 등산 출발점이며 국립 스키학교와 등산학교가 있어 전 세계 등산가들의 눈길을 받는 곳이다.

구글은 이런 산골 마을의 번지수만 가지고도 미스 김을 통해 정확히 숙소까지 안내해준다. 정말 대단한 구글이다. 우리나라에서는 왜 구글 내비를 쓸 수 없는지 모르겠다. 숙소 문 앞에서 우리를 기다리던 호스트와 만나 집 안내를 받는다.

와우! 디종의 숙소와는 완전히 다르다. 나무판자로 건물 외벽을 장식한, 사진에서 많이 보던 정통 알프스 산장으로 계단 양옆으로 두 집이 나란히 붙은 형태다. 1층은 양쪽 집에서 쓰는 창고인 것 같고 계단을 올라가 현관문을 열고 집 안으로 들어서니 2층 구조의 50~60평 아파트 크기로 아래층에는 넓은 거실과 주방이 있고, 거실 한쪽 계단을 통해 위층으로 올라가면 커다란 방이 3개가 있어 마음에 쏙 드는 집이다. 화장실도 3개가 되니 모든 게 오케이!

숙소 뒤까지 쫓아온 몽블랑이 우리를 불러 세운다

창밖을 내다보니 고속도로 앞에서, 옆에서 부지런히 사진을 찍어댄 바로 그 눈 덮인 하얀 몽블랑이 어디서부터 우리를 따라왔는지 어느새 마당 앞에 버티고 서서 넋을 빼앗는다. 알프스에서 자는 김에 여기서는 2박을 하기로 하고 숙박료 65만 9000원, 크고 멋들어진 산장이고 유명관광지이니 비쌀 수밖에 없다.

거실 가구나 주방 집기, 주방 서랍마다 가득 남은 반찬, 조미료 통 등을 보니 호스트가 실제로 살다 우리에게 넘기고 어디 여행이라도 가는 것 같다. 우리가 반찬이나 조미료 등을 좀 써도 되겠느냐고 물었더니 마음껏 쓰라고 한다. 난방은 이미 풀로 가동되어 라디에이터마다 뜨끈뜨끈하다.

방 배정하고 짐 대충 풀고 나니 8시가 넘어 사방이 이미 어두워진다. 저녁 식사를 해야 하는데 동네 슈퍼를 찾아가 이것저것 챙기기에는 늦은 시간이라 발바리 마님이 닭백숙을 해 먹자고 제안한다. 당연히 전원 일치 콜!

마나님들이 다시 부산해진다. 호텔처럼 화려하고 아기자기하게 잘 꾸며진 멋진 알프스산맥 통나무 산장의 따뜻한 거실에서 닭백

5월의 태양이 빛나는 샤모니몽블랑 마을

숙을 먹을 줄이야 누가 생각이나 할 수 있겠는가? 주방 옆 널찍한 식탁에 백숙이 차려지고, 밑반찬이 깔리고, 와인이 올라와 건배를 기다린다. 창밖으로는 달빛을 받아 밝게 비치는 하얀 몽블랑 봉우리가 한국 닭백숙 구경 좀 하자며 빼꼼 훔쳐본다.

어제 디종은 탐색전이고 드디어 우리 여행의 본격 시작이라고 즐거워하며 식사를 마치고, 늦었지만 달빛이 환하니 숙소 주변 산책이나 하자고 밖으로 나간다. 주변에 비슷한 산장들이 모여 작은 동네를 이루고 있긴 해도 밤이니 6명이 꼭 붙어 걷기로 하고 요란한 물소리를 내는 꽤 큰 시냇가 산책로를 걸어 한참을 간다. 어릴 적 저런 시냇물에서 풀을 쑤셔대며 고기 잡던 생각이 난다. 가로등이 있어 어둠을 조금 밝혀 주긴 하지만 핸드폰 라이트로 서로를 비추며 걷다 춥기도 하고 집에서 너무 멀어지는 느낌이라 곧 집으로 돌아간다.

숲속 시냇가 길을 걸으며 사방을 둘러보니 풀 속에 민들레가 많다. 알프스 민들레라 그런지 엄청 크다. 마나님들은 나물로 무쳐 먹으면 맛있다며 뜯기 시작한다. 크고 예쁜 민들레를 한 움큼씩 뜯어 집으로 돌아오니 10시가 넘는다.

## 비에 떠는 몽블랑, 깨소금 '사랑손밥'

*
*
*
*

시차 때문이기도 하지만 오늘은 몽블랑산을 오르는 날이라 흥분된 마음에 가슴이 콩닥거려 모두 일찍 일어나 거실에 모여 앉는다. 몽블랑도 아침 햇빛을 받아 황금색으로 빛날 것을 기대하며 창밖을 내다보니 아니 이런, 세상에 어찌 이런 일이! 창밖 나무들이 세차게 흔들리며 요리조리 비를 피하려 애를 쓴다. 그 뒤의 몽블랑은 황금빛은 고사하고 비에 잔뜩 두들겨 맞아 기진맥진 회색빛으로 축 처져 비구름 뒤에 숨었다가 간신히 나타나곤 한다.

세상만사 다 우리 뜻대로 된다면 사는 재미가 없으려나? 모두 실망에 잠겨 오늘 스케줄을 어떻게 할지 궁금해한다. 어쨌든 아침 식사부터 하고 판초랑 우비랑 꺼내 입고 밖으로 나가야지 어떡하나?

7시가 되니 따끈따끈한 수제비가 식탁에 올라온다. 어제는 닭백숙에 오늘은 수제비라, 마나님들은 비가 오나 눈이 오나 자기들 할 일을 확실히 보여주니 감사할 뿐이다. 오늘 점심일랑 몽블랑 꼭대기 어딘가에서 편안하게 먹을 수 있기를 기대하며 주먹밥을 만들어 챙긴다. 근데 이름이 왜 주먹밥이지? 왜 좀 더 먹음직하고 세련된 이름으로 불리지 못하고 무서운 이름이 되었을까? '깨소금밥'이라든가, 아내가 아, 입 벌리면 남편이 쏙 넣어주는 '사랑손밥'이 아니고? 우리는 '사랑손밥'이라 부르기로 한다.

8시 30분, 패딩점퍼까지 두껍게 입고 우비와 판초 단단히 걸치고 밖으로 나온다. 비가 오나 눈이 오나 바람이 부나 인증샷은 없을 수 없다. 비록 사진에서 많이 보던, 저녁노을 황금빛으로 빛나는 몽블랑은 아니라도 가족들에게 보내 자랑할 사진을 찍느라 이리 서서 찍고 저리 서서 찍는다.

알래스카 남부 수워드에 위치한 케나이 피요르드 빙하

관광안내소를 찾아가니 등산코스 두 곳이 날씨 때문에 모두 금지되었으니 상황이 좋아지기를 기다려 보라고 한다. 그러나 빙하동굴까지만 올라가는 트램은 혹시 가능할지 모르니 가보라며 안내 자료를 준다. 비는 계속 뿌려대고 하늘은 잔뜩 흐려, 몽블랑이 산인지 만년필인지 이제는 잔뜩 부풀었던 가슴이 폭삭 꺼져버리고 여기까지 왔으니 아무거나 보고 가야겠다는 생각밖에 없다.

트램을 타고 산을 오르며 샤모니 마을을 내려다보는 동안 벌써 해발 1913m 몽텐베르 전망대에 도착한다. 알프스산맥 스위스 쪽에 있는 아이거봉, 마터호른과 더불어 등반이 가장 어렵다는 3대 북벽의 하나인 일명 '노스 페이스', 프랑스 쪽 그랑드조라스산을 조망할 수 있는 전망대라는데 하늘이 온통 회색빛으로 잔뜩 흐려 전망대 주변 빙하만 보인다. 14km에 걸쳐 이어지는, 프랑스에서 가장 긴 빙하로 '메르 드 글라스(빙하의 바다)'라 불린다는데 알래스카와 캐나다 로키의 밴프에서 본 빙하보다는 흙이 많아 깨끗하지 않다.

마을 종점으로 돌아오니 1시 반인데 비는 줄기차게 계속된다. 점심시간은 지났는데 비는 세차게 뿌려대고 날씨는 춥고 어디 아늑한 곳을 찾아갈 기력도 없다. 눈치가 좀 보이긴 하지만 준비해 온 '사랑손밥'을 꺼내 대합실 안에서 나누어 먹는다. 옆을 보니 다른 관광객 여러 팀도 여기저기 바닥이고 의자고 앉아 샌

드위치를 먹는다. 샌드위치나 '사랑손밥'이나 밀가루와 쌀이라는 차이 말고는 다를 게 없는데 눈치 볼 게 무엇인가.

2시를 넘기자 비는 약간 소강상태가 된다. 몽블랑 구경은 이걸로 만족하기로 하고 샤모니 마을 구경을 나선다. 전체 주민 1만 명 정도의 작은 마을이지만 전 세계 산악인과 관광객이 몰려오는 곳인 만큼 중심가는 아기자기하고 아담하다. 갖가지 상점들이 줄지어 있고 중앙에는 음식점과 술집들이 손님을 기다린다. 술집들은 한국처럼 서로 자기 집으로 들어오라며 손님을 부른다.

갑자기 우리 마나님이 눈짓을 보낸다. 그렇지 않아도 이 극진한 보디가드는 오전 내내 마나님 표정을 살피며 촉각을 곤두세웠는데 드디어 화장실에서 찾는다는 신호를 보낸 것이다.

"넘버 원, 넘버 투?"

"넘버 투!"

고속도로에서 올려다본 몽블랑

우리가 흔히 쓰는 '큰 거, 작은 거' 보다 미국 사람들이 쓰는 '넘버 1, 넘버 2' 가 더 실감이 난다. 작은 거는 숫자 1처럼 직선이고, 큰 거는 숫자 2처럼 곡선 아닌가? '넘버 2' 라니 비상이다. 일행은 계속 시내 구경을 하게 하고, 마나님은 그 자리에서 꼼짝 말라고 한 뒤 나는 달리기 시작한다, 화장실 찾아서. 유럽에만 오면 항상 느끼는 일이지만 화장실 사용에 관한 한 우리보다 아주 한참 후진국에 속하는 나라들이다.

음식점에서는 간단히 '노' 해버려, 오전에 들른 관광안내소로 달려가 보니 문이 잠겨 있다. 점심시간 동안은 문을 닫는단다. 그 안에 화장실이 있다 해도 오랜 경험상 일반에게는 개방하지 않고, 저쪽 어디 가면 유료화장실이 있으니 그리로 가라고 하겠지만 그래도 사정 좀 해보려고 찾아갔는데 안 된다. 또 발바닥에 땀이 나도록 달린다. 그 옆 성당으로 뛰어들어갔으나 화장실이 없단다. 그런 큰 곳에 화장실이 없을 리가 없는데 다른 데도 아닌 성당에서 야멸치게 퇴짜를 맞으니 천주교 신자인 나는 눈물 나게 야속하다.

우리 마나님은 지금 얼마나 급할까? 초조한 마음에도 마나님이 궁금해 다시 원위치해보니 다행히 좀 진정이 되어 초긴급사태는 아닌 것 같다. 옆의 등산용품 상점으로 함께 들어가 화장실 사용을 물어보고 여기도 '노'라고 하면 무언가 하나 산 후 당당하게 사용하기로 작정하고 가게를 둘러보니 웬걸, 안쪽에 화장실이 보인다. 이렇게 쉬운 일을 두고 도대체 얼마나 가슴 졸이며 헤맸던가?

목마른 사람에게 너무 급히 마시지 말라고 버들잎을 띄워 주었다는 우리네 지혜로운 아낙네 이야기처럼, 급하게 우왕좌왕하지 말고 처음부터 물건 하나 살 배짱으로 이곳에 들어왔으면 발바닥에 땀은 안 나는 거였는데.

누구의 제안이었던가? 가는 길에 마트에 들러 맛있는 소고기 사서 구워 먹기로 하고 부챗살 두 근을 산다. 총무님 꼬드겨 와인도 산다.

종일 추위에 떨었으니 집에 오자마자 난방부터 최대로 올리는데 작동이 안 된다. 라디에이터 스위치와 온도조절 다이얼을 이리저리 돌리고 아무리 기다려도 따뜻해지지 않는다. 방만 아니라 거실도 마찬가지다. 한참 해보다 안 되어 호스트에게 메시지를 보낸다. 주말이라 멀리 나와 있어 가볼 수 없으니 이렇게 저렇게 해보라는 답변만 온다. 그러나 아무리 해도 소용없다. 집안이 바깥보다야 훨씬 따뜻하니 난방은 일단 포기하고 구이 기구를 찾아 전기 코드를 꼽는다.

설상가상? 호사다마? 갑자기 전깃불이 꺼지며 모든 전기기구가 올 스톱! 황당하다. 두 남자에게 초비상이 걸린다. 옛날에 두꺼비집이라 부르던 스위치 함을 찾아야 한다. 온 집안을 구석구석 다 뒤져도 스위치 함이 어디 있는지 알 길이 없다. 고기고 뭐고 밥도 쫄쫄 굶어야만 할 것 같은 공포에 가득 차 모두 말을 잃고 두 남자만 바라본다.

문자메시지만으로 왔다 갔다 할 상황이 아니어서 국제전화요금 각오하고 호스트에게 전화를 걸자 이번엔 아예 통화가 안 된다. 아이고, 이제 어떻게 해야 하나? 마지막 남은 단 하나의 희망을 걸고 마주 보는 복도 건너편 집으로 뛰어가 문을 두드린다. 제발 누군가 있어 주기를, 제발 누군가 나와 주기를, 제발!

인기척이 나며 60대 초반 정도 아주머니가 문을 연다. 오 마이 갓! 정말 이 분이야말로 우리 신이 아닌가! 갑자기 전기가 나가서 스위치 함을 찾는데 어쩌고저쩌고 영어로 천천히 또박또박 이야기하니 잘 알아들었으며 해답도 있다는 듯 미소를 띤다, 와우! 고기를 다시 구울 수 있다는 희망이 보이는 것 같다.

따라오라며 복도 아래 공동 지하실로 내려가 불을 켜는데, 그 앞에 두 집의 보일러와 함께 스위치 함이 나란히 보인다. 우리 집 쪽 스위치 함을 가리키는데 보니 스위치가 내려가 있다. 그 스위치를 휙 올리자 위쪽 우리 집에서 환성이 터진다.

"오케이, 불 들어왔어요!"

"오 마이 갓! 땡큐, 땡큐!"

"메르시보꾸, 메르시보꾸!"

나는 아주머니에게 허리를 최대한 굽혀 배꼽 인사를 하며 땡큐를 연발한다. 두꺼비집이 집 안에 있지 않고 이렇게 집 밖에 있을 줄이야, 나, 원, 참!

집으로 들어와 고기 굽는 전기 그릴이 원인이 아닐까 싶어 코드를 빼버리고 고기는 주방에서 구워 나르기로 한다. 고기 굽는 냄새에 입맛을 다시는 순간 갑자기 위층 침실 복도의 화재경보기에서 따르릉따르릉 알람이 울린다. 앗, 이번엔 또 뭐야? 고기 굽는 연기도 별로 없으니 그건 아닌 것 같아 이것저것 둘러보다 가장 쉬운 방법을 택한다. 화재경보기 뚜껑을 해체하고 배터리를 빼버리는 것이다. 조용하다! 알렉산더 대왕이 아무도 풀지 못한 고르디우스의 매듭을 화끈하게 잘라버렸다지?

이런 황당무계한 소란을 거쳐 분위기는 더욱 밝아지고 부챗살 구워지는 소리는 한층 더 맛있게 들린다. 와인 잔을 힘차게 부딪치며 몽블랑 산신령과 함께 건배! 근데 이게 다가 아니다, 어젯밤에 뜯은 민들레가 짠! 등장한다. 부챗살 구이에 곁들인 몽블랑 자연산 민들레 겉절이가 고급 접시에 멋있게 장식되어 나오니 세상 어느 호화 레스토랑에서도 맛볼 수 없는 최상의 요리가 된다.

나는 서울에서 가져온 소주로, 다른 사람들은 모두 우아하게 와인으로 초호화 디너를 마치고 나니 종일 지옥 같았던 날이 즉시 천국으로 변한다. 천국이 뭐 별거야?

나는 여행 때 절대 빼놓을 수 없는 게 두 가지 있으니 소주와 라면이다. 예전에 팩 소주와 페트병이 없을 때는 소주를 여러 병 가져가기 어려워 담금주 큰 병을 가지고 다니며 마시기도 했다.

직장생활을 거의 수출 업무에 종사하며 반 이상을 해외 출장으로 보내면서 가장 힘들었던 것이 한국과 출장지 양쪽 시차에 적응하는 것과 식사문제였다. 출장은 대체로 두 가지 목적으로 하게 되는데 하나는 기존 거래처와 관계를 돈독히 하는 것이고, 다른 하나는 새로운 거래처를 잡아 매출을 늘리는 것이었다. 기존 거래처는 미리 약속을 잡고 상담을 한 후 고급 레스토랑에서 와인을 마시며 식사를 하는데 대부분 내 촌스러운 식성에는 맞지 않는 메뉴였고, 새로운 거래처를 발굴할 때는 식사는 고사하고 만나기도 어려워 우울하고 초조한 가운데 혼자 식사를 하는 경우가 많아 어느 쪽이든 괴로운 일이었다.

요즘은 '혼밥', '혼술'이 대세라고 하지만 당시 나는 출장지에서 식당에 혼자 들어가는 것이 그렇게 어색하고 불편할 수가 없었다. 외국 사람들은 저녁 식사 때 가족이나 연인과 함께 무슨 얘깃거리가 그리도 많은지 긴 시간 동안 오손도손 사랑 넘치는 분위기에서 즐겁게 식사를 하는데, 나만 실연당한 사람처럼 혼자 외로이 앉아 꾸역꾸역 밥을 집어삼키는 것은 대단한 고역이었다.

이런 세월을 거치며 마침내 식사문제에 해결책을 찾았으니 조그만 전기 쿠커를 가지고 다니는 것이었다. 메뉴는 가장 간편하고도 가장 한국적인 라면! 어떤 '화려한' 만찬 후에도 호텔에 돌아와 한국적으로 마무리할 수 있어서 너무나 든든했다. 라면은 냄새가 문제인데 화장실을 이용하면 그만이다. 화장실 환풍기 켜고, 문 꼭꼭 닫고, 그릇 닦는 일까지 그 안에서 끝내는 것이다. 출장 중에는 통신과 교통, 회사 이미지 등을 고려해 되도록 고급 호텔에 묵게 되는데, 고급 호텔일수록 창문이 열리지 않는 구조지만 어쨌든 창문은 최대한 열어 놓고……

거실 테이블로 술자리를 옮겨 천국 2차를 즐기는데 최현숙 마나님이 황송한 제안을 한다. 오늘 모두 다사다난한 하루를 보냈으니 얼굴 마스크 팩을 해준다는 것이다. 집에서도 안 해본 마스크 팩 서비스를 몽블랑에서 받다니.

## 사각 돌탑 위에 돌아앉은 생텍쥐페리

\*
\*
\*
\*

프랑스에서 넷째 날이 밝았다. 모두 얼굴이 흰하다. 최현숙 마나님에게 받은 마스크 팩 덕분에 피부가 반질반질하고 혈색들이 아주 좋다. 오늘은 서울에서 만들어 가지고 온 누룽지로 끓인 누룽지 죽이 아침상에 오른다. 마나님 넷이 모이니 안 되는 게 없다.

"오늘 최종 목적지는 리옹입니다. 250km를 가는데 100km 지점에 있는 안시에 들러 구시가지와 호수를 보고 점심을 먹습니다. 그리고 150km를 더 달리면 리옹에 도착합니다."

승무원에 대한 기장의 비행 전 브리핑 같은 달걀말이 아저씨의

비가 촉촉이 내리는 날 낭만적인 안시 호수의 판초 우의 정장

안시, 프랑스의 베네치아

안내를 듣고 짐을 챙긴다. 마나님들은 호수를 바라보며 잔디밭에
앉아 점심을 먹자며 다시 샌드위치를 만들고, 소풍 가는 아이들처
럼 마냥 신이 난다.

　디종에서 사진을 찍은 대로 짐을 빈틈없이 챙겨 싣고 나니 8시,
오늘도 비는 부슬부슬, 주룩주룩 제멋대로 내리다가 잠시 그치고
다시 좍좍 쏟아붓기를 반복한다. 오늘의 드레스 코드는 판초 우의
정장이 될 것 같은 불안한 예감이 엄습한다.

　2시간 후, 안시에 도착한다. 계속되는 비, 아무도 태워준 사람이
없는데 어떻게 혼자서 여기까지 따라왔을까? 불안한 예감의 드레
스 코드는 결국 판초 우의 정장으로 확정된다.

안시는 두 가지가 유명하다. 스위스 제네바의 레만 호수에 필적할 만큼 아름다운 호수와 프랑스의 오랜 전통이 살아있는 구시가지다. 비가 아무리 주룩주룩 내려도 꼭 봐야 할 건 모두 보고 가야지.

베네치아 축소판 같은 구시가지를 먼저 보기로 하고 판초 우의를 단단히 걸치고 걷기 시작한다. 시내 한가운데를 흐르는 큰 개울 좌우로 시장이 형성되어 있다. 전통공예품을 파는 노점상들을 비롯해 많은 상점이 밀집해 있어 관광객들이 수없이 모여든다. 세찬 빗줄기 속에도 사람이 많아 헤집고 걸어 다니기가 어려울 정도다.

2시간쯤 돌아다니자 구시가지는 거의 다 본 것 같아 호수 쪽으로 향한다. 12시 반, 비는 다행히 소강상태로 접어들어 마나님들이 열심히 만든 샌드위치에 큰 기대를 품고 호숫가 공원으로 가서 호수가 바라보이는 곳에 자리를 잡는다. 마나님들은 빗물을 닦아내고 벤치에 앉고, 남자 기사 둘은 그 앞 잔디밭에 자리를 깐다. 우아한 점심은 아니라도 우중 식사는 면해주시려나 기대하며 샌드위치를 꺼내 한입 무는데 하느님 목소리가 들린다.

"얘들아, 그게 아니야."

툭, 툭, 툭, 나뭇잎 하나를 건드리며 시작된 빗소리가 공원 전체로, 호수 전체로 확대되며 요란해진다. 마나님들은 차 안으로 자리를 옮기자고 하지만 한국 양반 체통이 있지, 그깟 비 좀 온다고 그렇게 채신머리없이 촐싹촐싹 자리를 옮겨서야 쓰나? 그냥 끝까지 다 먹기로 하고 마나님들은 서로 우산을 받쳐 주고, 기사들은 그대로 앉아 샌드위치를 비에 적셔 먹는다. 안 그래도 좀 빡빡한 느낌이 있던 빵을 비에 불리자 촉촉해져 맛있게 식사를 끝낸다.

"이런 것도 나중에는 다 멋진 추억거리가 될 거예요."

어느 마나님이 그러셨는데, 정말로 이렇게 책에까지 쓰게 될 줄은 몰랐다.

식사를 끝내고 리옹으로 떠난다. 점심 후 운전은 김홍식 친구 몫이니 나는 구글 미스 김을 불러내 데이트를 시작한다. 먼저 리옹 숙소 호스트에게 구글이 전해주는 도착 예정시간을 메시지로 보낸다.

운전을 안 한다고 한가한 게 아니다. 조수 역할이 더 바쁘다. 제일 중요한 미스 김을 놓치면 안 되니 잘 붙잡고 있어야 하고, 뒤에서 전해주는 간식도 하나하나 챙겨 순서대로 기사에게 올려드려야 하고, 고속도로 통행료도 동전으로 모아서 가지고 있다가 톨게이트 전에 보이는 표지판을 잘 보고 정확한 금액을 기사님께 집어드려야 하고.

고속도로에서 벗어나 시내 주행을 시작하면 조수가 정신 똑바로 차려야 할 일이 하나 더 있다. 이제는 유럽 거의 모든 나라에서 통용되는 것으로 보이는 원형 로터리 돌아가기다. 2014년 김홍식 부부와 산티아고 순례길을 걸은 후 자동차를 렌트해 스페인을 일주할 때 처음 경험한 원형 로터리, 영어 안내로는 '라운드 어바웃(round about)'이라 부르는 삼거리, 사거리 로터리로 진입 후 빙빙 돌며 갈 길을 빠져나가는 방법인데, 신호대기 없이 방향을 바꿀 수 있고, 진입한 차와 진입하려는 차의 통행 순위가 정해져 있어 아주 편리한 방법으로 생각되었다.

그러나 정신을 똑바로 차리지 않으면 안 된다. 돌다가 몇 번째 길에서 빠져야 하는지 계산을 잘해야 한다. 길이 어찌 간단히 삼거리, 사거리만 있으란 법이 있겠나? 물론 로터리에 표지판이 서 있긴 한데 우리 같은 여행자들은 표지판의 현지어 길 이름에 익숙지 않으니 '몇 번째'라는 안내가 중요할 수밖에 없다. 이 라운드어바웃에 들어가면 미스 김과 함께 조수가 안내를 잘해야 하니 신경을 곤두세워야 한다.

리옹 숙소 부근에 도착해 호스트에게 메시지를 보내니 바로 답이 오고, 알려준 주차장에 도착하자 할아버지 한 분이 손짓한다. 우리 호스트라 생각하고 반갑게 인사하니 영어가 불편하시다. 그럼 나하고 주고받은 메시지는? 아마도 아들이나 손자가 대신 통신을 해주는 것 같다. 영어 단어를 하나씩 모아 이야기하시는 건 가능하니 별문제는 없으리라 믿는다. 숙소는 바로 주차장 앞에 있고 단층집 단독주택이다. 짐을 끌고 계단을 올라가지 않아도 되니 우선 안도가 된다.

집 안으로 들어가자 약간 어두운 오래된 주택으로 프랑스의 옛 주거환경을 체험할 수 있어서 나름대로 의미가 있을 것 같다. 1박에 22만 8000원. 할아버지가 열심히 거실과 주방을 안내하시는데 우리에게 제일 중요한 난방을 묻자 바로 알아듣고 환한 표정으로 바닥을 만져보라고 하신다. 침실과 거실, 마루까지 모두 돌로 된 바닥이 따뜻하다. 온돌? 우리만의 고유한 난방인 줄 알았는데, 한국 사람들 온다고 수리를 하셨나? 뭐라고 길게 설명을 하시는데 프랑스어를 알아들을 수는 없고 여하간 이곳에서 만난 온돌 바닥에 놀랐지만 따뜻하면 그만이다. 디종에서 놀라 내일 아침 체크아웃 때 집 열쇠를 어디에 두고 떠나야 하는지 확인하고 오케이!

아직 오후 4시가 조금 안 되어 다운타운 구경을 해야 하는데 어떻게 가는지 궁금하다. 집 옆에는 수녀원이 있다는데 주위가 온통 주택가여서 다운타운과는 상당히 거리가 있는 것 같다. 전철이나 버스도 다니지 않는 것 같아 조심스럽게 물으니 할아버지는 다시 환하게 웃으며 표정과 단어, 손짓으로 한방에 대답하신다.

"아, 걱정하지 마! 옆 골목에 푸니쿨라가 있어! 그걸 타면 5분이야!"

뜻은 알겠는데 이해가 어렵다. 푸니쿨라라면 홍콩의 그 유명한 빅토리아 피크까지 올라가는, 밧줄로 끌어올리는 산악기차인데 이 주택가에 무슨 뚱딴지같이 그게 있을까? 그리고 어떻게 5분에 다운타운까지? 잘못 알아들은 것 같기도 하지만 일단 믿어보자.

마나님들이 차 안에서 인터넷으로 공부해 들려준 정보에 의하면 리옹은 손(Saone)과 론(Rhone), 두 개의 강이 만나는 지점에 있는 도시로 유네스코 문화유산으로 지정된 구시가지가 유명하고, 생텍쥐페리 동상이 있으며, '부숑'이라는 음식점 음식이 먹어볼 만하단다. 그럼 오늘 저녁은 부숑에서 프랑스 요리를 먹기로 하고 짐 가방은 손도 대지 말고 바로 나가기로 한다.

할아버지 말대로 골목을 돌아 조금 내려가니 푸니쿨라 정거장이 보인다. 표를 사서 타고 언덕을 내려가니 바로 '비우리옹'이라는 구시가지 번화가 한가운데다. 할아버지가 그토록 자신만만하시던 이유가 있다. 정거장을 나와 올려다보니 우리 숙소는 바로 다운타운 언덕 위에 있다. 할아버지 말대로 5분도 안 걸린 것 같다.

이 언덕을 '프루비에르 언덕'이라 하며 이 언덕 제일 높은 곳에 유명한 프루비에르 대성당이 있어 시내 어디에서도 잘 보인다고 한다.

비가 안 오니 오히려 어색하기도 하지만 프랑스에 와서 리옹의 하느님께 처음으로 사랑을 받는 것 같아 푸니쿨라 정거장 바로 옆에 있는 생장 성당에 들어가 리옹 하느님께 먼저 인사를 드리고 나온다. 이 길 좌우가 모두 먹자골목인 듯 음식점들이 가득하다.

신시가지 쪽 벨쿠르 광장에 있다는 생텍쥐페리 동상을 먼저 보고 오기로 하고 광장을 찾아 나선다. 역시 길을 찾을 땐 구글이다. 구글 안내를 따라가니 손강이 나오고 다리를 건넌다. 강 건너 오른쪽 강변을 걸으며 건너온 쪽을 보니 프루비에르 언덕과 대성당이 바로 눈에 들어온다.

벨쿠르 광장은 쉽게 찾았는데 생텍쥐페리 동상은 어디 있는지 알 수가 없다. 광장 구석구석을 훑으며 동상을 모두 돌아봐도 생텍쥐페리는 없다. 이젠 '어린 왕자'가 다 자라 제 갈 길을 간 것일까?

"생텍쥐페리 동상 어디로 갔어요?"

행인들에게 묻는다. 몇 사람이나 붙잡고 물어도 아는 사람이 없다. 어느 책에 여기 있다고 한 거야? 그거 언제 나온 책이야? 오기

리옹 프루비에르 언덕 위에 우뚝 선 웅장한 대성당

가 발동해, 없으면 없다고 자신 있게 말할 수 있도록 다시 확인에 들어간다. 지나가는 사람을 다시 붙잡았으나 그도 모른다고 하면서 되묻는다.

"혹시 쌩 드 쥐뻬리 찾는 거 아냐?"

'드'는 거의 안 들리고 '쥐'에 악센트를 주어 실제로는 '쌩 쥐뻬리'로 들린다. 우리는 생텍쥐페리로 배워 그렇게 물었는데 프랑스 사람은 쌩 쥐뻬리라고 하니 우리가 틀렸나? 여하튼 반갑다. 그가 가르쳐준 곳은 광장 안이 아니고 광장 밖 큰길가다, 자동차가 다니는 큰길가! 가로수와 함께 서 있는 무언지 모를 사각형 돌탑

프루비에르 대성당의 화려한 내부

은 찾았는데 동상은 없다, 이것도 아니었어? 그런데 누군가 소리를 지른다.

"저 위에 있네, 저기!"

탑 위를 보니 쌩 쥐뻬리의 조그마한 동상이 얹혀 있다. 쌩 쥐뻬리가 조종사 옷을 입고 돌탑에 걸터앉고, 등 뒤에 어린 왕자가 서 있다.

허탈! 우리는 어린 동심에 꿈을 준 '어린 왕자' 때문에 매우 큰 인물로 숭배해 왔는데, 실제로 와보니 그는 정말로 '어린 왕자'와 같은 조그만 동상으로 앉아 있는 것이다. 그것도 자동차와 사람들

생텍쥐페리와 어린 왕자가 관광객을 피해 돌아앉아 있다.

이 많이 오가는 길가 가로수 옆에 어떤 특별한 구역표시도 없이 평범하고 소박하게, 주의 깊게 보지 않으면 그냥 지나치기 쉽도록.

식사하러 가면서 프루비에르 대성당을 잠시 들르기로 하고 가파른 골목 계단을 오른다. 보디가드 직업 본능으로 주인 마나님을 주시하니 힘이 드는지 중간중간 멈추어 선다. 보디가드는 바로 이럴 때가 중요하다. 마나님 손을 잡고 나에게 힘을 얹으라며 한 계단 한 계단 같이 오른다. 한참을 올라가니 드디어 성당이 눈앞에 나타나고 리옹 시내가 한눈에 들어온다.

18세기 유럽을 휩쓴 흑사병에서 리옹을 구해준 성모마리아에게 봉헌되었다는 이 성당은 외관부터도 대성당 이름에 걸맞게 크고 화려하며 특히 지붕 꼭대기에서 금빛으로 빛나는 성모상이 우중충한 저녁 하늘을 밝게 비친다. 인증샷부터 찍고 성당 안을 둘러본 후 드디어 저녁 식사를 하러 간다.

부숑이라는 음식점을 찾아 헤매다 구글과 행인의 도움을 받아 확인해 보니 '부숑'은 특정 음식점이 아니라 리옹 전통음식을 파는 음식점이라는 뜻이다. 아까 본 먹자골목이 바로 '부숑 거리'이니 어느 곳이든 골라 들어가면 된다. 한국에서 하던 방식으로 사람들이 제일 많은 집을 찾아 먼저 문밖에 세워진 메뉴판을 살펴본다. 영어로도 쓰여 있기는 한데 아무리 보아도 뭐가 뭔지 알 수 없다. 그냥 이 집으로 하자고 들어가 길 쪽에 놓인 야외테이블 6명 좌석에 앉아 셰프 추천메뉴를 주문한다.

시간은 벌써 8시가 넘어 좀 어두운데 골목을 오가는 사람들이 점점 많아진다. 다들 집마다 문 앞에 세워 놓은 메뉴판을 열심히 들여다보는 것으로 보아 우리와 같은 고민을 하는 것으로 보인다.

"위하여!"

신나는 여행을 위해 맥주잔을 부딪치며 식사를 끝내고 숙소에 돌아오니 9시 반, 취침준비를 하는데 발바리 총무님이 중대발표를 한다.

"내일 아침 메뉴는 잔치국수예요."

우리는 날마다 잔치의 연속이니 너무나 어울리는 메뉴다. 특히 내게는 조금 전에 먹은 비싼 고기 요리보다 훨씬 좋다.

달걀말이 아저씨가 제일 먼저 일어나 잠자리 준비를 하러 간다. 안시를 들르고, 리옹 시내 도보 관광까지 했으니 잔뜩 지쳐 있지만 아무리 피곤해도 관물정돈을 제대로 하지 않고는 잠을 못 주무시는 성격이라 당연하다. 하루를 자더라도 가방 다 풀어서 짐 다 꺼내 예쁘고 각지게 정리해 놓아야 잠이 오는 사람이다.

이 아저씨가 대한항공 근무 시절에는 어땠을까? 부하직원들 긴장하게 하지 않았을까?

"결재문서가 책상 위에 머물러 있는 법이 없었어요."

직원들이 전하는 이 아저씨의 근무 자세다. 술자리에서 내 잔에 술이 머물러 있는 걸 보지 못하던 나와 같은 건가?

영업과 운항, 객실, 정비, 운송 등 각 부문의 완벽한 조화를 요구하는 항공 산업의 특성상 종합통제본부의 임무는 마치 오케스트라의 지휘자 역할과 같다고 하는데, 본부장으로서 이 아저씨는 주말 휴일도 없이 매일 아침 6시 출근해 저녁 9시까지 업무를 챙긴 까닭에 회사와 결혼한 사람이라는 말을 들었다고 한다. 그의 달걀말이 기술로 보아 직원들이 전하는 그의 업무 스타일이 충분히 짐작이 간다.

대한항공이 몽골 울란바토르에 첫 취항을 한 것은 그가 통제본부장으로 있을 때였다. 3~4월에는 몽골에 바람이 심해 거의 운항을 못 하는데 그의 완벽주의가 그것을 가만히 놓아둘 리 없었다. 울란바토르 공항의 15년간 기상자료를 입수해 시간대별로 바람 방향을 분석하고, 이를 토대로 바람이 약한 야간운항으로 스케줄을 바꾸는 아이디어를 내 운항을 성공시켰다고 한다.

주말이면 어김없이 해외의 취약 공항을 방문해 점검하고 문제점을 개선해가는 그의 열성과 치밀함은 우리 동기들 모두 잘 알고 있다.

이 아저씨와 나의 인연은 75년 2월에 시작되어 벌써 40년을 훨씬 넘는다. 그때 공채를 거쳐 대한항공 정비본부에 발령받은 동기는 모두 10명이었다. 위아래가 붙은 하얀 정비복을 입고 김포공항 격납고 옆 정비공장에서 기름때 묻히며 일하다가 점심시간이면 활주로 옆 풀밭에 모여 집에서 가지고 온 도시락 꺼내 식사를 하곤 했다. 풀밭 옆으로 계속 뜨고 내리는 거대한 비행기를 보며 꿈을 키워가던 시절이었다.

그러다 이 아저씨는 산업공학과 전공 덕분에 영업본부로 발탁되어 스케줄 담당 업무를 시작했고, 이후 기획 파트와 영업계획

관리 등을 거치며 승승장구해 최고경영진의 일원이 되었다.

반면 나는 대한항공 근무 중에 고교 시절 꿈이었던 전자공학 박사 학위 취득을 목표로 유학을 가려고 문교부 유학시험까지 통과하고, 중학교 교사인 마나님과 함께 유학 준비를 하던 중 집안에 일이 생겨 유학 포기하고 대한항공을 떠났다. 정비가 아닌 전자회로 설계를 하고 싶어 직장을 옮긴 후 다시 몇 번 옮기면서 고교 시절 꿈과는 전혀 다른 길로 빠지게 되었다.

신입사원으로 시작해 일생을 한 직장에서 승승장구한 달걀말이 아저씨가 참 대단하다는 생각을 늘 해온 만큼 오늘도 특출한 관물 정돈 실력을 발휘할 것이라는 데에는 전혀 의문이 없다.

그런데 이 아저씨, 문제가 좀 있다. 자기 짐만 정리할 뿐, 마나님 짐은 손도 안 댄다고 발바리 마님이 하소연한다. 하긴 두 사람 짐을 다 자기 방식대로 정리하려면 잠잘 시간이 없을 것이다.

## 물벼락 뒤집어씌운 화장실 값 너무해

\*
\*
\*
\*

아침 6시 40분, 잔치국수를 먹으며 김홍식 친구의 여행 브리핑을 듣는다.

"리옹에서 정남 방향인 아비뇽으로 가는데, 직진하지 않고 서쪽으로 길을 돌아 '산티아고 순례길'의 또 다른 출발지로 알려진 르퓌앙블레라는 곳에 들러 성모 동산과 성채 위 요새를 볼 겁니다.

르퓌앙블레 성모 동산

거기서 점심을 먹고 다시 동남쪽으로 돌아 아비뇽으로 갑니다. 바로 가면 220km인 길을 돌아 340km를 가는 것인데 과연 그만큼 가치가 있을지 모르지만 한 번 가봅시다."

8시, 집 열쇠를 할아버지가 일러준 우편함에 넣고 열쇠를 넣는 순간을 사진으로 찍는다. 바람이 좀 불긴 하지만 하늘은 모처럼 맑음이다. 달리는 차 안에서 마나님들이 읽어주는 르퓌앙블레와 아비뇽에 관한 정보를 듣는다.

'인구 2만 5000명 정도의 작은 도시로 대성당 뒤에 성모 동산이 있고, 절벽 위에 성 미셸 성당이 있으며, 그 주변에 옛날 성채가 남아 있다. 성채 위에는 요새로 쓰이던 유적지가 있으며 아비뇽에

대포 213문을 녹여 만든 성모상 앞에 교황이 무릎 꿇어

는 옛날 교황청으로 쓰인 궁전이 있다.'

오베르뉴의 산들로 둘러싸인 자그마한 도시 르퓌앙블레는 산티아고 순례길 출발지라 그런지 그 순례길 상징인 가리비 조개 그림을 곳곳에서 볼 수 있다. 붉은 지붕들이 예쁜 조용하고 아담한 마을 한쪽에 높지 않은 동산이 있고, 그 꼭대기에 빨간색에 얼굴이 슬퍼 보이는 성모상이 서 있다. 1856년 크리미아 전쟁에서 승리한 프랑스가 전리품으로 가져온 대포 213문을 녹여 만든 것이라고 한다. 아기 예수를 안고 도시 전역을 굽어보는데, 높이는 12m로 내부의 나선형 철제 계단을 통해 성모상 얼굴까지 올라갈 수 있다.

최대한 가까이 주차하고 주택 사이 좁은 골목길을 꼬불꼬불 걸어 올라간다. 마나님들이 인사를 해야 한다며 단체로 어딘가를 향하는데 보니 가까이에 성모상 방문자들을 위한 유료화장실이 있다. 마나님들이 들어가고 그 앞에서 경계근무를 서는데 갑자기 마나님들이 박장대소를 하며 뛰어나오는 게 아닌가.

무인 유료화장실 부스는 동전을 넣고 문이 열리면 들어가 사용하고, 끝나고 나와 문을 닫으면 다음 사용자를 위해 자동으로 물청소를 하는데 청소가 끝날 때까지는 문이 열리지 않는다. 우리 마나님들은 총명한 머리를 굴려, 앞사람이 일 보고 나오면서 문을 닫지 않고 붙잡고 있다가 다음 사람에게 인계해서 들어가 문을 닫고 우아하게 앉았는데, 갑자기 물청소가 시작되어 물벼락을 맞고 뛰어나왔다는 것이다. 유럽 여행하면서 겪는 화장실 수난사는 참으로 가지가지다.

성모 동산 입구에는 '노트르담 드 프랑스 동상'이라는 안내판이 서 있고, 그 뒤로 우리를 향해 손을 흔드는 아기 예수를 안은 빨간 성모상이 보인다. '노트르담'은 파리에 있는 성당을 가리키는 것 아닌가, 여기는 '파리 노트르담'이 아니고 '프랑스 노트르담'이니 계급이 더 높은 곳인가 하는 의문이 들어 가만히 검색해보니, '노트르담'은 '우리 귀부인'이라는 말로 성모마리아를 뜻한다는 것을 알게 되었다. 내가 얼마나 무식했던가, 혼자 부끄러워한다.

동산에 올라가 아기 예수를 안고 있는 빨간 노트르담, 빨간 성모마리아에게 인사를 드린다. 성모마리아 앞에는 누군가가 무릎을 꿇고 성모님을 우러러보는 동상이 있는데, 어떤 교황의 동상이라는 안내문을 주변 어디에서 본 것 같다. 성모상 안으로 들어가 계단을 통해 성모님 머리끝까지 올라간다.

성모상 속 왕관에서 아래를 내려다보니 르퓌앙블레 마을이 한눈에 다 들어오는데 집마다 빨간 지붕들을 하고 있어 아늑하고 아담해 보인다. 언덕에서 내려와 근처에 첨탑처럼 불뚝 솟은 원뿔 모양의 생 미셸 성당으로 간다. 원추의 끝부분, 바람 불면 날아갈 것 같은 언덕 맨 꼭대기에 어떻게 이런 성당을 지었는지 종교의 힘, 신앙의 힘이 참으로 대단하다.

언덕에서 내려와 마을 반대편, 요새의 흔적이 남아 있다는 폴리냐 성채로 간다. 바람이 꽤 심하다. 성을 걸어 올라가 성 위의 요새를 봐야 하는데 1시가 다 되어 배가 고프다. 집도 몇 채 안 되는 변두리 언덕이라 아늑한 곳을 찾을 수 없어 바람도 피할 겸 자동차 안으로 들어가 김밥을 푼다.

아비뇽 교황청이 있던 궁전

김홍식 부부나 우리 부부는 산티아고 순례길에서 점심때가 되면 순례객들 모두가 하는 대로 길모퉁이에 주저앉아 싸 가지고 온 점심을 먹곤 해서 이런 소풍 같은 소박한 여행에 익숙해졌으나 김정자·최현숙 두 분은 이런 데서 이렇게 때우는 점심이 낯설 것 같아 미안하다. 하지만 두 분도 소풍 온 것 같아 좋다며 걱정하지 말라고 한다. 감사, 감사!

점심을 먹고 성채로 올라가 보니 아래서 보던 것과는 달리 상당히 넓어 보이고 여기저기 남은 흔적들이 한때는 사람들이 꽤 많이 살았다는 것을 보여준다.

3시, 성을 떠나 아비뇽으로 향한다. 하늘은 맑지만 바람은 여전히 심하다. 성을 나와 들판을 가로지르니 이내 산길로 들어선다. 왕복 2차선도 안 되는 좁은 길이 온통 산으로 둘러싸여 숲속으로 꼬불꼬불 이어진다. 이런 길을 210km나 가야 하는 거야? 마주치는 차도 별로 없는 산길을 돌고 돌다 보니 지루하기까지 하다. 나중에 안 일이지만 이곳이 바로 프랑스에서 유명한 쎄벤느 국립공원이다. 이 공원을 북에서 남동으로 관통하는 멋진 숲길을 달린 것이다. 자동차 여행 중에 생각지 못한 보너스를 얻는다.

정작 알프스 턱밑까지 가서 날씨가 도와주지 않아 제대로 느끼지 못한 숲속 풍경을 이제야 만끽하며 달린다. 이리 돌고 저리 돌고, 뒷좌석 마나님들은 잠이 들었다 깼다 하며 멋진 풍경을 반쯤만 즐긴다.

3시간 반이 넘는 산길 드라이브 끝에 아비뇽 숙소에 도착해, 호스트가 알려준 대로 열쇠를 찾아 문을 열고 들어간다. 2층짜리 단독주택으로 1층은 주방과 식당이고 2층에 거실과 침실이 2개 있어, 한 팀은 역시 거실 소파 베드를 빼내 잠을 자야 한다. 여기도 호스트가 살다 잠시 비운 듯 가구나 주방 집기들이 잘 정돈되어 있고, 각종 조미료 병들이 찬장에 빼곡히 들어있다. 마나님들 감사 결과 주인이 요리 쪽에 종사하는 사람 같다고 한다. 1박에 14만 3000원.

라면과 밥으로 저녁을 먹고 나니 8시가 넘는다. 좀 늦은 시각이지만 아직 어둡지 않아 옛 교황청 궁전까지 구글로 길을 확인해 걸어갔다 오기로 하고 집을 나선다. 남쪽이라 그런지 비는 이제 따라오지 않아 다행인데 5월인데도 기온이 너무 쌀쌀하고 바람이 많이 불어 패딩에 목도리를 하고 20분쯤 걸으니 옛 교황청 건물이 보인다. 늦은 시간에 날씨까지 추워 사람들은 거의 없고 우리 일행만 건물 앞 광장을 독차지해 인증샷을 몇 장 찍고 돌아온다.

걱정했던 대로 숙소에 침구가 모자란다. 숙소 예약 때 침실이 3개인 큰집이 흔치 않아 침실 2개짜리를 택했는데, 이런 경우 대개 거실의 소파 베드를 이용해 2명이 자게 되어있으나 그들의 침구까지 세심하게 챙겨 주는 집은 많지 않다. 예약 때 인원수를 밝히는데 침구 문제도 반드시 별도로 요청을 해야 한다.

다행히 소파를 덮은 장식용 커버가 꽤 두터워 이것을 벗겨 이불 삼아 덮고 잔다.

## 십자가도 없이 초라하게 잠든 샤갈

* * * *

아침에 일어나면 언제나 발바리 마님이 주방에서 식사 준비를 하는 모습을 보게 되는데, 오늘도 예외는 아니다. 오늘 아침은 미역국에 점심은 샌드위치다.

추운 데서 떨지는 않았는지, 시차는 대충 극복이 되어 잘 주무셨는지, 안부를 묻고 또 즐거운 하루를 시작한다. 아침 식사 후 짐을 꾸리고, 집 열쇠는 다른 사람이 보지 못하도록 몇 사람이 둘러서서 사방을 가리고, 어제 꺼낸 함에 넣으며 사진까지 찍고 출발. 오늘은 270km를 달려 해안 휴양도시 니스까지 간다. 화가 샤갈이 작품 활동을 하던 니스 근처 생폴드방스에 들렀다가 5시에 니스 도착 예정이다.

어제저녁 맛보기로 다녀온 옛 교황청 궁전에 가서 입장료를 내고 안으로 들어간다. 교황청이 어찌하여 로마가 아닌 프랑스 남부 아비뇽에 있었는지는 사연이 꽤 복잡한데, 1300년대 초반 로마 교황 보나파시오 8세와 막강 파워를 자랑하며 프랑스 교회에 과세를 추진하던 프랑스 군주 필립 4세의 다툼에서 발생한 일이다. 로마 교황을 납치해 승리한 필립 4세가 프랑스 보르도 지방의 클레멘스 5세를 교황으로 선출하도록 압력을 가하고 주거를 아비뇽으로 옮기게 했다는 것이다. 그 이후 7대 교황에 걸쳐 70년 동안 교황청이 아비뇽에 있게 되었으며 이를 계기로 도시로서 큰 성장을 이루게

고속도로 휴게소에서 점심 식사

되었다고 한다.

내부를 둘러보고 나와 교황청 광장 바로 옆을 흐르는 론강의 유명한 다리로 걸어간다. 이 론강은 알프스에서 시작되어 지중해로 흘러가는데 아비뇽 부근은 원래 수량이 많지 않아 수상교통이 발달하지 않았으나 18세기부터 강 유역을 개발해 지금은 큰 배가 다닐 수 있을 정도라고 한다.

프랑스 전래 동요 '아비뇽 다리 위에서'로 유명해진 이 다리는 12세기에 양치기 소년 베네제가 신의 계시를 받고 혼자 돌을 쌓아 만들었다는 이야기가 전해져, 정식명칭이 '생 베네제 다리'다. 1669년

십자가도 없이 잠든 샤갈 묘지

에 있었던 대홍수로 반은 끊겨 사라지고 반만 남은 채 복구를 하지 않아 후세 관광객들에게 흥미를 배가시키는 반전을 이루었다.

아비뇽을 떠나 아주 쾌청한 날씨 속에 1시간 좀 넘게 달리자 고속도로변에 아담한 휴게소가 있어 들어간다. 미국도 그렇지만 유럽도 고속도로 휴게소가

생폴드방스 골목길은 그 자체가 바로 갤러리다.

대부분 우리 휴게소와는 달리 화장실과 야외 샌드위치 식탁 몇 개 있는 게 전부다. 우리는 언덕 쪽, 나무 그늘 식탁에 자리 잡는다.

식사 후 2시간쯤 달려 생폴드방스에 도착한다. 아비뇽을 포함해 니스, 마르세유 등 지중해 연안 프랑스 남동지역을 총칭하는 프로방스 지방에 속한 생폴드방스는 중세 주거 형식을 보존하는 작은 성채 마을로 '러시아의 예술 영웅' 화가 샤갈이 60세가 넘은 시기에 자리 잡고 오랫동안 작품 활동을 한 곳으로 유명한 예술인 마을이다.

자유분방하고 개인적이었던 유대인 샤갈은 러시아 볼셰비키 혁명가들과 이념적 불화를 일으켜 독일로 피신했으나 당시 난해하고 실험적인 모든 미술에 반대한 나치로부터 다시 몸을 피해 파리로 이주한다. 그러나 프랑스를 점령한 나치독일의 반 유태인 정책을 피해 미국으로 건너갔다가 1948년 프랑스로 되돌아와 1985년 이곳에서 영면하는 파란만장한 일생을 보냈다.

성안 마을로 들어서니 작은 자갈을 모자이크로 요리조리 붙여 바닥을 장식한 자갈길과 좁은 골목길 좌우에 계속 이어지는 갤러리와 아틀리에가 이곳이 예술인 마을임을 과시하는 것 같다. 갤러리의 작품과 기념품들을 감상하며 골목길 끝까지 걸어 나와, 샤갈이 마을 주민들과 함께 잠들어 있다는 공동묘지를 찾는다. 크고 화려해 보이는 무덤을 골라 돌아보았으나 샤갈이란 이름은 찾지 못했다.

'샤갈은 예명이고 본명은 그게 아니었나?'

묘지를 헤매던 중 우리와 똑같이 샤갈 무덤을 찾던 관광객들이 손짓해 가보니, 아무런 장식도 없는 아주 평범하고 소박한 돌무덤에 샤갈 이름이 새겨져 있다. 샤갈의 성격이 원래 그렇게 소탈했는지 아니면 유대인의 장례법이 그런 건지는 몰라도 심지어 유럽 사람들 무덤 '모두'에서 볼 수 있는 십자가조차 없으니 너무 초라해 보인다. 가진 것 없이 왔다 가진 것 없이 가는 인생[無所携而來무소휴이래 無所携而去무소휴이거]을 확실하게 보여주는 것 같다.

니스로 떠나며 숙소 호스트에게 메시지를 보내니 병원에 있어 우리가 도착할 시간에는 갈 수가 없다면서 1시간쯤 집 앞에서 기다려 달라고 부탁한다. 다른 집처럼 열쇠를 어디에 두었으니 열고 들어가라고 하면 될 텐데 굳이 기다려달라니 손님을 직접 대면하고 안내를 하겠다는 마음인 것 같아 예쁘기도 하나, 그럼 우리 시간에 맞추어 와 있어야지 여행하느라 힘든 사람들을 기다리라 하니 괘씸하기도 하다.

해변 대로 옆 깨끗해 보이는 아파트 건물인데 주차장이 없다. 적당히 주차하고 짐 가방을 꺼내 숙소 현관 앞으로 간다. 집 앞 버스정류장 벤치에 마나님들을 앉히고 기다리니 1시간이 넘어 몸에 딱 붙는 가죽 점퍼에 여기저기 요란한 장식물과 열쇠 뭉치를 걸치고 턱수염까지 기른 무서워 보이는 아저씨가 육중한 모터사이클을 타고 나타난다. 이 무서운 양반이 호스트? 그렇다! 인사를 하고 늦어서 미안하다며 얼른 들어가자고 한다. 그 육중한 모터사이클이 그렇게 비싸다는 할리데이비슨인지는 못 물어봤다.

엘리베이터를 타고 올라가 집 안으로 들어가니 집주인 이미지와는 달리 거실과 주방이 아담하고 깨끗하게 잘 정돈되어 있다. 베란다로 나가자 자동차길 건너로 지중해가 한눈에 들어온다. 여기는 2박에 45만 원, 역시 지중해 휴양도시, 바닷가 대로변이라 그런지 비싸다.

여기저기 안내한 후 중요한 걸 보여주어야 한다며 따라오라고 한다. 현관으로 데리고 가서는 밖에서 들어올 때 현관문 여는 시범을 보여줄 테니 잘 보고 따라서 하라고 하는데, 잘 보니 문의 잠금장치가 예사롭지 않다. 집 밖에서 열쇠를 돌려 문을 잠그고 열게 되어있는데 보통 집처럼 고리 하나가 걸리는 게 아니라 묵직한 고리 세 개가 동시에 걸리는 특별장치다. 이 자물쇠를 여는 법이 상당히 예민하다면서 잘 보고 따라서 해보라고 한다.

살짝 돌려 조금 돌아간 느낌을 받으면 조금 더 돌리고, 다시 감을 잡고 한 번 더 반복! 이렇게 3번을 살짝살짝 돌리면 열린다고 하며 우리에게 해보라고 하는데 우리 두 남자 다 불합격이다. 이제야 이 아저씨가 우리를 직접 대면해야 한다고 한 이유를 알 것 같다. 몇 번을 시도해 보니 될 때도 있고 안 될 때도 있어, 호스트를 돌려보내고 저녁 식사 준비를 한다.

까르푸 마트가 바로 옆에 있다니 부식 재료 좀 사다 카레 라이스로 식사를 하자는 마나님들 제안에 따라 다 함께 동네 구경도 할 겸 마트를 가려고 집을 나오면서, 밖에서 문 여는 연습을 몇 번 더 한 후 문을 잠그고 나와 카레 라이스 재료를 구해 집으로 돌아

그 유명한 니스 해변

온다. 6명이 열심히 보았으니 문 여는 건 걱정 안 해도 되겠지 하며 문을 여니 두세 번 만에 오케이!

8시 넘어 식사 준비가 완료되어 지중해 바다를 바라보며 먹자고 베란다에 밥상을 차리고 브라보할 와인까지 갖다 놓고 보니 높지 않아 그렇지 어느 호텔의 스카이라운지 못지않다. 바로 길 건너에서 들려오는 요란한 파도 소리를 들으며 니스에서의 즐거운 밤을 위하여 브라보, 브라보!

김정자 · 최현숙, 두 마나님에게 설명한다.

"바로 저 앞이 말로만 듣던 지중해랍니다, 잘 봐 두세요!"

식사를 마치고 니스 밤바다를 감상하러 집을 나서서 숙소 앞 해변도로를 걷는다. 요란한 파도 소리가 오가는 자동차 소리를 막으며 우리를 바다 쪽으로 이끈다. 수평선 위에는 마침 완전한 원형인 보름달이 환한 빛으로 길을 밝혀 준다.

'우리 귀여운 손녀 아라와 아윤이도 서울에서 바로 저 달을 보고 있겠지?'

둥근 달 가운데에 아라와 아윤이의 웃는 얼굴이 비쳐 보이는 것 같다.

시내 중심부에서 약간 벗어난 곳이라 그런지 사람들은 많지 않으나 해변 모래사장에 앉아 사랑을 나누는 연인들도 간혹 보이고 열심히 뛰는 사람들도 보인다. 시내 쪽으로 한참을 걷다 길을 건너 다시 숙소 쪽으로 돌아온다.

숙소에 돌아오니 11시가 넘는다. 집 문 열기는 연습도 여러 번

했고 마트에 다녀와 문제없이 들어갔으니 걱정할 게 없다고 안심하고 문 앞에 도착한다. 달걀말이 아저씨가 문을 여는데 안 열린다. 이놈이 바로 열려주기도 하고 애를 좀 먹이기도 했으니 걱정 않고 기다린다. 몇 번을 시도해도 안 열린다. 내가 해 볼까? 내가 넘겨받아도 역시 꼼짝 않는다. 모두 긴장하기 시작한다.

남자 둘이 번갈아 시도하는데 도무지 꼼짝을 않는다. 마나님들은 아예 문 앞 복도에 주저앉는다. 마나님들이 나서서 해 보지만 역시 마찬가지. 30분 넘어 씨름해 보건만 요지부동이다. 초조함속에 3시간은 흐른 것 같다. 모두 공포에 싸여 아무 말도 못 하고 열쇠 돌리는 손길만 응시한다.

한밤중, 문 안쪽에는 젖과 꿀이 흐르는 낙원이 있는데 우리는 바깥 지옥에서 심한 고통을 겪고 있다. 등에 땀이 흐른다. 무슨 강력한 도구라도 있으면 문을 부수어버리고 싶다. 아까 본 그 보름달은 지금도 밝게 빛나고 있을까? 이런 고통스러운 순간에 우리를 비웃듯 밝아서는 안 되는데.

엘리베이터를 사이에 두고 양쪽에 집이 있는데 앞집은 사람이 없는 듯 우리 6명이 난리를 겪는데도 전혀 인기척이 없고, 공포에 짓눌린 침묵만이 복도를 무겁게 내리누른다. 1시간이 지나자 더 버틸 수 없어 자정이 넘었지만 와서 도와달라고 호스트에게 전화를 건다. 용기를 내 전화를 했건만 신호만 갈뿐 받지 않는다. 자정이 넘어 꺼버렸나? 메시지를 보내도 응답이 없다. 이제야말로 절망이다. 오늘은 여기 복도에서 자야 하는 걸까?

도대체 어떻게 이런 황당한 일이 있을 수 있나, 6명이 번갈아 1시간 넘게 열쇠를 돌리는데 어쩌면 이렇게 꼼짝도 안 할 수 있니? '따랑~' 공포의 고요를 깨며 내 핸드폰에서 에어비앤비 특유의 메시지 수신음이 들린다. 오, 니스의 하느님, 드디어 호스트에게 제 메시지를 보게 하셨군요. 다들 눈이 번쩍 뜨여 후다닥 일어난다. 뭐래, 온대?

　하지만 절망의 재확인일뿐이다. 지금 메시지를 보았는데 급히 치료를 받아야 하니 병원을 나갈 수가 없단다. 가르쳐준 대로 천천히 조금씩 잘 돌려보라는 게 전부다. 근처 호텔로 가자는 말, 여기 복도에서 옷이라도 벗어 깔고 누워 자자는 이야기 등이 나온다. 이젠 모두 체념한 상태에서 울고 싶을 뿐이다.

　열쇠 돌리는 사람은 문 앞에 서서 기도하듯 경건한 자세로 살금살금 구멍에 열쇠를 밀어 넣고 최대한 천천히 돌리다 중간에 걸려 안 돌아가면 다시 빼고, 잠시 기다렸다 다시 더욱 경건한 자세로 밀어 넣고 돌려보고 또 빼고…… 반복 또 반복한다.

　달걀말이 아저씨 차례가 다시 돌아온다.

　"이번에도 안 되면 노숙이야!"

　지금까지와는 다른 마음가짐으로 기도하듯 고요한 자세로 서서 천천히, 아주 천천히 열쇠를 돌리며 문고리에 귀를 바싹 들이대고 자물쇠 뭉치 안에서 나는 기계 움직임 소리를 들어가며 조금 돌리고 또 이어서 조금 더 돌리고, 다시 반복, 다시 또 반복, 몇 번을 시도하더니 희망이 보인다며 눈빛을 반짝인다. 다시 천천히 돌리고 느낌 받고, 다시 또 천천히 돌리고 소리 들어보고……, 그러다 갑자기 소리를 지른다.

"두 번 돌아갔어! 한 번만 더 잘 돌아가면 되는데!"

열렸다! 문이 열렸다! 모두 번개처럼, 용수철처럼 바닥에서 튕겨 일어난다. 우리 머리가 복도 천정에 부딪히지 않은 게 이상하다.

## 한 나절 세 나라, 모나코 선창

＊
＊
＊
＊

니스의 파도 소리와 함께 아침에 일어나 거실에 모여 앉아 의문을 갖는다. 니스에 도둑이 얼마나 많길래 이 집 문의 잠금장치가 이렇게 육중한 걸까? 다시 몇 번을 잠갔다 열었다 해 보지만 달걀말이 아저씨 말고는 단번에 성공하지 못한다. 이제 문 여는 담당은 그의 독점사업이 되어버렸다.

오늘은 이탈리아와 모나코까지 국경을 넘어 갔다 와서 칸을 들러 숙소로 돌아오게 되는데, 대략 밤 9시 전후가 될 것이다. 몇 개 도시의 중심을 관광하기 때문에 주차문제도 있고 해서 기차를 타고 이동하며, 점심은 대략 모나코에서 먹게 될 것 같다는 말에 마나님들은 볶음밥으로 도시락을 준비한다.

8시 30분, 만일의 사태에 대비해 몇 명은 집 안에 있고 문 여는 담당이 밖으로 나가 문 여는 연습을 몇 번 하고는 6명 전부 밖으로 나가 과감하게 문을 닫고 열쇠를 돌려 잠근다.

숙소 앞 정류장에서 노선을 공부한 후 버스를 타고 니스 역으로 가서, 9시 21분에 출발해 프랑스 국경을 넘어 이탈리아 빈티밀에 10시 10분 도착하는 기차를 탄다. 여행 시작 후 처음으로 버스와 기차로 이동하니 너무 편하다. 기차는 순식간에 빈티밀에 도착한다. 여권검사조차 없이 왕래가 자유로우니 국경은 지도에만 있는 것 같다. 역에서 나와 길가 상가건물을 둘러봐도 프랑스의 연속인 것만 같다.

구름이 끼어 약간 흐려도 상쾌한 날씨다. 역에서 조금 걸으니 바다가 나타나고 바다와 만나는 강이 뒤쪽 산으로부터 이어진다. 북쪽의 로야 계곡을 흘러 지중해로 들어가는 로야 강이라고 한다. 강을 배경으로 인증샷 한 장 찍고 더 걸어가 바닷가에서 또 몇 장 찍고는 바로 역으로 돌아온다. 오늘은 가야 할 곳이 많다.

다시 프랑스로 들어가 빈티밀 바로 옆 동네 망통으로 간다. 기

한국 마나님들이 니스 시내버스를 납치하다.

차로 15분 거리에 있는 망통에 내리니 11시 반. 레몬 축제로 유명한 망통은 니스, 빈티밀과 똑같은 해변 도시로 서로 차이를 느끼지 못한다. 역에서 걸어갈 수 있는 해변만 갔기 때문에 다른 해변은 모르겠으나 우리가 간 곳은 작은 돌들이 많아 고운 모래사장을 기대한다면 실망이다.

12시가 넘긴 했으나 모나코까지 가서 점심을 먹기로 하고 역으로 돌아간다. 모나코행 기차를 타려고 전광판에 표시된 번호의 플랫폼을 찾아가 기다리는데 사람이 별로 없고 오히려 철길 건너 플랫폼에 많다. 우리와는 반대 방향으로 가는 사람들이 많은 건가?

잠시 후 기차가 들어올 시간이 되자 구내방송이 나온다. 우리는 당연히 알아듣지 못하는 프랑스어 방송이니 아예 들으려고도 하

멋진 모나코 요트장 선창에서 맛있는 볶음밥 점심

지 않는데, 갑자기 옆에 있던 프랑스인들이 따라오라며 플랫폼을 건너는 지하도로 뛰어간다. 영문 모른 채 놀라 서 있는 우리를 보고 저쪽 플랫폼에 있는 사람들도 빨리 건너오라고 손짓한다. 그제야 사태파악이 된다. 모나코행 기차가 그쪽 플랫폼으로 들어오는 것이다.

6명이 일제히 뛰어가 위기일발, 간신히 올라타 숨을 몰아쉬니 호흡이 안정되기도 전에 벌써 모나코가 다음 정거장이다. 오늘은 이래저래 바쁜 날이다. 빈티밀, 망통, 모나코가 다 이웃에 있어서 두 곳, 두 나라를 돌고 모나코에 도착하니 겨우 12시 40분이다. 로마 바티칸에 이어 세계에서 두 번째 작은 나라지만 엄연히 독립국가이니 반나절에 세 나라를 넘나든 것이다.

바닷가 쪽으로 언덕을 내려가 요트 정박장을 만난다. 옷차림으로 보아 주변 사무실 근무자들로 보이는 젊은이들이 여기저기 모여 앉아 샌드위치로 점심을 먹는다. 우리도 다른 자리 찾아다닐 것 없이 여기서 식사를 한다. 햇볕을 등 뒤로 하고 요트장 한쪽에 앉아 볶음밥을 푼다. 모나코에 한식당이 있는지 모르겠으나 있다한들 우리가 직접 정성 들여 싸 온 볶음밥과 비교가 되겠나? 우리처럼 이렇게 바다 위 선창에서 모나코의 싱그러운 바다를 코앞에 두고 맛있는 볶음밥을 먹는 게 가능하겠나?

식사를 마치고 언덕길을 올라가 왕년의 미국 여배우 그레이스 켈리가 왕비가 되어 살던 왕궁과 왕실 무덤이 있다는 그 옆 성당을 돌아본다. 우리만 열심히 따라 다니느라 고생하는 김정자 · 최

칸 항구

현숙 마나님께 몬테카를로 카지노와 F1 자동차경주를 보여주지 못해 미안하나 다음 일정을 위해 다시 기차역으로 돌아간다.

기차를 타고 칸에 도착해 시내를 걷는다. 여기는 단연 영화제가 열리는 대회장을 먼저 보아야 하므로 지도를 보고 그곳으로 향한다. 올해는 제70회로 다음 주 5월 17일부터 열린다고 한다.

대회장에 도착하니 벌써 준비로 부산하고 배우들이 레드카펫을 사뿐사뿐 밟으며 입장할 입구 앞에는 짐을 싣고 내리는 차들이 바

쁘게 오간다. 우리는 인증샷으로 길 건너에서 대회장을 배경으로 사진 몇 장 찍고 넓은 자동차 도로를 따라 걸으면서 구경한다.

길 한쪽에는 유명 프리미엄 브랜드의 고가 상품 상점들이 이어져 있고 그 안은 실내장식이 매우 화려한데, 상점 문 앞에는 우람한 보디가드들이 버티고 서있어 우리 같은 사람들은 아예 들어가 구경할 엄두를 못 낸다. 저런 상점들은 어떻게 장사를 할까? 일본 상점들처럼 상냥한 종업원이 입구에서 허리를 잔뜩 굽히며 어서 들어오시라고 깍듯이 인사해도 들어갈까 말까인데 저렇게 손님들을 향해 무서운 눈을 부라리는 보디가드 사이로 누가 어깨 빳빳하게 들어가 자유롭게 쇼핑을 할 수 있을까? 하긴 이런 고가의 상품을 사는 사람들은 그들보다 더 무서운 보디가드를 데리고 다니는 사람들일 테니, 뭐.

칸 시내를 돌아보고 6시가 넘어 바쁘게 역으로 돌아간다. 반나절 만에 세 나라를 순방하는 바쁜 일정을 마치고 드디어 숙소로 돌아가는 시간이다. 칸에서는 30분 정도면 니스에 도착이다.

8시 30분, 현관문 앞에 서서 모두 다시 긴장한 가운데 문 열기 담당이 열쇠를 밀어 넣는다. 조금 돌리면서 오케이! 들어간 열쇠를 요리조리 움직이며 조금 더 돌리고 오케이! 마지막 더 돌리며 오케이! 열쇠를 돌리면 집에 들어가게되는, 너무나도 자연스럽고 당연한 일이 우리에겐 너무나도 신기하고 반가운 일이 되었다.

내가 오래 살아온 곳에서도 하루를 살다 보면 전혀 뜻밖의 일이 생겨 당황하게 되는 일이 허다한데, 하물며 내가 처음 오는 곳에서, 또한 준비도 안 되어있고 대응 방안도 전혀 없는 떠돌이 여행 중에서야 별일이 다 있을 수 있음을 생각하며 매사를 최대한 느긋하고 단순하게 받아들이기로 한다.

## 사람과 사람 사이에 웃음이 있다

\*
\*
\*
\*

벌써 프랑스 여행 8일째에 접어든다. 시차는 이제 완전적응되었고, 집 생각이 간절해지기 시작하는 그런 시기지만 우리 6명에게는 집 생각이 날 겨를이 없다.

집 열쇠는 거실 테이블에 올려놓고 나가도 좋다는 오토바이 아저씨 말대로 열쇠를 예쁘게 올려놓고 집을 나선다. 사고뭉치 열쇠 뭉치야, 빠이빠이! 지금도 궁금하다. 니스의 집들이 다 그렇게 '어마

무시'한 잠금장치를 매달고 있는 거야? 도둑이 그렇게 많은 거야?

오늘은 엑상프로방스와 마르세유 두 군데를 거쳐 최종 목적지인 아를까지 330km를 운전한다. 점심은 운전 중 자동차 안에서 먹기로 하고 마나님들은 맛있는 건강 샌드위치를 만든다. 8시 30분 출발, 어제는 그렇게 쾌청하던 날씨가 오늘은 구름이 잔뜩 가려있어 심상치 않다.

프랑스 남부 프로방스 지방의 대표 도시 엑상프로방스는 라틴어로 물을 의미하는 '엑스(aix)'가 보여주듯 물이 풍부하며, 고대 로마 시대부터 광천수로 유명했다고 한다. 엑상프로방스는 또 화가 폴 세잔이 태어나 생을 마감하기까지 활동한 곳이며 파리의 샹젤리제 같은 미라보 거리가 유명하다. 다운타운으로 들어가 관광안내소를 먼저 찾아 안내를 받기로 한다.

두 시간이 걸려 엑상프로방스에 도착해 시청 옆 지하주차장에 간신히 주차하고 조금 걸으니 널따란 광장에 천막을 치고 가설시장이 섰다. 여러 도시에서 발견한 사실이지만 프랑스에서는 도심 한복판 사람이 많이 모이는 광장에 평일에는 정오까지 가설시장을 허용해 상인들 장사를 도와준다. 우리가 11시에 도착해 정오가 가까워지자 여기저기서 판매대를 걷을 준비를 하고 천막을 해체한다. 이것저것 구경하다 생선 판매대에 들렀는데 명태와 아주 흡사한 신선한 생선이 보인다. 정확한 이름은 모르지만 우리는 생태라 부르기로 한다. 요즘 시장에서 보기 어려운 귀한 생태를 발견하자 마나님들이 이구동성으로 탕을 끓여 먹자고 하여 주저할 것도 없이 18

마르세유 언덕 위 노트르담 대성당의 화려한 내부

유로를 주고 두 마리를 산다. 우리 부부가 여행 중 제일 좋아하는 게 바로 신선한 생물 생선으로 매운탕 끓여 먹는 건데, 이런 횡재를 만났으니 오늘은 조짐이 좋다.

관광안내소를 찾아, 두 시간 정도 돌아보면 좋을 곳을 안내받고 지도를 받는다. 안내소에서 나와 조금 걸으니 폴 세잔 동상이 서 있다. 인증샷 찍고 마나님들이 잠시 볼일이 필요하다고 하여 안내소로 다시 들어갔으나 예상대로 저쪽에 유료화장실이 있다며 창문 너머를 가리킨다. 마나님들 모시고 그쪽으로 가서 헤매다 겨우 길가 유료화장실 부스를 찾는다. 유럽에만 오면 반복되는 '화장실 찾기'를 언제쯤 면할 수 있을지.

오래전 인도 여행 때 농촌 마을을 지나다 마을 여자가 집 옆 밭에 주저앉아 넓은 치마로 하체를 가리고 일을 보는 모습을 버스의 차창 밖으로 본 적이 있는데, 그 방법이 차라리 편리해 보인다.

미라보 거리를 돌아보고 잠시 쉴 틈도 없이 다음 목적지인 마르세유를 향해 출발, 차 안에서 늦은 점심으로 샌드위치를 먹고 마르세유 외곽 언덕 위에 우뚝 솟은 노트르담 대성당에 들른다. 아침 출발 때부터 잔뜩 흐린 날씨가 엑상프로방스를 도는 동안 꾹 참았다는 듯 갑자기 강한 바람과 함께 소나기를 퍼붓기 시작한다. 소나기 속에 성당 꼭대기에서 아기 예수를 안은 금빛 마리아상이 우리를 내려다본다. 성당 마당에서 언덕 아래를 보니 마르세유가 한눈에 다 들어오고 그 너머로 바다가 보인다.

소나기가 오락가락하는 가운데 사진을 찍고 부지런히 마르세유를 향해 출발했으나 마르세유 다운타운에서는 내리지 않고 자동차로 한 바퀴 돌아보기만 하고 최종 목적지 아를로 직행한다. 에어비앤비 메시지를 통해 호스트에게 도착 예정시간을 알려주고 5시쯤 숙소에 도착한다, 아니 도착한 것으로 알았다.

구글 미스 김의 안내에 따라 도착한 곳은 강둑 옆에 있는 한적한 교외 주거지역 단독주택이다. 우리가 예약한 에어비앤비 숙소가 이렇게 한적한 곳인가 의문이 일었으나 종일 여행에 지쳐 얼른 들어가고 싶은 마음뿐이다. 대문 앞에 차를 세우고 초인종을 눌러도 대답이 없다. 몇 번 계속 누르자 안에서 할머니 목소리로 인터폰을 통해 뭐라고 말을 한다. 이상하다. 우리 도착을 알고 있으면 바로 사람이 나와야 하는데, 인터폰으로 말만 해? 영어로 물어보니 프랑스어로 뭐라 하는데 무슨 말인지, 또 문제가 생긴 게 분명하다.

마침 옆 골목에서 나오던 차에서 젊은 친구가 내리며 도움이 필요하냐고 영어로 묻는다. 반갑다. 주소를 주며 설명하니 인터폰에 대고 할머니와 말을 주고받더니 주소는 맞는데 자기네는 에어비앤비 숙소가 아니라고 한단다. 이런! 우리가 잘못 찾은 거야?

젊은 친구에게 우리 숙소 전화번호를 주고 전화를 부탁한다. 그리하여 우리로 치면 번지수와 동 이름은 같은데 구가 다른 집에 온 것을 알게 되었다. 강남구 신사동 1번지가 아닌 은평구 신사동 1번지에 와 있는 것이다. 구글 맵에 주소를 입력할 때 앞의 몇 자를 입력하면 그와 비슷한 것들이 아래에 주르르 나타나 원하는 걸 선택하는 형식인데 번지수, 거리 이름, 시 이름 순서로 우리와 반대이기 때문에 앞에 나온 번지수와 거리 이름만 보고 잘못 선택한 결과다.

젊은 친구 말로는 다행히 우리 숙소가 그리 멀지 않다고 하니

아를 숙소 앞에서 스마일 호스트를 가운데에 두고 방글방글

감사 인사를 하고 주소를 다시 입력해 찾아간다. 과연 멀지는 않다. 아마도 그 집 할머니는 이 에어비앤비 숙소 탓에 우리처럼 잘못 찾아오는 사람들 때문에 불편 좀 겪으실 것 같아 '모두를 대표해' 미안하다.

30대 초반으로 보이는 남자 호스트가 단독주택 앞에 나와 우리 차를 바로 알아보고 집 대문을 활짝 열어 집 마당으로 차가 들어갈 수 있도록 도와주며 밝고 쾌활한 웃음으로 인사한다. 종일 여행에 집까지 잘못 찾아 잔뜩 지치고 경직되어 있던 일행 모두 이 청년의 밝고 쾌활한 웃음에 갑자기 기분이 상쾌해지며 하루 피로가 싹 가시는 듯하다.

우리가 살면서 가장 중요한 것이 무엇인지 다시 한번 깨우쳐 준다. 나의 밝은 웃음이 상대를 얼마나 기분 좋게 해주며, 상대의 쾌활한 웃음에 내 기분이 얼마나 밝아지는지, 그로 인해 나와 상대의 관계가 얼마나 부드럽고 친숙해질 수 있는지 그대로 보여준다. '웃으면 복이 온다'는 절대 틀린 말이 아니다.

30년도 더 오래전 일이다. 신상품 개발을 위해 영국 중부 자그마한 마을에서 우리회사 엔지니어와 함께 두 달을 머물렀다. 낮에는 그곳 영국회사와 함께 회로 설계 작업을 계속하고, 저녁이면 호텔로 돌아오는 일이 반복되는 지루한 나날이었다. 워낙 작은 마을이라 숙소에 돌아와도 딱히 할 일이 없어 일찌감치 잠이나 청하는 수밖에 없는데, 오로지 희망이라고는 동네에 하나밖에 없는 중국집에서 한식 대신 먹는 저녁 식사 시간이었다.

설계 작업이 계획보다 더디게 진척되어 스트레스를 잔뜩 받으며 매일 똑같은 일로 지친 우리를 즐겁게 해주는 단 한 사람이 있었으니, 그 중국집 종업원이었다. 손님이라고는 거의 없는 식당에 우리 두 사람이 들어서면 중국인 종업원이 재빨리 나타나 활짝 웃는 얼굴로 인사를 하고는 자리로 안내해주며 오늘 잘 지냈느냐고 물었다. 우리를 대하는 내내 그 얼굴에 밝고 쾌활한 웃음이 가득 배어 있어 우리도 덩달아 기분이 좋아지며 그날 피로가 싹 사라지는 것 같았다. 여기서 두 달 동안 이 친구를 만나면서 나는 평생 습관을 하나 만들게 되었다.

'사람을 만날 때는 무조건 크고 밝게 웃어야 한다.'

그 후로, 특히 바이어를 만날 때는 밝고 환하게 웃는 모습으로 인사를 하고 미팅 내내 그 웃음을 잃지 않는 훈련을 엄청 많이 했다. 사람을 만나면서 자연스럽게 밝고 환한 웃음을 유지한다는 게 결코 쉬운 일이 아니며, 오랜 훈련이 필요하다는 것을 나 스스로 오랫동안 의식적인 훈련을 계속해 습관이 된 후에야 알게 되었다.

웃는 게 과연 힘들까? 해보면 안다!

우리는 그 명랑 쾌활한 호스트의 안내로 2층인 단독주택을 돌아본다. 방도 여러 개에 화장실도 충분해 모든 게 좋아 보인다. 자기가 바로 이웃에 살고 있으니 필요하면 언제라도 연락하라고 한다. 지금까지 호스트 중에 제일 마음에 든다. 다시 1층으로 내려와 넓은 주방을 보여주며 냉장고를 여는데, 짠! 와인 한 병과 몇 가지 간식이 들어있다. 우리를 위해 자기가 준비한 거라며 또 활짝 웃는다. 참으로 어여쁜 친구다. 이렇게까지 배려를 해주어 고맙다며 호스트를 덥석 안아준다.

5시가 넘었으나 내일은 또 보르도로 떠나야 하니 아를에서 봐야 할 곳을 오늘 먼저 보고 와서 저녁 식사를 하기로 하고 가보아야 할 곳들을 물어 집을 나선다. 10분 정도 걷자 다운타운이다. 이 숙소야말로 위치 좋고, 호스트 좋고, 자동차도 집 안에 주차할 수 있고……, 그동안 묵은 에어비앤비 숙소 중 최고다. 호스트의 첫 느낌이 좋으니 모든 게 무조건 좋다. 에어비앤비 본부의 숙소 평가에 이 집만큼은 감사와 함께 칭찬 가득한 후기를 꼭 남겨주고 싶다.

인구 5만 명 정도의 아를은 프로방스 지방 론 강가에 있는 도시로, 고대부터 운하로 지중해와 이어져 유통의 중심지로 번영했다.

아를의 로마식 원형극장 앞에서 다정한 김흥식 · 서정순 부부

4세기 말에는 고대 로마인인 갈리아인 주거지역의 중심도시가 되었으나 16세기부터 운하에 토사가 쌓여 물자유통이 어려워지자 마르세유로 상권이 넘어가게 되고 서서히 쇠퇴했다고 한다. 고대 로마 유적지와 카마르그 자연공원으로 이름난 아를은 특히 화가 빈센트 반 고흐가 활동하던 곳으로 유명하다.

로마의 원형극장 비슷한 유적이 우리를 맞이한다. 로마의 콜로세움보다 규모만 작을 뿐 전체적인 형태는 아주 흡사하다. 당연히 인증샷 몇 장 찍고 골목길을 돌아가니 조그만 광장이 나타나고 주변에 카페들이 의자와 테이블을 밖에 내놓고 손님들을 유혹한다. 손님도 별로 눈에 띄지 않고 우리도 빨리 숙소에 돌아가야 하니 미안하게도 관심이 있을 수 없다.

그러나 관심을 가져야 할 카페가 우리 눈에 들어온다. 가게 전면을 노란색으로 장식한 카페, '르 카페 라 누'다. 화가 고흐가 따뜻한 남쪽 지방 아를에서 15개월 동안 머물 때 자주 찾아와 커피

를 마시며 작품을 구상하던 곳이라고 한다. 고흐가 그의 그림 속에 표현하고자 했던 그 노란색이 아직 그대로 선명하다. 아마도 이 노란색은 영원히 그대로 유지

고흐가 사랑한 노란 카페 '르 카페 라 누'

되지 않을까? 해가 거듭될수록 더욱 선명한 노란색으로.

아를은 다 저녁에 도착해 아침 일찍 출발하는 번개 같은 1박인데 그 짧은 시간에 원형경기장과 고흐의 카페를 보았으니 아를에서 볼 곳은 다 본 것 같아 갑자기 배가 고파온다. 골목길을 돌아나와 숙소로 향한다. 가이드 따라다니며 바쁘게 돌아가는 패키지 여행과는 달리 우리끼리 여유를 갖고 바람 따라 구름 따라 느긋하게 움직이자는 것이 애초의 목적이었는데 스케줄 정해 놓고 여행을 시작하니 그게 잘 안 된다. 그 스케줄 좀 펑크 난들 뭐랄 사람도 없고 누구에게 돈 돌려줄 일도 없는데 여유가 없기는 마찬가지다. 역시 인간에게서 욕심을 떼어내기는 쉽지 않은가 보다.

## 툴루즈에 가면 돈 무서운 줄 알아

\*
\*
\*
\*

오늘은 560km를 운전해야 한다. 프랑스 남부 해안 도시 여행을 끝내고 서쪽으로 몽펠리에를 거쳐 카르카손까지 간 후 툴루즈로 방향을 틀고, 다시 북쪽으로 올라가 와인의 고장 보르도에 도착해 숙박하는 장거리 여행이다.

6시 40분, 죽과 빵으로 간단히 아침 식사를 해결하고 명랑 호스트에게 문자를 보낸다. 8시쯤에 체크아웃하고 출발할 예정이라고 하니 직접 와서 작별인사를 하겠단다. 이 호스트 특유의 활달함과 붙임성 때문에 어제저녁 처음 만났는데도 오래 만나온 친구 같은 느낌이 들어 헤어짐을 아쉬워하며 집을 나선다. 이 친절한 친구 '띠에리 캐시'에 대한 후기를 꼭 써 주어야겠다. 당연히 별은 항목마다 모두 다섯 개씩 붙여 주어야지.

9시 20분, 몽펠리에에 도착하자 어느 틈에 또 비가 따라온다. 프랑스 최초로 의과대학이 세워지고 최초로 시체 해부가 이루어졌다는 몽펠리에는 코미디광장이라 불리는 시내 중앙광장과 파브르 박물관, 해부학 박물관이 관광안내소에서 추천하는 필수 방문 코스다. 그러나 갈 길은 멀고 할 일은 많아 우리는 코미디광장만 돌아보기로 한다. 몽펠리에 중심부에 있는 이 보행자 전용 광장은 주민들에게 만남의 장소로 인기가 높단다. 19세기에 파리의 오페라 광장을 모방해 만들었다는 이 광장 주변에는 오페라 하우스를

몽펠리에 코미디광장

포함한 웅장한 건물이 늘어서 있다. 아름다운 오페라 하우스 건물은 파리 오페라극장의 설계자인 유명 건축가 샤를 가르니에의 제자가 설계한 것이라고 한다.

비도 오고 갈 길은 멀어 우리는 서둘러 말채찍을 휘두르며 150km 떨어진 카르카손으로 향한다. 11시 40분, 언덕 위로 웅장한 성벽이 보이는 카르카손에 도착한다. 다행히 비는 우리를 끝까지 따라오지 못하고 어디에선가 포기하고 돌아간 것 같다.

로마군의 침략에 대비해 쌓았다는 카르카손은 성벽이 2중으로 둘러쳐진 유럽 최대의 성채로 13세기 십자군 전쟁에서 패해 도시의 많은 부분이 훼손되었으나 후에 생 루이 왕에 의해 복구되어, 지금 카르카손 한쪽에 생 루이 요새로 남아있다. 성벽 안에 콩탈성이 세워져 있고 망루 역할을 하는 뾰족한 지붕의 탑 모양이 어디서 많이 본 듯 친숙하게 느껴진다.

성안을 돌아보고 1시가 되어 점심을 먹으려고 성 밖으로 나와 성문 바로 앞 잔디밭에 자리를 깐다. 몽펠리에서 비를 물리치고 우리를 따라와 준 태양이 자리를 밝고 따뜻하게 비추어준다. 오늘 점심 메뉴는? 상추쌈 정식! 전기밥솥에 하얀 쌀밥을 해서 들고 와 고추장을 썩썩 발라 싸 먹는 상추쌈이다. 여행 중에 소풍하듯 느긋하게 자리 깔고 앉아 요런 맛있는 거 먹어본 사람 있으면 나와 보시라고.

식사 후 바로 북서쪽으로 100km를 달려, 3시가 넘어 툴루즈 시청 앞 광장에 도착해 시내 관광을 한다. 유럽 항공기의 자부심인 에어버스 프랑스 공장이 이 도시에 있어서, 툴루즈 우주박물관에 가면 에어버스 생산과정을 관람할 수 있다고 하지만 우리는 역시 패스! 시청 앞 카피톨 광장을 중심으로 툴루즈 다운타운 체험을 하기로 한다.

열심히 이곳저곳 기웃거리는 중에 마나님들에게 '자연의 계시'가 왔다. 다행히 넘버 원, 작은 거란다. 이리저리 묻고 물어 시청 뒤쪽에서 유료 무인 화장실 부스를 찾았으나 문이 고장 나 사용금지다. 그래서 '툴루즈 호텔' 안으로 당당히 들어가다 제지를 당한다. 프랑스에서는 시청 청사를 '오텔 드 빌(Hotel de Ville)' 이라 불러, 우리 일행은 각 도시 시청을 '호텔' 이라 부른다. 우리 한국 시청을 생각하고 화장실이 급해 그런다고 사정을 했으나 시청 화장실은 쓸 수 없다며 우리가 허탕 친 바로 그 유료화장실을 알려준다.

시간을 지체할 수 없어 여기저기 찾아보았으나 말짱 헛일이다. 그렇지, 전철역이다! 당연히 화장실이 있으리라 생각하고 지하 역사로 뛰어 내려가 역무원을 만난다.

"노!"

단호하다. 딱 한 마디로 화장실이 없단다. 전철역에 어떻게 화장실이 없단 말인가. 옛날 베르사유 궁전에 화장실이 없어 근무자들과 손님들이 궁전 여기저기 실례를 해서 이거 안 밟으려고 하이힐이 만들어졌다는 우스갯소리가 생각난다. 지하에서 맥없이 올라오는데 맥도날드 햄버거 가게가 눈에 들어온다, 야호! 매장 2층 화장실로 올라가려고 안쪽 계단으로 직행하는데, 계단 앞에 미스터 프랑스 같은 우람한 체격의 젊은이가 떡 버티고 섰다가 양손을 벌려 막는다. 그 눈빛이 우리를 호령한다. 세상에 공짜는 없다는 소리 못 들어 봤냐고? 어림 반 푼어치도 없다는 단호한 눈빛이다.

화장실 때문에 일부러 커피를 마셔야 하나? 우리도 단호하게 나왔다, 여기 말고도 어딘가에 있겠지. 화장실 찾는 데에는 일가견이 있어 마나님 모시기를 제법 충실히 해왔다고 자부해 온 나도 오늘은 성적이 영 안 좋다. 이 사람들은 어떻게 이렇게 화장실을 봉쇄하고 살까? 프랑스 사람들은 집에서 나오면 화장실을 안 가도 되는, 길고 긴 내장을 가졌나?

마나님들 얼굴이 점점 굳어져 가서 할 수 없이 맥도날드로 들어가 커피라도 마시기로 한다. 일행 6명이 보무도 당당하게 어깨 빳빳이 펴고 시선은 30도 위쯤으로 곧추세우고 맥도날드로 다시 들어간다. 매장에서 커피 몇 개와 프렌치프라이 몇 개를 주문하고 영수증을 받는다. 이 영수증을 그 미스터 프랑스 코 앞에 들이대려고 보무당당하게 계단 쪽으로 갔더니 아니, 나, 원, 참! 이 친구가 없어졌다. 이런 걸 뭐라 해야 하나?

'하는 수 없이', '맥 빠지게' 화장실이 있는 2층으로 올라간다. 거기서 일을 보고 나오는 미스터 프랑스와 마주친다. 고개를 바짝 들고 이번에는 우리가 눈빛으로 호령한다. 여봐라, 물렀어라, 손님 들어가신다!

영수증을 손에 쥔 우리 마나님들을 보자 이 친구는 이미 사태파악이 된 듯 눈 내리깔고 계단을 내려간다. 돈이란 게 이렇게 사람들 어깨를 빳빳이 세워주는구나! 무섭구나, 무서워!

화장실 찾아 헤매다 보니 다시 보르도를 향해 출발할 시간이다. 250km를 또 북쪽으로, 북쪽으로 올라간다. 예정된 시간에 호스트가 알려준 주소를 찾아가 집 열쇠를 받고 바로 옆 골목의 숙소를 찾아가니 마당이 넓고 뒤뜰엔 풀장까지 갖춘 단독주택으로 지은지 얼마 안 된 새집이다. 오늘 하루 피곤한 장거리 여행이었지만 기분이 산뜻해진다.

## 양조장 단독 견학, 와인까지 한 병
\*
\*
\*
\*

집을 떠나온 지 10일이 되니 몸과 마음이 개운하기도 했다가 찌뿌드드하기도 했다가 종잡을 수 없다. 새벽부터 하나둘 거실에 나타나 컨디션 부조화를 호소한다. 아직도 갈 길이 먼데 건강관리를 잘해야 한다. 한 사람이라도 건강에 문제가 생기면 나머지 인원에 대한 민폐로 이어지니 각자 건강관리를 잘하자고 다짐한다.

9시, 보르도 시내를 구경하려고 집을 나서는데 또 부슬부슬 비가 약을 올린다. 골목길을 돌아나가니 바로 자그마한 트램 정거장이 있는데, 역 건물도 없고 아무것도 없이 정거장만 달랑 있다. 6명 표를 사야 하는데 역무원은 없고 차표 자동판매기만 있어 열심히 들여다보는데 영어로는 안 쓰여 있어 도무지 알 수가 없다. 이것저것 눌러보고 터치도 해보고 하지만 영 신통치 않다.

마침 옆에서 우리 모습을 지켜보던 젊은 부부가 도움을 주려고 다가와 어디를 갈 거냐고 묻는다. 다운타운 간다고 대답하자 스크린을 이리저리 터치해주고 1인당 얼마이니 6명 합계 얼마를 내라고 한다. 카드로는 안 되고 동전으로 정확한 금액을 넣어야 한다는데 동전이 모자란다. 각자 주머니를 뒤지며 쩔쩔매는 불쌍한 우리 모습을 보고는 부부가 자기들 동전으로 표 6개를 사준다. 6명이 저마다 메르시보꾸, 땡큐, 감사합니다를 연발한다. 한국에서는 이제 동전이 쓰일 데가 없어 귀찮은 존재가 되었으나 외국 여행을 할 때는 고속도로 통행료를 비롯해 화장실 사용 등을 위해 현지 동전을 잔뜩 가지고 다녀야 한다는 것을 다시 절감한다.

관광 안내 책자에서 추천하는 성 앙드레 대성당과 성 미셸 성당을 찾아 정중히 인사를 드리고 나온다. 그런데 둘 다 우리말로는 성당이지만 그곳 이름은 다르다. 성 앙드레 대성당은 카테드랄(cathedrale)로 이탈리아 두오모 대성당같이 한 교구의 주교가 재직하는 곳을 뜻한다고 하며, 성 미셸은 바실리카(basilique)로 그곳에서 기적이 나타났거나 성지순례와 관련이 있거나 성인의 유물을 모시는 등 교회사에서 특별한 의미가 있는 곳으로, 교황으로부터 승인을 받은 성당이라는 것을 뒤늦게 알았다. 성 미셸 성당은 스페인 산티아고 순례길의 프랑스 남쪽 루트 공식 성당으로 등록되어 있다.

관광안내소에 들러 포도밭과 와이너리의 지도와 정보를 얻는다. 보르도에는 포도밭과 와이너리가 몇 개 지역으로 분산되어 있다. 그중 유명한 메독 지역은 보르도의 북서쪽, 부르그 지역은 북동쪽, 생떼밀리온은 동쪽이며, 남서쪽에는 우리 숙소가 있는 페삭과 그라브 지역이 있어 모두 '샤토'가 붙는 포도밭과 와이너리가 흩어져 있다고 한다.

2시, 집에 돌아가 비빔밥으로 점심을 먹고 바로 관광안내소에서 받은 지도를 들고 포도밭 탐사 드라이브를 시작한다. 우선 북쪽으로 약 1시간 거리에서 지역행사가 열린다고 추천을 받은 블라예 마을로 차를 몬다. 우리 시골 읍 규모 마을에 도착하니 주차장 옆에 성곽이 있고, 그 안으로 사람들이 여러 가지 복장을 하고 몰려들어가, 우리도 따라 들어간다.

지도를 보니 성곽 옆을 흐르는 지롱드강 건너 드넓은 평야가 유명한 와인이 많이 생산되는 메독 지역이며, 그 가운데에서도 가장 비싼 1등급인 샤토 라피트 로췰드가 바로 이 요새와 강을 마주하

김흥식 부부가 서 있는 성곽 뒤로 멀리 지롱드강이 흘러

고 있는 포이약 마을에 있단다.

알고 보니 블라예 마을에서는 토요일을 맞아 주민들 마라톤 시합이 열렸다. 결승점이 이 성안에 있어서 주민들과 선수 가족들이 결승점을 향해 마냥 신난다며 '걸어 들어오는' 선수들을 박수로 맞아주며 사진 찍고 하는 동네잔치다. 제법 시상대도 있고 다과도 준비해 주민들이 함께 먹고 마시는 신나는 날이다. 멀리 한국에서 이 잔치 보러 왔다고 하면 와인이라도 얻어 마실 수 있을 것 같기는 한데 우리는 오늘 목표가 따로 있으니 아쉬우나 성 밖으로 나와 포도밭이 보이는 들판으로 차를 몬다.

들판 여기저기 '샤토' 자가 붙은 간판들이 있어 포도농장을 안내하는데 농장을 찾는 관광객은 한 사람도 안 보이고 고요하다. 우리는 농장 앞에 안내원이라도 있어서 서로 다투어 자기 농장으로 데려가 주기를 기대했건만 사람은 그림자도 없으니 어디를 가야 하나.

이리저리 돌다 그중 포도밭이 커 보이고 마당 안쪽에 멋진 저택이 있어 집 안에 사람이 있을 것 같은 '샤토 바뷔'라는 곳으로 들어간다. 마당에 차를 세우고 망망대해 끝이 안 보이는 포도밭을 감상하며 사진을 찍는데, 집 안에서 60대 정도의 아주머니가 창문을 열고 소리친다.

"어디서 왔슈?"

"한국에서 왔슈. 포도밭 구경 좀 하러 들어왔슈."

잠깐만 기다리라며 자기가 나오겠다고 한다. 다행히 아주머니는 영어가 잘 통한다.

"우리 농장은 오늘 노는 날이에요. 남편 포도농장이 부근에 있고 거기서 오늘 마침 와인 판매 행사가 있으니 그리로 가보세요."

남편에게 전화해 주겠다며 집 안으로 들어갔다 나온다.

"전화했으니 가보세요. 주소 여기 있어요. 그런데 이왕 들어왔으니 우리 와이너리 한번 보실래요?"

우리 일행만을 위한 무료 단독 견학 행사가 진행된다. 보졸레에서는 실제 농장도 아닌 박물관에서 돈 잔뜩 주고 보았는데, 이런 행운이 있을 줄이야.

마당 한쪽에 있는 창고 건물 문을 열쇠로 열고 들어가니 입구 접견실에 각종 와인이 진열되어 있고, 벽에는 농장 역사를 보여주는 사진과 함께 양조장의 네 가지 브랜드를 소개하는 포스터가 붙어 있다. '샤토 랑드르', '샤토 에이켐', '샤토 르 카렐', '샤토 파달랑'. 할아버지 때부터 3대째 이어오는 와인이라며 자랑한다. 그 안쪽으로 더 들어가니 수많은 오크통이 나란히 누워있다.

양조장을 한 바퀴 돌고 다시 접견실로 나와 아주머니로부터 네 개 브랜드에 대한 차이점 설명을 들으며 시음을 하는 호사를 누린다. 그녀가 설명하는 차이를 느껴보려고 애를 쓰는데 소주에만 길이 든 입맛이라 그 미묘한 차이를 제대로 느끼지 못해 미안하다.

그런데도 아주머니는 자기 농장을 찾아준 일행에게 선물하고 싶다며 와인 한 병을 골라준다. 보졸레에서는 돈 내고 들어가서도 와인 한 방울 마셔보지 못해 다시는 보졸레 와인 안 마시겠다고 맹세했는데 보르도에서는 이런 횡재를 하다니. 이제부터 와인은 무조건 보르도만 마시기로 한다.

크게 감사 인사를 하고 남편 농장으로 간다. 부르그 지역에 있는 '샤토 에이켐'인데 지롱드강이 두 갈래로 흘러오다 다시 만나는 곳의 강가 언덕 위에 자리 잡았다. 성을 의미하는 '샤토'라는 이름이 그냥 붙는 것이 아님을 실감할 만큼 아름다운 곳이다. 언덕 저 아래로는 강물이 잔잔히 흘러가고 멀리 강 저편에는 역시 또 다른 포도농장이 끝도 없이 이어진다.

와인 판매 행사가 한창이라 주말을 맞아 와인을 사러 온 사람들이 맛보기 행사에 참여해 여러 가지 와인 맛을 음미하고 있어서 우리는 안내를 맡은 아가씨에게 말을 붙인다.

"안녕! 샤토 바버에서 소개받고 왔어요."

포도농장 여주인이 직접 와인 설명을

"아, 그러세요? 엄마한테 연락받았어요. 이리 오세요. 아빠 소개해 드릴게요."

사무실 안으로 안내를 한다. 사무실 안에는 시음장이 있어 사람들이 여기저기 모여 와인 맛 비교평가를 한다. 우리도 손님 접대에 바쁜 사장님과 잠시 인사를 나눈다. 아내에게 전화 받았다며 우리 마음대로 견학도 하고 시음도 하라고 한쪽으로 안내한다. 생각 같아서는 소주 마시듯 실컷 마셔보고 싶은데 주위 사람들 모습을 훔쳐보니 그렇게 마셨다가는 자랑스러운 대한민국 망신시키기에 '딱'일 것 같아, 짐짓 와인 전문가인 척 이것저것 조금씩 따라 마셔가며 혀도 굴려보고, 눈알도 굴려보고, 무언가 느낀 듯한 표정도 지어 보이지만 신맛이 강한 것, 쓴맛이 강한 것 등 제각기 맛의 차이가 두드러지고 너무 미묘해 호불호를 한마디로 판단할 수가 없다.

보르도 지방에는 7000개가 넘는 샤토가 흩어져 있다. 이 많은 샤토 중 최고급인 그랑 크뤼 1등급으로는 샤토 라피트 로칠드, 샤토 마고, 샤토 라투르, 샤토 오브리옹 페삭, 샤토 무통 로칠드, 5개를 대표선수로 꼽는다. 이 5개 와인 중 2개인 라피트와 무통의 가문 로칠드(Rothschild)는 영어로는 바로 로스차일드다.

"이 세계에서 우리가 원하면 전쟁이 일어나고 원하지 않으면 전쟁이 일어날 수 없다."

이런 큰소리를 쳤다는 로스차일드는 전 세계 금융을 완전히 장악한 유대인 가문의 성이다. 1744년 독일 유대인 지역에서 태어난

고물상 메이어 암셀 바우어와 그의 다섯 아들에 의해 시작된 로스차일드 가문이 가진 세계 경제에 대한 영향력은 상상을 초월한다.

믿기 어려운 일이지만 나폴레옹 전쟁, 워털루 전쟁, 미국 남북전쟁, 1·2차 세계대전 등 대부분의 전쟁에 자금을 댄 것을 비롯해 1917년 러시아의 공산혁명에도 자금을 대며 개입했다고 알려져 있다. 이스라엘 건국에도 막대한 자금을 지원했으며 이스라엘 정보조직 '모사드'를 개인조직처럼 활용할 정도라 하니 이 세상에서 못할 것이 없는 가문이다.

미국의 대표적 은행가 JP 모건, 철강왕 카네기, 철도왕 해리먼, 석유왕 록펠러 등이 모두 로스차일드의 자금으로 거부가 되었으며, 1913년에는 미국 연방준비은행(FRB) 설립에도 개입했다니 세계에 영향력이 미치지 않은 곳이 없는 것 같다.

마침 최현숙 마나님이 가족들 선물을 찾던 차에 이곳 와인을 두 병 사겠다고 해서 공짜 시음에 어색해하던 일행은 어깨가 쓱 올라가며 한 잔 더 듬뿍 따라 우아하게 마신다. 두 병값 17유로.

숙소로 돌아오는 길에 샤토 바버 안주인에게 받은 와인 생각이 난다. 이걸 언제 어떻게 마시지?

"오늘 저녁 삼겹살과 함께!"

6명 전원일치로 까르푸에 들러 삼겹살을 사서 집에 도착하니 시간은 이미 9시. 좀 늦었지만 와이너리 현장에서 가져온 와인과 함께하는 삼겹살 파티는 프랑스 여행 열흘째를 보내는 일행의 꿈자리를 달콤하게 해 주기에 충분하다.

## 미스 김은 우리를 왜 밀밭으로?

*
*
*
*

어제는 보르도에서 이틀을 묵는 호사를 누렸으니 오늘은 투르까지 520km를 운전하는 고행의 날이다. 고생 끝에 낙이 온다더니 낙 끝에는 고생이 있게 마련이다. 우리네 인생사에도 반드시 울고 웃는 날이 반복되니 울 때는 웃을 날을, 웃을 때는 울 날을 생각하며 일희일비(一喜一悲)하지 않으면 얼마나 좋으랴.

8시, 미역국으로 해장 겸 아침 식사를 하고 출발을 서두른다. 오늘은 슈농소 성을 들렀다가 거기서 1시간 거리에 있는 샹보르 성을 보고 투르로 들어가기로 한다. 어제 보르도에서는 눈만 돌리면 온 천지가 푸르른 포도밭 '샤토'였지만 오늘은 350km를 달려 육중하고 높다란 성 '샤토'를 보러 간다.

오늘도 날씨가 맑고 해가 쨍쨍해 우리 장거리 운전 길을 환하게 밝혀 준다. 어제 마나님들이 마신 '샤토 바버'와인 향과 내가 마신 소주의 알코올 냄새가 차 안에 그윽한데 뒷좌석에서 기사를 위해 준비하는 커피 향이 그 냄새를

단숨에 압도한다.

커피와 간식으로 잠을 쫓으며 사수, 조수 임무 교대해 투르로 가는 A10번 고속도로를 3시간쯤 신나게 달린다. 좌우 볼 것도 없이 계속 북진이니 알아서 잘 가라고 잠잠하던 구글 미스 김도 드디어 잠을 깬 듯, 잠시 후 고속도로를 벗어나 일반도로로 진입할 것을 지시한다. 시간으로 보건대 성이 얼마 안 남은 것 같다.

미스 김 안내대로 따라가니 마을에서 점점 멀어진다. 이탈리아 피렌체의 메디치 가문에서 시집온 카트린 메디치와 남편 앙리 2세가 살았다는 성이니 잡인들 동네에서 멀리 떨어진 한적한 곳에 자리를 잡지 않았겠어?

내비게이션은 목적지에 거의 다 온 것으로 나타나는데 미스 김

아무도 없는 밀밭 한가운데에서 나래를 활짝 편 발바리 마님

은 점점 건물도 사람도 없는 드넓은 밀밭 쪽으로 차를 안내한다. 가도 가도 계속 밀밭 가운데로만 유도하더니 드디어 길은 완전히 좁아지고 자동차 하나 간신히 다닐 수 있는 좁다란 길에 포장마저 안 된 흙길로 들어선다. 앞쪽에는 나무가 울창한 숲이 보인다. 저 숲 뒤에 성이 숨어있나? 그런데 그런 큰 성에 가는 길이 왜 이렇게 호젓하고 포장조차 안 되어있을까?

보르도에서는 쨍쨍하던 날씨가 어느새 시커먼 구름이 낮게 깔려 어둠침침하고 으스스하게 변하는데 오늘따라 어찌하여 사람마저 하나도 보이지 않는 걸까? 앙리 2세의 애첩이었다는 디안 푸아티에에 대한 카트린 왕비의 서릿발 같은 질투심이 빚어낸 저주일까?

길 양쪽에 빽빽한 밀은 우리 허리 정도 높이로 자랐는데, 그런 밀밭이 양옆으로 한없이 뻗어있다. 이제 숲이 눈앞에 다가오는데 그 뒤에도 성은 안 보인다. 그 순간 미스 김이 점잖게 한 말씀 하신다. 목적지에 왔으니 안내를 종료한다고. 뭐라? 사람 하나 없는 이런 밀밭 한가운데가 성이라?

칠순 아재들이 당황한다. 핸드폰의 구글을 다시 검색하기 시작한다. 슈농소 성은 여기가 아니다. 여긴 그냥 밀밭일 뿐이다. 그럼 자동차 내비게이션은 무슨 배짱으로 우리를 이리로 유괴한 걸까? 주소 입력이 어찌 이렇게 엉뚱한 곳으로 되어있지? 입력은 우리가 해 놓고 내비에 화풀이한다.

자동차에 내장된 내비만 믿고 구글 맵을 안 본 게 잘못이다. 평소에는 구글 맵과 자동차 내장 내비를 모두 켜고 다녔는데 오늘은

성 앞 캠핑장 식탁에서 점심

우리가 실수했다. 자동차 내비 주소 입력 때 나열되어 나타나는 주소를 잘못 선택한 것 같다.

사람 그림자도 안 보이겠다, 기왕 밀밭 한가운데에 들어왔으니 각자 알아서 '흔적'을 남기고 다시 돌아 나와 30분 정도 운전하니 관광객이 제법 보이는 진짜 슈농소 성에 도착한다. 금강산도 식후 경, 점심을 먹어야 할 시간이다. 성 앞 넓은 잔디밭에 캠핑 장소가 있고 식탁들이 일렬로 우리를 기다리니 그중 하나에 자리 잡고 샌드위치를 푼다.

그 후 1인당 13유로를 내고 성에 입장한다. 앙리 2세와 카트린 왕비가 왕의 애첩 디안을 두고 신경전을 벌이던 때로부터 130년 전인 1429년, 프랑스와 영국의 백년전쟁 말기에 왕위에 오르지 못

하고 이 성에 숨은 샤를 7세 왕세자를 찾아가 조국을 구하겠노라고 충성을 맹세한 소녀 잔 다르크 이야기가 신화처럼 전해지는 이 성안에 지금은 주방기구들이 꽉 들어차 옛날 주방의 기구와 시설을 자랑한다. 오랜 세월 이 성을 이어받은 많은 왕과 왕비, 그 가족 몇 사람 식사를 위해 이 큰 성에서 이 모든 기구를 사용해 준비를 한 사람들과 심부름꾼들은 모두 몇 명이나 되었을까?

3시에 성을 나와 다음 방문지 샹보르로 향한다. 슈농소에서 북서쪽 120km에 있어서 오늘 최종 목적지 투르를 지나가서 성을 보고 다시 80km를 되짚어 내려와야 한다. 가까이 접근하며 본 샹보르 성은 어디서 많이 본 것 같다. 그렇다, 디즈니랜드 로고에서 본 것이다. 디즈니랜드 만화영화에서 많이 본 뾰족한 지붕의 예쁜 성이다. 이곳도 입장료는 1인당 13유로. 슈농소와는 달리 성 내부는 거의 비어있어 볼 게 없는데, 예쁘면서도 웅장한 성의 외부 모습과 이 성 주변 엄청난 정원의 아름다움에 입장료가 아깝지 않다.

성을 급히 돌아보고 또 서둘러 출발해 6시 30분, 투르 시내 루아르 강변도로에 있는 5층짜리 아파트 주차장에 도착하니 젊고 명랑한 호스트 아저씨가 3층으로 올라가자며 짐 가방을 들어준다. 앗, 3층? 3층까지 이 무거운 가방들을 들고 올라가야 하는 거야? 숙소 예약 때 몇 층인지 꼼꼼히 살피지 못한 실수를 또다시 후회한다. 그런데 건물 현관문을 열고 들어가니 로비가 산뜻하고 한쪽에 엘리베이터가 있다. 아아, 살았다! 마나님들

샹보르 성 앞에 선 닭살 부부(사진 위)와 샹보르 성 앞 정원

이 안도한다. 그럼 누가 예약했는데……, 인생은 이렇게 반전의 연속이다.

숙소에 들어서니 우리네 40평 정도로 꽤 넓은 실내가 깨끗하게 잘 정돈되어 있고, 모든 가구와 집기가 제자리에 자리 잡고 우리를 반긴다. 테라스로 나가니 투르 시내가 바로 앞에 있고 창밖으로 강변도로와 강이 보인다. 호스트도 같은 동에 살고 있으니 필요할 때는 언제라도 부르라고 한다. 에어비앤비 숙소를 다니면서 여러 문제를 겪다 보니 호스트가 가까이 사는 게 제일 중요한 사항 중 하나인 것 같다.

저녁 식사 후 아직 해가 좀 있어 숙소를 나와 조금 걸으니 바로 투르 시내 한복판이다. 시내를 걷다 강변도로로 나와 루아르 강가를 걷는다.

투르는 중세까지 왕가들이 많이 머물던 곳이다. 이 주변에는 북쪽 노르망디와 보르도를 포함한 옛 가스코뉴 지역을 두고 벌인 영국과의 100년 전쟁 탓에 슈농소나 샹보르 같은 고성들이 많기로

건물이 너무나 아름다운 투르 시청

유명하다. 오늘날은 이 고성들과 함께 프랑스에서 가장 길다는 1000km를 넘는 루아르강과 강 주변 포도밭 등이 어울려 '프랑스의 정원'으로 불린다고 한다.

## 왕 승인받고 해적질로 부자 되어
*
*
*
*

5월 4일, 파리 샤를 드골 공항을 출발해 시작된 여행이 투르까지 11일간, 전체 3300km를 달리며 프랑스 30개 도시를 돌아왔다. 프랑스 지도를 놓고 우리가 들러 온 도시들을 연결해 보니 무언가 닮은 것 같다. 우리나라 지도의 남한 쪽 모습과 너무나 흡사하다.

파리가 강원도 고성쯤 되니 남쪽으로 강릉, 포항, 울산, 부산을 찍고 서쪽인 목포로 돌아 서천으로 다시 북상해 홍성을 거쳐 당진쯤에 와 있는 것이다. 우리나라에서 이 코스는 1700km 정도가 되니 이 코스를 왕복했다고 보면 될 것 같다. 그러나 전체 5000km 여정 중에 아직 1700km를 더 가야 한다.

오늘부터는 프랑스 북서쪽 해안지대 브르타뉴 지방과 그 동쪽 노르망디 지역까지 이동한 다음 해안을 따라 동쪽으로 달려, 프랑스 국경을 넘어 벨기에 브뤼셀을 찍고 파리로 돌아가며 프랑스 최북단의 영국 해협 해안을 탐방한다.

역시 죽으로 아침 식사를 하고 숙소를 출발한다. 여행 중 제일 간편하고 위에 부담을 안 주는 아침 식사는 죽인 것 같아 나 개인적으

로는 꽤 좋아하는 아침 메뉴다. 오늘은 자동차 내비와 핸드폰의 구글
맵 모두 첫 목적지인 렌의 시청 청사 '렌 호텔' 주소로 입력한다. 차
창 밖으로는 오늘도 살금살금 비가 오가며 마나님들 눈치를 본다.

마나님들이 뒤에서 들려주는 북부 해안지대와 유명한 몽생미셸
의 역사를 들으며 고속도로를 3시간 정도 달려 정오경 '렌 호텔'
에 도착, 시청 주변 시내 구경을 잠깐 하고 돌아와 시청 앞 광장
벤치에서 준비해온 샌드위치로 점심을 먹는다.

렌은 몽생미셸을 가기 위한 중간 휴게소라 식사를 마치고 바로
목적지로 향한다. 2시를 지나며 시내를 벗어나 크고 작은 밭과 낮
은 언덕들이 이어지는 아담한 시골 마을로 들어선다. 미스 김 안

숙소 마당 뒤쪽 가운데로 몽생미셸 첨탑이 조그맣게 보인다

내를 따라 조금 더 달리는데 뒤에서 마나님들이 소리를 지른다. 오른쪽 앞 멀리 성처럼 보이는 게 있는데, 저게 그 몽생미셸 아냐! 가까이 다가갈수록 성 모습이 확실해진다.

2시 30분, 숙소에 도착한다. 좌우에 밀밭과 채소밭이 끝도 없이 이어지고 숙소 옆에 인가가 몇 채 있을 뿐 완전히 외딴곳이다. 그러나 몽생미셸이 오른쪽 앞으로 훨씬 가까이 다가와 있어 걸어서도 갈 수 있을 것 같다. 숙소는 지은 지 얼마 안 된 단독주택으로 산뜻해 보이고, 집 현관 앞에는 차를 마실 수 있는 데크를 만들어 아담하다.

그러나 커튼이나 내부 설비가 제대로 작동하지 않는 것으로 보아 옆집에 사는 호스트가 넓은 마당 한쪽에 집을 새로 지어 운영을 시작하며 우리가 첫 손님인 것 같다. 이 집은 2박에 42만 원. 우리 숙소와 주인의 살림집 사이 넓은 마당에 냉이가 잔뜩 널려 있어 호시탐탐 자연식을 노리는 마나님들 손을 피하지 못한다.

숙소 와이파이 연결을 위해 옆집 노부부 호스트를 찾아가니 영어가 안 되고 손자인 듯한 청년이 나와 대답해준다. 우리 숙소 와이파이를 신청은 했는데 아직 연결이 안 되었다며 미안하다고 한다.

새집에 들어와 산뜻한 기분으로 방을 배정해 짐 정리를 한 후 라면을 먹고 이웃 생말로와 캉칼 해변을 드라이브하기로 한다. 두 곳을 갔다 오는 거리는 120km, 이제 3시 조금 넘었으니 그 정도면 그리 긴 거리가 아니라 두 곳 해변을 걷기에 충분할 것 같다.

4시 10분, 생말로에 도착. 마을은 웅장한 해안 성벽으로 둘러싸여 있고, 언덕 아래 바닷가 모래사장 앞쪽까지 이어진 모랫길 저쪽에 야트막한 언덕과 그 뒤로 자그마한 망루 같은 것이 보인다. 지금은 브르타뉴 지방에서 가장 인기 있는 휴양지라는 이곳이 아이러니하게도 17세기에는 프랑스 왕으로부터 적국의 배를 습격할 권리를 부여받아 합법적인 해적 활동으로 엄청난 부를 누렸다는 해적 코세어(Corsair)의 거점이었다고 한다. 그런 해적질을 가업으로 삼아 가문의 영광을 살리려니 이런 튼튼하고 웅장한 성곽과 요새가 필요했던가 보다.

언덕 아래 해변으로 내려가 신발을 벗고 모래사장 앞쪽 언덕까지 홍합도 줍고 예쁜 돌도 주우며 걷는다. 누가 더 많이 줍는지 누구 홍합이 더 큰지 내기도 하며 모래사장을 걷다 보니 벌써 6시, 캉칼로 출발하기로 하고 오늘 저녁은 굴 요리와 각종 해산물 요리가 유명하다는 캉칼에서 우아하게 와인을 곁들여 해산물을 먹기로 한다.

캉칼은 생말로에서 동쪽으로 17km, 25분밖에 안 걸린다. 해적이

해적의 거점이었다는 생말로 해안

노닐던 무시무시한 생말로와는 다르게 아기자기한 곳으로 프랑스 최고의 굴 산지로 유명하다. 언덕 위에서 내려다보니 해변 바닷가에 우리 남해안에서 많이 보던 굴 양식장 같은 시설물들이 넓게

굴이 얼마나 맛있길래 다른 두 사람은 쳐다보지도 않고

설치되어 있어 역시 프랑스 최고의 굴 산지답다는 생각이 든다.

그러나 언덕을 따라 내려가 보니 사용 안 한 지 오래되어 쓰레기장 같아 보이는 시설물들이라 오히려 흉물스럽기까지 하다. 저 위의 언덕에서 볼 때는 멋있어 보였는데……. 세상에는 멀리서 보는 것과 실제 모습이 다른 경우가 얼마나 많은가?

해변 입구부터 굴을 파는 포장마차가 늘어서서 관광객을 유혹한다. 그 유혹을 떨치지 못하고 5유로를 주고 12개짜리 굴 접시를 주문해 해변 스탠드에서 까먹는다. 맛이 있긴 한데 저녁 식사를 맛있게 하기 위해서는 이걸로 끝내기로 하고 레스토랑들이 밀집한 해변도로로 간다.

딱히 아는 곳이 있을 리 없으니 사람 많은 곳으로 따라 들어간다. 2인분에 57유로짜리 해산물 모둠으로 주문하고 와인도 한 병 주문한다. 해산물이니 색깔 맞춰 화이트 와인으로.

모둠 세트는 특이하게 3단 찜기에 담겨 나온다. 맨 아래 단에는

이곳 특산물인 굴 세트, 그 위에는 새우와 그 친구들, 다시 그 위에는 게가 자리를 차지해 주위에 둘러앉은 우리를 노려본다. 이놈들의 무서운 눈초리를 애써 무시하며 와인과 함께 우아한 저녁 식사를 끝내고 서둘러 숙소로 돌아온다.

밤에는 몽생미셸 성 전체를 밑에서 환한 조명이 쏘아 올리는데, 특히 캄캄한 밤하늘에 반짝이는 별들이 쏟아져 내릴 때는 그것을 지붕 삼아 어두운 바닷가에 환하게 우뚝 선 몽생미셸 모습이 너무 예쁘고 아름다워 절대로 놓쳐서는 안 된다는 이야기를 들었기 때문이다.

9시 반, 그 멋진 그림을 상상하며 숙소 창밖으로 몽생미셸을 내다보니 들은 것과는 달리 조명이 희미해 잘 보이지도 않는다. 조명을 쏘아 올리는 시기가 따로 정해져 있는 건 아닌지 실망스러워 정보를 더 찾아보기로 하고 몽생미셸 성 옆에서 하루를 마감한다.

3단 찜기 맨 위에서 게가 무서운 눈초리로 노려봐

# 몽생미셸 옆 동네, 차 받고 뺑소니

*
*
*
*

하루를 이 숙소에 더 머무를 예정이니 오늘은 모처럼 각자 알아서 일어나 여유를 갖고 하루를 시작하자고 했건만 마나님들은 오늘도 꼭두새벽부터 일어나 1층 거실이 부산하다. 창문 밖으로 숙소 옆 드넓은 밭을 보니 오늘 작물을 수확하는 듯 일꾼 여럿과 농사용 자동차가 바쁘게 왔다 갔다 한다. 농사를 짓는 우리 부부와 최현숙 마나님은 관심이 없을 수 없다. 마당으로 가까이 나가보니 인부들 여럿이 양상추를 수확한다.

"저거 좀 팔라고 해서 아침상에 올리면 어떨까?"

마나님들이 웃는다. 우리 호프 발발이 마님이 이미 달려가 1유로어치 한 다발 사다 놓았다며 내가 너무 늦었단다. 무슨 일이든 발바리 마님을 당할 재간이 없다.

오늘 아침 식사는 무엇일까? 마나님들이 어제 캉칼에서 주워온 자연산 홍합으로 국물을 내고 앞마당에서 채취한 냉이를 넣어 죽을 끓이고, 밭에서 금방 사 온 상추에 참기름 살짝 뿌려 만든 샐러드와 함께 내온 초호화 자연식 죽 정식이다.

여유 있게 아침 식사를 마치고 김밥을 들고 몽생미셸까지 걸어갈까, 차를 가져갈까 고민하다 차를 가져가기로 한다. 어제와 달리 하얀 구름과 맑고 파란 하늘을 보는 것만으로도 바닷가의 싱그러움을 만끽하고 있으니 이 아름다운 날 몽생미셸 주변의 또 다른

몽생미셸

1 뒤쪽에서 본 몽생미셸

2 몽생미셸 안 성당 제단

3 몽생미셸 안쪽 거리

4 몽생미셸 성곽에서 본 비

멋진 해변을 구경하러 가려면 차로 가는 게 편할 것 같다.

숙소에서 5분밖에 안 걸려 도착했는데 워낙 유명한 곳이라 주차장이 구역별로 여러 곳에 나뉘어 있고 엄청 넓어서, 주차장에서 성까지 가는 게 숙소에서 여기까지 온 것보다 더 먼 것 같다. 그 드넓은 주차장에 평일 이른 아침인데도 이미 자동차들이 상당히 많이 들어찼다. 매표소 창구에는 벌써 많은 사람이 줄을 서서 표를 산다, 1인당 10유로. 표를 사서 나오니 몽생미셸 성까지 데려다주는 버스를 타는 곳이 있고, 여기도 많은 사람이 줄을 서서 기다린다.

이럴 줄 알았으면 좀 일찍 나올걸. 좀 더 부지런했으면 인터넷 뒤져 더 많은 정보를 얻어 미리 대처했을 텐데. 그러나 우리가 살면서 앞으로 닥쳐올 상황을 미리 다 알고 대처할 수는 없는 노릇이니 후회한들 무엇하랴. 아직도 이른 시간이니 우리보다 늦게 올 사람들을 생각하면 지금도 행복한 상황이 될 수 있지 않은가.

다행히 버스가 자주 있어 많이 기다리지 않고 탄다. 바다가 가까워지며 사진으로만 보던 예쁜 성의 모습이 실제로 눈앞에 들어온다. 정말로 예쁘다. 하얀 구름과 파란 하늘을 배경으로 양옆으로는 텅 빈 모래사장만 한없이 뻗어 나간 가운데 삼각형 모양으로 뾰족하게 솟아오른 그 예쁜 성이 바로 이 성이었다고? 지금 이 순간을 놓치면 안 될 것 같아 다들 사진 찍기에 바쁘다.

이 예쁜 모습이 컴컴한 밤에 조명이 집중되어 나타난다면 정말 환상일 것 같다. 그러나 그 환상은 우리에게는 끝내 환상일 뿐이라고 안내소에서 확인해준다.

"그런 날은 1년에 몇 번밖에 안 되고, 이맘때는 그런 날이 없어요."

몽생미셸은 709년 대천사 미카엘이 아브랑슈의 오베르 주교 꿈에 나타나, 세계에서 가장 큰 조수가 끊임없이 부딪치는 이곳의 큰 바위 위에 자신을 위한 성당을 지으라고 한 명령에 따라 지어졌다고 한다. 이 명령을 받들어 작은 바위섬 위에 성당을 짓기 시작했는데, 그 후 1000년이란 오랜 세월을 거치면서 건축물이 더해지고 더해져 지금 모습을 갖추게 되었다는 것이다. 높이 80m 바위섬 위에 150m 높이로 지어져 수많은 순례자의 거룩한 순례지가 된 몽생미셸은 영국과의 100년 전쟁 때는 요새로, 또 프랑스혁명 이후에는 귀족들을 가두는 감옥으로 사용되었다니 오늘 우리가 환호하는 아름다움의 이면에는 아픈 역사의 굴곡도 지니고 있다.

성 내부 마을과 수도원을 돌아보고 이 아깝고 소중한 기억을 잊지 않기 위해 사진을 열심히 찍어둔다. 그렇다고 그 기억이 얼마나 오래가겠는가?

12시 10분, 몽생미셸을 출발해 어제 들른 생말로 서쪽에 있는 등대 언덕 프레헬 곶을 가보기로 한다. 어제 갔던 캉칼과 생말로를 지나 더 서쪽으로 운전해야 한다. 마치 어제 김포와 노량진을 거쳐 천호동에 와 있다가 오늘 다시 노량진을 거쳐 김포까지 가서 더 서쪽인 강화까지 가는 식이다.

프레헬 곶 언덕에 도착하니 2시, 언덕 위에 주차장이 있어 등대는 평지로 조금만 걸으면 된다. 반대쪽 바다에서 보면 등대는 높은 절벽 꼭대기에 있다. 길옆에 고사리가 많아 마나님들이 한 끼

프레헬 곶 등대 앞에 선 '스타' 김정자 마나님

먹을 정도만 뜯어 배낭에 넣고 등대까지 걸어가니 절벽 아래 바닷물이 연신 절벽에 부딪혀 튀어 오르며 물보라를 날린다.

등대 외에는 특별히 볼 것이 없어 생말로 옆의 디나르 해변을 향해 다시 동쪽으로 이동한다. 이곳은 조용하고 쾌적한 바닷가 마을로 해변을 따라 크고 작은 별장들이 늘어서 있는 유명한 휴양지다.

해변 주차장 들어가는 길이 왕복 2차선으로 좁은 데에다 도로공사 차들이 한쪽 길을 차지하고 있어 들어가고 나오는 차들이 혼잡하다. 우리도 겨우 좁은 길을 빠져나와 주차장으로 들어갔으나 공간이 없어 다시 나오다 길 한쪽 인도에 걸쳐놓은 차 뒤에 들어갈 만한 공간이 있어 차를 세우고 나온다.

오늘은 맑은 하늘에 기온이 제법 더위를 느낄 정도여서 바닷가로 나가 신발을 벗고 바닷물에 발을 담근다. 저 앞바다에는 조그만 섬들이 여러 개 누워있고 그 사이로 빨간 요트들이 바쁘게 움직인다. 여기서부터 얼마나 먼지는 몰라도 이 바다 저쪽 영국 땅에서 영국신사들이 우리를 향해 손짓하는 것을 느끼며 또 열심히 사진을 찍는다.

해변 언덕에는 작은 성처럼 보이는 개인 별장들이 계속 이어져 저마다 바다를 바라본다. 어제 본 생말로의 축소판 같기도 하다. 멋있는 별장들을 애서 외면하고 우리 수준에 맞는 물놀이에 집중하다 다음 목적지인 디낭으로 가기 위해 자동차 있는 곳으로 나온다.

그런데 이게 무슨 날벼락인가! 운전석 문을 다른 차가 박았다. 판금 작업이 필요할 정도로 확실하게 박고 도망쳤다. 우리 앞에 주차되어 있던 차가 없다. 그 차 앞은 다른 차가 반대 방향으로 주차되어 있어서 앞으로는 빼지 못하고 우리 쪽으로 후진하면서 뺐을 테니 이 차가 박은 게 분명한데 블랙박스도 없으니 방법이 없다. 정식 주차장이 아니니 이런 일을 예상하고 그 얄미운 차의 번

디나르 해변 바다에서 더위에 항복하는 최현숙 마나님

호판이라도 찍어둘걸! 여행 중엔 별일이 다 있을 수 있으니 만사에 항상 깨어 있어야 하는데.

그나마 다행인 것은 렌트할 때 배는 좀 아팠으나 하루 17유로 정도의 비싼 요금을 추가해 보험을 들었다. 지금 생각하면 천만다행이다. 면책금 150유로짜리 보험에 추가로 250유로 예치금까지 냈으니 수리비가 얼마든 우리가 더 내야 할 비용은 없는데도 증거 보존을 위해 사진을 찍어둔다. 우리 차 사진이 필요한 게 아니라 가해 차 사진이 필요한 건데.

그렇구나, 선진국이라고 생각한 프랑스 사람들도 이렇게 도망을 치는구나! 오랜 세월에 걸쳐 파리만이 아니라 프랑스 전체가 나를 슬프게 하는구나!

40여 분을 운전해 디낭 요트 정박장에 도착한다. 디낭은 브르타뉴 지역 최북단으로 몽생미셸이 있는 노르망디 지역과 맞닿으며, 옛날 프랑스에 합병되기 전까지는 브르타뉴 국경을 지키던 75m 절벽 위에 세워진 요새 마을이다. 우리는 머리를 가득 채우는 뺑소니 자동차 때문에 별 흥미를 느끼지 못해 요트 정박장만 잠깐 훑어보고 바로 숙소로 향한다.

숙소 가까이에서 도로 옆 잔디밭 언덕 위에 홀로 서 있는 커다란 풍차를 발견하고 사진으로 몇 장 남겨놓는다. 여기에 풍차가 왜 있지?

이튿날 7시 30분, 아침 메뉴가 색다르다. 어제 프레헬 등대 언덕에서 뜯은 고사리와 나물을 넣고 육개장을 끓이느라 마나님들 손

몽생미셸 부근 언덕에 홀로 선 풍차

길이 바쁘다. 육개장 냄새를 맡으니 그 손들이 오늘따라 더 예뻐 보인다. 오늘은 200km 북동쪽 해변 도시 도빌과 그 옆 옹플뢰르를 거쳐 코끼리 바위 절벽으로 유명한 에트르타 해변을 간다.

이쪽 프랑스 서북쪽 브르타뉴와 노르망디 지역은 1337년 시작된 프랑스와 영국의 백년전쟁과 1944년의 연합군 상륙작전을 통해 전쟁의 소용돌이 한가운데로 들어가면서 수많은 생명이 희생된 곳이다. 그러므로 관광지라고 하기에는 다소 부적절한 것 같아 전쟁에 희생된 분들께 죄송한 마음이 든다.

도빌은 도시 전체가 하나의 거대 리조트이며 휴양지 같은 곳으로 시내 상점이나 건물들이 모두 예쁘고 귀엽다. 국제적인 행사가 연중 내내 열리는 곳으로 영화제와 음식 축제, 음악제 등이 해마다 열리며 이런 이유로 영화인들이나 예술가들에게 많은 영감을 주는 곳이라고 한다. 1967년 아카데미 최우수 외국어영화상을 받은 낯익은 영화, 아누크 에메가 주연한 〈남과 여〉가 바로 이곳을 배경으로 촬영되었다고 한다.

5월 중순을 지나며 한낮은 점점 더워지기 시작한다. 시청 근처에 주차하고 걸어서 시내를 한 바퀴 돌아본다. 1913년 샤넬이 파리에 이어 이곳에 두 번째 부티크를 오픈하고 스포츠 웨어를 판매한 상점이 있다는 이야기를 듣고 찾아보았으나 지금은 사라지고 없다. 걷다 보니 카지노가 보여 구경하려고 들어가 보았으나 시간이 안 되었는지 문이 닫혀 있어 해변 쪽으로 나간다.

마침 방금 물이 빠져나간 듯 모래사장이 바다 쪽 멀리까지 뻗어 있어 상당히 넓어 보인다. 우리는 신발과 양말을 벗고 아직도 흠뻑 젖어 있는 모래사장을 따라 바닷물까지 쫓아가 기어이 발가락한 개라도 바닷물에 적시고 나서야 비로소 바다에 왔음을 느끼고 만족한다.

다시 해변으로 나오니 유명한 산책로다. 도빌 미국영화제에 참가했던 영화배우들 이름이 씌어있는 허리 높이의 칸막이들이 탈의실인 듯 문이 하나씩 있는 창고 건물 앞에 일렬로 늘어서 있다. <007>의 숀 코네리와 〈프렌치 커넥션〉의 진 해크먼 이름이 쓰인 칸막이들 사이에 앉아 귤 하나를 까서 두 배우에게 반씩 사이좋게 나누어 '보여만' 준다. 그리고 시청 청사 쪽으로 되돌아가 청사

숀 코네리와 진 해크먼 사이에 앉은 두 마나님

앞 계단에 앉아 아침에 싸 온 샌드위치로 느긋하게 점심을 먹고 다음 목적지로 향한다.

출발 30분 만에 옹플뢰르에 도착한다. 작은 항구 마을 요트 정박장을 둘러보면서 언감생심 우리도 저런 요트 하나쯤 있으면 얼마나 좋을까 헛된 망상을 가져보다 더 큰 망상으로 발전하기 전에 오늘의 최종 목적지인 북쪽 에트르타 코끼리 바위로 향한다.

조금 달리다 보니 인천공항 갈 때 건너는 다리와 비슷하게 휘어지며 올라가는 다리가 나타난다. 이게 바로 파리를 거쳐 프랑스 북부로 흘러들어온 센강을 건너는 노르망디 다리다. 이 다리는 프랑스 중부에서 시작해 파리를 관통하며 북쪽으로 흘러 영불해협을 거쳐 대서양으로 들어가는 그 유명한 센강이 갈라놓은 해변 도시 옹플뢰르와 에트르타를 이어준다. 1995년 완공 당시는 길이

옹플뢰르 선창

2.1km로 세계에서 가장 긴 사장교(斜張橋)로 이름을 떨쳤다는데, 오늘은 그 10배에 달하는 21km로 세계 7위의 인천대교가 등장해, 이제 이 다리는 귀엽고 앙증맞은 모습이 되어버렸다. 센강이 흐르듯 세월도 흐르며 세상을 바꾸어 1등을 꼴찌로, 꼴찌를 1등으로 만들었다. 이것이 바로 우리가 세상을 항상 겸손하게 살아야 하는 이유가 아닐까.

다리를 건너 출발 30분 만에 숙소가 있는 크리크토에 도착한다. 우리를 환영하며 더위를 식히라는 듯 비가 오기 시작한다. 넓은 마당이 있는 단독주택 대문 초인종을 눌렀으나 대답이 없다. 미리 도착 예정시간을 알려주었는데 대답이 없다면 이 집이 아닌 것 같다는 생각이 들어 주변을 여러 차례 오가다 부근 가정집에 들어가 거실에 앉아 있던 할머니에게 호스트의 주소와 전화번호를 주며 도움을 청한다.

고맙게도 할머니가 우리 호스트와 직접 통화해서 확인해주어 찾아가니 처음에 갔던 그 집이 맞다. 우리 또래 할머니가 대문에서 맞이해 안내해주는데 영어가 안 되시는 걸 보니, 메시지 연락은 몽생미셸에서처럼 아들이나 손자가 대신 하는 것 같다. 비는 점점 더 세차게 뿌린다.

대문 앞에 주차하고 짐을 내려 집 안으로 옮겨야 하는데 무심한 할머니는 우산이라도 받쳐 주면 좋겠는데 꼼짝도 하지 않아 전혀 도움이 안 된다. 흠뻑 비를 맞으며 안으로 들어가 할머니와 함께 난방부터 확인하고 마당을 내다본다. 텃밭이 있고 그 뒤로 집 한

채가 또 보인다. 그 집에 할머니 부부가 사시면서 우리 숙소를 에어비앤비에 내놓고 젊은 자식이나 손자가 관리해 주는 것으로 보인다.

4시가 다 되어 대충 짐만 내려놓고 바로 코끼리 바위로 향해 40분 거리에 있는 해변에 도착한다. 비는 그쳤으나 하늘은 시커먼 구름이 잔뜩 남아 5시가 안 되었는데도 어둠침침하고 을씨년스럽다. 에트르타는 클로드 모네 같은 화가들과 모파상, 앙드레 지드 같은 문인들이 그림을 그리고 작품 영감을 얻기 위해 자주 찾던 명소다.

해안에 우뚝 솟은 코끼리 닮은 절벽이 바다 쪽으로 코를 길게 빠뜨려 만들어진 엄마 코끼리, 아빠 코끼리, 아기코끼리 절벽이 거리를 두고 일렬로 서 있지만 아빠 코끼리는 마을이 있는 해안에서는 엄마 코끼리에 가려 안 보인다. 어느 것이 아빠이고 어느 것이 엄마인지는 누가 어떻게 정한 것인지 모르지만 그 기준에 따라 엄마가 아빠에 가린 건지 아빠가 엄마에 가린 건지 구별해야 한다. 요즘 우리 세대에 비유하면 아빠가 엄마에 가린 게 맞는다고 해야 하나?

해안에서 언덕으로 올라가 마을 전체를 내려다보니 앞으로는 바다, 뒤로는 산에 둘러싸여 포근하게 안겨있는 모습이다. 이 포근함을 화가들이 좋아했나 보다.

해변 자갈밭을 걷다 보니 이곳도 노르망디 상륙작전과 관계가 있는 듯 상륙작전 때의 흑백사진 몇 장을 붙여놓은 게시판이 보이고 언제 어떤 전쟁이 있었으며 그 전쟁으로 인해 양쪽의 희생이 어떤 규모였는지 설명해 놓았다. 설명을 읽으며 이 아름다운 해변과 포근한 마을에 뿌려진 양쪽 군인들의 피가 얼마나 되었을까, 그 수많은 시신은 다 가족에게 돌아갔을까, 그런 죽음은 왜 있어야 했던가 생각하며 숙연해진다.

에트르타를 떠나 숙소로 돌아오며 근처 마트에서 와인을 산다. 마나님들이 제안하는 오늘 저녁 메뉴는 비빔국수와 와인이다. 이 두 가지가 '와인학상' 어울리는 건지는 모르지만 무슨 상관인가? 우리가 한없이 편안한 마음으로 오늘과 내일의 여행을 계속하기 '위하여', 또 집을 떠나 고생 중인 서로를 '위하여', 즐기면 잘 어울리는 게 아닐까?

## 고급시계 차고 브뤼셀 가지 마라

\*
\*
\*
\*

오늘은 드디어 프랑스 여행 15일의 대장정을 끝내고 이웃 나라 벨기에 브뤼셀로 넘어갔다가 내일 파리 샤를 드골 공항으로 간다. 거기서 우리 부부만 남고 일행 네 분은 한국으로 돌아가니 프랑스 마지막 여행이다.

숙소에서 브뤼셀까지는 400km, 아침부터 서두른다. 브뤼셀에 도착해서는 오줌싸개 동상 등을 돌아볼 시간이 오늘 오후밖에 없어 점심도 가는 도중 차 안에서 때우기로 하고 김밥을 말아 집을 나선다. 브뤼셀 가는 고속도로 중간중간 비가 또 우리를 쫓아왔다 물러났다 한다. 프랑스와 벨기에 사이에는 국경 검문소가 없어 언제 국경을 지났는지 우리는 모르는데, 핸드폰은 귀신같이 알고 새로운 나라에 입국하면 나오는 외교부 여행안내와 주의사항 메시지가 들어온다.

이름으로 보아 중동사람일 것 같은 브뤼셀 호스트에게 연락해 도착 예정시간을 알리고 고속도로를 계속 달려 2시경 브뤼셀 숙소 근처에 도착한다. 동네 분위기가 산뜻해 보이지 않는다. 게다가 파리 시내처럼 미로같이 이리저리 연결된 일방통행 골목길에서 차로 움직이는 게 무척 어렵다.

드디어 좁은 일방통행 골목길 안에 있는 3층 아파트를 찾아내 마나님들과 짐을 내려놓고, 호스트가 알려준 대로 숙소에서 떨어진 다른 건물 주차장에 주차하고 숙소로 돌아가 짐 가방을 하나씩 들어 3층으로 옮긴다. 여기도 숙소가 몇 층인지, 엘리베이터가 있는지 확인해야 했는데 내 실수다.

집 열쇠를 두었다는 3층 숙소 위층 계단에 가보니 박스 하나만 단정하게 있는 게 아니라 안 쓰는 이삿짐을 그대로 처박아두었는지 옷장과 찬장 등에 박스가 잔뜩 쌓여 있다. 호스트와 몇 번의 메시지 교환 끝에 겨우 열쇠를 찾아 들어가니 유럽연합(EU) 본부가 있는 브뤼셀이라는 이미지와는 너무 다르게 동네 분위기와 마찬가지로 실내도 그렇고, 가구도 그렇고, 산뜻한 느낌이 전혀 없다. 그러니까 에어비앤비 여행은 첫째도 숙소, 둘째도 숙소를 꼼꼼히 살펴 산뜻한 곳을 얻어야 한다.

시간은 이미 3시, 싸 온 김밥으로 간단히 점심을 때우고 걸어서 15분 거리에 있다는 시내 중심지까지 길을 확인해 숙소를 나선다. 길거리 주민들 대부분이 중동사람들로 보이니 아마도 중동 동네인 것 같다. 동네를 빠져나와 큰길을 조금 걷다 보니 여기저기 중국 단체관광객들이 보인다. 벌써 시내 중심가에 다 온 것 같다. 우리 숙소도 거리상으로는 시내 중심가에서 가까운데 시내의 산뜻한 분위기와는 달리 동네 전체가 칙칙하고 어수선하다.

브뤼셀 중심의 유명한 그랑플라스 광장에 도착한다. 브뤼셀이라는 도시 자체가 그리 크지 않은 데에다 시내 중심지 역시 좁아 브뤼셀 관광객들은 모두 이 광장으로 모이는 것 같다. 시청 청사와 박물관 등이 있는 광장을 병풍처럼 사면으로 둘러싼 건물들 전면 외벽이 금빛으로 장식되어 있어 눈길을 끈다. 이 건물들 대부분이 바로크 양식으로 지어져 중세에는 상인조합 건물로 사용되었다고 한다.

그랑플라스 광장을 나와 브뤼셀의 상징인 오줌싸개 동상(Manneken Pis)을 찾아간다. 따로 힘들여 찾지 않아도 단체관광객들이 몰려가는 곳을 따라 골목길을 이리 돌고 저리 도니 그 유명한 오줌싸개 소년이 나온다. 아니, 이게 다야? 이게 그거 맞아?

코너에 있는 건물 두 벽면 사이에 우리 키보다 약간 높은 곳에 서서 우리를 향해 오줌을 싸는 동상은 크기가 60cm 정도로 조금 큰 장난감 크기만 해서 이거 말고 다른 데에 제대로 된 동상이 있

브뤼셀 그랑플라스 광장의 금빛으로 장식된 건물 외부

는 게 아닌가 의심이 들 정도다. 이 조그만 오줌싸개조차 무슨 보수공사가 진행 중인지 양옆을 천으로 가려놓아 실망, 대실망! 그러나 어쩌랴, 여기까지 왔으니 몰려 있는 관광객 틈을 비집고 다가가 사진 몇 장 찍고 얼른 나온다.

브뤼셀의 마스코트인 오줌싸개 동상은 1619년 조각가 제롬 뒤케누아가 제작한 것으로, 침략자에 의해 여러 번 약탈당하는 수난을 겪었는데 1745년에는 영국에서, 그 2년 뒤에는 프랑스에서 가져갔다가 이를 사죄하는 뜻으로 루이 15세가 금색 양단으로 만든 호화로운 의상을 보내주었고, 그때부터 브뤼셀을 방문하는 국빈들은 동상의 옷을 선물하는 것이 관례가 되었다고 한다.

길이 60cm도 안 되는 오줌싸개를 보려고 그렇게 많은 사람이 몰려들다니

동상은 이렇게 수시로 다양한 의상을 갈아입는데 그 수가 800점이 넘는다고 하며, 특별한 날에는 소년의 고추에서 나오는 물을 맥주로 바꾸어 사람들이 무료로 즐기게 하는 특별 이벤트도 벌인다고 한다. 현재 있는 동상은 1965년에 만든 복제품으로 원래의 동상은 그랑플라스에 있는 브뤼셀 시립박물관에 보관되어 있다고 한다.

동상의 유래에 대해서는 여러 설이 있는데 침략을 당한 제후의 왕자가 오줌을 누어 적군을 모욕했다는 설, 브뤼셀을 침략한 적군이 성을 폭파하기 위해 화약을 장전한 것을 알고 줄리앙이라는 어린 소년이 적진으로 들어가 오줌으로 도화선의 불을 꺼 브뤼셀을 위기로부터 구했다는 설 등이 있다.

이 오줌싸개 소년의 외로움을 달래 주기 위해 브뤼셀 레스토랑 협회에서 이 소년 부근에 오줌싸개 소녀(Jeanneke Pis)를 만들었다고 하는데 이 소녀 역시 도난 위험이 있어 철창으로 가려놓았다고 한다.

오줌싸개와 함께 브뤼셀에서 유명하다는 와플을 맛보기 위해 동상 바로 앞에 있는 와플 가게에서 맛을 본다. 이 맛이 그렇게 특별한 걸까, 오줌싸개와 마찬가지로 스토리텔링, 또는 마케팅 덕택이 아닐까 하는 생각이 든다.

오늘은 프랑스 여행의 대미를 장식하는 날인만큼 '쫑파티'로 브뤼셀 추천 음식인 홍합과 스파게티를 먹기로 한다. 사람이 많은 레스토랑을 찾아 그랑플라스 쪽으로 다시 나와 광장 근처 '루벤스'에 자리를 잡고 홍합과 스파게티, 피자, 새우 정식 등 골고루 주문하고 브뤼셀 맥주 오메강을 시킨다.

자동차가 받히는 사고는 있었지만 각자 아프거나 큰 어려움 없이 15일간의 여행을 즐겁게 마치게 된 것을 기념하며 푸짐한 식사를 마치고 숙소로 향한다. 더 많이 마시다가는 오늘 밤 오줌싸개 소년 될까 조심하며.

가는 길은 매우 가깝게 느껴지고 건물과 길들이 벌써 익숙해져

브뤼셀 '루벤스' 레스토랑에서 맥주로 건배

편안한 마음으로 숙소 동네 얕은 언덕길을 올라간다. 우리 일행 앞쪽에 중동사람 몇이 길에 서서 잡담을 하다 그중 한 친구가 맨 앞을 걸어가는 달걀말이 아저씨에게 악수를 청하며 반갑게 인사를 한다. 달걀말이 아저씨도 악수하며 인사를 받아 주니 이번에는 이 친구가 서로 친구라는 듯 밝은 표정으로 포옹을 하는 듯이 하다가 허리를 굽히며 씨름을 하는 것처럼 장난을 친다.

이튿날은 아침부터 모두 부산하다. 각자 가방을 다시 챙기며 여권을 재삼재사 확인해 손 가까이 넣고 귀국준비를 서두른다. 거실에 나온 달걀말이 아저씨가 혹시 손목시계 어디 떨어진 것 본 사람 있느냐고 묻는다. 가방을 다 뒤지고 주머니를 다 뒤져도 없다며 혹시 집안 어느 구석에 떨어졌는지 찾아봐 달라고 한다.

순간 일행은 일제히 어제저녁 숙소로 돌아올 때 장난을 치면서 씨름을 하는 듯이 몸을 밀착시킨 중동 친구를 의심한다. 달걀말이 아저씨도 그 친구가 과잉 행동을 할 때 이상한 생각이 들어 지갑에만 신경을 썼지 시계는 미처 생각을 못 했다고 후회한다. 그 시계가 롤렉스라 하니 중동 친구가 더욱 의심이 가지만 방법이 없다.

15일 여행의 대미를 장식하러 큰 기대를 하고 400km를 운전해 찾아온 브뤼셀에서 이렇게 허무한 일을 당하다니 실망을 넘어 혐오스러운 생각이 든다.

옛날 파리 지하철에서 당한 강도에 가까운 날치기범의 기억이 새롭다. 오래전 늦은 가을, 업무 출장차 파리에 도착해 항상 가는 한국 민박집을 찾아가던 길이었다. 양복 정장에 트렌치코트까지 입고 한 손에는 당시 유행하던 007 서류가방을 들고 한 손에는 캐리어를 끌었다. 한눈에 출장 온 사람임이 딱 드러나는 '멋진' 차림이었다.

개선문 역에서 기다리다 전철이 도착하고 문이 열려 올라탔는데 누가 내 코트 아랫자락을 당겨서 허리를 숙이는 순간 아시아계로 보이는 젊은이가 전철 문이 닫히는 틈 사이로 잽싸게 뛰어내리는 게 보였다. 누군가 잘못 탔다가 뛰어내리나보다 생각했다.

그런데 전철이 출발하자 잠시 후 앞에 앉은 사람이 나를 바라보며 영어로 말한다.

"지갑, 지갑!"

나는 지갑을 항상 바지 앞주머니에 넣기 때문에 무릎까지 오는 트렌치코트를 걷고 바지 주머니를 확인하니 지갑이 없어졌다. 주위에 있던 사람들도 내가 당하는 걸 보면서도 말을 못 한 것 같다.

전철 문이 열렸다 닫히는 그 짧은 순간에 코트 속 바지 주머니에서 지갑을 꺼내는 출중한 실력은 인정해 주어야 했다. 출장 첫날 1000달러가 넘는 현찰과 카드 등을 다 가져간 그 솜씨 좋은 친구, 지금쯤은 잘살고 있을까?

일단 호스트에게 메시지를 보내 우리가 체크 아웃을 한 후라도 혹시 집 어디선가 시계를 발견하면 연락해 달라고 부탁한다. 달걀말이 아저씨는 잊어버리자고, 신경 쓰지 말라고 오히려 우리를 위로한다.

9시에 숙소를 출발한 일행의 핸드폰에 일제히 외교부로부터

전해지는 여행안내 메시지 수신음이 울린 시간이 11시 15분, 프랑스와 벨기에의 보이지 않는 국경을 통과한 것이다. 두 나라에서 어떻게 합의해 국경을 정했기에 이렇게 정확하게 구분이 되는 걸까?

고속도로를 한동안 더 달리자 휴게소를 겸한 커다란 주유소가 나타난다. 자동차를 반납하려면 연료를 가득 채워야 한다. 가능하면 반납할 곳 가까이에서 채워야 하는데 이쯤이면 적절할 것 같아 주유소로 들어가 주유 펌프 앞에 차를 세운다. 사무실에서 대금결제를 먼저 해야 한다는 표시가 있어서 기사는 차에 남고 조수인 내가 사무실로 찾아가 대기 중인 몇 사람 뒤에 줄을 서서 기다려 주유 펌프 번호를 대고 30유로를 지불한다.

사무실을 나와 주유를 시작하라고 손짓을 하려는데 자동차가 온데간데없다. 자동차가 서 있던 곳으로 달려가 아무리 둘러보아도 하늘로 솟았는지 땅으로 꺼졌는지 통째로 사라져 버렸다. 이 펌프는 이미 30유로를 냈으니 누구든 주유기 손잡이만 당기면 30유로만큼 주유를 하게 되어있어, 다른 차가 서지 못하게 펌프를 굳건히 지키고 있어야 한다.

자동차는 사라지더라도 누군가는 남아 나를 기다려주어야 하는데 아무도 보이지 않으니 도대체 어떻게 된 영문인지 알 수가 없고, 나는 다른 차가 접근하지 못하게 막느라 꼼짝도 못 하고, 초조하기만 해서 펌프 주위로 360도 빙빙 돌며 한참을 찾는데 달걀말이 아저씨가 나타나 우리 차를 저쪽 다른 펌프에 댔다며 이 펌프는 대형 트럭용 주유기여서 쫓겨났다고 설명한다. 그렇다면 내가 낸 30유로는 이 펌프 번호에 낸 것이니 급히 사무실로 돌아가 승용차용 펌프로 바꿔 달라고 자초지종을 설명한다. 그러나 내가 30유로를 낸 펌프에서는 이미 다른 트럭이 주유하고 갔기 때문에 그 돈은 날아간 것이고 다시 돈을 내야 한다는 것이다.

그런 법이 어디 있느냐고, 그건 우리 잘못이 아닌데 우리가 또 돈을 다시 낼 수는 없으니 30유로를 돌려달라고 항변한다. 계속되는 내 항변에 직원이 매니저를 데려온다. 나는 비행기를 놓치는 한이 있어도 받아내겠다는 생각으로 버티고 선다. 달걀말이 아저씨가 쫓아 들어와 왜 안 나오느냐고, 무슨 일이 있느냐고 물어서 설명하는 사이 매니저란 여자가 나타난다.

그러나 매니저 역시 우리가 처한 상황은 알겠는데 자기들로서는 30유로어치 기름이 이미 소비되었기 때문에 도와줄 방법이 없다고 이해를 구한다. 현실적으로도 30유로 때문에 비행기를 놓쳐서는 안 되겠기에 하는 수 없이 기름값을 다시 결제하고 공항으로 출발한다, 나, 원, 참!

15일간의 즐거운 여행이 막판에 이렇게 계속 꼬여 모두를 슬프게 한다. 파리를 비롯해 프랑스와 나는 굿이라도 해서 풀어야 할 무언가가 참으로 많은 것 같다.

드디어 3시 10분, 샤를 드골 공항에 도착해 넓디넓은 공항에서 이리 돌고 저리 돌며 몇 번이나 엉뚱한 곳을 헤매다 겨우 우리가 차를 렌트한 사무실을 찾아 들어간다.

반납받는 직원이 나와서 일을 하는 중에 자동차 사고를 설명하려고 하니 보험 가입이 되어있어 괜찮다고, 나머지는 자기들이 알아서 처리할 테니 그냥 가도 된다고 대범하고 시원하게 대답해, 그나마 마지막 기분 꼬이지 않고 파리를 떠날 수 있게 된다.

이제 김흥식·서정순 부부와 김정자·최현숙 마나님은 한국으로, 우리 부부는 그리스로 떠나며 눈물로 이별할 마음 준비를 하고 공항 청사로 들어간다.

우리 부부는 아직도 35일간을 더 헤매고 다녀야 하니 꼭 필요할 거라며 발바리 마님이 밥솥을 가져가라고 내주지만 끌고 다녀야 할 짐도 많고, 헤매고 다녀야 할 곳도 많아 받지 못하고 여섯 명은 아쉬운 작별을 한다.

일행 모두 미운 정 고운 정 잔뜩 들어 눈물을 쏟으려 했으나 우리 부부의 그리스행 비행기 체크인 시간이 임박해 터미널을 향해 뛰어간다. 에게항공 카운터에서 체크인을 하고 나서야 15일간을 동고동락한 네 사람이 옆에 없는 게 느껴지며 갑자기 고행의 바다에 우리 둘만 버려진 것 같이 허전하고 외롭다.

그러나 서혜원에게는 유근복이 있고, 유근복에게는 서혜원이 있으니, 이 세상 우리 둘만 꼭 붙어 있으면 외롭고 무서울 게 무엇인가.

| 프랑스 여행 후기 |

# 너희가 그러면 나도 못 참거든!

슬픈 인연의 파리는 끝까지 그 행태를 저버리지 않았다. 일행 4명이 한국으로 돌아온 3주 후 시원하고 대범한 척하던 렌터카 회사로부터 314.2유로가 사전 안내도 없이 일방적으로 김흥식 친구 카드에서 추가 결제되어 나간 것이다. 내용을 파악하려고 파리 공항에서 자동차 렌트할 때 도와준 조카를 통해 확인하니 우선 계약과 다른 차종이 나가 보험 해당이 안 되고, 오후 3시 이후에 반납되어 하루 요금이 추가되며, 자동차 추가 수리비와 속도위반 1회 벌금(45유로) 등이 이유라는 것이다.

내가 그리스와 터키를 비롯해 여러 나라를 돌며 두 달간 여행을 마치고 귀국하니 김흥식 친구가 여기까지 자초지종을 설명하며 동양 사람이라고 우습게 보는 건지 도무지 약이 올라 그냥 두어서는 안 되겠다며 흥분한다. 그 말을 듣고 나도 갑자기 열이 올라 당장이라도 파리로 쫓아가고 싶은 생각이 들었다.

차종이 달라 보험이 안 된다니 이게 무슨 자다가 봉창 두드리는 소리란 말인가? 계약한 동종 차가 출고되어 없다고 몇 시간을 기다리게 해 놓고 결국 다른 차종으로 대신 내준 건 자기들이 아니고 프랑스 귀신이 한 일인가?

조카를 통해 계속 이의 제기를 했더니 렌터카 회사에서 조카는 계약 당사자가 아니라 상대해 줄 수 없다는 답변이 돌아와 더 도와줄 방법이 없게 되었단다.

　이놈들이 잠자는 착한 호랑이 코털을 건드렸다. 나름 산전수전에 공중전까지 다 치러낸 김흥식 친구와 나는 흥분했다. 이런 식으로 자기들 멋대로 일을 처리해도 대부분의 동양 사람들은 언어와 거리 문제가 있어 억울해도 그냥 넘어가는 일이 많아 이런 고약한 짓거리를 하는 것 같은데, 한번 매운맛을 보여주자고 다짐했다. 저들의 못된 버릇을 고쳐주기 위해 고객센터 접촉부터 자동차 사고 담당 부서까지 직접 연락을 취하는 데에 성공한 후, 이메일을 보내 자초지종, 조목조목 따지기 시작했다.

　우선 3시 이후 반납이라 해도 한 시간 정도 늦은 것에 불과하며, 처음 렌트할 때 분명히 그레이스 아워(반납 시간 유예)를 몇 시간 줄 거냐고 물어 5시까지는 괜찮다는 답변을 들은 바가 있으니 하루 추가는 인정할 수 없고, 차종이 달라 보험이 안 된다는 프랑스 소마저도 웃을 이야기는 오히려 계약된 차가 아닌 다른 차종을 준 당신들 계약 위반 사항이니 손해배상 청구라도 해야겠다고 항의하고, 150유로 면책금 외의 수리비 자체를 인정할 수 없으니 예치금 250유로와 초과 결제된 금액은 즉시 반환할 것을 요구했다.

　이 회사의 미국 쪽 회사에도 연락해 항의하며 한 달 가까이 질긴 싸움을 벌인 끝에 일방적으로 결제되었던 돈을 다시 환급받는 데에 성공했다.

　프랑스가 '기대를 저버리지 않고' 나를 또 여지없이 슬프게 한 이 일은, 동양인들은 이런 질긴 싸움이 귀찮아 포기하는 경우가 대부분이고, 이 회사가 그런 성향을 잘 알고 있어서 이런 '아니면 말고' 식의 추가 결제를 사전 안내도 없이 일방적으로 해버린 추악한 행태였다.

# 제 2 장

# 절벽에 붙은 삶
# 공중 위의 기도

평생 호텔을 집 삼아 세계 구석구석을 누볐지만
이렇게 산뜻하고 아담한 방을 본 적이 없다.
주인의 취향이 듬뿍 묻어나는 고급 집 꾸밈에
입을 닫지 못하는데, 냉장고를 열어 우리에게 줄
빵과 과일, 음료를 보여준다. 옆에는 와인까지 한 병!
"와우! 원더풀! 뷰티풀! 판타스틱!"
옥상의 커다란 비치 파라솔 아래에는
아테네 시내를 한눈에 깔고 앉아 멋지게 한잔할
우아한 의자와 탁자까지!

아테네 시내가 한눈에 들어오는 숙소 옥상의 일몰

## 아테네 골목에서 고교 동창이 불러

*
*
*
*

에게항공 저가 비행기로 밤 10시에 도착한 이라클리온 공항은 우리 인천공항만큼은 아니어도 동네 버스정류장은 분명 아니다. 1988년 가을 중국 베이징에 처음 도착했을 때, 그곳 공항은 우리 시외버스터미널 정도밖에 되어 보이지 않았고, 체크인 수속도 컴퓨터가 아닌 손으로 적어가며 좌석번호를 주었는데 그런 정도와는 거리가 멀다. 이제는 김포공항도 상당히 커졌지만 확장되기 전 김포공항 정도는 되는 것 같아 마음이 놓인다.

짐은 따로 찾을 필요 없이 아테네로 직접 우리를 따라오게 되어 있어 홀가분하게 공항 청사로 나오니 꽤 넓어 보이는데, 모두 부지런히 청사 밖으로 나갈 뿐 청사 안에 머무르는 사람은 하나도 없다. 우리 부부만 이 넓은 곳에서 노숙해야 하나? 파리 공항 직원 말대로 밤에 문을 닫는다며 우리를 쫓아내는 건 아니겠지? 치안은 괜찮을까?

1층 출국장 한쪽 의자에 자리를 잡아 마나님을 모신다. 집에서 나는 초저녁잠이 많아 일찍 잠이 들고 마나님은 자정을 한참 지나야 잠이 드는데, 오늘은 어쩐 일인지 마나님은 어느새 쌕쌕거리고 나는 약간 졸리기는 하지만 불침번을 서는 데에는 전혀 불편함이 없다.

이튿날 아침 6시 35분 정시에 출발한 에게항공은 바다를 건너 7

시 15분에 아테네 베니젤로스 공항에 도착한다. 이 짧은 40분 동안에 승무원들은 아침 식사 나눠주고 걷어가기에 바쁘다. 대한항공 외에 다른 항공사 마일리지까지 합치면 '투 밀리언 마일'을 훨씬 넘는 거리를 날아다니며 선진국 중에는 안 가본 나라가 거의 없는 나도 비즈니스가 전혀 없던 그리스는 처음이라 기대가 크고 살짝 설레기까지 한다. 특히 파리 공항에서 네 사람을 서울로 떠나보낸 대신 잠시 후면 고등학교 동창 친구 최준호 부부를 만날 생각에 흥분된 마음으로 입국 절차를 마치고 입국장을 나선다.

최준호는 서울의 용산고등학교를 나와 서울대를 졸업하고 미국으로 가서 국방부에 근무하면서 탁월한 능력을 인정받아 한국과 일본에 파견되어 한미간 동맹유지에 지대한 공을 세우고 은퇴한 친구다.

그리스에서는 산토리니섬을 먼저 갔다 온 다음에 다른 곳을 여행할 예정이라 자동차는 그 후에 렌트하기로 하고, 숙소에서 보내준 약도를 보며 대중교통을 이용해 숙소로 향한다. 숙소에 가서 기다리면 3일 전에 아테네에 들어와 둘만의 오붓한 관광을 즐기는 준호 부부가 와서 합류하기로 했다.

프랑스에서는 자동차를 운전해 다니다 보니 우리 부부 가방 두 개가 이렇게 무거운 짐인 줄 몰랐는데, 이제 공항에서 전철을 타고 시내 중심가인 신타그마 광장까지 갔다가 다시 갈아타고 페트라로나 역까지 가려니 그것이 보통 거추장스러운 짐이 아님을 실감한다. 발바리 마님이 준 밥솥까지 가지고 왔으면 여행이고 뭐고 아예 움직일 수도 없었을 거라며, 그걸 두고 온 우리 부부 판단을 스스로 다행으로 여긴다.

페트라로나 역에서 숙소까지는 걸어서 20분 정도라니 그 정도 거리는 운동 삼아 약도를 보아가며 걷기로 한다. 이미 구글 미스 김의 목소리에 습관이 되어 그 목소리 없이 약도만 보아서는 역에서 나와 왼쪽으로 가야 하는지 오른쪽으로 가야 하는지 헷갈리기 시작해, 좀 걷다가 지나가는 사람에게 약도를 보여주며 묻고, 또 가다가 묻고 하면서 겨우 방향을 잡아 야트막한 언덕길을 오른다. 가방 바퀴가 고장 나 방향이 잘 안 잡혀서 제대로 구르지 않아 더욱 힘이 들어, 아침나절인데도 벌써 온몸이 땀에 젖는다.

역에서부터 20분 정도라는 말은 그곳 지리를 잘 아는 사람 생각

아크로폴리스 언덕 위 에렉테이온 신전의 처녀상

인 듯 우리는 제멋대로 구르는 가방을 억지로 잡아끌고 묻고 물으며 언덕길을 가느라 시간이 꽤 걸린 것 같다. 약도로 보면 거의 다 온 것 같아 마지막 계단에서 잠시 쉬는데 계단 위에서 택시가 정차한다. 이렇게 힘들 줄 알았으면 우리도 역에서 택시를 탈 걸 그랬다고 후회하며 다시 걸으려 하는데 누가 내 이름을 부른다.

"근복아, 유근복!"

택시에서 내린 승객은 바로 준호 부부였다. 멀리 그리스까지 와서 그것도 어느 좁은 골목길에서 친구 부부를 만나니 그렇게 반가울 수가 없다. 세상은 넓어도 친구와 같이하는 세상은 이렇게 좁다. 택시 기사도 주소만 가지고는 숙소를 찾지 못해 내비를 보며 근처를 빙빙 돌던 중이란다.

두 부부 넷이서 다시 계단을 걸어 오르며 동네가 떠들썩하게 서로 안부를 묻는다. 우리가 먼저 숙소에 들어가면 한참 후에나 올 줄 알았던 친구 부부를 뜻밖에 먼 타국의 좁은 길에서 만났으니 어찌 떠들썩하지 않을 수 있으랴.

준호 부부는 이미 며칠간 아테네에서 오붓한 시간을 보내서 그런지 두 사람 얼굴에 화기가 가득하고 둘이 주고받는 눈빛에도 사랑이 잔뜩 묻어 있다. 어제는 아테네 공공운송부문의 총파업으로 버스와 철도, 지하철과 선박까지 각각 시간을 정해 하루 동안 운행이 정지되어 고생 좀 했다고 한다.

10시 20분, 우리네 다세대 주택 비슷한 깔끔한 주택들이 모여 있는 동네 한쪽 낮은 언덕의 숙소를 찾아낸다. 반가운 마음에 현

아테네 숙소 여주인 미스 스타브룰라

관으로 다가가는데 준호 마나님이 갑자기 뒤로 물러서며 소리를 지른다. 깜짝 놀라 돌아보니 현관 옆 나무 그늘에서 길고양이 한 무리가 일제히 일어서서 우리를 맞이한다. 그제야 준호 마나님이 고양이를 극도로 싫어하며, 한 마리도 아닌 여러 마리에 놀라 소리를 지른 것을 알았다.

준호 마나님은 뒤에서 잠깐 기다리게 하고 숙소 현관 초인종을 누르니 30대 초반으로 보이는 예쁘고 젊은 여자가 나와 반갑게 인사를 한다. 영어도 원어민 수준으로 어려움이 없다. 대부분의 에어비앤비 숙소가 정한 체크인 시간은 오후 3시인데 우리 비행기가 아침 일찍 도착하니 오전 중에 체크인할 수 있도록 도와달라는 요청을 선선히 받아 준 바로 그 호스트다.

그녀가 양해를 구한다. 어제 묵은 손님이 체크아웃한 지 얼마 안 되어 지금 열심히 청소 중이니 짐은 놓아두고 옆의 카페로 가서 잠시 쉬고 있으면 청소를 빨리 끝내고 부르러 오겠다며 우리를 안내한다. 카페에 향이 아주 좋고 시원한 주스를 주문해 놓았으니 한 잔씩 하며 편히 쉬고 있으시라고 하고는 집으로 돌아가 얼른 준비를 마치고 오겠다면서 부지런히 사라진다.

1시간쯤 지나 그녀가 다시 와서 준비가 다 되었으니 가자고 해서 카페 주인에게 계산을 부탁하니 이미 호스트가 계산했다고 한다. 이런 고마울 데가 있나, 정해진 체크인 시간보다 한참 일찍 온 건 우리니 호스트는 책임이 없는데, 오히려 자기가 미안해하며 주스값까지 계산하고 뛰어다녀 주니 어찌 고맙지 아니한가. 프랑스 사람과는 달라도 한참 다르다.

현관에서 실내 계단이 바로 이어져 한 층을 올라가야 한다. 무

아테네 숙소는 규모가 작지만 아담하고 정갈하다.

거운 짐 가방과 다시 씨름하려고 호흡을 고르는데 호스트와 청소 아줌마가 덥석 들어 올려준다. 그렇게 거실에 들어선 순간, 우와! 일행 넷은 너무 놀라워 말을 못 하고 눈동자만 굴릴 뿐이다. 평생 호텔을 집 삼아 세계 구석구석을 누빈 나지만 이렇게 깨끗하고 아담한 호텔 방을 본 적이 없다.

5성급 호텔보다 더 좋은 호텔을 7성급 슈퍼 특급호텔이라고 한다면 분명히 이 숙소는 7성급에 해당한다. 이 집은 규모가 작고 부대시설이 없다는 것만 제외하고는 그런 특급호텔의 고급스러움을 갖춘 데에 더해 주인의 품격이 묻어나는 가구와 장식 등이 너무나 아담하고 정갈하다. 일행 모두 입을 다물지 못하는 사이 호스트가 화장실과 침실에 이어 주방으로 안내해 냉장고 문을 열며 빵과 각종 과일, 음료수 등을 보여준다.

"손님을 위해 조금 전 마켓에서 사 넣었으니 맛있게 드세요."

옆에는 와인까지 한 병! 아니, 이렇게 황송할 데가! 우리를 카페에 앉혀 놓고 뛰어간 곳이 마켓이었나?

"우리 오늘 여기서 하룻밤밖에 안 자는 거야? 며칠 연장할 수 없나?"

땡큐, 땡큐를 연발하는 사이 주방에서 나와 계단을 따라 옥상으로 안내한다.

"와우! 원더풀! 뷰티풀! 판타스틱!"

아테네 시내 전체가 숙소 아래로 한눈에 다 들어오는 옥상에는 커다란 비치 파라솔이 있고, 파라솔 아래에는 아테네 시내를 한눈에 깔고 앉아 한잔할 수 있는 멋진 의자와 탁자가 있다. 이 숙소는 오늘 하루 14만 원인데 140만 원이라 해도 비싸다고 하지 못할 것 같다.

지도를 보니 숙소가 있는 이 언덕 이름이 필로파포스다. 뮤즈라는 9명의 예술 여신에게 바쳐져 '뮤즈의 언덕'으로도 불린다는 이 언덕 정상에 로마 집정관이었던 율리우스 안티오쿠스 필로파포스의 기념유적이 세워져 있어 그 이름으로 불린다고 하며, 저 유명한 '높은 도시' 아크로폴리스 (Acro=높은, Polis=도시)와 바로 이웃해 있다. 역에

숙소 옥상의 모습. 스카이라운지가 따로 필요 없다. 아테네 시내가 그대로 다 보인다.

서 오는 길이 약간 언덕져 힘이 들더니 이곳이 바로 필로파포스 언덕 중턱이라 아테네 시내가 우리 반대편 발아래 있게 된 것이다.

이런 고급 숙소에서 하루밖에 자지 못하는 것을 크게 아쉬워하며 호스트로부터 부근 설명을 듣는다. 숙소 앞 계단을 따라 조금 더 올라가면 언덕 정상이고 거기서 큰길을 따라 우리가 올라온 반대 방향으로 조금만 내려가면 그 유명한 아크로폴리스 언덕이니 점심 식사 후 내려가 보란다. 또 내일 산토리니 가는 배가 아침 7시 반에 출발하니 6시에는 숙소에서 나가는 게 안전할 거라며 친절하게도 그 시간에 택시가 오도록 자기가 자주 이용하는 택시회사에 연락하겠단다. 숙소만 최고인 게 아니라 호스트 마음 씀씀이 또한 최고다.

어제 파리를 떠난 이후 김치를 못 먹어 김치와 된장국으로 점심을 먹고 지도 하나 들고 집을 나선다. 다행히 고양이들이 자리 잡은 현관문 밖 반대편 계단 위쪽으로 간다. 숙소 앞 계단을 따라 올라가니 바로 필로파포스 언덕의 순환도로 같은 자동차 길이 나오고 그 길을 따라 내려가니 아크로폴리스 언덕이 저 앞에 보인다.

그 유명한 파르테논 신전이 있는 아크로폴리스 언덕은 해발 156m로 해발 270m인 우리 남산보다 낮은 동산 정도에 불과한데, 아테네 시내에 높은 건물이 없어서 그런지 상당히 높아 보인다.

가는 도중에 박물관이 있다고 하는데 우리는 아크로폴리스부터 가기로 하고 입장권을 산다. 1인당 30유로, 2016년 2월에는 통합입장료가 12유로였는데 국가채무를 갚기 위해 주요관광지 입장료를 대폭 인상했다더니 며칠 동안 유효한 기간제 입장권이기는 하지만 배가 넘게 올랐다. 열 배가 올랐다 해도 아테네에 와서 아크로폴리스를 보지 않고 돌아갈 사람이 있을까?

오늘은 반나절 맛보기로 아테네를 훑고 며칠 후 시간을 만들어 다시 한번 돌아보기로 하고 우선 파르테논 신전으로 올라간다. 고대 아테네 수호신으로 여겨지던 아테나 여신에게 봉헌되어 기원전 5세기에 지어졌다는 파르테논 신전은 그 위용을 자랑하는 도리스식 기둥이라든가 신전의 장식 등이 그리스 예술의 정수로 인정받는다.

6세기에는 성모마리아에게 봉헌된 성당으로 쓰였으며 오스만제국에 정복당한 후에는 이슬람 모스크로 쓰였다. 1687년 베네치아

아직도 공사가 계속되는 파르테논 신전

군의 포격을 받아 신전 안에 쌓아놓은 오스만제국의 화약 더미가 폭발하며 신전과 조각물이 순식간에 거의 다 날아간 뼈아픈 역사를 살점이 뜯겨나간 기둥 마디마다 간직하고 서서, 인간의 한없는 욕심과 몰염치를 경고하는 듯하다.

언덕에 흩어진 다른 유적들을 돌아보고 내려와 아테네 관광객의 필수 관광코스인 구시가지 플라카 지역의 아고라(Agora)에 이른다. 아고라는 고대 그리스 도시국가의 광장으로 시민 회의나 재판, 상업, 사교 등 다양한 활동이 이루어지던 곳으로 오늘날에는 공적인 의사소통이나 직접민주주의를 상징하는 말로 널리 사용된다.

5월 기온치고는 제법 더워 그늘을 따라 사람들이 몰려다니느라 골목골목이 꽤 복잡하다. 이리저리 사람에 밀리며 도착한 곳이 고대 아고라다. 주변에 각종 공공시설이 있고 중앙에 시장이 있던 광장으로 요즘의 쇼핑몰이라 하면 딱 맞지 않을까? 소크라테스도 이곳 어디에서 젊은 친구들과 대화를 하고 있었겠지? 대화 중간중간 무얼 했을까? 술을 마셨을까, 아이스크림을 먹었을까?

아고라 옆 좁은 골목 카페에 자리 잡고 그리스 맥주 네 병을 주문하고 16유로를 낸다. 시원하게 목을 축이고 일어나 소크라테스가 젊은 플라톤을 데리고 다녔을 법한 골목들을 또 이리저리 돌다 보니 아테네 명물 모나스티라키 광장이 나온다. 안내 책자 내용 그대로 관광객들로 북적여 밀려다니는 것 같다.

우리가 내려온 뒤를 돌아보니 아크로폴리스가 꽤 높이 보인다. 숙소로 돌아가기 위해 저 높은 언덕을 다시 올라갈 생각을 하니 갑자기 힘이 빠진다. 인생도 마찬가지지만 올라갈 때 힘들어하지 말고 내려갈 때 좋아할 것도 아니다. 뒤에는 반드시 반대 상황이 기다리고 있으니까.

며칠 일찍 도착한 준호 마나님이 이곳 가까이에 전철역이 있고 생선 시장이 있어 신선한 생선을 팔더라고 해서 찾아 들어간다. 역시 프랑스 엑상프로방스에서 우리가 생태라 부른 놈과 비슷한 생선이 있어 1kg에 1유로를 주고 사서 생태찌개를 먹을 생각을 하니 다시 기운이 솟는다.

시내 구경을 하고 언덕을 되짚어 오르며 숙소로 돌아오는 길은 낮이 익어 그런지 힘이 덜 들고, 가는 길에서는 미처 보지 못한 유적들도 눈에 들어오기 시작한다.

숙소에 돌아와 마나님 두 분은 생태찌개 준비에 분주하고 보디 가드들은 기다리고 기다리던 소주와 와인 시음 준비를 한다. 이런 초특급 숙소에서는 저녁을 '디너'라 불러야 할 것 같다. 낮에 호스트를 따라 올라간 옥상에 자리를 잡고 빨갛게 물든 저녁노을을 바라보고 아테네 시내를 한눈에 굽어보며 우아하게 잔을 부딪쳐 보아야지.

그런데, 이런! 주방에서 옥상으로 올라가는 문이 안 열린다. 희 (喜)와 비(悲)는 이렇게 순식간에 교차한다. 디너를 바란 우리 욕심 이 너무 과했나? 프랑스 니스에서와는 달리 여기는 문을 여는 특 별한 다른 장치나 방법이 있다는 얘기를 듣지 못했는데.

호스트에게 메시지를 보내 상황 설명을 하니 마침 가족과 함께 있어 이곳에 올 형편이 못되어 미안하다며 다시 한번 천천히 시도해 보란다. 결국은 옥상으로 올라가는 건 포기하고 주방 옆 식당에 생태찌개 정식을 올려놓고 호스트가 선물한 와인과 우리가 준비한 소주로 건배, 건배, 또 건배! 우리 부부에게는 기대가 컸던 아테네 첫날을 보낸다.

## 키스할 때는 키스에만 열중하라

*
*
*
*

아침 6시, 짐을 다 꾸리고 나오니 호스트가 예약한 택시가 벌써 집 앞에서 우리를 기다린다. 피레우스 항구까지는 30분밖에 안 걸리는데, 앞에 나타나는 항구에 입이 딱 벌어진다. 무슨 항구가 이렇게 큰 거야? 인천항 정도로 생각했는데 역시 선박왕 오나시스의 나라 그리스답다. 영화에서나 보는 거대한 크루즈 선박들이 여기저기 정박해 있다. 택시 기사가 몇 번 게이트로 가느냐고 묻는다. 목적지 별로 선박이 대기하는 게이트가 다르고 서로 멀리 떨어져 있어서 게이트와 게이트 사이는 자동차로 이동해야 하니 정확한 게이트 번호를 알아야 한단다.

인천 앞바다 조그만 섬에나 다녀본 경험으로 항구에 도착하면 어디 체크인하는 곳이 있어서, 거기서 타는 줄만 알았는데 항구가 워낙 크고 정박장들이 너무 멀리 떨어져 있어서 자기가 탈 배 앞까지 가서 승선 수속을 하는 거였다.

게이트는 모르겠고 산토리니 간다고 하니 기사가 난감해하며 선박회사 이름이 뭐냐고 다시 묻는다. 그것도 모르겠고 7시 30분 출발이라 하니 딱하다는 표정으로 직접 택시회사에 전화를 걸어 알아보겠다며 연락을 한다.

자기들끼리 몇 번 전화가 오고 가더니 우리가 탈 배가 '블루스타'이고 출발 게이트를 알았다며 그리로 다시 운전해 간다. 우리 호스트만 '친절한 영자 씨'인 줄 알았더니 그리스 사람들은 모두 그 영자 씨에 그 영남 씨인가 보다. 고맙다, 고맙다 하면서 택시를 내린다.

엄청 큰 배가 하품을 하듯 입을 떡 벌린 채 승객들을 기다리고, 떡 벌어진 입으로는 연신 자동차가 들어가며 직원들 신호에 맞추

아테네 피레우스 항구에서 블루스타호가 입을 벌리고

어 한쪽으로 열을 지어 주차한다. 2층 선실로 들어가니 등수에 따라 객실이 나뉘어 있고 대부분 중국 사람인 듯 동양인 관광객들이 눈에 많이 띈다.

시간이 되자 우리 배가 정확히 움직이더니 일요일 이른 아침에 행여나 아테네 시민들 잠을 방해할까 염려해 항구를 살그머니 빠져나간다. 우리도 자리를 잡고 어제저녁 마나님들의 고운 손길로 만들어준 '사랑손밥'으로 아침 요기를 하고 갑판에 나가 우리를 품에 안아주는 에게해를 향해 아침 인사를 건넨다. 좌우에는 아직도 크고 작은 섬들이 나타났다 사라지고 사라졌다 나타나며 우리 배와 숨바꼭질을 한다.

잉크 빛 바다를 바라보던 준호 마나님이 문득 '그리스인 조르바'가 떠오른다고 한다. 그리스 작가 니코스 카잔차키스의 소설 《그리스인 조르바》에 등장하는 파격의 자유인 조르바가 피레우스 항을 떠나 그의 주인과 함께 크레타로 향하는 모습이 그려진다는 것이다. 그 조르바, 아니 카잔차키스도 우리가 바라보는 이 바다를 이렇게 바라보며 고향 크레타를 찾아가면서 크게 가슴이 설레지 않았겠느냐고 밝게 웃는다.

영혼의 자유를 갈망하며 마음 내키는 대로 거침없는 삶을 살던 조르바는 어제와 내일은 관심 밖이었다. 오로지 지금 이 순간은 자기 일에만 열중하

영화 〈그리스인 조르바〉 주연 앤소니 퀸

고 싶어 했다. 키스하는 동안은 키스에만 열중하고 그 이외의 다른 것에는 신경 쓰지 말라고 했다.

우리 넷 모두 어쩌면 그런 조르바를 닮고 싶어 한 건지도 모른다. 아니, 크레타가 아닌 산토리니를 향하는 배 안에서 우리는 이미 조르바가 되어있다. 우리에게 주어진 오늘을 열심히 잘 살고 싶어 우리는 산토리니 가는 배 안에서 우리 일에만 열중한다.

죽지 않을 것 같은 기분으로 조심스레 아몬드 나무를 심는 90세 할아버지와 언제 죽을지 모른다는 생각에 최대한 자유롭게 살고자 했던 조르바! 준호 마나님은 이 두 사람 중 누가 옳다고 생각하는지 모르지만, 욕심 가득한 우리는 두 사람 다 옳다고 여기며 살고 싶지 않으냐며 우리를 따라오는 갈매기를 향해 손을 흔든다. 그렇게 살기가 그리 쉽지 않음을 갈매기는 알까?

다시 선실로 돌아온다. 미스 스타브롤라(Stavroula), 아테네 에어비앤비 호스트에 대한 후기를 정말 잘 써주고 싶다. 우리가 이미 감동했으니 아테네에서 숙소를 찾는 모든 이들에게 알려주고 싶고, 에어비앤비 본부에도 이런 최고의 숙소와 호스트가 있다는 걸 알리고 싶다. 당연히 모든 평가항목에 별이 다섯 개다! 열 개까지 가능하다면 열 개를 주고 싶다!

산토리니까지는 중간에 큰 섬을 몇 개 들리느라 8시간을 가야하니 가고 오는 시간을 따지면 이틀이 아깝게 버려지는 셈이다. 원래 계획은 밤을 이용해 잠자면서 가고, 잠자면서 오려고 했는데 아쉽게도 여름 한 철을 제외하고는 밤 배가 없단다.

그렇다고 남는 게 시간밖에 없는 백수가 비싼 돈 주고 비행기로 이동할 것까지는 없어서 오고 가며 마주치는 창밖 경치도 여행의 하나로 생각하고 그냥 즐기기로 한다. 돈도 돈이지만 나는 그동안 비행기를 너무 많이 타서, 이제는 비행기 타는 게 너무 싫어 반드시 타야 하는 상황이 아니면 피하고 싶다.

점심은 선실 안 식당에서 돼지고기와 햄버거, 연어 등으로 거창하게 먹고, 이 점심이 소화될 무렵 3시 반경 산토리니섬 아티니오스 항구에 도착한다. 그리스 본토로부터 200km 떨어진 산토리니섬은 제주도의 4분의 1 정도 크기이며 섬 이쪽 끝에서 저쪽 끝까지 자동차로 1시간이면 가는 작은 섬이다. 원래 이름은 '티라' 였으나 1200년대 이웃 크레타섬을 지배한 베네치아 사람들이 이 섬의 주보 성인인 성 이리니의 이름을 따 산타이리니(Santa Irini)라 부르다 산토리니라는 이름이 비롯되었다는 이야기가 있다.

기원전 1500년경 이 섬에서 일어난 것으로 알려진 거대한 화산 폭발과 해일은 그 규모가 엄청나 이웃 크레타섬을 덮치고 바다 건너 이집트까지 영향을 미쳤다고 한다. 실제로 화산재로 덮여 있는 산토리니의 30~40m 지하에는 고대의 문명 도시가 있었음을 발굴로 확인했다고 한다.

산토리니섬을 특색 있게 하는 것은 무엇보다도 국기에서 보는 그리스 상징색인 파란색과 하얀색의 선명한 조화를 이루는 파란 돔 지붕에 하얀 집과 우리가 사진에서 너무나도 많이 본 아슬아슬한 절벽에 걸린 하얀 집 마을이다. 이 해안 절벽 마을은 어디에서

산토리니섬의 파란 돔 지붕 교회

보아도 그림이다.

이 하얀 집 마을을 가까이에서 직접 보기 위해 아티니오스 항구를 나와 숙소에서 알려준 마이크로버스에 올라 바위 절벽을 꼬불꼬불 돌아 마을 입구에 들어선다. 바다 쪽 절벽 위에 자리 잡은 마을에는 바로 그 파란 돔 지붕의 하얀 집들이 사진에서 본대로 산뜻하게 맵시를 자랑하고 있는데, 반대쪽 섬 안쪽 마을은 내리막의 넓은 밭과 띄엄띄엄 보이는 주택이 우중충하고 평범한 농촌 같아 극명한 대조를 이룬다.

숙소까지 가는 길은 꼬불꼬불하며 정돈이 안 되어있고 길은 좁은데, 관광객을 태운 자동차들이 꼬리를 물고 이어져 곳곳에서 차

풍덩풍덩 바다에 빠질 것만 같은 집들

가 막혀 섰다가 가고 또 섰다가 다시 움직이며 다른 숙소 손님을
내려놓고 마지막으로 우리 숙소에 도착한다. 내리고 보니 숙소는
일반 에어비앤비가 아니라 주방 딸린 호텔이다.

　산토리니섬의 가장 중심이라는 피라 마을이라고는 하지만 하얀
집들이 있는 바다 쪽 절벽 위가 아니고 길 반대편 다소 한가한 쪽
에 위치해, 방 1개와 침대가 있는 거실에 주방 딸린 호텔이 2박에
28만 원.

　체크인하고 방에 들어가 짐을 풀고 나니 6시가 되어 바로 길 건
너 하얀 집 마을로 들어가 구경한 후 돌아와 저녁 식사를 하기로

한다. 구름이 끼어 하늘은 흐리고 바람이 강해 걷기가 불편할 정도지만 그래도 사진으로만 보던 그 파란 돔 지붕의 하얀 집을 직접 보기 위해 두 사람이 겨우 지나갈 수 있는 좁디좁은 골목을 이리 돌고 저리 돌며 피라 마을 위의 피로스테파니 마을까지 갔다가 1차로 약식 시찰을 끝내고 숙소로 돌아온다.

모레 아테네로 돌아가니 내일은 하루가 온전히 비어있다. 여유를 가지고 천천히 걸어 다니며 봐도 충분할 것 같아 마음이 놓인다.

저녁은 곰탕으로 식사를 하며 고등학교 친구와 마주 앉아 너 소주한 잔 나 쐬주 한 잔, 너 쐬주 한 병, 나 소주 한 병 하며 산토리니의 첫날을 알코올에 흠뻑 담근다.


### 퐁당퐁당 바다에 빠질 것 같은 동네

*
*
*

아침은 속풀이 누룽지 죽과 북엇국으로 여유 있게 식사를 하고 숙소를 나선다. 산토리니섬에서 관광객이 제일 많다는 곳이 바로 우리 숙소가 있는 피라 마을과 북서쪽 끝인 이야 마을이고, 다른 마을들은 시간이 남으면 가보라고 해서 오늘은 이야 마을을 다녀오기로 한다.

버스로 30분 동안 이야 마을을 가면서, 내가 걱정할 일은 아니지만 크게 우려되는 것이 있다. 조그만 섬에 관광객이 너무 많아 관광객을 실어 나르는 자동차도 너무 많다는 것이다. 교통체증도 문제지만 이 자동차들이 뿜어내는 매연을 어떻게 할 것인지 크게 걱정된다. 이 섬이야말로 하루빨리 해야 할 일이 있을 것 같다. 관광 수입은 많을 것이니 그 돈으로 도로를 정비하고 매연을 뿜는 모든 자동차를 전기자동차로 바꾸는 일이다.

2시간 동안을 이야 마을 골목골목을 누비며 바다를 보고, 새파란 돔 지붕의 하얀 집을 배경으로 사진 찍고 하며 걷다가 다시 피라 마을로 돌아온다. 산토리니에 왔으니 이곳 음식을 먹어보자는 친구 제안으로 가장 운치 있어 보이는 레스토랑을 찾아 자리를 잡는다. 아슬아슬한 절벽 위의 이 레스토랑에서는 에게해가 우리 테이블 아래로 한눈에 다 들어오며 바다 저 멀리 크루즈 선박이 조용히 정박해 있는 모습이 보인다.

아슬아슬한 절벽 위 우아한 레스토랑에서 준호부부

가재 스파게티와 케밥 등을 주문해 생맥주를 곁들여 먹고 나와 어제 약식으로 끝낸 피라 마을 관광을 본격적으로 다시 시작한다. 준호부부는 산토리니섬 가장 남쪽인 해변 마을을 구경하고 저녁까지 먹고 숙소로 돌아오겠다고 해서 우리 부부만 피라 마을 골목길을 다시 한번 제대로 돌아본다.

파란 돔 지붕에 하얀 집이 밀집해 있어 관광객도 가장 많고 가장 유명한 피라 마을은 바닷가 절벽 위 공간을 최대한 이용해 아랫집 지붕을 윗집 마당 삼아 집들이 빼곡히 들어차 있다. 길에 빼앗길 공간이 없어서인지 골목이 미로같이 이어져 사람들이 한 줄로 서서 간신히 다닐 수 있는 정도밖에 안 된다.

서너 시간 골목을 누비고 다니다 6시쯤 호텔로 돌아온다. 프런트에 들러 내일 아침 우리 배 출항 시간에 맞추어 아티니오스 항구까지 가는 택시를 30유로에 예약하고 방으로 들어와 김치찌개로 저녁 식사를 한다. 얼마 후 남서쪽 끝 페리사 해변까지 갔다 돌아온 친구 부부와 다시 앉아 산토리니에서의 마지막 밤을 위해 너한 잔, 나 한 잔을 계속하며 어제에 이어 둘째 날도 진한 알코올에 가득 담가 간직한다.

이튿날 아테네로 돌아가는 배는 11시 45분에 출발하는 '시 제트'호다. 올 때와는 달리 이름처럼 제트 추진 선박인지 2시간이 단축되어 6시간 정도 걸리는 쾌속정이다. 그제 타고 온 '블루스타'보다는 작아 보이지만 제트라는 이름에 어울리게 날렵해 보이는 배에 올라 다시 아테네로 출발한다. 역시 에게해를 가르는 속

피라 마을 골목길에서

도감이 느껴진다.

오늘 숙소는 아테네 베니젤로스 공항 근처 주방 딸린 호텔이다. 내일 아침 일찍 자동차를 렌트하면 그리스 여행이 끝나고 다음 목적지로 출발하기 전 공항 가까이에서 반납하기도 쉽고 또 시내의 복잡한 주차문제를 피하려고 공항 근처 에어비앤비 숙소를 찾았으나 적절한 곳이 안 보여 주방 딸린 호텔로 정했다.

피레우스 항구에서 내려 거리가 상당해 보이는 이 호텔까지 가는 택시를 잡아야 하는데, 길에서 무작정 택시를 잡아탔다가 자칫 바가지를 쓰는 것보다는 그제 묵었던 아테네 숙소의 친절한 여성 호스트에게 택시를 불러 달라고 부탁해 보기로 하고 메시지를 보내 도움을 요청한다.

친절한 호스트로부터 바로 답변이 온다. 항구에 도착하는 시간과 게이트를 알려 달라고 해서 선실 직원들에게 물어보니 선박은 항공기와 달라 항해에 유동성이 많아 아직은 알 수가 없고 항구 가까이 가야 도착시각과 게이트가 확정된다고 해서 그렇게 연락한다.

하룻밤 묵은 인연일 뿐이고 다시 간다는 기약도 없는 사람인데 바로 답변을 보내주며 도와주니 그렇게 고마울 수가 없다. 에어비앤비 본부에서 최고의 호스트를 뽑는다면 아테네의 이 친절한 호스트가 당연히 최고가 되어야 한다.

저녁 7시 10분, 공항 근처 바르키자라는 동네에 있는 호텔에 도착해 체크인한다. 이곳은 2박에 120유로. 내일은 서울에서 렌트 예약한 자동차를 받아 코린토스(고린도)에 다녀오고 모레는 아침 일찍 메테오라로 갈 예정이다.

준호 부부와 함께 호텔 주변을 돌아보고 슈퍼에 들러 삼겹살을 찾았으나 프랑스에서는 쉽게 구할 수 있는 삼겹살이 여기에는 없어 대신 베이컨과 상추를 산다. 호텔로 돌아와 오늘도 고교 동창끼리 베이컨 상추쌈으로 너 한 잔 나 한 잔!

## 우리 동네도 파묻혔다 발굴된다면

\*
\*
\*
\*

아침 일찍 호텔 문을 나서니 어제 예약한 택시가 기다리고 있다. 30분 정도 걸려 공항 부근에 이르러, 비행기를 타는 게 아니라 예약한 자동차 받으러 간다면서 '애비'라는 회사 이름과 전화번호를 주니 자기가 직접 전화를 걸어 위치를 확인한다. 공항건물 안에 있는 게 아니고 건물에서 약간 떨어진 곳에 있다며 유턴을 한다.

택시를 내리면서 요금을 물으니 34유로라고 한다. 렌터카 회사도 찾아주고 친절하게 대해주어 팁을 좀 주려고 생각했는데, 미터기보다 10유로나 더 부른다. 기분이 언짢았으나 팁으로 생각하고 내린다. 낯선 곳에서 함부로 택시 타기가 이래서 어렵다.

차를 렌트하면서 프랑스 해변의 뺑소니 사건이 생각나 풀 커버 보험 80유로와 제2 운전자 추가 25유로를 더 내고, 4인승 닛산 풀사로 그리스 자동차 여행을 시작한다. 주유소에 들러 탱크를 가득 채우니 기름값은 프랑스나 우리와 비슷하다.

코린토스까지는 서쪽으로 140km, 날씨는 청명해 일행 네 명의 자동차 여행길을 환하게 밝혀 준다. 창문을 잠시 열어 아테네의 시원한 공기를 차 안 가득 받아들이며, 뉘신지 모르나 여행자를 보호해 주는 그리스 신에게 우리 네 명의 안전한 여행길을 부탁드린다.

그리스는 처음이라 모든 게 낯설고 궁금했는데 고속도로와 자동차 운행 여건은 어떤지 걱정된다. 그러나 역시 다른 나라와 크게 다르지 않아 편안한 마음으로 운전석 깊숙이 엉덩이를 밀어 넣는다.

코린토스에 다 와서 길이 헷갈려 잠시 왔다 갔다 하다 12시 50분, 드디어 마치 케이크 한가운데를 직각으로 잘라 파놓은 것 같은 절벽 아래를 흐르는 코린토스 운하 위쪽 큰길에 도착한다. 관광객들이 이 운하를 잇는 다리 위에 모여들어 80m 아래 바다를

케이크를 잘라 놓은 듯 땅을 반듯하게 파내 만든 코린토스 운하

내려다보며 사진 찍기에 바쁘다.

운하는 기원전 67년, 로마의 네로 황제가 노예를 동원해 공사를 시작했다가 중단되고 1881년 프랑스 기술진이 다시 시작해 12년 만에 완성되었다고 한다. 이 운하를 통해 동쪽 에게해와 서쪽 이오니아해를 연결함으로써 400km 우회도로를 단축하는 효과를 본다고 하니 네로가 욕심을 낸 것도 당연하겠다. 그래도 어떻게 땅을 파내 양쪽 바다를 이을 생각을 할 수 있었을까? 네로는 정말 욕심쟁이 폭군이었을까?

우리는 다시 15km 떨어진 고대 코린토스를 찾아간다. 기원전 146년 로마군에 정복당한 후 폐허로 남았다가 기원전 44년 로마 황제 시저에 의해 복구되어 로마 식민도시로 재건되고, 이어 로마

총독의 거주지가 되었다. 기원후에는 로마와 교역을 위한 해상무역과 상업의 중심지로 급속 성장을 하게 되며, 521년 지진으로 완전히 붕괴하기까지 그리스와 로마제국에서 가장 큰 도시 중 하나였다고 한다.

그런 성장을 토대로 이곳에는 많은 신전이 세워졌는데 그중 미의 여신 아프로디테에게 바쳐진 신전에서는 특이하게도 수많은 여자 사제들이 공식적인 창녀로 활동하며 방문객들에게 받은 수입 일부를 신전에 바쳤다고 하니 그 사회가 얼마나 심한 타락과 방종에 빠져 있었는지 상상하기조차 어렵다.

코린토스에서 2년간 선교 활동을 하던 사도 바오로가 에페소스로 옮겨 활동하던 55년경, 코린토스 교회 신자들의 파벌 다툼과 타락한 성 윤리 등을 바로잡기 위해 〈고린도전서〉라 불리는 편지를 코린토스 교회에 보낸 기독교 역사가 있는 곳이기도 하다.

'사랑은 참고 기다립니다. 사랑은 친절합니다. 사랑은 시기하지 않고, 뽐내지 않으며, 교만하지 않습니다. 사랑은 무례하지 않고, 자기 이익을 추구하지 않으며, 성을 내지 않고, 앙심을 품지 않습니다. 사랑은 불의에 기뻐하지 않고, 진실을 두고 함께 기뻐합니다. 사랑은 모든 것을 덮어주고, 모든 것을 믿으며, 모든 것을 바라고, 모든 것을 견디어냅니다. 믿음과 희망과 사랑, 그 가운데에서 으뜸은 사랑입니다.'

아아, 지금까지 2000년 넘게 인류를 감동케 한 가르침이 바로 〈고린도전서〉 13장에 들어있음을 모르는 사람은 많지 않을 것이다.

고대 코린토스 유적지에는 박물관이 문을 열어 여기서 발굴된 크고 작은 유물들을 모두 보관한다. 박물관을 돌아본 후 발굴현장으로 들어선다. 상당히 넓은 현장에는 저 멀리 로마나 아테네에서 본 듯한 커다란 돌기둥도 여러 개 보이고 주거지 흔적도 여기저기 많이 보인다. 이곳은 시민들이 모이는 상점가인 아고라가 있던 지역이다. 여러 차례 지진을 거치면서 완전히 폐허가 되어 땅에 묻혀 있던 것을 1896년부터 발굴 작업을 시작해, 당시 시민들의 화려한 생활상을 보여주는 신전과 극장, 공중목욕탕, 상점과 개선문 등이 발굴되었다고 한다. 한쪽에서는 지금도 발굴 작업을 계속하고 있는 듯 땅 밑 일부를 천막으로 가리고 사람들 접근을 막는다.

광장 중앙에는 베마라는 돌 축대 강단이 있는데 총독이 연설하던 곳이라고 한다. 사도 바오로도 이곳에서 시민을 가르치다 유대인들에게 제소당해, 이곳에서 재판을 받았다.

한쪽에는 기원전 6세기에 세워진 아폴로 신전에 돌기둥이 7개 남아있다. 원래는 38개의 기둥으로 된 거대한 신전이었다고 하는데 돌기둥 꼭대기가 단순한 네모 형태를 하고 있다. 이것이 도리아식이고 그 후 양 머리 모양의 이오니아식, 다시 아칸서스 잎 모양의 코린토스식 건축 양식이 기원전 7세기 이후 순서대로 나타났다고 한다.

오랜 세월을 거치며 발굴한 유적을 우리가 보고 있는데, 그렇다면 지금 우리가 누리고 사용하는 이 문명도 언젠가는 땅속으로 파묻혀 들어가는 날이 올 것이고 그런 후 수백, 수천 년 후 다시 인간들에게 발굴되어 그들을 놀라게 하는 날이 올 수도 있지 않을까? 생각의 날개가 한없이 날아간다.

4시가 가까워지자 생각의 날개는 고대도시를 떠나 숙소를 찾아가는 현실로 돌아온다.

## 공중 수도원에는 하느님이 계실까?

\*
\*
\*
\*

아테네 북쪽으로 400km를 달려 테살리아 지방에 있는 수도원 집단 '메테오라'를 보러 가야 하니 일찍부터 서두른다. 메테오라는 그리스어로 '공중에 떠 있다'는 뜻이다. 수도원 여러 곳이 모두 공중에 떠 있는 것이다.

7시 40분, 바람은 불어도 날씨는 좋아 경쾌한 마음으로 고속도로를 달리자 잠시 후 아테네 시내로 빠지는 출근 차들과 엉켜 길이 막힌다. 출근 시간대의 교통체증은 어딜 가나 마찬가지라는 단순한 진리를 새삼 떠올리며 느긋한 마음으로 앞차를 따른다. 한참이 지나서야 길이 풀려 시원하게 달리기 시작한다. 밟아라, 밟아! 안 졸릴 때 많이 가 놓자!

고속도로 좌우로 계속 낮은 산, 높은 산이 교대로 나타났다 사라지며 우리 시야를 시원하게 해준다. 한참을 북으로, 북으로 달리다 보니 연료 표시 바늘이 4분의 1 눈금 아래로 내려간다. 주유소에서 연료를 채우고 쉬었다 가기로 하고 맑고 청명한 그리스 풍경을 감상하며 달린다. 유독 돌산이 많다.

북쪽으로 얼마나 왔는지 모르지만 오가는 차들도 거의 안 보이고 편도 2차선 드넓은 도로에 우리만 있어 운전하기는 시원하고 편하다. 너무 편해 졸음이 살살 오는 고속도로를 한참을 왔는데 주유소나 휴게소는 안 보이고 가끔 조그만 화장실 건물만 보인다.

그리스 고속도로에는 휴게소가 자주 있지 않은 것 같다. 이렇게 차들이 없으니 장사가 될 리 있겠느냐며 시원한 운전을 즐기는데, 한편으로는 거의 바닥에 닿은 눈금에 신경이 쓰인다. 아무리 달려도 길옆으로 도시는 물론 작은 동네도 안 보이고 돌산만 가끔 나타났다가 사라지고 다시 나타났다 사라지고 한다.

이제 눈금은 바닥에 붙고 운전을 하는 내 머릿속 세포 활동도

그리스의 텅 빈 고속도로

바닥에 붙는다. 등에서 진땀이 흐르기 시작한다.

'여기서 시동이 멈추면 어떡하나, 경찰이 올 때까지 얼마나 기다려야 하며 경찰들은 어떤 조치를 할까?'

주유소는 안 보이고 오랜만에 마을로 빠지는 출구가 하나 보인다.

'여기서 빠져 동네까지 들어갔다가 나올까? 하지만 동네로 들어간들 주유소가 있을까?'

온갖 의문과 갈등 끝에 이미 많이 왔으니 곧 나타나겠지 하는 생각으로 그냥 지나친다.

'그리스 자동차들은 어떻게 다니는 거야? 고속도로 진입 전에 탱크를 가득 채우고 출발하나? 그래도 그렇지, 주유소가 이렇게까지 없을 수가 있나? 곧 나오겠지?'

이제 연료 경고등까지 들어오고 내 머릿속은 점점 복잡해진다. 좌우에 보이는 건 돌산밖에 없으니 이 고속도로는 마을을 지나는 게 아니라 산속으로 산속으로만 뚫려 있는 것 같다.

경고등이 들어오고도 느낌으로는 1시간 이상이 지난 것 같다. 100km 이상 온 것 같다. 이제라도 금방 시동이 꺼질 것 같은 걱정에 일행 모두 완전 초비상이다. 아까 그 마을로 빠질 걸 그랬다는 후회도 든다.

이제 주유소 찾기는 포기하고 다시 출구가 나오면 즉시 빠져 무조건 동네로 들어가기로 한다. 그러나 출구마저도 안 나온다. 그러다 오랜만에 앞에 도로표지판이 보인다. 무언가 길이 갈라지는 것일 테니 출구가 있지 않을까? 잠시 후 어딘지는 몰라도 오른쪽으로 빠지는 출구가 하나 나타난다. 무조건 빠지니 멀리 마을이 보이는데 큰 건물은 안 보이고 조그만 마을 같다. 주유소가 있을까? 어떻든 앞에 보이는 마을까지 시동이여, 꺼지지 말아다오!

아, 있다, 있어! 주유소다! 마을 입구에 주유소가 제일 먼저 나타난다. 일행 모두 춤이라도 출 듯 반가워한다. 나는 근육 마디마다 모래알처럼 잔뜩 박혀있던 긴장감이 일시에 폭발해 녹아내리는 듯 허탈해진다.

자동차를 운전하며 이런 경험이 전혀 없었던 건 아니다. 20여 년 전 LPG 충전소가 많지 않을 때 LPG 차로 강원도 시골길을 가다 가스가 바닥나 충전소 찾아서 서울 쪽으로 다시 왔다 되돌아가며 고생하던 경험은 있지만, 휘발유 차로 이렇게 가슴 태워가며 운전하는 것은 70 평생 처음인 것 같다.

기름을 가득 채우니 60유로. 고속도로로 되돌아가 북쪽으로 계속 달린다. 이젠 편안한 마음으로 좌우 경치를 양쪽 두 눈에 다 넣어 감상하며 달린다. 조금 전까지는 돌산의 차갑고 황량한 모습만 보였는데, 이제는 돌산 곳곳 자라는 나무들의 푸르른 모습도 눈에 들어온다.

이제는 그토록 찾던 휴게소와 주유소가 곧 나타날 것만 같다. 그러나 한참을 더 달리는데도 주유소는 안 보인다. 그래, 계속 보이지 마라, 우리는 필요 없으니까. 그러면서도 걱정스럽다. 도대체 이 나라가 고속도로에 주유소를 안 만들면 운전하는 사람들은 어떻게 하라는 거야? 한참을 가다 드디어 주유소와 휴게소가 나타난다. 그 마을에서 안 빠졌으면 분명히 문제가 생길 만한 거리를 왔으니 정말 다행이다.

마침 그날이 그 나라에서 어떤 날이었는지는 몰라도 그리스를 자동차로 여행하려면 고속도로 진입 전에 반드시 연료탱크 확인하고 무조건 꾹꾹 눌러 가득 채우고 출발하시기 바란다.

5시간 30분을 달려 1시 20분, 드디어 메테오라가 있는 도시 칼람바카에 도착한다. 398km를 달렸다. 문자 메시지를 통해 숙소 호스트와 연락하며 한두 블록 옆까지는 온 것 같은데 일방통행이라 그 집으로 들어가는 길이 헷갈린다. 동네 사람들 도움으로 호스트와 몇 차례 더 통화한 후에야 다른 길로 돌아 숙소에 도착한다. 이곳은 하루 숙박에 9만 5000원.

호스트가 일러준 대로 현관 앞 발판 속에 넣어둔 열쇠를 찾아 문을 연다. 2층짜리 상가건물 2층에 있는 숙소는 실내가 아담하고 창밖으로는 절벽 꼭대기에 매달린 세계 10대 불가사의 건축물 메테오라 수도원이 바로 앞에 보인다. 짐을 대충 정리하자 젊고 듬직한 호스트가 들어와 인사하고 집 안내를 하며 절벽 꼭대기 여섯 곳 수도원들까지 가는 길과 이들 중 우선 들러야 할 세 곳을 알려준다.

6000만 년 전에 형성된 이후 지진과 풍화작용으로 지금처럼 뾰족해졌다는 사암 바위 언덕길을 꼬불꼬불 돌아 올라서 처음 도착한 곳은 발람 수도원. 입장료 3유로에 특히 여자들은 반드시 치마를 입어야 한단다. 사무실에서 치마를 빌려준다.

1350년에 발람이라는 수도사가 이 바위 절벽 꼭대기에 올라와 작은 집을 지어 수도 생활을 시작했고 1517년에 사제 두 사람이 수도원과 성당을 지어 규모가 커졌으며, 이후 계단 등 계속된 증축으로 지금의 수도원이 되었다고 한다. 계단이 만들어지기 전까지는 절벽에 붙여 만들어진 도르래를 이용해 사람들이 오르내렸다는 것이다.

성당과 수도원 내부를 돌아보고 나오자 비가 조금씩 내리기 시작한다. 항상 배낭에 넣어 다니는 판초 우의를 꺼내 입고 바로 이웃한 그랜드 메테오라 수도원으로 이동한다. 여기도 입장료 3유로

절벽 위에 얌전하게 올라앉은 수도원

에 치마를 둘러야 한다. 해발 530m 절벽 꼭대기 널찍한 바위 위에 세워져 있어 절벽에 지그재그로 만든 긴 계단을 따라서 올라야 한다. 이 수도원은 이름 그대로 메테오라 중에서 가장 크고 가장 먼저 만들어져서인지 관광객이 제일 많다고 한다.

와인 저장고와 주방에 이어 수도사들의 머리 유골을 보관하는 납골당을 둘러보고 나니 속세와 인연을 끊고 오로지 하느님 믿음에만 의지하며 일생을 살아가는 수도사들에게도 즐거움이란 게 있을까 하는 생각이 든다. 우리 보통 사람들이 느끼는 즐거움과는 다른 무엇이 있겠지? 내 얄팍한 머리로 생각하기에는 너무나 벅차고 다른 세계다.

그런데 이런 절벽 꼭대기에서 물은 어떻게 얻을 수 있을까? 마침 지나가는 수도사에게 물으니 절벽 건너 쪽으로 가로질러 설치된 파이프를 가리키며 저기를 통해 건너편 산에서 공급받는다고 알려준다.

시간이 늦어 가까이에 있는 성 스테판 수녀원으로 이동해 똑같은 입장료를 내고 들어가 내부를 재빨리 돌아본다. 다른 곳과 달리 수녀님들이 있는 곳이라 그런지 깨끗하고 아기자기하다.

밖으로 나오니 그사이 비는 그치고 수도원들이 있는 절벽들 사이 아래로 마을이 아담하게 보인다. 길을 꼬불꼬불 따라 내려와 숙소로 돌아온다. 숙소 앞에 차를 세우고 숙소에서 잠시 쉰 후 저녁은 근처 레스토랑에서 이곳 음식을 맛보기로 한다. 걸어서 5분 남짓, 시내 한복판 로터리에 자리를 꽤 넓게 차지한 음식점으로

들어간다. 그리스 꼬치
구이 수블라키와 치킨,
양고기 등을 별도로 주
문하고 하우스 와인도
한 병!

식사 후 시내를 한
바퀴 걷는다. 절벽 위
에서 바라본 시내가 아

수도원들 지도. 왼쪽 뒤 절벽 가운데가 발람 수도원이다.

담하다면 시내에서 올려다보는 절벽은 거대하고 우람하다. 저렇
게 깎아놓은 듯 높은 절벽 뾰족한 꼭대기에 어떻게 올라갈 생각을
했을까? 올라가서 거기다 어떻게 집까지 지을 생각을 했을까? 절
벽 중간중간 안으로 푹 파인 큰 구멍이 보이는데, 수도자들이 그
구멍에도 들어가 수도 생활을 했다니 구멍까지는 또 어떻게 기어
올라갔을까? 어떻게 저렇게 높은 곳에, 어떻게, 어떻게……. 되뇌
다 숙소로 돌아온다. 그다음 '어떻게'는 뒤에 오는 사람들에게 맡
기기로 하고.

## 세상의 배꼽에서 무지(無知)를 알아

*
*
*
*

오늘은 아테네를 향해 남동쪽으로 달리다 방향을 잠깐 틀어 산
을 넘어서 델피에 들렀다가 다시 아테네로 가는 440km 대장정이

다. 9시에 출발해 어제 온 길을 되짚어가면서 청명한 날씨에 여유 있게 주변 경치를 감상하며 드라이브를 즐긴다.

2시간쯤 지나자 구글 미스 김이 고속도로에서 빠져 다른 길로 안내한다. 남동쪽으로 내려가던 방향을 바꿔 남서쪽으로 달리게 된다. 편도 1차, 왕복 2차 산속 길이 이어지고 자동차는 가끔 한 대씩 보인다. 사방으로 산밖에는 안 보이니 산속으로, 산속으로만 들어가는 것 같다. 마치 고속도로가 놓이기 전 설악산 가는 기분이다.

처음에는 기분 좋은 드라이브였는데 차가 거의 없는 길을 오래 달리다 보니 길이라도 잃는 게 아닐까 걱정된다. 이렇게 얼마를 더 가야 하나? 프랑스 남부 아비뇽으로 가던 날, 쎄벤느 국립공원을 통과하던 때가 떠오른다. 그때도 2시간 정도 이렇게 아무도 없는 깊은 산속 길을 달렸다. 그래도 그때는 6명이었는데 지금은 4명이니 산적이라도 나타나면 수적으로 열세가 아닌가?

생각이 여기까지 미치자 경치가 눈에 안 들어온다. 구글 미스 김 말을 듣지 말고 지도를 좀 더 검색해 마을도 있고 자동차도 다니는 길을 선택할 걸 그랬다며 후회를 해보지만 이젠 소용없다.

델피가 고대 신탁으로 이름난 도시였으니 산속 깊은 곳에 자리 잡은 게 맞긴 맞는 것 같은데, 이미 한참을 왔으니 아테네로 갈 때 이 길을 다시 돌아 나와야 한다면? 그것도 어둑어둑한 산속 길을 운전해 가야 한다면? 생각조차 하기 싫은 끔찍한 상상이다.

이렇게 1시간 반쯤 더 운전하니 드디어 산속에서 벗어난 듯 좌우로 넓은 벌판이 나타났다가 사라지고 다시 나타나며 조그만 마을이 보인다. 30분을 더 가니 드디어 길에 자동차도 제법 보이고 델피 유적지 표지판이 나타난다. 거대한 돌기둥들이 우뚝우뚝 선 넓은 들판을 상상했는데 그런 건 안 보이고 큰 도로에서 벗어나 다시 좁은 언덕길로 올라간다.

주차장에 도착하니 어디로 해서 왔는지 관광객이 많고 관광버스와 승용차도 꽤 많아 주차공간이 부족할 정도다. 우리가 온 산길에서는 전혀 못 본 버스가 있는 걸 보면 아테네에서 델피로 연결된 길이 우리가 온 길 말고 좋은 길이 있는 것 같다.

주차장 위 언덕은 경사가 꽤 가파른 돌산으로 군데군데 평평하게 깎은 곳이 보이기는 하지만 무슨 유적지라 할 만한 큰 물건들은 안 보인다. 여기가 무슨 고대도시라는 거지? 아직도 주위는 산들이 둘러싼 산속인데 이 깊은 산중에 사람들이 어떻게 살았다는 거지?

네 사람 입장료 48유로를 내고 관광객들을 따라 언덕길을 걸어 오른다. 조금 올라가니 조그만 마을 터였던 듯 주춧돌이 그대로 남아있는 평평한 넓은 터가 나타나고 한쪽에는 깨진 돌기둥이 여러 개 있어 사람들이 돌기둥들을 배경으로 사진을 찍느라 분주하다. 언덕 아래에서는 보이지 않는 것들이다.

이곳이 바로 그 시절 유명했던 아폴론 신전 터라고 한다. 델포이라고도 불리는 이곳 델피는 고대 그리스 시대에 이웃 나라의 지배자들은 물론 개인들에게도 가장 중요하고 믿음직한 신탁이었던 '델포이의 신탁'이 이루어졌던 곳으로, 당시 사람들이 세상의 중심이며 땅의 배꼽이라고 믿었던 곳이다.

델피 아폴론 신전 터에는 기둥 몇 개만 남아

그리스 신화에 따르면 제우스가 세계의 중심을 향해 날아가라고 독수리 두 마리를 동쪽과 서쪽으로 날려 보냈다. 그런데 두 마리가 델피에서 만났다고 한다. 그래서 제우스가 델피를 세계의 중심이라 했고, 자기 아들인 아폴론을 여기에 머물러 살도록 했다고 한다. 사람들은 두 독수리가 만난 지점을 돌멩이로 표시하고, 그 돌을 그리스어로 배꼽을 의미하는 '옴파로스(Ompharos)' 라 부르며 그 주위에 아폴론 신전을 지었다는 것이다.

실제로 델포이 유적지에 '옴파로스' 라는 돌이 있어서 1913년 발굴되었으나 이후 도난당해 지금은 행방불명이라고 하며, 현재 그 자리에 모조품이 놓여 있어 관광객들이 한 번씩 쓰다듬기를 잊지 않는다고 한다.

델피가 위치한 해발 2200m 파르나소스산은 고대 그리스에서 '신들의 산' 올림포스만큼이나 중요한 산이었다. 올림포스산이 신들의 놀이터였다면 델피는 신들을 통해 하늘의 계시를 받는 신탁의 자리였기 때문이다.

당시 사람들은 자신의 미래와 운명은 자기 뜻대로 할 수 없으니 오직 신의 뜻에 따라야 하며, 그 결과는 좋든 나쁘든 신의 뜻이기에 반드시 받아들여야 한다고 믿었다는 것이다. 그래서 어떤 의사결정에 앞서 신의 뜻을 받아들이는 신탁 행위가 국가나 가정 또는 개인에게 매우 중요한 일이었다고 한다.

이 아폴론 신전에서 이러한 신탁을 수행하던 여사제를 '피티아' 라 불렀으며 그리스 철학자 소크라테스도 여기서 신탁을 받은 적이 있다고 한다. 소크라테스의 말로 널리 알려진 '너 자신을 알라' 는 경구는 이곳 델피의 아폴론 신전 기둥에 쓰여 있던 문구이며, 소크라테스가 재판 도중 친구를 통해 받은 델포이의 신탁은 이것이었다고 한다.

'아테네에서 소크라테스보다 더 지혜로운 이는 없다.'

자신은 아는 것이 없고 지혜롭지 못하다고 생각해온 소크라테스는 이 신탁을 받은 후부터 지혜롭다고 자처하는 사람들을 찾아다니며 그들과 비교해 자신을 깊이 성찰하게 되었으며, 결국 자신은 남들과 비교할 때 모른다는 것을 안다는 차이가 있을 뿐 전혀 지혜롭지 못하다는 결론에 이르게 되었고, 그래서 재판의 결과인 죽음을 자연스럽게 받아들이게 되었다고 한다. 그가 2400여 년이 지난 지금까지 인류의 스승이 될 수 있었던 첫 계기는 이곳 델포이의 신탁이었던 것이다.

민중의 타락을 경고하면서, 자기 자신을 아는 개인적 자각을 터득하지 못한 민중에 의한 집단적 민주주의에 비판적이었던 소크라테스는 그로 인해 당시 지배층으로부터 위험인물로 분류될 수밖에 없었을 것이다.

올라온 길을 다시 내려가는데 독특한 나무가 보인다. 하늘과 키 재기 시합이라도 하듯 우뚝 솟은 소나무 비슷한 나무다. 조금 굵은 창이라 할까, 가냘프고 높은 사이프러스 나무가 창끝으로 하늘을 찌를 듯 서 있다.

매표소 매점에서 샌드위치를 사 먹고 3시 조금 넘어 아테네로 출발한다. 200km를 더 가야 하니 3시간 정도 걸릴 것이다. 미스 김의 안내는 다행히도 온 길과는 반대 길을 가리키니 네 사람 모두 안도의 환호를 외친다. 만일 온 길을 다시 가야 한다면? 생각조차 무섭다.

여기 왔던 차들도 대부분 우리가 가는 길을 간다. 관광버스들도 우리 차를 앞서간다. 그럼 우리가 온 그 첩첩산중 좁은 길은 누가 다니는 거야, 무식하면 용감하다고 우리처럼 외지에서 와서 길을 모르는 사람들이나 다니는 길일까?

산길을 조금 지나니 바로 마을들이 나타나고 평야 지대가 많아 경치 구경도 하면서 드라이브를 즐긴다. 사람은 어느 정도 긴장이 필요하다더니, 편안하게 운전을 하자 점심도 먹었겠다, 금세 졸음이 온다. 이럴 때는 바로 마나님 신세를 져야 하니 곧 운전대를 넘긴다. 이래서 내게는 마나님 없는 세상은 때려죽여도 있을 수가 없다.

오늘 숙소는 모레 공항에서 출발하기 편하게 공항 근처 에어비앤비 숙소를 예약했다. 정확히 3시간이 지나 공항 활주로가 내다보이는 숙소에 도착한다. 공항이 시내 중심가에서 30분이나 떨어져 있어서 우리네 시골 마을같이 동네도 어수선하고 숙소도 옛날 우리 국민주택 같은 나지막한 단독주택이다.

하늘을 찌를 듯 창 같은 모습의 사이프러스 나무 아래로 아폴론 신전 터가 보인다.

주차장도 따로 없어 집 앞 공터에 주차하고 들어가니 60대 초반으로 보이는 아주머니가 나와서 무표정하게 맞이하는데 영어도 안 된다. 이틀에 14만 원이니 너무 싼 집이었나? 공항 가까운 에어비앤비가 두 군데밖에 없어 사진을 보고 선택한 집이다. 이래서 사진은 믿을 수가 없다.

집안으로 따라 들어가니 그동안 들었던 숙소 중 가장 열악하고 주방에는 취사도구조차 없다. 에어비앤비를 찾는 가장 큰 이유가 주방을 쓰기 위해서인데! 손짓 발짓으로 어떻게 취사를 하느냐고 물으니 한쪽에 있는 등산용 가스버너를 가리킨다. 이걸로 밥을 지어 먹으라고? 그릇을 찾으니 밥공기 같은 조그만 그릇들밖에 없고 큰 냄비 종류도 없다.

큰 냄비가 필요하다고 했더니 못 알아듣는다. 손짓 발짓의 한계다. 영어로 메시지 교환이 되었으니 누가 받는지는 몰라도 냄비가 필요하다고 영어로 메시지를 보내고 핸드폰을 보여주자 알았다는 표정으로 밖으로 나가는데, 마당을 통해 담이 없는 옆집으로 간다. 오호, 옆집이 이들의 살림집인 것 같다. 프랑스 몽생미셸 숙소와 같이 그 집에 아마도 아들이나 딸이 살면서 숙소를 관리할 거라는 생각이 든다.

일단 짐을 풀고 그동안에 누군가 메시지를 받았을 것 같아 옆집으로 가서 문을 두드린다. 역시 생각대로다. 내가 온 걸 확인하더니 다 찌그러진 냄비와 프라이팬을 가지고 나온다. 일단 아쉬운 대로 등산용 가스버너로 밥을 짓고 된장국을 끓이지만 시원하게 될 리 없다.

집을 떠나 여행을 하면서 모든 게 내가 원하는 대로만 된다면 그게 무슨 여행이냐고 위안을 하지만, 그래도 돈을 받고 에어비앤비에 숙소를 제공하면서 이래서는 안 되니 후기를 써서 뒤에 올 사람들에게 알려야 하나? 그래도 나이 든 아주머니가 용돈 좀 벌겠다고 하는 것 같은데 그냥 넘어가 주어야 하나? 그냥 넘어가 주자.

겨우 저녁을 먹은 후 딱히 동네 구경이라고 할 것도 없을 것 같아 그리스의 마지막 밤을 하루 전에 미리 아쉬워하며 네 식구 마주 앉아 소주를 주거니 받거니, 받거니 주거니 하다 철 이르게 달려드는 모기를 달래가며 잠을 청한다. 모기야, 너는 저리 비키거라, 우리 마나님은 내가 모신단다.

## 골목 투명판 아래 2000년 전 과거가

\*
\*
\*
\*

오늘 처음 계획은 올림피아를 가는 것이었는데 계획을 바꾼다. 그리스에 와서 아테네를 첫날 오후밖에 보지 못했으니 너무 아쉽다, 나중에 후회할 것 같다. 아테네가 어떻더냐고 물으면 어떻게 대답하나?

"아크로폴리스 동산이 있고, 동네가 복잡하고, 카페가 많더라."

그것 말고는 더 해줄 이야기가 없으니 좀 더 넓은 견문이 필요하다, 오늘 하루 온전히 아테네 관광을 하자. 그래서 아테네 구시가지 플라카 지구로 다시 들어간다. 복잡한 시내로 들어가니 전철을 타기로 하고 구글 지도를 찾아 숙소에서 24km 떨어진 팔리니 역으로

신타그마 무명용사비 앞의 근위병 교대식

차를 몬다.

숙소에서 제일 가까운 곳이라 금방 도착할 것으로 기대했는데, 미스 김이 고속도로 쪽으로 안내하고는 시내 쪽으로 데려갔다가 다시 유턴시키는 등 뱅글뱅글 돌린다. 9시 50분에 숙소에서 나왔는데 10시 40분에야 도착한다. 기계만 믿다가 잠시 오류가 생기면 인간이 어떻게 되는지 잘 보여주는 교훈이다.

1인당 4.5유로짜리 1일 패스를 사서 전철을 타고 35분 만에 아테네 시내 한복판 신타그마 역 광장에 도착한다. 신타그마는 그리스어로 헌법을 의미하며 1844년 그리스 헌법이 이 광장에서 반포되어 그 이름이 붙었다고 한다. 이 광장 한쪽에는 1923년 터키와 싸우다 전사한 병사들 넋을 기리는 무명용사비가 있고, 그 앞에서 전통의상을 입은 의장병이 근위병 교대식을 해서 관광객이 많이 찾는 곳이라 한다.

역에서 올라오니 여기저기 기웃거릴 것도 없이 바로 사람들이 많이 모인 근위병 교대식 광경이 보인다. 많은 도시에서 많이 보아 온 교대식이라 특별할 건 없지만 그래도 비비고 들어가 사진 몇 장 찍고, 다시 구글 지도를 들여다본다.

제우스 신전이 바로 옆에 있는 것으로 나타나 그곳으로 걸어간다. 넓은 마당 한가운데에 돌기둥들만 덩그러니 보이고 주위에는 관광객들이 사진 찍기 바쁘다. 신들의 왕인 제우스를 위해 130년경 로마 황제 하드리아누스가 완공시켰다는 신전은 그리스에서 가장 큰 신전으로 104개의 화려하고 거대한 코린트식 기둥이 있었다고 하는데, 지금은 무너져 내린 1개와 앙상하게 버티고 선 14개만 남아있다.

저 멀리 아크로폴리스 언덕이 보이며 역시 기둥만 남은 파르테논 신전이 언덕 위에서 이쪽을 바라본다. 제우스 신전 옆으로 간신히 형태만 조금 남은 돌문이 보인다. 하드리아누스의 문이란다. 아테네의 정복자로서 제우스 신전을 완성한 하드리아누스가 개선 의식을 치르기 위해 세웠다는 이 문도 무심히 보면 그냥 지나칠 정도로 쓸쓸하고 초라하다.

제우스 신전. 저 뒤로 아크로폴리스 언덕이 보인다

이마저도 사라져버릴 날이 언젠가 오지 않을까? 이 유적들은 마치 우리 인류를 향해, 세상에 영원한 것은 없으니 겸손하게 살라고, 다 부서진 몸을 간신히 지탱하며 눈물로 호소하는 것 같다. 근처 올림픽 경기장을 찾는다. 철책 안으로 경기장이 한눈에 들어오는데 들어가려면 또 돈을 내야 한다니 밖에서 사진만 찍고 제우스 신전 길로 나온다.

이 길에 있는 가로수 이름은 모르겠지만 나무에 가득 핀 보라색 꽃이 너무 예뻐 나무 아래 벤치에 앉아 점심을 먹는다. 만개한 보랏빛 꽃을 감상하며 샌드위치를 안주 삼아 '맥주로' 점심을 먹고 아테네의 또 다른 명물이라는 모나스티라키 벼룩시장으로 향한다.

미로처럼 이어지는 좁은 골목 좌우로 들어찬 온갖 상점들에는 그야말로 없는 게 없는 것처럼 보인다. 보석상부터 골동품가게, 기념품점, 장신구가게 등 관광객이 찾는 모든 게 다 있어 몇 시간 구경거리로는 부족함이 없어 보인다.

우리도 내일이면 또 헤어져야 하니 골목 안 '엘리스'라는 카페에서 '미리 송별회'라 이름 붙이고, 맥주 한잔 마시며 잠시 쉬었다 다시 걷기로 한다. 충분히 쉰 후 아크로폴리스 언덕 주변의 미로를 다시 돌고 돌아 첫날 가본 적 있는 고대 아고라 광장에 도착해서 이번에는 반대편에 있는 '로마 아고라'로 간다. 아테네라는 도시 자체가 거대한 유적지인 까닭에 유적지들이 대부분 동네 한가운데에 있는데, 이 두 개의 아고라 유적지 역시 골목으로 이어진 주거지역 한복판에 있어서 마치 우리 어릴 때 밥 먹고 나면 모여 뛰어놀던 동네 빈터 같은 모습들이다.

2000년이 넘도록 그 빈터 밑에 숨어있다가 미국 고전연구학회에 의해 1931년부터 발굴이 시작되어, 그 모습을 '일부만' 드러낸 것이라 하니 아테네 시민들이 사는 주택 밑에는 얼마나 큰 도시의 흔적이 있을까?

골목을 이리저리 돌다 보니 마당에 투명판을 깔아 그 아래가 보이도록 해놓은 집이 있다. 그곳은 고대 거주지였던 듯 돌담으로 구획을 나누었으니 아테네 전체는 지금 지상의 현재 모습과 지하의 과거 모습이 공존하는 것이다.

기원전 146년 로마가 아테네를 완전히 접수해 로마의 철학자와 시인, 부자들이 이주하기 시작했다. 이때까지 시민들 휴식처가 되었던 고대 아고라는 이주 로마인들이 찾아오면서 새로운 건물들이 들어서며 큰 쇼핑몰로 변한다. 오래전부터 여기서 장사하던 사람들은 터전을 잃고 부근 다른 곳으로 옮기게 되었으며, 이렇게 형성된 새로운 아고라가 바로 로마 아고라라고 한다. 한쪽에 '바람의 탑'이라는 팔각형의 낮은 탑이 보인다. 높이 13m인 이 탑은 기원전 100~50년에 시간을 측정하기 위해 세웠다고 하며 풍향계와 해시계, 해가 비치지 않는 때를 위한 물시계도 있었다고 한다.

로마 아고라를 돌아보고 나니 6시, 오늘은 그리스 여행 8일째이자 마지막 날이다. 오늘 저녁은 내일 최준호 부부와 헤어짐을 아쉬워하며 특별한 식사를 하기로 한다. 준호 마나님께서 인터넷을 뒤져 맛있다는 그리스 레스토랑을 찾아낸다. 구글 지도를 보며 아

아테네 시내 투어 버스

토스 호텔 뒤 레스토랑에 도착해 문밖 길 쪽에 놓인 야외테이블에 앉아 음식을 주문한다.

모둠 생선과 수블라키를 주문하고 하우스 와인까지 주문해 8일 동안 함께한 그리스 여행을 화제로 잔을 부딪치다 숙소로 돌아와 또 소주병을 비워 이별의 눈물로 채운다.

이튿날은 아침부터 비가 쏟아진다. 하느님은 누구를 생각하며 눈물을 뿌리시는 걸까? 아마도 칠순에 장기 여행의 고생을 사서 하는 우리 부부가 딱해서 그러시는 게 아닐까?

렌터카 사무실에 도착해 자동차를 반납하며 주행거리를 보니 4일간에 1204km를 달렸다. 돈 더 들이고 풀 커버로 보험을 들었더니 자동차는 아예 검사도 하지 않는다. 역시 돈이면 다 되는 세상, '마니 톡스(Money talks)', 돈에 살고 돈에 죽는다 하지 않던가?

렌터카 회사에서 공항에 내려주어 최준호 부부와 한 번 더 꼭 끌어안고, 우리 부부는 이스탄불행 '올림픽 에어' 카운터로 간다. 창밖은 아직도 비가 세차게 내린다, 허전하다. 우리네 인생도 길게 보면 이런 것 같다. 살아가는 긴 과정을 통해 사람들과 만나고 헤어지고, 다시 또 만나고 헤어지고, 그러다 모두와 영원히 헤어지겠지.

# 제 3 장

# 지하 도시, 동굴 호텔 심야 고속버스

우리 마나님이 하늘로 떠오른다.
하늘을 날아오른다.
저 아래 온 마을을 발아래에 두고
하늘을 훨훨 날아
한 바퀴 돌고 미끄러지듯 내려가다
저쪽으로 다시 돌며 솟아올라
이쪽저쪽 선회하면서 춤을 춘다.
우리 마나님이 새처럼 날개를 활짝 펴고
하늘을 날며 춤을 춘다.
온 세상 사람들아,
모두 물렀어라,
우리 마나님 내려가신다!

파묵칼레 온천지대 위의 신나는 패러글라이딩

자는 사람 깨워 이제 잘 시간이라고?

*
*
*

이스탄불 아타튀르크 공항으로 가는 비행기가 2시에 출발한다. 정상 고도에 진입한 후 샌드위치 나누어 주고 걷어 가는 것도 바쁘게 2시간 30분 만에 이스탄불에 도착. 공항에 마중 나온 이한순 · 백갑자 씨 부부와 만나 이스탄불 시내로 들어간다.

이한순 씨는 철도차량 제작회사인 현대로템에 근무하며 세계 각지의 전철 공사장에 파견되어 일하다 이스탄불 전철 공사 마무리를 위해 현지에서 수년째 주재 중이다. 부인 백갑자 씨는 우리 마나님 성당 대녀로 가끔 동네에서 보지만 이한순 씨는 오랜만에 보는 반가운 얼굴이다. 터키에 있는 열흘 동안 자기 집에 있으면서 여행을 하라고 해서 염치불구하고 신세를 지기로 하고 당당히 오긴 했으나 여전히 미안하다.

집으로 바로 가지 말고 이스탄불 시내 구경을 먼저 하자고 해서 우선 기차역으로 가서 열흘 뒤 우리가 불가리아 수도 소피아로 떠나는 야간열차 침대칸 예약을 한다. 터키여행 후 북쪽으로 불가리아와 루마니아, 헝가리를 거쳐 오스트리아와 스위스를 지나 파리 샤를 드골 공항까지 가는 경로는 말할 것도 없이 기차를 이용하는 것이다. 그것도 가능하면 야간열차를 이용하기로 한다. 숙소문제가 해결되는 경제적 이점도 있거니와 아무것도 할 수 없는 밤을 이용해 내가 잠든 사이 살짝 다음 목적지로 옮겨주니 여행시간을 절약하는 가장 큰 매력이 있다.

다만 한 가지, 동유럽 기차여행은 처음이라 서유럽보다 어쩐지 인프라에 믿음이 덜하고 내가 원하는 코스와 시간을 맞출 수 있을지, 기차를 갈아탈 때 정시에 출발하고 도착하는 것이 가능한지 의심스럽다.

2013년 9월, 우리 부부는 조카의 결혼식 참석을 위해 미국 서부 솔트 레이크에서 동부 뉴욕까지 시카고에서 갈아타는 시간을 포함해 꼬박 3일간 횡단하는 기차여행을 했다. 그리고는 큰딸 부부가 사는 캐나다 토론토로 이동해 캠핑카를 렌트해 캠핑을 한 후, 다시 서부 캐나다 로키의 재스퍼와 밴프에 들렀다가 밴쿠버까지 기차를 타고 4일간 캐나다 횡단 여행을 했다.

서유럽 기차여행은 대부분 1박으로 알프스산맥을 구불구불 지날 때 마나님과 식당칸 창가에 마주 앉아 눈 덮인 하얀 산을 바라보며 와인 한잔 부딪칠 때의 따스하고 고즈넉한 멋이 있다면, 미국과 캐나다에서 3~4일간의 대륙횡단 기차여행은 로키산맥의 거대한 협곡과 강을 구불구불 지나고 나면 지평선 끝까지 한없이 펼쳐지는 평야 지대가 시야를 시원하게 해주는 광대한 스케일의 우람한 멋이 있었는데, 이번 동유럽 기차여행은 어떨지 기대된다.

유레일패스가 있으니 침대칸 좌석 예약만 121리라(30유로)에 두 개를 하고 근처 바다로 나간다. 강 같은 바다, 보스포루스 해협이다. 북쪽 흑해를 남쪽 마르마라해에 이어주어 에게해와 지중해까지 나아갈 수 있게 해주는 고마운 해협이지만 유럽과 아시아를 나누어 놓은 고약한 해협이기도 하다. 세상만사는 보기에 따라 이처럼 고맙기도 하고 고약하기도 하니 매사 자기 좋을 대로만 판단하다 다툼이 생기는 게 아닐까?

바로 앞에 보스포루스 해협을 가로지르는 긴 다리가 보인다. 이 다리를 가운데 두고 이쪽은 유럽, 건너 쪽은 아시아다. 한순 씨가 오른손 주먹을 들어 엄지손가락을 세운다.

"터키 국토가 이렇게 생겼어요. 엄지손가락이 이스탄불이 있는 유럽 발칸반도의 일부로 전체 국토의 3%에 해당하고, 주먹 쪽이 97%인 아시아 쪽입니다."

국토는 대부분이 아시아에 속하는데 문화는 유럽권에 속한 나라, 그런 이유로 수많은 전쟁의 아픈 역사를 가진 나라가 터키다.

한순 씨가 유람선표를 끊어 두 부부 넷이 보스포루스 해협 관광을 한다. 시원한 바닷바람을 맞으며 유럽과 아시아 양쪽으로 나뉜 이스탄불을 보노라니 한강으로 강북과 강남이 나뉜 서울을 보는 듯하다. 유럽 쪽은 구시가지, 아시아 쪽은 신시가지다. 오른쪽 끝 언덕 위에 큰 이슬람 사원이 보인다.

왼쪽으로는 바다가 이스탄불 시내 안쪽으로 깊숙이 들어가 휘어져 있다. '골든 혼'이라 부르는 만이라고 한다. 북쪽으로 조금 더 가다 한순 씨가 아시아 쪽 해변 동네를 가리킨다.

"저기가 우리 세대 한국 사람들에게 친밀한 위스퀴다르입니다."

우리 어릴 때 아무것도 모르고 따라 부르던 노래 '위스퀴다르',

그게 지명이라는 걸 처음 알게 된다.

보스포루스 해협을 1시간가량 돌아보고 돌아와 술탄 아흐메드 모스크 쪽으로 간다. 오늘은 일단 겉에서 보는 것으로 만족하기로 하고 그 옆에 있는 소피아 성당까지 가서 역시 겉에서 둘러보고는 한순 씨 집으로 간다.

간헐적으로 동네 확성기를 통해 아랍어로 책을 읽는 듯한 소리가 들려오자 갑자 씨가 설명한다.

"어제부터 이슬람의 가장 큰 행사인 라마단 기간이 시작되어 약 한 달간 해가 있는 동안에는 물도 안 먹는 금식을 하지요. 이때는 하루 5번씩 '에잔'이라고, 기도시간을 알리기 위해 확성기 안내가 나오는 거예요. 예전에는 이 금식에 외국인도 최대한 동참해야 했는데 지금은 크게 신경 쓰지 않아도 되지만 현지인들이 보는 앞에서 식욕을 자극하는 음식을 먹거나 물을 마시는 행위는 자제하는 게 좋아요."

라마단 금식은 아침 해가 뜨면 시작해서 해가 질 때까지 계속되며, 시계가 흔치 않던 시절에는 일반인들에게 해가 뜨기 전 새벽에 아침 식사를 하도록 북을 울려 알려주고, 해가 진 후 음식을 준비해 식탁에 차려 놓고 기도와 함께 저녁 식사를 하도록 '에잔' 소리를 들려주었다고 한다.

"이 저녁 식사를 이프타르라고 하는데, 집이나 야외에서 개별적으로 가족이나 친지들이 모여 식사를 하기도 하지만, 라마단 동안 동네 유지들이나 자기 이름을 알리고 싶은 사람들이 동사무소나 이

이스탄불 아야 소피아 성당

슬람 사원, 또는 사람들이 많이 모이는 광장 같은 곳에 자리를 만들고, 무료로 저녁 식사를 제공하기도 하지요. 지역 상인들도 돈을 모아 음식을 제공하는데, 이러한 무료 이프타르 행사에서는 시리아 난민이나 일반 여행자들도 차별 없이 음식을 먹을 수 있답니다."

우리도 이스탄불에 있는 동안 야외 이프타르 행사장을 몇 번 만났으나 한식이 먹고 싶어 그냥 지나쳤다. 갑자 씨 설명에 의하면 이슬람 문화에서는 이 음식 베풀기 같은 자선 행사가 아주 중요하다고 한다. 에잔도 하루 5번으로 정해져 있기는 하지만 7번, 8번 들리는 때도 있어 처음에는 의아했으나 알고 보니 5번을 초과할 때는 장례식이나 기타 별도 의식에서 행하는 추가 에잔이라는 것이다.

한 가지 흥미로운 점은 아침 식사 시간을 알려주는 새벽 북소리는 아침 꿀잠을 방해받기 싫어하는 주민들 요구와 시대의 변화에 따라 없어진 동네도 있는데, 그들이 사는 동네에서는 아직도 예외 없이 아침잠을 깨운다고 한다.

9시 30분이 다 되어 꽤 늦은 시간인데도 갑자 씨가 부지런히 저

녁 준비를 하고 남자들은 환영한다고 한 잔, 고맙다고 한 잔, 구경
시켜 주느라 수고했다고 한 잔, 식사가 준비되는 동안 주거니 받
거니 술잔을 든다. 저녁상에 삼겹살과 홍어가 올라온다. 한국 식
재료는 갑자 씨가 가끔 한국에 가서 가져오기도 하고 회사 직원들
출장 때 부탁해서 갖다 먹는다고 하는데, 특히 한순 씨가 한국 소
주를 워낙 좋아해 소주는 안 떨어진다고.

밤이 늦었는데 낮에 들리던 에잔 소리가 동네를 쩌렁쩌렁 울린
다. 해가 졌으니 이제 식사를 시작해도 좋다는 안내라고 한다. 잘
자는 사람 깨워 이제 잘 시간이라고 일러 주는 것 같다.

## 한 건물 두 종교, 결국 신은 하나?

*
*
*
*

어제 한밤중에는 해가 졌으니 식사를 해도 좋다는 확성기 안내
가 크게 들려 잠을 깨우더니, 오늘 새벽에는 해가 곧 뜰 테니 그
전에 얼른 식사하라고 또 온 동네를 시끄럽게 해 잠을 깨운다. 새
벽이라고는 하지만 창밖은 아직 캄캄한 밤이다. 우리는 다시 자야
하는데 한 번 깨워놓은 잠은 되돌리기가 쉽지 않다.

월요일이라 한순 씨는 출근하고 갑자 씨가 1일 관광 가이드를
해주기로 한다. 오늘은 이스탄불 시내 관광을 하고 내일부터는 우
리 부부만 따로 1주일간 이스탄불 현지 여행사 주선으로 남부 터
키를 돌아보고 오기로 했다. 여행사가 스케줄을 만들고 숙소 예약

과 교통수단 표까지 사주면 그대로 따르기만 하면 되니 여기서도 내 머리를 달굴 필요가 없다.

이런 여행 방식은 2008년 5월 우리 부부가 알래스카를 여행할 때 해본 적이 있어 낯설지 않다. 1주일간 여행에 부부 두 명 몫으로 3420 달러를 내고 현지 여행사의 맞춤 여행 프로그램을 이용한 것이다.

알래스카 현지 여행사가 제공하는 몇 가지 여행 프로그램을 받아서 원치 않는 부분을 삭제하고, 우리가 특별히 원하는 목적지를 첨가해 우리만의 스케줄을 만들어 보내면 여행사에서 숙소 예약부터 버스, 기차 같은 교통편까지 확보해, 아침 기상부터 저녁 취침까지 하루하루를 시간별로 정리한 완벽한 일정표와 함께 갖가지 티켓 등 여행에 필요한 모든 것을 마련해 여행용 서류 패키지를 보내주었다. 우리는 일정표대로 따라가기만 하면 끝이었다.

마치 간첩 접선 지령서처럼 그날 몇 시에 일어나 아침 식사를 마치고 로비에서 기다리면 몇 시에 어떤 차가 호텔로 데리러 올 것이며, 어디로 이동해 몇 시부터 몇 시까지 어디를 보고 나오면 또 어떤 차가 어떤 기차역으로 데려다준다. 어디로 가는 몇 시 기차를 타고 어느 기차역에 내리면 어떤 교통수단이 어느 호텔로 데려다줄 것이니 체크인하라. 그에 필요한 티켓들은 전해준 서류 패키지 어디에 있으니 꺼내서 써라.

현지 여행사를 통해 이런 여행을 하며 다니는 미국인들이 많아 1주일간 여행 중에 호텔과 여행지에서 만나고 헤어지기를 반복하게 되고, 그것이 거듭되는 과정에서 서로 알아보며 오랜 친구를 만난 것처럼 수다를 떠는 재미도 꽤 있었다.

패키지여행과 완전 자유여행의 중간 단계쯤 되는 그런 편리한 여행 방법이었으니 터키에서도 그렇게 하기로 했던 거다.

아침 식사 후 갑자 씨를 따라 시내로 들어가 소피아 성당부터 제대로 보기로 하고 전철에 오른다. 갑자 씨가 전철 내부 한쪽 끝 위에 붙은 로고를 가리킨다.

"저것 좀 보세요. 저는 전철 탈 때마다 저것만 보면 자랑스러워요."

그곳에는 한국 '현대로템'의 로고가 붙어 있다. 해외여행을 하다 우리나라 태극기를 볼 때나 시내 건물 옥상에 걸린 한국 기업 광고판을 볼 때 가슴이 뭉클해지는 경험을 많이 했는데, 한국 회사 로고를 붙이고 달리는 전철을 타는 것은 또 다른 자랑거리다. 핸드폰을 꺼내 승객들을 제치고 나가 로고를 찍는다. 승객들이 모두 쳐다본다. 여보슈, 승객님들! 이거 우리 대한민국 회사에서 만든 전철이우!

소피아 성당 근처에서 내려, 전국적으로 대부분의 유적지에 들어갈 수 있는 1년짜리 뮤지엄 카드를 한 장 185리라(46유로)씩 두 장 사고 '아야 소피아

'현대로템' 로고를 붙이고 운행하는 이스탄불 전철

백갑자 씨 안내로 소피아 성당으로 들어간다.

박물관'으로 불리는 소피아 성당으로 들어간다. 아야 소피아는 '성스러운 지혜'라는 뜻인데, 소피아 성당은 아프다고 할 때 쓰는 우리말 '아야!'의 의미가 더 깊이 맺힌 것 같아 안쓰럽다.

소피아 성당은 로마제국이 '비잔틴 제국'으로 불리는 동로마제국으로 분리되어 지금 이스탄불인 콘스탄티노폴리스로 수도를 옮긴 직후인 360년에 건립되었다. 두 번이나 화재가 일어나 소실된 후 537년 말 유스티아누스 황제에 의해 재건되어 동방정교회 성당으로 쓰이다 콘스탄티노폴리스가 서유럽 라틴 제국에 의해 점령당한 1204년부터 1261년까지는 천주교 성당으로 개조되었다. 그 이후 비잔틴 제국이 라틴 제국을 멸망시키면서 다시 동방정교회 성당으로 쓰였으며, 오스만제국이 점령한 1453년부터 터키공화국이 수립된 이후 1931년까

아야 소피아 내부는 오랜 공사중

지는 이슬람 사원인 모스크로 사용되었다. 그러다 1935년에 지금의 박물관으로 모습을 바꾸면서 모든 종교적 행위가 금지되는, 아프고 파란만장한 역사를 지닌 것이다.

여기도 보수 작업이 한창이다. 1층 내부 대부분은 하얀 칸막이로 여기저기 가려놓고 한쪽에서는 돔까지 닿는 높은 작업대를 세우고 보수를 하고 있어서 내부를 제대로 볼 수 없다.

크게 아쉽기는 하지만 여행 중 한두 번 겪은 일이 아니니 이젠 그냥 그러려니 한다.

돔 지붕 아래 엄청나게 넓은 원형 실내 벽면에는 이슬람 알라신과 모하메드, 그리고 후계자들 이름을 아랍어로 썼다는 큰 원판 7개가 있고, 그 아래 안쪽으로는 이슬람 성지 메카 방향을 가리키는 '미흐랍'이라는 금빛 문이 세워져 있어 이슬람 사원이었음을 알게 한다.

그러나 바로 그 시야에서 위쪽으로 각도만 바꾸면 벽면에 아기예수를 안은 성모마리아 모자이크가 있어서 천주교 성당이었음을 보여준다. 1500년을 두고 엎치락뒤치락한 아픈 역사를 한 건물 안에 간직해, 그곳을 찾는 이들에게 역사의 비장한 가르침을 주고 있다.

오늘의 권력이 내일도 똑같이 힘을 발휘할지는 누구도 알 수 없는 일이니 언제나 겸손하게, 겸손하게 살라고!

한쪽 벽면에 사람들이 모여 있다. 벽면에 있는 구멍에 엄지를 넣어 손바닥을 돌려 완전히 한 바퀴를 돌리면 행운이 온다는 재미있는 곳이다. 우리 부부도 돌려본다. 마나님은 한 바퀴가 자연스럽게 돌아가는데 나는 끝까지 안 된다. 마나님이 나보다 유연하다는 뜻이니 보디가드는 행복하지 않을 수 없다.

아야 소피아를 나와 바로 뒤쪽에 있는 토프카프 궁전으로 향한다. 갑자 씨가 궁전의 역사적 배경을 설명한 후 자기는 공원에서

엄지를 구멍에 넣고 돌려 완전히 돌아가면 행운이 온다고 한다.

기다리겠다면서 벤치에 앉아 배낭에서 두꺼운 관광 안내 책자를 꺼낸다. 배낭을 보니 두툼한 책 두 권이 더 있다. 우리 안내를

아야 소피아의 벽화

위해 이 무거운 책을 세 권이나 메고 다니는 것이다. 우리가 궁전
을 돌아보는 사이 책을 더 읽어 두겠다며 천천히 보고 나오라고
한다. 너무나 친절한 갑자 씨!

　톱은 대포를, 카프는 문을 의미한다며 궁전 문 양쪽에 세워둔
대포 때문에 토프카프라 불린다는 이 궁전은 콘스탄티노폴리스를
점령한 오스만제국 황제 메흐메트 2세가 비잔틴 제국의 성곽이 있
었던 자리에 지었다고 하며, 19세기까지 380년 동안 오스만제국
황제의 궁전으로 사용되었다고 한다.

　궁전 내부를 돌아보다 남성 출입금지 구역이었던 하렘을 돌아본
다. 황제의 여인들이 있었다는 이곳은 미로 같은 방 250개로 이루어
졌다는데, 황제가 여인들에게 드나드는 비밀통로도 있었다고 한다.

토프카프 궁전 앞 장미 정원에서 백갑자 씨와 서혜원

여인들은 바깥출입도 못 하고 일생을 여기서 마쳤다고 하니 무슨 꿈, 무슨 생각으로 하루를, 1년을, 일생을 미로 같은 방에 갇혀 살았을 까? 어느 날 밤 황제가 찾아와 안아줄 그 신기루 같은 하루를 기다리 며 일생을 보내는 가운데에도 삶의 어떤 희망 같은 게 있었을까?

이 불쌍한 여인들을 위로하기 위해서일까, 하렘 밖 정원에 장미가 심겨있다. 정원 한쪽 벽면 지지대를 타고 올라가 이리저리 뻗어 나간 장미 넝쿨에는 빨간색, 노란색 장미꽃이 가지마다 가득 피어 있다.

아침 일찍 나선 탓에 점심때까지는 시간이 있어 아야 소피아 쪽 으로 다시 내려가 그 앞에 있는 이슬람 사원 술탄 아흐메드 자미 를 보기로 한다.

걷는 중에도 라마단 기도시간을 알리는 확성기 안내가 크게 들려오고, 그때마다 우리는 물병을 가지고 다니는 게 미안해 배낭에 집어넣곤 한다. 이 이슬람 사원은 건물 밖에 세워진 여섯 개의 모스크 첨탑 미나렛으로 특히 유명하며 사원 안 벽면을 장식한 푸른 도자기 타일 때문에 관광객들에게는 블루 모스크라는 애칭으로 불린다. 이 사원을 들어가기 위해 관광객은 손을 씻고 여자들은 문 앞에서 빌려주는 천으로 머리를 둘러야 한다.

오스만제국의 제14대 술탄 아흐메드 1세의 명령에 따라 1609년에 착공해 7년 공사 끝에 완공되었다고 하는데 신발을 벗어들고 안으로 들어가니 수많은 백열등이 환하게 제대를 밝히고 있다. 여기를 중심으로 기도를 드리기 위해 온 듯 군데군데 모여 앉은 남자 신자들이 보인다. 여자들은 벽면 한쪽에 별도로 만든 기도실에 따로 모여 앉아 있다.

원래 신도들은 여기 들어오기 전에 발까지 씻고 들어오는데 관광객은 발 씻는 것을 용서해주어 그냥 들어오긴 했으나 발 냄새로 민폐를 끼치지 않을까 두려워 얼른 나온다.

점심때가 되어 '친절한 갑자 씨'가 자주 간다는 터키 음식점에 가서 전통음식을 먹어보기로 한다. 트램이 다니는 큰길을 건너 '술탄 아흐메드 코프테지시'라는 음식점으로 들어가 갑자 씨가 추천하는 '조프테'를 주문한다. 밥과 양고기구이, 감자구이 등이 나오는데 한국 사람 입맛에도 딱 맞다. 한식이 아닌 서양 음식은 아예 입에 대기를 싫어하는 내 입에도 맛이 좋다.

점심 후 걸어서 5분 거리에 있는 지하 수조로 향한다. 지하 수조의 정식 명칭은 '지하 궁전'이다. 비잔틴 제국 시절 아야 소피아를 짓게 한 유스티아누스 황제에 의해 6세기경 콘스탄티노폴리스의 식수 부족을 해결하기 위해 만들어졌다는데, 수도관을 통해 19km 지점의 강물을 끌어왔다고 하니 그 옛날 이런 공사를 벌일 만큼 문화와 산업이 발전했었는지 신기하다.

이곳은 뮤지엄 카드가 통하지 않아 1인당 20유로를 따로 내고 들어가야 한다. 부부가 거금 40유로를 내고 잔뜩 기대하고 들어갔는데 역시 예외는 없다. 이곳도 수리 중으로 한쪽 대부분을 칸막이로 막아 놓았다. 그러면서도 20유로라는 고액 입장료를 받으니

머리 박기 벌을 받은 메두사. 무슨 엄청난 죄를 지었지?

배짱이 너무 두둑하다. 어느 TV 프로에서 본 기억으로는 수조 바닥에 물이 가득하고 물고기까지 있었는데, 공사 때문에 물을 다 뺐는지 물고기는 커녕 바닥이 그대로 드러나 있다. 거꾸로 박혀 벌서고 있는 메두사의 머리만 보고 바로 나온다.

이스탄불 전통시장을 구경한다. IS의 테러 위협 때문에 요즘 터키에

관광객이 대폭 줄어 관광
산업이 타격이 심하다고
하더니 시장에도 관광객은
거의 보이지 않는다. 점포
주인들이 가게 앞에서 들

수십 년 모은 작은 잔이 장식장에 가득

어와 보라며 호객을 한다. 눈길을 맞추었다가는 걸을 수가 없을
정도가 될 게 뻔하니 앞만 보고 걷는다. 구경하고 싶은 물건도 많
고 사고 싶은 물건도 많은데 그냥 앞만 보고 걸어야 한다.

시장을 나올 무렵 소주잔 몇 개만 산다. 터키 전통 모자를 쓰고
아랍 춤을 추는 남자 그림이 있는 작은 소주잔이다. 회사 다닐 때
부터 어디 새로운 곳을 가면 그곳을 기억할만한 그림이나 글씨가
있는 작은 잔이나 머그잔을 사서 모아 왔는데, 워낙 오래 하다 보
니 우리 집 벽면 한쪽에 딱 맞게 특별히 주문해서 만든 장식장에

이런 잔들이 가득하다.

퇴근 시간에 맞추어 전철을 타고 사무실 근처로 가서 만난 이한순 씨가 어제는 배를 타고 보스포루스 해협을 돌았으니 오늘은 자동차로 해변도로를 통해 보스포루스 해협 북쪽으로 드라이브를 하자고 한다. 시원한 바닷바람을 맞으며 흑해 쪽으로 이어지는 해변도로를 꽤 멀리 올라갔다가 내려와 8시경 집으로 들어온다.

도착하자마자 친절한 갑자 씨는 준비를 서둘러 냉장고 깊숙이 아껴두었던 음식 재료들을 다 꺼내 저녁상을 차린다. 장어와 삼겹살 구이다. 한국에서도 자주 못 먹는 장어구이를 터키까지 와서 먹다니 황송할 뿐이다. 마나님 덕분에 터키에서 대녀 부부를 만나고, 대녀 부부 덕분에 인생 역전이다.

이한순 씨가 한국 소주를 맥주잔 가득 따라 주며 여러 잔 왔다 갔다 할 것 없이 잔뜩 마시자며 잔을 부딪친다. 소주 한 모금에 장어 한 입, 삼겹살에 또 소주 한 모금.

어떤 박해가 도시를 지하로 보냈을까?

\*
\*
\*
\*

오늘부터 1주일 동안 우리 부부 단독 자유여행이다. 그 후 다시 '친절한 갑자 씨' 집으로 돌아와 동유럽으로 출발할 예정이라 큰 짐은 그대로 두고 최대한 가볍게 꾸려 나선다. 새벽 5시 10분, 공항까지 바래다준 이한순 씨 부부와 헤어진다. 그 부부가 주말에도 안탈리아까지 와서 우리를 안내해주겠다고 하니 어떻게 감사해야 할지 몰라 안절부절못한다.

오늘부터 토요일까지 4박 5일은 항공편을 포함한 모든 일정을 이스탄불 현지 여행사가 만든 스케줄에 따라 우리만의 자유여행이 진행된다. 카파도키아에서 파묵칼레, 에페소스, 이즈미르를 거쳐 남쪽 지중해 휴양도시 안탈리아까지 간다. 이번 여행에는 두 차례 심야 고속버스를 타므로 세계 최고라는 터키 고속버스의 서비스를 체험할 기대가 크다.

카이세리 공항에서 데리러 나온 사람을 따라 우리 호텔이 있는 국립공원 괴레메로 간다. 카파도키아는 카이세리와 우치사르, 네브세히르, 괴레메 등을 포함하는 넓은 지역을 총칭하는 이름이다. 수만 년 전 이 지역 에르시에스 산의 폭발로 분출된 화산재가 쌓여 만들어진 응회암 지형이 오랫동안 빗물과 지하수의 침식작용으로 죽순과 버섯 모양 등 기기묘묘한 형태의 자연 가공품을 만들어 낸 곳이다.

퇴적암에 속하는 이 응회암은 단단하기가 일반 돌과는 달라, 날카로운 연장만 있으면 손으로도 쉽게 긁어낼 수가 있어 사람들이 바위에 동굴을 파고 살기 시작했다. 그것이 기원전 1900년쯤으로, 아시리아 사람들이 처음 정착하고 기원전 1600년에는 히타이트 사람들이 정착해, 그들의 생활 흔적이 지금도 많이 발견된다.

카이세리 공항에서 1시간 30분쯤 달려 괴레메 동굴 호텔에 도착한다. 이 근처 호텔들은 대부분 자연적인 응회암 바위를 이용해 건물을 짓고, 바위 안으로도 파고 들어가 방을 만들어 동굴 호텔로 불린다는데, 우리가 묵을 호텔도 그런 곳이다.

이스탄불에도 관광객이 많지 않았는데, 여기도 마찬가지다. 호텔에는 투숙객이 우리밖에 없는지 종업원 외에는 아무도 안 보인다. 그래서 당연히 관광객이 선호하는 바위 동굴 방으로 배정해준다. 동굴 속을 파고 만들어 방과 화장실 벽이 응회암 그대로 노출되어 있어 야외동굴에서 자는 것 같은 신선한 경험을 하게 된다.

10년 전 알래스카에서 해본 현지 여행사 자유여행은 날마다 시간대별로 작성한 두툼한 여행 계획표 파일이 있어서, 그것을 보고 우리가 다음에 어디서 무엇을 하는지 알 수 있었는데, 이번에는 구두로만 설명을 들었을 뿐 상세한 서면 계획표가 없어 4박 5일 동안 불안하지 않을까 싶지만 믿고 따를 수밖에 없다.

그런데 우리가 말도 하지 않았는데 호텔 사무실에서 이름을 확인하고는 잠시 후 오늘 참여할 여행 프로그램인 '그린 투어'를 안내할 차가 올 거라고 알려준다. 여행사에서 미리 다 통보한 것 같다.

10여 분 후 마이크로버스에 오르니 다른 호텔을 거치면서 함께 갈 사람들을 모아 온 듯 외국인 관광객 서너 명이 타고 있다. 카파도키아는 지역은 넓고 주민은 적은데 길도 좋지 못해 대중교통이 발달하지 않아서, 어딘가에서 관광 프로그램을 개발하고 일괄적으로 운영하고 관리하는 것 같다. 그래서 이곳 관광객은 모두 단체관광 프로그램에 참여하게 되고, 지역 내 관광업체들이 관광객 여행 정보를 공유하는 듯하다.

오늘은 '그린 투어'라는 1일 패키지가 괴레메의 모든 호텔에서 예약한 사람들을 모아 관광을 진행하는데, 마이크로버스가 우리를 데리고 간 곳은 그 투어의 시작 코스가 아니다. 우리는 오늘 도착하느라 시간이 늦어 중도에 합류시킨 것 같다.

동굴 호텔들이 모여 있는 괴레메 마을

우리가 들어오면서 최종 12명으로 참가인원이 확정되어, 처음부터 시작한 국적 다른 선배들 10명에게 공손히 우리 소개를 한다. 코리아에서 왔다고 하자 모두 웃으며 되묻는다, 남이야, 북이야? 북은 아니겠지만 혹시나 해서 묻는다는 웃음이 얼굴에 가득하다. 전에는 코리아라고 하면 당연히 남쪽으로 알았는데 이제는 남과 북을 확실히 되물으니 북쪽의 노이즈 마케팅이 크게 성공한 것 같다.

이곳은 피죤 밸리 언덕이다. 언덕 아래쪽 계곡에는 크고 작은 원뿔형 응회암 바위들이 삐쭉삐쭉 솟아있고 바위마다 구멍이 많아 사람들이 구멍에서 살며 비둘기를 키웠다고 한다. 분비물을 비료로 사용하고 비둘기를 날려 다른 마을 사람들과 통신을 했다는 것이다.

동굴 수도원인 셀리메 성당으로 이동한다. 5월 초 프랑스에서 여행을 처음 시작할 때는 숙소에 들어가 제일 먼저 난방을 확인했는데, 5월 말로 접어들며 날씨가 벌써 여름에 가까워 한낮에는 햇볕이 따갑고 조금 걸으면 땀이 난다.

셀리메 성당에 도착했으나 보이는 건 나지막한 응회암 바위 동산밖에 없다. 카파도키아에 와서는 녹색의 숲이나 초원은 볼 수 없고 우뚝우뚝 제멋대로 솟아올라 기묘하게 생긴 응회암 바위가 즐비하게 늘어선 모래벌판뿐이어서 벌써 이런 기묘한 주변 경관에 익숙해진다.

바위 동산에 난 길을 따라 올라가니 동산 여기저기에 아래 도로에서는 잘 안 보이던 커다란 동굴들이 보인다. 이 동굴들이 모두 로마 시대에 기독교인들이 탄압을 피해 숨어들어 성당으로 사용하던 곳이라고 한다. 동굴 안이 꽤 넓어 많은 인원을 수용할 수 있었을 것 같고, 동굴들 사이를 미로처럼 연결해 밖으로 나가지 않고도 오고 가게 되어있다.

동굴 안에는 성당이나 주거지 흔적이 지금도 남아있어 그리스 메테오라의 절벽 꼭대기 수도원 축소판 같다. 이 동굴 성당이 바위에 구멍을 파고 숨어든 곳이라면 한참 후에 만들어진 메테오라는 아예 사람의 접근이 불가능한 절벽 위에 수도원을 지었다는 차이만 있을 뿐이다.

동굴 안쪽에서 멀리 밖을 보니 작은 죽순 같은 원뿔 모양의 검은 응회암 바위들이 빼곡하게 늘어서 있다. 바위 동산들이 어떻게 저런 기이한 모양을 할 수 있을까?

10분 거리에 있는 으흘라라 계곡 부근 야외 레스토랑에서 터키 음식으로 점심을 먹고 계곡으로 내려가 걷는다. 지금까지 보던 카파도키아 풍경과는 전혀 다르다. 시커먼 바위 동산들만 있는 삭막한 모습과는 다르게 모처럼 나무숲이 있고 시냇물이 흐른다. 황량한 벌판 일부가 꺼져 들어가 계곡이 만들어지고, 그 계곡에서 나무가 자라고 시냇물이 흐르기 시작한 것 같다. 시냇물을 따라 걸으니 양옆으로 비잔틴 시대에 은둔 생활을 하던 수도사들이 만든 수많은 교회와 수도원 흔적이 아직도 남아있다.

계곡을 걷다 가이드가 한 교회로 안내한다. '다니엘 판토나사'라는 교회로, 비잔틴 시대 수도사들이 세웠다고 하는데 그때의 벽화가 선명하게 남아있다.

다음은 데린쿠유 지하 도시로 개미굴처럼 지하 깊이 땅굴을 파서 만들었다. 기원전 원시 히타이트 민족들이 처음 만들었다고 하며 로마 시대, 비잔틴 시대를 거치며 기독교 박해를 피해 교인들이 들어와 숨어 살았고, 오스만 시대에 아랍인들을 피해 더 많은 사람이 들어와 동굴을 종으로 횡으로 넓혀 상주인구 1만여 명의 거대한 도시가 만들어졌다고 한다. 지하 바닥에 우물까지 있어 1960년대까지도 도르래를 이용해 물을 끌어 올려 사용했다고 한다.

우치사르 동굴교회

지하 도시에는 방과 부엌, 교회, 곡물 저장소가 곳곳에 만들어져 있고, 지하 1층에는 이곳에서 살다 생을 마감한 사람들의 공동묘지까지 있어 도시 기능을 완전히 갖추었다. 마치 아파트 건물을 거꾸로 뒤집어 지하로 만들어 놓은 것 같다.

카파도키아 전체에 지하 도시가 200개나 된다는데, 데린쿠유가 제일 커서 지하 11개 층에 85m까지 내려간다고 한다. 이곳에 긴급 상황이 발생하면 12km 떨어진 카이마클리 지하 도시로 피신할 수 있는 지하 터널도 연결되어 있을 가능성이 있는데 아직은 확인하지 못했다고 한다. 외부 적의 침입을 막기 위한 돌문이나 여러 곳에 분산시켜 만든 환기구 등은 당시 사람들의 지혜가 얼마나 뛰어난지 짐작하게 한다.

지상으로 올라와 철책으로 둘러막은 환기구 입구를 내려다보며, 인간의 능력은 한계라고 느끼는 순간이 한계일 뿐 한계라고 여기지 않고 뛰어넘으려는 노력을 계속하면 불가능이 없는 대단한 존재임을 다시 한번 실감한다. 나의 보잘것없는 한계가 새삼 부끄럽다.

오늘 투어는 여기까지다. 호텔에 돌아와 잠시 쉬었다가 동네 구경도 할 겸 밖에 나가 식사를 하기로 한다. 동네라고 해야 우리 아파트 상가 정도로 자그마한데 시외버스 정류장과 기념품 가게, 식당들이 모여 있어 돌아다녀 보니 2층에 한국식당이 보인다. 이곳에 얼마나 많은 한국 관광객이 찾아오는지 짐작이 간다. 그러나 이웃 나라의 불안 때문에 관광객이 대폭 줄어 이 집에도 손님 없이 주인만 앉아 있다가 우리를 맞이한다.

"요즘 IS 테러 공포 때문에 터키를 찾는 관광객이 너무 없어 큰

일이에요."

한국인 아주머니가 걱정한다. 손님이 없는 식당은 식자재 순환이 늦어 맛이 없기 마련이지만 그래도 들어왔으니 그냥 나갈 수 없어 순두부 백반과 짬뽕을 시킨다. 역시 맛은 생각한 그대로다. 그나마 이런 구석에서 이런 한식이라도 먹을 수 있는 걸 다행으로 여겨야지.

어두워지기 시작하자 조그만 시골 동네가 갑자기 술렁거린다. 동네 여기저기 넓게 흩어진 동굴 호텔들에서 하늘을 향해 밝히는 파란색과 보라색 조명이 백열등 전구와 어울려 캄캄한 시골 동네를 무대로 황홀한 조명 쇼를 벌인다. 어둠으로부터 갑자기 튀어오르듯 호텔 건물들 바닥에서 하늘로 쏘아지는 다채로운 빛깔의 조명은 낮에 본 황량한 모래밭을 빨갛게 파랗게 칠하며 결혼식을 앞둔 새색시처럼 예쁘게 단장한다.

조명 쇼에 취해 시간을 잊고 있다 호텔로 돌아오니 이곳이 조명

괴레메 동굴 호텔 야경

쇼의 주인공이었던 듯 호텔 건물 전체가 황홀한 빛을 뿜는다. 그 조명에 놀라 캄캄한 밤하늘에 숨어 간신히 반짝거리는 별들과 함께 카파도키아의 밤을

보낼 준비를 한다. 마당 한가운데 있는 수영장에서도 파란색 조명이 수영장 가득한 물을 파랗게 물들이며 깜깜한 밤을 파랗게 밝힐 준비를 한다.

밤이 지나면 다시 낮에 본 황량한 본래 모습으로 돌아가겠지만 그래도 밤의 카파도키아는 황홀하다. 그것이 조명에 의한 가식임을 알면서도 아름답다. 가식과 거짓임을 알면서도 아부와 사기에 당하는 인간의 속성을 일깨우는 듯하다.

사무실 직원이 방 열쇠를 건네며 알려준다.

"내일 새벽 4시에 열기구 벌룬 플라이트 담당 여행사에서 데리러 올 것이니 시간에 맞춰 사무실로 나오세요."

내일 열기구를 탈 생각에 기대도 되고 두렵기도 하다. 언젠가 방송에서 열기구가 추락해 사람이 희생되었다는 이야기를 들은 것 같기도 하고, 아까 바람이 꽤 심하게 분 것도 걱정스럽다. 열기구 조종은 숙달된 사람이 해주겠지?

## 터키 심야 고속버스는 서비스 최고

*
*
*
*

제대로 잠을 잘 수 없다. 프런트에 모닝콜을 부탁하고 핸드폰 알람까지 켜놓았지만 잠이 잠깐 들었다 바로 깨고 또 잠깐 들었다 다시 깬다. 아예 일어나 준비를 하고 4시가 되기를 기다려 방을 나선다. 바람은 아직도 꽤 부는 것 같은데 이런 바람은 괜찮을까? 두려운 마음으로 마나님 손을 꼭 잡고 사무실로 들어선다.

불을 꺼놓아 컴컴한 호텔 프런트에서 컴퓨터를 들여다보던 직원이 우리를 기다렸다는 듯 바로 응대한다.

"오늘 열기구 투어 예약하셨죠? 조금 전 여행사에서 연락이 왔는데 바람 때문에 열기구를 올릴 수가 없어 오늘 투어는 취소되었답니다."

잠도 제대로 못 자고 여태 기다리다 나왔는데 취소라니? 한편으로는 열이 오르지만, 또 한편으로는 두려운 마음이 있었는데 잘 되었다 싶다. 그래도 그렇지, 제대로 못 잔 잠은 어디서 보상받아야 하는 거야? 직원은 아랑곳하지 않고 우리 여행 스케줄만 알려준다.

"오늘은 레드 투어가 예정되어 있으니 8시에 내려와 식사하시고, 10시에 여행사에서 모시러 올 테니 올라가 더 주무시지요."

바람이 불어 위험하다면 바로 취소하는 게 맞는 이야기이긴 한데 너무 허무하다. 난생처음 해보는 모험에 도전해보려고 모처럼 용기를 냈으니 마음의 준비가 되었을 때 해버려야 하는 건데……. 이렇게 눈 딱 감고 마음을 먹기가 어디 그리 쉽냐 말이야, 말이야.

레드 투어 인원은 어제보다 더 줄어 우리까지 6명밖에 안 된다. 더 탈 사람이 있는지 몰라도 가이드에게는 맥 빠질 것 같다. 차에 탄 사람들이 어디서 왔느냐고 물어 '코리아'라고 하니 또 웃음과 함께 되묻는다. 남쪽, 북쪽? 이제는 온 세계에서 북쪽의 존재감이 남쪽과 동등해진 것일까?

제일 먼저 우치사르로 간다. 괴레메에서 가까운 동네로 중심에

우치사르 바위 요새

바위산이 우뚝 솟아 동네 전체를 내려다볼 수 있어서 요새로 쓰였다는 성으로 안내한다. 성이라고는 하나 우리가 흔히 생각하는 그런 성은 아니고 바위산 이곳저곳에 뚫린 구멍 속에 숨어 적의 침입을 살피는 성의 역할을 할 수 있어 그렇게 불리는 것 같다.

저 멀리 꽤 높은 산이 있다. 에르시에스 산이다. 오래전 거대한 화산 폭발로 이 기기묘묘한 응회암 구경거리를 만들어 전 세계 관광객을 모으는 카파도키아를 탄생시킨 주인공이다.

다시 가까운 야외박물관으로 이동한다. 기독교인들이 박해를 피해 바위에 굴을 파서 만든 성당과 수녀원, 수도원들이 밀집해 있는 곳으로 유물들이 실내에 전시된 박물관이 아닌 자연 그대로 보존된 유적지다. 특히 여기는 동굴 교회 내부에 아직도 선명하게 남아있는 프레스코 벽화가 눈길을 끈다.

동굴 교회 중 하나인 바실 교회 안내판을 읽어본다.

'11세기 이 교회를 만들고 큰 공헌을 한 사람들 무덤 옆에 시신을 안치하기 위해 판 자리가 나란히 있는 것과 반원형 제단의 사회자 자리 오른쪽에 있는 예수님 위치가 매우 이례적이다.'

11세기라면 흑해 연안으로 이주한 유목민 셀주크가 이란 북부에서 이슬람 수니파로 개종한 후 세력을 확장하며 셀주크 제국을 세우고, 비잔틴 제국 영토인 아나톨리아(현재의 터키 지역)를 침공해 대군을 섬멸하며 황제를 포로로 잡아 이 지역을 통치하던 때다. 이슬람에 의한 기독교 박해가 매우 심하던 시기였으니 교인들은 동굴 깊이 숨어 들어갈 필요가 있었을 것이다.

점심 후 도자기 공장과 카펫 공장을 견학하고 마지막 코스로 다시 여러 가지 기묘한 모양의 응회암 바위들을 돌아본다. 대만에서 본 것과 똑같은 클레오파트라를 닮은 바위가 있는 페어리 굴뚝, 낙타 모양 바위가 있는 매직 밸리, 또 엄마 아빠와 아들까지 가족 바위가 나란히 있는 패밀리 굴뚝 등을 모두 돌아보고 호텔로 돌아오니 4시, 휴식을 취하며 오랜만에 캐나다의 큰딸 송희와 영상통화까지 한다.

오늘 저녁 심야 고속버스를 타고 파묵칼레로 간다. 터키는 국토가 넓은데도 유럽처럼 열차 편이 원활하지 않아 장거리 이동은 비행기가 아니면 고속버스를 이용한다. 고속버스는 보통 10시간 이상을 가니 승객들을 위한 서비스가 좋기로 유명하다. 특히 야간

패밀리 굴뚝. 엄마와 아빠, 아들이 나란히 있다.

고속버스의 서비스가 좋아 여행자들에게 상당히 인기가 있다는 이야기를 듣고 여행사를 통해 예약해 오늘 밤 드디어 타게 되었으니 기대가 크다.

　우리 부부는 일찌감치 짐 싸 들고 버스터미널로 가서 우리가 탈 버스도 확인하고 간단히 저녁 식사도 하기로 한다. 고속버스 터미널이라 해야 어제 저녁 식사를 한 거리의 조그만 정거장이다. 터키의 여러 도시로 가는 버스들이 각기 다른 시각에 도착해 승객을 싣고 내리는, 우리 시외버스 정거장 같은 곳이다. 많은 버스가 각기 많은 도시로 가기 때문에 노선별로 운행하는 회사가 달라 정거장 앞에는 버스회사들이 제각기 조그만 1인 사무실을 열어 현지에서 직접 표를 살 수도 있다.

그 1인 사무실에서 목적지와 출발시각을 확인하고 옆 가게에서 빵과 바나나를 사서 간단하게 저녁 식사를 때운다. 명불허전(名不虛傳), 시간이 되자 멋들어진 대형 버스가 들어와 승객들을 태운다.

파묵칼레 도착은 내일 아침 5시 반이니 8시간을 가는 거리다. 카파도키아에서 파묵칼레까지 요금은 1인당 60리라, 우리 돈으로 1만 8000원 정도다.

버스 내부는 널찍하고 깨끗한데, 비행기같이 좌석마다 모니터가 있어 영화를 시청할 수 있다. 고속버스에 좌석마다 TV 모니터가 따로 있다니! 이제 느긋하게 영화 보고 한숨 자고 나면 되는데 걱정되는 게 있다. 시간을 절약하려고 야간에 이동하다 보니 오늘 딱 한 대, 이 시각밖에 없는 버스를 타고 가서 내일 아침에 파묵칼레 가는 곳에서 내려야 하는데 깊이 잠이 들어 깨지 못하면 어떻게 하나? 또 호텔에서 픽업을 나올 예정인데 확실하게 몇 시에 어디서 픽업할 건지 모르니 어떻게 하나? 이런 걱정을 두고 나이 들어 생기는 노파심이라 해야 하나?

버스는 정시 출발이다. 옛날 우리 시내버스처럼 젊은 차장이 나이 든 운전기사를 도와 이것저것 챙기는데 여자가 아니라 남자다. 차장이 명단을 들고 승객 한 사람 한 사람 목적지를 묻고 확인한다. 우리에게는 파묵칼레행을 확인하면서 내일 아침 깨워줄 테니 안심하고 푹 자라고 한다.

승객 확인이 끝나자 또 다른 '명불허전'이 우리를 놀라게 한다. 차장이 이번에는 비행기에서 승무원이 끌고 다니는 것과 같은 카트에 빵과 과자, 음료 등을 잔뜩 싣고 통로를 이동하며 영화 시청을 위한 이어폰과 함께 승객들에게 일일이 나누어주는 것이 아닌가. 인터넷에서 경험자들 글을 많이 보았는데 여행자들이 세계 제일이라며 칭찬을 아끼지 않는 이유를 알겠다.

이것저것 먹고 영화도 보다 우리 부부도 잠에 빠진다. 출발 2시간 정도 지나 차장이 살며시 흔들며 속삭인다.

"잠시 후 터미널에 서니 화장실 가려면 준비하세요."

잠든 사람들 깨우지 않으려고 방송을 이용하지 않고 한 사람 한 사람 조용히 흔들어 깨우는 게 참 기특하고 착하다.

화장실에서 돌아오니 차장이 운전석에 앉아 출발 준비를 한다. 단순한 차장이 아니라 보조 운전기사다. 장거리 운행이라 운전기사가 둘이 탑승하는데, 하나는 젊은이를 뽑아 잔심부름도 하면서

터키 고속버스 서비스는 비행기 승객 서비스 비슷하다.

운전기사의 보조 역할을 시키며 기사로 키워가는 것 같다. 자리를 내준 운전기사는 버스 뒷문 아래 화물칸에 침대가 있는 듯 몸을 숙여 들어간다.

난다! 마나님이 하늘을 훨훨 난다!

\*
\*
\*
\*

다시 차장이 살며시 깨운다.

"휴게소에 들를 예정이니 화장실 가려면 준비하세요."

시간을 보니 새벽 2시, 중간에 다시 교대한 듯 처음 운전기사가 운전한다.

얼마가 지났는지 차장이 또 깨운다.

"파묵칼레 가시려면 잠시 후 내려야 하니 준비하세요."

새벽 5시, 바깥은 어둠이 많이 걷혀 사물 분별이 가능한 정도가 되었고, 작은 마을을 지나는데 버스터미널이 있을 것 같지는 않다.

잠시 후 버스에서 내리는데 그냥 인도에 접한 갓길이다. 우리 부부 말고도 두세 명이 더 내린 것 같은데, 그중에 젊은 아가씨가 불안한 표정에 일본식 특유의 영어 발음으로 묻는다.

"파묵칼레 가시는 거예요?"

그렇다고 하니 안심이 되는 듯 표정이 환하게 바뀐다.

"저도 파묵칼레 가는데 이런 곳에서 내려주어 놀랐어요."

"우리도 호텔에서 데리러 오기로 했는데, 어디서 만나는지 모르겠어요."

호텔 이름을 말하니 자기도 그 호텔로 간다며 아주 반가워한다. 잠시 후, 우리가 서 있는 바로 그 자리로 호텔 차가 와서 세 사람이 올라탄다. 우리는 오늘 파묵칼레에서 하루짜리 투어에 참가했다가 저녁에 에페소스로 이동할 예정이니 호텔에 잘 것도 아닌데, 아마도 오늘 투어 본부가 그 호텔인 것 같다. 일본 아가씨도 오늘 저녁 다른 곳으로 갈 예정이라고 한다.

30분쯤 걸려 호텔에 도착하니 우리는 반나절 예약이 되어있다. 체크인하고 방 열쇠를 내주며 아침 식사는 8시부터라며 혹시 패러글라이딩 생각이 있으면 1인당 50유로 특별 가격에 주선해주겠다고 말을 꺼낸다. 카파도키아에서 열기구 비행이 취소되어 아쉽긴 하지만 패러글라이딩은 생각해보지 못한 일이라 일단 사양한다. 우리가 방으로 들어가는 사이 일본 아가씨 체크인 때도 똑같은 제안을 하며 둘이 이야기를 나눈다.

방에 들어와 짐을 내려놓는데 패러글라이딩이 머리를 떠나지 않아 마나님 의향을 묻는다.

"기왕 열기구 비행에 도전해보려고 했는데, 이런 기회가 또 있겠어요?"

역시 마나님은 보디가드보다 화끈하다. 바로 프런트로 나가 가격을 흥정한다. 부부 둘 다 하면 10유로를 깎아 90유로에 해주겠다면서 작게 덧붙인다.

"일본 아가씨는 50유로 다 받기로 했으니 깎아줬다는 말은 하지

마세요."

아마 그 아가씨에게도 그렇게 말했을 것 같은데, 그러겠다고 대답한다.

패러글라이딩할 생각을 하니 두려움 반 기대 반으로 가슴이 다시 설렌다. 열기구와 비교해 덜 위험할까? 바람 영향은 좀 덜 받을까? 오늘 이곳 바람은 괜찮은 걸까? 옷은 어떻게 입어야 하지? 그걸 타고 나르는 기분은 어떨까? 영화나 뉴스 같은 데서는 많이 보았고 나도 한번 해보고 싶다는 생각도 했지만 정말 해본다니 가슴이 두근두근!

아침 식사 후 프런트에서 일본 아가씨를 만나 우리도 패러글라이딩한다고 말하니 반가워한다.

"저도 처음인데 무척 기대되네요."

곧 우리 일행 셋을 하나씩 맡아 태워줄 직원 셋과 함께 차에 타고 근처 낮은 산꼭대기로 올라간다. 나는 마나님 손을 꼭 잡고 마음의 소리를 전한다.

'아무 일 없을 테니 안심하고 도전에 성공해서, 우리도 할 수 있다는 것을 우리 자신에게 보여줍시다.'

일본 아가씨도 두려움을 잊기 위해 환한 미소를 지어 보인다.

아래에서는 얕아 보였는데 꼭대기에 올라 아래를 보니 상당히 높이 올라온 것 같고 산 아래 동네가 조그맣게 보인다. 파란 하늘에는 김이 서리듯 안개가 약간 낀 것 같은데 날씨는 맑고 바람은 잔잔하게 산들거린다.

마나님을 태울 직원이 제일 먼저 준비하고 두 직원이 돕는다. 낙하산 메고, 팔을 끼고, 헬멧 쓰고……, 마나님 얼굴에는 두려움 이 없다, 나는 두려운데. 마나님은 준비 다 끝내고 직원이 건네주 는 비디오카메라를 메고 운전자 앞 의자에 걸터앉는다. 다른 직원 둘이 마나님 도움닫기를 옆에서 도와주며 운전자와 함께 산 아래 를 향해 힘껏 달린다.

마나님이 하늘로 떠오른다. 하늘을 날아오른다. 저 아래 온 마 을을 발아래에 두고 하늘을 훨훨 날아 한 바퀴 돌아 미끄러지듯 내려가다 저쪽으로 돌며 높이 솟아올라 이쪽저쪽 선회하며 춤을 춘다. 새처럼 날개를 활짝 펴고 하늘을 난다. 우리 마나님이 하늘 을 날며 춤을 춘다. 온 세상 사람들아, 모두 물렀어라, 우리 마나 님 내려가신다!

그다음 일본 아가씨가 내려가고 마지막으로 내 차례다. 마나님 이 내려간 뒤를 따라 나도 하늘을 날아 춤을 추며 내려간다. 방향 을 틀어 사람들이 많이 모인 파묵칼레 온천지대 위를 선회한다. 운전자가 내 헬멧을 벗겨주고 마음껏 소리쳐 보라며 비디오카메 라로 내 모습을 찍는다. 방향을 바꾸어 다른 곳 위를 높이 솟아오 른다. 다시 또 방향을 틀어 하늘을 미끄러져 내려간다.

약 30분간 파묵칼레 온천지대 위를 이리저리 날며 내려오니 먼 저 도착한 마나님과 일본 아가씨가 박수하며 반겨준다.

마나님은 오늘 패러글라이딩이 이번 여행 중 최고였다며 매우 흡족해한다. 카파도키아의 열기구 비행은 못 해보았으나 패러글

파묵칼레 온천지대 위를 날다.

라이딩이 짜릿짜릿한 스릴과 속도감이 있어 훨씬 좋은 것 같다며 대만족이다.

젊은 사람들이 하는 모습을 영상을 통해 구경만 했지, 우리가 직접 하늘을 날며 체험해보리라고는 생각도 못 했는데 우리도 할 수 있다는 자신감을 얻었다. 다음엔 한 단계 올려 스카이다이빙에 도전해볼까?

패러글라이딩 사무실로 돌아와 비디오카메라로 촬영한 파일을 우리 핸드폰에 옮겨 복사해 주는데 1인당 100리라, 우리 돈으로 3만 원이라며 할 건지 말 건지 묻는데 생전 처음 도전해 본 소중한 영상들이니 무조건 복사를 부탁한다. 장사는 역시 이렇게 해야 한다. 이 파일을 복사하지 않겠다는 사람이 있을 것 같지 않다.

호텔로 돌아와 뒤늦게 오늘 투어에 합류한다. 우리가 패러글라이딩하는 사이 일행은 이미 몇 군데 코스를 돌았다. 가이드를 따라가니 10여 명 정도 그룹이 모여 설명을 듣는다.

이곳이 바로 파묵칼레인데 '파묵(pamuk)'은 목화, '칼레(kale)'는 성을 의미하며, 언덕 아래에서 보면 하얀 목화처럼 보이는 성이어서 그 이름이 붙었다고 한다. 단단하고 하얀 석회층이 언덕에서 아래까지 계단처럼 이어지고 사이사이에 온천수가 고여 언덕 전체가 하얗게 보이는 것이 꼭 목화 같다는 것이다.

마치 우리네 다랑논 같은 이 온천수의 약효를 보기 위해 오래전부터 사람들이 찾아와 기원전 2세기에는 이미 도시가 형성되었고, 기원전 130년 이곳을 정복한 로마인들이 '신성한 도시'라는 의미로 히에라폴리스라 불렀다고 한다. 로마 시대와 비잔틴 시대, 셀주크 시대까지 번영을 계속했으나 몇 차례 강력한 지진으로 도시 전체가 땅속에 묻히게 되었고, 1887년 독일 고고학자가 발견해 오랫동안 발굴과 복원 작업을 통해 지금의 모습을 갖추게 되었다고 한다. 지금도 발굴 작업이 계속되고 있다.

가이드가 자유 시간을 주며 온천과 히에라폴리스를 돌아보라고 한다. 특히 히에라폴리스 유적지 중에 클레오파트라가 온천욕을

파묵칼레 노천온천. 하얀 다랑논 같다.

한 노천온천이 있으니 한 번씩 들어가 몸을 담그면 클레오파트라처럼 예뻐질 텐데 거기는 다시 돈을 내야 한단다.

우리 부부는 손을 꼭 잡고 '목화성'이라는 하얀 파묵칼레부터 셀카 사진을 찍으며 걷는다. 가까이 보니 오전에 패러글라이딩하며 하늘에서 내려다본 곳이다.

갑자기 젊은 여자가 다가오며 우리말로 묻는다.

"혹시 한국에서 오시지 않았어요?"

그렇다면서 반가워하니 자기소개를 한다.

"이즈미르에 있는 친구도 볼 겸 직장에 잠깐 휴가를 내고 혼자 여행 온 한국 아기엄마예요. 두 분이 손잡고 다니시는 게 너무 보기 좋아서요."

같이 걸으며 서로 사진도 찍어준다.

수영복까지 준비해온 사람들도 제법 많고, 날씨가 더워 온천물에 몸을 푹 담그는 사람도 많지만 우리는 신발이나 벗고 맨발 족욕으로 만족하고 클레오파트라가 놀았다는 노천온천으로 향한다. 돈을 따로 내는데도 사람들이 많이 들어가 있다. 모두 예뻐지고 싶어 그러나? 몸집으로 보아 안토니우스가 뒤도 돌아보지 않고 '걸음아 나 살려라!' 도망갈 것 같은 아주머니들도 많이 들어가 유유자적이다. 우리 마나님은 이미 최고 미인이 되었으니 들어가지 않고 패스.

날이 너무 더워 햇볕도 피할 겸 박물관을 돌아보고 약속된 시간에 가이드를 만나 뷔페식당에서 점심을 먹고 나니 파묵칼레 투어는 이것으로 끝이라고 한다.

히에라폴리스 안내 간판에는 3세기 때 지도가 있어서 이 고대도시가 상당히 넓게 펴져 있었다고 하니 그 유적지도 돌아보아야 할 것 같은데 이것으로 끝이라니, 그렇다면 우리가 패러글라이딩하는 사이 유적지를 한 바퀴 돈 게 아닐까? 무언가 손해 본 것 같다.

클레오파트라가 노닐었다는 노천온천

버스에서 사람들을 다

내려주고 나니 우리 부부와 일본 아가씨만 남는다. 우리는 오늘 에페소스로 간다고 하자 자기도 에페소스로 간다며 반가워한다. 가이드가 우리 목적지를 확인하고 이 버스로 에페소스까지 데려다줄 거라고 한다.

에페소스에서는 '친절한 갑자 씨'의 지인으로 현지에서 사업을 하는 최 사장님 댁에서 묵기로 되어있어, 가이드가 통화해 도착 예정시간을 알려준다. 일본 아가씨는 호텔을 예약했으니 걱정하지 말라고 한다.

그렇게 해서 대로변 3층 건물 최 사장님 집에 짐을 푼다. 저녁 식사 후 시가지를 돌아보는데 의외로 너무 작아 30분 만에 대충 다 돌아본다. 한적한 시골 마을에 카페가 상당히 많고, 카페마다 나이 든 남자들이 서너 명씩 모여앉아 카드놀이를 하거나 담소를 즐긴다. 또 이발관이 많아 서너 집 건너 하나씩 있을 정도다. 나중에 들으니 이곳 남자들은 모두 수염을 기르는데, 수염이 억세어 반드시 이발관에서 다듬기 때문에 그렇게 이발관이 많다는 것이다.

## 길에서 잃은 50유로, 1시간 후 주워

\*
\*
\*

오늘은 9시 30분에 투어 차량이 데리러 오니 아침에 시간 여유가 있다. 최 사장님 제안에 따라 집에서 가까운 사도 요한 무덤에 올라간다. 집 뒤편에 '아야슬룩 언덕'이라는 표지판이 보이고, 바로 뒤에 사도 요한 유적지가 보인다. 다행히 매표소 직원이 출근해 있어서 지갑 깊숙이 넣어둔 뮤지엄 패스를 꺼내 보여주니 오케이! 시간이 일러 다른 사람은 안 보이고 여기저기 폐허가 된 집터와 어지러운 돌기둥, 돌무더기들만 보인다.

사도 요한이 어머니 마리아를 돌보아 달라는 예수의 부탁을 받고 끝까지 모시고 다니며 마지막 정착한 곳이 바로 이곳 에페소스였다고 한다.

'사도 요한이 에페소스에 온 것은 기원후 37년에서 48년 사이다. 67년부터 설교를 시작해 도미티아누스 황제에게 어려움을 당하다 81년 파트모스 섬으로 추방당하고, 95년에 돌아와 이 언덕에서 복음을 저술하다가 100세가 다 되어 이곳에 묻혔다.'

안내판의 설명이다. 그가 죽은 후 기독교가 공인된 4세기경에는 이 무덤 옆에 사도 요한 교회를 만들었는데, 오늘은 이처럼 돌덩이들만 뒹구는 폐허로 변해버렸다.

곳곳을 돌아보며 발굴 작업 현장사무소 같은 곳을 지나는데 신분증 같은 명패를 목에 건 사람이 앉아 있다가 우리를 보더니 자기가 설명해줄 테니 따라오라고 한다. 우리 부부는 일찍 들어와 친절하게도 발굴현장 직원의 설명을 직접 듣게 되었으니 횡재라며 그의 뒤를 따라 교회 터와 사도 요한 무덤들을 돌아본다.

그런데 돌아갈 시간이 되어 고맙다고 악수를 청하자 돈을 요구한다. 아니, 이 사람은 직원이 아니었던 말이야? 직원 신분증 같은 명패는 관광객의 오판을 부르는 미끼? 그럼 유료 안내자라고

대리석으로 만든 사도 요한 무덤. 영어 표시가 있다.

밝히고 안내를 받겠느냐고 물었어야 하는 것 아닌가? 당황한 마음에 두 사람 몫 팁으로 2유로를 주니 너무 적다고 더 달란다. 나, 원, 참! 아침부터 기분은 안 좋지만 5유로를 주고 나온다.

정문을 나와 집 쪽으로 걷는데 길에 돈이 떨어져 있다. 아니, 이게 뭐야? 주워들고 보니 자그마치 50유로 지폐다! 사도 요한 유적지에서 5유로를 강탈당하고 나오다 50유로를 줍다니, 기분이 묘하다. 우리 부부에게 사도 요한이 보상해 주시는 걸까?

지갑을 꺼내 주운 돈을 집어넣는데 이건 또 뭐야? 뮤지엄 패스와 함께 넣어둔 50유로 지폐가 보이지 않는다. 그럼, 이 돈은 내 돈? 매표소 들어가면서 지갑 속에 잘 모셔둔 뮤지엄 패스 꺼낼 때 옆에 있던 돈이 빠진 건가? 그런데 1시간이 넘는 동안 이 길을 지나간 사람이 없었단 말이야? 내 돈을 되찾으니 기분은 좋다.

오늘은 이즈미르로 가서 다시 야간 고속버스로 터키 제일 남쪽, 지중해 연안 도시 안탈리아로 이동한다. 최 사장님과 헤어져 바로 앞 대로에서 오늘 투어 차량에 탑승한다. 어제 헤어진 일본 아가씨가 차 안에서 반갑게 인사한다. 노르웨이에서 왔다는 중년 부부 두 팀도 인사를 건넨다. 우리도 방글방글 답례.

고대 에페소스 유적지는 입구에서는 그리 넓어 보이지 않는다. 그러나 지금 보고 있는 곳은 발굴된 일부분에 지나지 않고 실제 한창 번영할 당시는 상당히 넓은 면적이었을 것으로 추정된다며 지금도 발굴 작업이 계속된다고 한다. 입구를 들어서면 바로 광장 터가 보이며 깨진 돌기둥들과 돌 구조물들이 여기저기 쌓여 있고 안쪽으로 완만한 내리막길이 이어진다. 길 양쪽에 조각난 돌기둥들이 일렬로 늘어서 있고 목 부분이 깨져 없어진 석상이 몸뚱이만 남아, 얼굴을 찾아달라고 애걸한다.

내리막길 아래 화려한 양식의 건물이 정면으로 보이는데 가까이 보니 뒷부분은 없다. 건물 정면만 복원되어, 미국 '유니버설 스튜디오' 영화 촬영장의 가짜 건물처럼 길을 향해 서 있는 옛 도서관 건물이라고 한다. 그 뒤 언덕에는 발굴 작업이 진행되는 곳이라며 가림막이 설치되어 있다.

길을 따라 더 내려가자 시장 등이 있던 상업지구 터가 나타나며 옛 항구 자리로 이어지는 널찍한 길이 쭉 뻗어있다. 지금은 풀이 우거진 폐허가 그 시절에는 배가 드나드는 바다였다니 믿기지 않는다.

건물 앞면만 복원된 셀수스 도서관

사도 바오로가 복음 전파를 위해 2년 동안 살았다는 에페소스는 기원전 6세기 후반 페르시아와 알렉산더 대왕, 그리고 로마 시대를 거치면서 지중해와 동쪽 여러 나라를 잇는 주요한 상업 도시 역할을 했다고 한다. 그 후 토사 유입으로 서서히 항구가 매몰되며 말라리아 등 전염병이 자주 발병해 인구 감소가 진행되고, 여러 차례 지진으로 건물들이 무너져 땅속에 파묻히며 폐허가 되어 사람들 기억에서 사라졌다고 한다.

한창때는 로마제국 소아시아(지금 터키)의 수도로, 6대 도시 중 하나로 큰 번영을 누렸으며 원형경기장 수용 인원의 10배로 인구를 추정하는 방법에 따르면, 인구가 10만 명에 이르렀을 것이라고 한다.

수세식 공동 화장실. 밑으로 물을 흘려보낸다.

　그때 사용된 수세식 공중화장실이 발굴되어 당시의 높은 생활 수준을 보여주는데, 지금은 이렇듯 산산 조각난 기둥들과 흔적들만 초라하게 남아있어, 우리 인간이 그렇게도 바라는 세상 부귀영화는 영원할 수 없다는 진리를 다시 한번 절감케 한다.

　에페소스 유적지를 나와 점심 후 마리아의 집에 도착한다. 사도 요한과 함께하던 마리아가 죽음을 맞아 승천한 곳이라고 주민들 사이에 오래 전해져온 곳이라 한다. 입구에 한글 안내판이 세워져 있어 이곳을 찾는 한국 관광객의 힘을 느낄 수 있다.

　입구를 들어서자 마당 가운데에 성모마리아를 모신 조그마한 돌집이 있고 그 옆으로 미사 집전을 위한 야외 제단과 의자들이 있다. 한 바퀴 돌고 내려오니 이곳을 찾은 사람들이 소원을 써서

마리아의 집 한쪽 벽에 걸린 간절한 소원들

묶어 놓은 하얀 종이와 천들이 한쪽 벽면을 하얗게 뒤덮고 있다. 같이 다니던 일본 아가씨도 일본인으로서는 드물게 천주교 학교를 나온 신자라며 소원을 정성스레 써서 건다. 우리도 성모마리아 은총으로 일본 아가씨의 소원이 이루어지기를 빌어 준다.

우리 마나님을 향한 내 사랑의 쪽지를 쓰자면 벽면이 100개가 있어도 모자랄 것이기에 성모마리아께 마음속으로 간절히 빈다. 우리 마나님 글라라를 더 건강하게 지켜주시고 나보다 오래 행복하게 살게 해주시어, 주님 곁으로 돌아가는 순서만큼은 나를 글라라 앞에 세워주십사고 빌고 또 빈다.

3시쯤 투어가 종료되어 일본 아가씨는 호텔에 내려주고, 우리 부부는 이즈미르까지 가서 고속버스 터미널에 내려주겠다고 한다. 일본 아가씨는 어제 새벽 동서남북도 분간할 수 없는 대로변에 내동댕이쳐진 이후 '목숨을 건' 패러글라이딩까지 같이하며 이틀을 지냈으니 그런대로 정이 들었다. 회자(會者)는 정리(定離)라, 만남은 곧 이별을 의미하니 언젠가 인연이 있어 다시 만날 수 있기를 기대하자며 우리 부부와 힘껏 껴안고 차에서 내려보낸다. 아가씨는 한참을 그 자리에 서서 우리를 향해 손을 흔든다.

4시경 이즈미르 고속버스 터미널에 도착한다. 오늘 밤 안탈리아로 가는 버스는 10시 출발이니 시내 구경을 하기로 하고 교통편을 알아보며 터키 고속버스 서비스가 세계 최고라는 걸 다시 깨닫는다. 터미널에서 30분 걸리는 시내 중심가까지 고속버스 승객을 위해 무료 셔틀버스가 운행되는 것이다. 우리 같은 승객을 위해 고속버스 사무실에서 짐까지 보관해 주니, 이런 서비스가 세상에 어디 있나.

셔틀버스에 올라 도심지의 바스마네 기차역 앞에서 내려 걷는다. 날씨가 더워 상가 처마 그늘로만 찾아다니는 데도 지치고 힘이 든다. 그늘에 앉아 잠시 쉬면서 지도를 보니 건너편에 공원이 있다. 빵과 음료수를 사 들고 공원으로 가서 더위도 식힐 겸 한참 쉬기로 한다.

시내 한복판 공원, 대낮이라 그런지 노숙자 같은 사람들이 많고 주변 환경도 깨끗하지 못하다. 나무 그늘 벤치에 앉아 빵을 먹으며 쉬는데, 10m쯤 떨어진 벤치에서 허름한 차림의 젊은 남자가 우리를 지켜보는 게 느껴진다. 기분은 좋지 않지만 무시하기로 했으나 빵을 다 먹을 때까지 꼼짝 않고 지켜본다.

그런 눈총이 불편해 자리에서 일어나자, 아니 이런, 그 친구도 일어나 뒤를 쫓아오는 게 아닌가. 내가 뒤를 돌아보고 눈을 응시하며 경고 사인을 보내면 슬쩍 눈길을 피하는 듯하고는 이내 또 쫓아온다. 더 신경 쓰고 싶지 않아 걸음을 빨리하다 네거리 교차로에서 마나님 손을 잡고 재빨리 길을 건너버렸다. 다시 걸음을 빨리한 후 돌아보니 안 보인다.

다시 다른 길로 들어가 잠시 그늘에서 쉬면서 땀을 씻고 목을 축인다. 그 친구 덕분에 공원에서 빨리 나왔으니 시내 구경이나 더 하자며 걷다가 햇살이 너무 뜨거워 바스마네 역으로 들어간다. 역사 안 대합실에도 사람이 많아 빈자리 찾기가 쉽지 않다. 겨우 자리를 찾아 시원한 곳에서 여유 있게 이즈미르 역사를 공부한다.

이스탄불과 수도 앙카라에 이어 터키 3대 도시인 이즈미르는 이스탄불에 이어 두 번째 큰 항구가 있으며 수출무역항으로는 터키 제일이라 생활 수준도 높고 인구밀도도 가장 높으나 특별히 볼만한 유적지는 없고 각종 교통 경유지로 유동인구가 많다고 한다.

역사를 나와 주변 상가를 기웃거리다 마나님이 맥이 빠지고 힘이 든다고 해 셔틀버스를 타고 터미널로 돌아와 시원한 대합실에서 출발을 기다린다. 집 떠나 파리에 도착한 게 한 달 전인데 벌써 기후가 이렇게 바뀌다니.

마나님은 분당 옆 판교에 있는 우리 밭 걱정이 태산이다. 요즘 풀이 많이 자랐을 텐데……, 더 자라기 전에 뽑아주어야지 잔뜩

마나님이 판교 밭에서 잘 키운 고추

자란 다음에 뽑으려면 힘 드는데……, 우리가 가려면 아직도 한 달이나 남았으니 그때가 되면 완전 숲이 되어있을 텐데……, 아이고 그놈의 밭일이란!

무식하면 용감하다. 서울에서 나고 자라 농사일을 전혀 모르던 나는 충남 도고에서 자라 어릴 적부터 농사에 질려있던 마나님의 만류를 무릅쓰고 아파트 앞 공터에서 주말농장 10평을 빌려 처음 농사를 시작했다. 씨만 뿌려 놓으면 모든 농작물이 저절로 자라는 줄 알았다.

그렇게 막무가내로 시작한 농사가 오랜 세월을 넘기며 저절로 자라준 건 따로 있다. 밭일을 통해 보디가드 역할이 빛을 발하며 우리 부부 사랑이 무럭무럭 자랐다. 밭일을 갈 때면 늘 부부가 함께 간다. 새벽 일찍 아무도 없는 산자락 밭에 일하러 가는 마나님을 혹시 있을지 모르는 짐승으로부터 보호하는 보디가드가 있어야 한다. 또 이른 봄 밭을 가는 일부터 한여름 풀 뽑는 일, 초겨울 김장감 수확까지 농사일 구석구석에는 남자 힘이 필요한 곳이 너무 많다. 그래서 비가 오나 바람이 부나 우리는 같이 가야 한다.

세상 고뇌 다 잊고 밭일에 몰두하다 원두막에 올라 집에서 싸 온 도시락을 나눠 먹으며 부부 사랑이 자라지 않을 수 없다.

마나님은 이제 집에 돌아가 우리 사랑만큼 한없이 자랐을 풀 뽑을 일이 걱정이다.

## 발길에 차이는 2000년 전의 번영

\*
\*
\*
\*

밤 10시, 우리는 또 야간 고속버스 여행을 시작한다. 이한순 씨 부부가 금요일인 오늘 퇴근 후 비행기로 먼저 날아가 우리를 기다리는 안탈리아까지 10시간을 달린다.

버스는 우리가 잠든 사이 밤을 뚫고 동남쪽으로 달려 지중해 연안 도시 안탈리아까지 간다. 할머니가 귀여운 손자를 요람에 태우

이즈미르 고속버스 터미널. 고속버스가 끝이 안 보이게 늘어서 있다.

고 살금살금 흔들어 재우듯 10시간 동안 편히 주무시라고 왼쪽에서 오른쪽으로, 오른쪽에서 왼쪽으로 조용히 흔들어 주며 밤새워 달린다.

새벽 6시 안탈리아 고속버스 터미널에 도착한다. 아무것도 없는 큰길에 버려졌던 카파도키아와는 달리 멋있는 터미널 빌딩에 내려준다.

이한순 씨 부부가 운전해 온 자동차를 타고 터미널을 나선다. 이한순 씨는 월요일 출근 때문에 일요일 저녁 돌아가야 하니 시간을 최대한 절약하기 위해 도착하자마자 바로 관광을 시작해, 1시간 반 거리의 선사시대 유적지로 데리고 간다.

아침 8시, 카라인 동굴 유적지에 도착하니 매표소 직원이 아직 나오지 않았다. '친절한 갑자 씨'가 빵과 달걀을 가져와 차 안에서 아침 식사를 한다.

식사 후 들어가니 동굴 입구가 상당히 넓고 안이 꽤 깊이 연결되어 있다. 이곳은 안탈리아에서 북서쪽으로 27km 떨어진 야기카 마을에 있는 동굴로 구석기시대 유적지다. 해발 400m쯤에 있는 동굴에서 15만 년 전 구석기시대 초기에 사람이 거주한 증거로 뼈와 도구가 발견되었다. 유물들은 아나톨리아 문명박물관에 전시되어 있다.

지금도 땅바닥에 뼛조각 같은 게 보이는데 그런 소중한 유물은 아닐 테고, 사람이 취사한 흔적도 보이지만 이 역시 구석기시대가 아니라 동네 젊은 친구들이 모여 놀다 간 흔적이 아닐까 하는 심술궂은 생각이 든다.

15만 년 전 사람들은 무엇을 생각하고, 무엇을 먹고 살았을까? 지금부터 15만 년 후의 인간이 우리 집이 있던 동네에 와서 보면 무슨 생각을 할까? 우리 동네의 자취가 그때까지 남아있을까? 고대 유적지를 돌아볼 때마다 떠오르는 쓸데없는 생각이 또 나를 슬프게 한다.

동굴을 나와 시골길을 되돌아 나가다 큰길을 만나 고대도시 테르메소스 유적지로 간다. 여기도 입장료는 1인당 5리라, 그런데 입장 아닌 입산이다. 해발 1000m가 넘는 산을 오르기 시작한다. 국립공원으로 지정된 굴루크산인데 지도상으로 상당한 면적을 차지한다. 등산로 입구에 안내판이 서 있다.

'테르메소스는 터키에서 보존이 가장 잘 된 매력적인 유적지로, 처음 언급된 것은 기원전 334년 마케도니아의 알렉산더 대왕이 이 지역을 지나면서였다. 번영을 누린 첫 번째 시기는 헬레니즘 시대, 두 번째는 로마 시대였으나 기독교가 공인된 시기의 테르메소스에 대해서는 알려진 게 없다.'

다른 자료에 의하면 동로마 비잔틴 제국 시대에 교회가 세워지긴 했으나 5세기에 있었던 대지진으로 폐허가 되었다고 한다.

등산로와 좌우 숲속에 조각난 돌기둥들과 돌덩어리들이 쓰러져 누워 산을 오르는 방문객들의 발에 차이고 밟혀 반질반질하다. 이 돌들이 모두 2000년 전에는 엄청난 번영을 누린 역사의 증거물로서 우리에게 들려주고 싶은 말이 많을 텐데, 벌을 받는 죄인처럼 묵묵히 누워 등산길을 단단히 받치고 있다.

무너진 성벽 돌들 사이로 나무가 자라 숲을 이루었다. 사람 손을 빌려 복원하지 않고 자연에 맡겨 버려둔 것을 가장 잘 보존한 것이라고 안내판에서 설명한 걸까? 적어도 사람들이 밟지는 못하도록 최소한의 관리는 해야 하는 게 아닐까?

정상 부근에 도착한다. 밑에서는 전혀 생각지도 못한 광경에 놀라 자빠진다. 어리둥절하다. 이런 게 어떻게 이 자리에? 로마나 그리스에서 흔히 보아왔고 어제 에페소스에서도 본 원형극장이 발아래 홀연히 나타난다.

지금껏 우리가 보아온 원형극장은 모두 평지에 있었는데 지금 눈앞에 나타난 원형극장은 해발 1000m가 넘는 산꼭대기에 자리 잡았다. 그리고 그 규모에 또 한 번 놀란다. 에페소스에서 보았던 것과 비슷한 크기로 수용 인원이 6000명에 이른다고 한다. 이런 산꼭대기에 어떻게 이런 극장을 지을 수 있단 말인가?

스탠드 제일 위로 올라가 뒷면을 보니 아찔한 절벽이다. 면적을 넓히기 위해 절벽 끝부분까지 최대한 이용한 것으로 보인다. 계곡 건너편에 겹겹이 올라와 우뚝우뚝 서 있는 산봉우리들이 이쪽을 무심하게 바라본다. 이쪽에 있었던 2000년 전의 화려한 모습을 전해주려는 듯 꼼짝 않고 바라본다.

원형극장의 형태만 남겨져 깨지고 부서진 돌덩어리들이 여기저기 어지럽게 널려 있는 이 폐허가 땅속 깊이 묻어 간직한 기억 속에는 무엇이 있었을까? 기원전 330년, 알렉산더의 고도로 훈련된 군대를 맞아 치열하게 싸운 산속 도시의 용감무쌍한 용사들이 승리를 쟁취하고 외치던 환호가 돌들을 울리는 듯하다.

산에서 내려오는 길목에 매끈하게 다듬어져 기둥으로 쓰였던 것이 확실한 돌기둥 조각이 쓰러져 있다. 표면에는 지금도 선명하게 식별이 가능한 영문 대문자 알파벳이 새겨져 있다, '… EMIN…'. 그 밑줄에도 선명한 글자가 보인다. 그 주변 돌덩이 사이로 안내판이 있다. '위쪽 도시 성벽'이라는 영문이 있는 것으로 보아 성벽이 산 아래와 위의 두 군데에 있었음을 설명하며 여기는 그 윗부분 성벽임을 표시한다.

산에서 내려와 현지식당에 들어가 이한순 씨가 유창한 터키어로 음식을 주문한다. 터키에서 가장 보편적인 음식인 양고기와 몇 가지 다른 케밥을 먹고 베르게 고대도시 유적지로 가서 먼저 안내판을 읽는다.

'이 고대도시는 기원전 5000년 선사시대까지 역사가 거슬러 오

'위쪽 도시 성벽(upper city wall)', 산 위와 아래 두 군데에 성벽이 있었음을 알려준다.

르며 기원전 3000년 무렵 청동기시대의 주거 흔적이 발견되었다. 세 번에 걸쳐 번영을 누렸는데, 첫 번째가 기원전 300년경 알렉산더 대왕 통치 시기였고, 두 번째가 로마 지배를 받으며 오랫동안 평화와 경제적 번영을 구가하던 때였으며, 세 번째가 600년 무렵 기독교가 공인된 시기였다.'

유적지 터에 들어서자 수십 개 돌기둥이 길 양쪽과 오른쪽 건물 터 안에 열을 맞추어 늘어서 있어 열병식을 보는 것 같다. 이곳 돌기둥들은 다른 곳과는 달리 기둥 형태를 거의 그대로 간직하고 있어 복원 작업이 많이 진척된 것 같다.

안으로 들어가면서 보니 역시 돌기둥을 세우고 시멘트로 틈새를 메우거나 깨진 부분을 이어붙인 게 많이 눈에 띈다. 조각조각 이어 맞춘 돌기둥 한 개에서도 깨진 부분마다 색깔이 다른 것도

베르게 고대도시 돌기둥들이 열병식 하듯 줄을 맞추어 늘어서 있다.

있다. 길 한쪽으로는 경계석이 지면에서 약간 높이 이어져 구획을 이루고 있어 인공수로였던 것으로 보이고, 그 끝에는 목 부분이 달아난 동상이 누워있는 샘물터의 돌 구조물이 옛 형태를 상당 부분 그대로 간직한 채 보존되고 있다.

자동차로 30분 거리에 있는 아스펜도스 원형극장으로 간다. 이곳도 베르게와 비슷한 시기에 성장과 발전을 이루었으며, 특히 기원전 500년 무렵부터 동전을 주조해 고대도시들 전체에 유통해, 지금의 안탈리아 지역을 일컫는 옛 팜필리아 지역에서 중요한 역할을 했다고 한다.

아스펜도스 고대도시에도 로마식 원형극장과 함께 뒤쪽으로 아고라와 교회 터가 남아있고, 로마식 수로가 15km에 걸쳐 이어져 있다고 한다.

2000년 전의 건축기술로 특별한 음향효과를 갖추었다는 아스펜도스 원형극장

서기 155년, 이 도시 출신 그리스 건축가 제논에 의해 건축된 아스펜도스 원형극장은 수용 인원 1만 2000명의 반원형 극장으로 음향시설이 따로 없어도 무대에서 부르는 노래가 객석 뒤쪽까지 다 들리는 특수 기술로 유명하다.

극장 안으로 들어서니 극장 형태가 거의 완전히 보존되어 있어 고대 원형극장 중에서 보존 상태가 가장 좋다는 평가를 재확인한다. 이러한 완벽에 가까운 보존 상태로 해서 이 극장에서는 지금도 매년 '아스펜도스 국제 오페라 발레 페스티벌'이 열린다.

아스펜도스에서 다시 시데로 넘어간다. 고대도시 시데는 베르게와 아스펜도스와 함께 안탈리아 지방 3대 도시다. 이 도시가 차지한 면적이 상당히 넓어서 원형경기장과 아폴로 신전, 아고라 터 등이 상당한 거리를 두고 떨어져 있다. 그래서 폐허가 된 고대도시 유적지 안에 현대 사람들이 거주하는 현재의 도시가 공존한다.

안내판에 따르면 19세기 말 그리스와 터키 사이의 분쟁으로 터키 자치령이었던 크레타섬을 그리스로 넘겨주며 그 섬에 살던 터키 사람들이 망명해 들어와 이곳 시데에 집단으로 거주하게 되었다고 한다. 안내판 설명이 계속 이어진다.

'안탈리아의 다른 지역과 같이 기원전 540년부터 페르시아 지배를 받고, 기원전 334년 알렉산더 대왕에게 투항해 마케도니아 지배를 받았으며, 그 후에도 두세 차례 다른 왕조의 통치를 받다 자유를 찾게 되었다. 이후 해적에게 항구를 개방해 부유한 생활을 하다 기원전 67년 로마의 장군이 해적을 소탕한 것을 계기로 로마

제국 통치하에 들어가 더욱 부유해지며 이 지역 수도가 되었다. 7세기 이후 계속된 아랍의 침공으로 중요성을 잃으며 규모가 작아져, 13세기 셀주크투르크의 점령으로 완전히 버려지게 되었다.'

원형극장에서 나와 바다를 향해 걸으니 기념품 등을 파는 다양한 상점들이 늘어서고, 바닷가 거리에는 카페와 음식점들이 테이블과 의자를 길가에 내놓고 손님을 기다린다. 카페 안에는 옛 유적지에서 가져온 돌들이 놓여 있어 고대와 현대의 어우러짐이 이색적이기는 하나 소중한 유물이 훼손되는 것 같아 안타깝다.

바닷가 항구를 왼쪽으로 돌면 5개의 코린토스식 돌기둥이 높직하게 서 있는 신전 터가 보인다. 이곳에 아폴로 신전이 있었다고 하니 안내판을 읽어본다.

'아폴로와 아테나는 이 도시의 두 수호신이다. 2세기경부터 아

고대도시 시대 유적지. 무너진 돌들을 가지런히 모으고 복원 작업을 한다.

시데의 한쪽 바닷가에는 현대 주거지와 카페가 이어진다.

폴로를 더 숭배하며 아테나보다 중요시해 아폴로 신전을 새로 지었다.'

눈 부신 태양 아래 파란 지중해와 어울려 회색 기둥이 더욱 신비로워 보인다. 관광객들은 바다를 배경으로 돌기둥에 살짝 기대어 먼바다를 바라보며 사진을 찍느라 바쁘다.

4시 반에 오늘 일정을 마치고 안탈리아 시내에 있는 이한순 씨 숙소로 출발해 7시 조금 지나 도착한다. '친절한 갑자 씨'가 서울에서도 먹기 어려운 도미 매운탕을 준비한다. 지중해를 가까이 두고 '특급 가이드' 두 분과 함께 도미 매운탕에 소주를 곁들이는 우리 부부!

# 수천 년 꺼지지 않는 불, 키메라

*
*
*
*

일요일이다. 이한순 씨가 내일 출근을 위해 이스탄불로 돌아가야 하니 오늘 최대한 많이 보여준다며 아침 일찍 서둘러, 터키 사람들이 산타클로스의 원조라 믿는 성 니콜라스 성당을 향해 출발한다.

안탈리아에서 해변을 따라 자동차로 2시간 거리, 뎀레라는 곳에 성당이 있다. 거기서 가까운 미라에서 또 다른 고대도시 리키아 유적지를 보아야 한다며 성당을 먼저 들른다.

성 니콜라스는 4세기 초 옛 리키아, 지금의 안탈리아 남서쪽 해변 도시 파타라에서 태어나 뎀레에서 주교로 활동하다 생을 마치고 시성(諡聖)을 받아 그리스와 러시아 정교회 성인이 되었다. 생전에 아이들과 가난한 이들에 대한 헌신적 봉사로 이름나 이 지역 주민들은 세인트 니콜라스를 한 단어로 압축해 산타클로스의 원조로 믿고 있다.

이 성당은 대홍수로 인해 건물 상당 부분이 땅속에 묻혀 있다가 19세기 러시아 황제 니콜라스 1세의 지원을 받아 발굴과 수리작업이 진행되고 종탑이 세워졌다고 한다. 그래서인지 성당을 찾는 관광객 대부분이 러시아 사람들이다. 지하에 묻혔다 복원된 지하 성당과 니콜라스 성인의 석관 앞에 설치된 아크릴판에 두 손을 대고 간절한 기도를 드리는 사람들이 많다. 이들 중에는 눈물을 흘리는

사람도 보인다. 그 눈물의 의미는 무엇일까, 그의 기도가 반드시
이루어지기를 빈다.

성당에서 나와 5분 거리 리키아 고대도시로 간다. 옛 리키아는
터키 남쪽 안탈리아와 남서쪽 해안 도시 페티예 사이 지역이다.
이 지역 사람들의 강한 저항정신으로 인해 아나톨리아 반도에서
로마제국에 가장 늦게 합병된 도시라고 하며, '역사의 아버지'라
불린 그리스 역사가 헤로도토스는 리키아 사람들이 그리스 크레
타섬에서 온 사람들이며 모계중심사회였다고 적었다.

리키아는 기원전 189년 주변 도시들과 함께 리키아동맹을 결성
해 로마 지배에 들어갔다가 자유를 찾고, 다시 로마 지배를 받는
등 회오리를 거치면서도 번영을 누렸으며, 비잔틴 제국 통치 시기

인 4세기 이후 7세기까지 기독교가 성장하며 관련 건물들이 급속하게 늘어났다고 한다. 그러다 8세기에 들어 외부의 침략과 지진, 전염병, 세 가지로 인해 역사에서 사라지게 되었다는 것이다.

리키아동맹에 속한 이 부근 지역의 고대도시들이 공통적으로 보여주는 독특한 생활풍습 중 하나가 네크로폴리스, 즉 공동묘지의 무덤 모습이라고 한다. 배를 뒤집어 놓은 모양, 신전 또는 주택 모양, 기둥 모양 등 다양한 형태의 무덤이 있었다는데, 이런 무덤들이 바로 눈앞에 나타난다. 바위산 절벽에 작은 신전 같기도 하고 주택의 현관문 장식 같기도 한 구조물과 그 뒤의 공간이 절벽 한쪽 면 전체를 덮고 있어 바위산에 문 열린 집들이 들어선 것 같다. 이 공간들이 무덤이라고 한다.

아크로폴리스는 살아있는 자들의 주거지이고 네크로폴리스는 죽은 자들의 도시를 의미한다. 무덤들은 수직으로도 배치가 되어, 한 개 무덤 위에 다른 무덤, 그 위에 또 다른 무덤이 이어져 바위산 꼭대기까지 연결되고 군데군데 출입구가 깨져 있어 안이 훤히 들여다보인다. 관이 있어야 할 공간인데 텅 비어 있다. 도굴당한 것 같다.

고대도시 시대 사람들은 바닷가에 신전을 세워 수호신 아폴로에게 바쳤다.

그 옆으로는 또 고대도시마다 어김없이 등장하는 원형극장이 있다. 규모는 시데의 것과 비슷해 보이고 여기도 두 개 층으로 된 관람석 스탠드만 형태가 남아있고 나머지 구역에는 조각난 돌덩이들이 한쪽으로 치워져 있다. 극장 뒤로 보이는 바위산 언덕에도 아까 본 그런 무덤들이 이쪽을 바라보고 있다. 극장에서 공연이 있을 때면 저들도 이쪽을 넘겨다보면서 자기들의 젊은 시절을 회상하며 위안으로 삼으라고 저 자리에 모셔놓은 것일까?

파란 하늘에 하얀 구름이 조용히 흘러가다 무덤들로 가득한 바위산 위에 잠시 멈춘다. 구름은 이렇듯 잠시 멈추어 쉬어갈 수 있어도 시간은 멈추게 할 수 없고, 그런 까닭에 무덤은 누구나 마지막으로 가는 길이며 그 무덤에는 내 몸 이외에 아무것도 가지고 갈 수 없음을 일깨워준다.

리키아 고대도시를 나와 해안도로를 따라 해변의 고대도시 올림포스 마을로 간다. 해안도로를 달리는 한낮의 신나는 드라이브, 지중해의 잉크 빛 바다가 오른쪽으로 끝도 없이 펼쳐지고 태양은 뜨겁게 머리 위를 달군다. 멀리 수평선에는 새파란 하늘이 지중해와 만나 하나가 되어 아래와 위의 경계가 사라진다. 오수에 취한 듯 느릿느릿 흘러가는 하얀 구름을 따라 조그만 배들이 바다 위를 미끄러져 간다. 온 세상이 사르르 잠에 빠져든다.

오른쪽 해변에는 가끔 고운 모래사장의 작은 해수욕장이 나타나며 파라솔 그늘에서 선탠을 하는 사람들이 우리를 향해 손을 흔든다. 모래사장은 이내 뒤로 물러가며 바다를 지키던 시커먼 바위들이 달려드는 파도에 저항해 물보라를 만든다. 우리를 환영하는 요란한 파도 소리와 함께 물보라를 치올려준다. 온 세상이 문득 잠에서 깨어난다.

길은 해변을 벗어나 산 쪽으로 이어지다 다시 해변 쪽으로 돌아와 바다에 빠질 듯, 빠질 듯 계속된다. 2시간 조금 안 되어 도착한다. 큰길 왼쪽에 높은 산이 보인다. 해발 2300m, 올림포스산이다. 구름 속에 솟아있어 산 정상을 볼 수 있는 날이 많지 않다고 하는데, 오늘 우리에게는 살짝 정상을 보여준다. 정상까지는 케이블카를 타고 올라갈 수 있다.

오른쪽 바다 쪽으로 좁은 비포장 길을 내려간다. 관광객들에게는 알려지지 않고 안탈리아 주민들만 찾는 비밀의 정원이라고 한다. 안탈리아의 비원(秘苑), 이 길 끝에 무엇이 나타날지 궁금하다.

어두운 나무숲 사이 언덕길을 내려가니 우리를 환영하듯 갑자기 시야가 탁 트이며 계곡이 나타나고, 계곡을 흐르는 개울물이 바다를 향해 흘러내린다. 좌우에는 나지막한 절벽이 있고 앞쪽 가까이에 바다가 보인다. 외부 세계와는 완전히 단절된 비밀의 정원이 틀림없다.

주차장에 차를 대고 조금 더 내려가니 오른쪽 개울 건너에 성곽 터였던 것으로 보이는 커다란 돌담이 나타나고 우리를 따라 내려오던 개울물은 뛰어들어가 온몸을 적셔도 될 것 같이 맑고 커다란 웅덩이로 바뀌며, 바로 그 앞에 바다가 나타난다. 산에 가려져 있어 외부에서는 보이지 않는 곳, 계곡을 흐르는 맑은 개울 그리고

비밀의 정원 올림포스 고대도시. 계곡 시냇물이 끝나는 곳에서 바로 바다가 이어진다.

고운 모래사장을 갖춘 바다, 모든 아름다움을 다 갖춘 이 비밀의 환상적인 정원에 고대도시가 없었을 리 없다.

안내판을 잠시 읽어본다.

'이곳 올림포스는 기원전 300년경에 만들어진 성벽과 동쪽 공동묘지로 인해 헬레니즘 시대 초기에 건설된 것으로 밝혀졌다. 기원전 188년에 부근 20여 도시국가들로 결성된 리키아동맹의 하나였다.'

기원전 100년경부터는 해적 제니케테스의 지배를 받다 기원전 77년부터 로마 지배를 받으면서 성장을 시작했으며, 리키아 지역의 다른 도시와 마찬가지로 5세기 이후 가장 큰 성장을 이룩했다고 한다.

그림으로 표시된 옛 지도를 보니 어제와 오늘 오전에 본 고대도시들에 있던 구역들이 여기에도 그대로 다 있다. 네크로폴리스로 표시된 공동묘지가 두 군데나 있고 주거지인 아크로폴리스와 원형극장, 목욕탕, 궁궐터와 성당 등 도시의 모든 건축물이 다 그려져 있다.

바다로 나오니 해변의 고운 모래알들이 햇빛에 반짝인다. 바닷물은 맑고 깨끗해 사람들에게 들어가 첨벙거리지 않고는 못 배기도록 유혹한다. 준비 없이 그냥 들어갔다가는 예쁜 잉크 빛으로 몸 전체가 파랗게 물들까 걱정스럽다.

해변은 말굽처럼 안으로 휘어들어 이웃의 다른 해변에서는 보이지 않게 가려져 있어서 해적 은닉처로는 최고 입지였을 것 같다. 모래밭에 누워 선탠을 하는 사람들과 바다에 들어가 물놀이하는 사람들로 좁은 바다가 북적인다.

바닷물에 발만 적시고 나와 점심을 먹은 후 자동차로 30분 거리에 있는 야나르타스산의 꺼지지 않는 불, 키메라 언덕으로 간다. 그리스 신화에 나오는 키메라는 입에서 불을 뿜는 괴물이다. 신화에서는 키메라가 사는 곳을 리키아라고 전한다. 19세기에 들어서야 신화의 리키아가 바로 이곳 안탈리아 지역이며, 화산과 똑같은 가스를 방출하는 야나르타스산임을 확인했다고 한다.

신화에 의하면 리키아 왕의 명으로, 헤라클레스 이전의 가장 위대한 용사 벨레로폰테스가 올림포스산에 사는 괴물 키메라를 죽이려고 싸움을 벌인다. 입에서 뿜어대는 불길을 무기로 금방 이길줄 알았던 키메라는 벨레로폰테스가 날개 달린 천마 페가수스를 타고 하늘로 올랐다 내려오면서 입에 던져 넣은 창을 맞는다. 그 창끝에는 벨레로폰테스가 꽂아놓은 납덩이가 있었고, 창에 맞은 고통으로 불을 내뿜던 키메라는 그 불에 납덩이가 녹아 뱃속으로 들어가 죽었다고 한다.

키메라 언덕에 오르니 지금도 완만한 바위 언덕 여러 곳에서 불길이 솟는다. 24시간, 365일 잠시도 쉬지 않고 불길이 솟아 나온다니 신기할 뿐이다.

입구 가게에서 한순 씨가 마시멜로를 사 온다. 다른 관광객들도 마시멜로를 불에 녹여 먹으며 아이들같이 웃고 떠든다. 그러더니 남은 마시멜로를 우리에게 다 넘겨주고 떠난다. 마시멜로보다 고구마나 옥수수를 구워 먹는 게 나을 것 같다. 아니 라면을 끓여도 좋을 것 같다, 이 촌놈 생각으로는.

다시 입구 안내판을 본다.

'이 산에서 뿜어져 나오는 가스 성분에 질소 32.6%, 산소 9.9%가 포함된 것은 공기가 함유되어 있음을 나타내며, 탄소 가스가 57.57%를 차지하는 것은 내부의 고온과 압력으로 만들어진 변성암에 의해 생성된 가스라는 것을 말해준다.'

수천 년 전 사람들이 이런 과학적인 지식 없이 이 불을 보았을 때의 공포를 충분히 짐작할 수 있을 것 같다.

그리스 신화를 바탕으로 보면 이 불은 수천 년을 계속 타오르고 있으니 우선 놀랍다. 그렇게 오랜 세월 타고 있는 이 불을 효과적으로 이용할 방법이 없었을까 궁금하다. 이 불을 통해 내부 가스를 조금씩이라도 방출함으로써 화산 폭발 같은 큰 재앙을 면할 수 있었던 게 아닐까 하는 생각도 든다.

수천 년을 365일 계속해, 24시간 불길을 뿜어내는 키메라 언덕

어느덧 4시, 이스탄불행 비행기 출발시각이 가까워 안탈리아 시내 숙소로 돌아와 한순 씨는 가방을 챙긴다. 조금 후 이곳에 근무하는 한순 씨 지인이 차를 가지고 와서, 우리 모두 함께 타고 가다 '친절한 갑자 씨'는 우리 부부를 안내해 안탈리아 고고학박물관에서 내리고 한순 씨는 공항으로 간다. 우리 때문에 부부가 잠시라도 헤어지게 되어 미안하다.

안탈리아는 옛 팜필리아 지역과 그리스, 로마 사람들이 이주해 살던 서부 해안 지역들을 포함하기 때문에 안탈리아 고고학박물관은 터키 3대 박물관 중 하나로 규모가 크고 볼거리가 많다고 한다. 들어가 보니 어제와 오늘 우리가 본 고대도시들에서 출토된 희귀한 유물들을 다 모아 전시하고 있어 복습 기회로는 최고겠다.

박물관에서 나와 안탈리아 구시가지로 가려고 정문을 나서기 전 사진을 찍다 '친절한 갑자 씨'가 뒤늦게 박물관 화장실에 핸드폰을 두고 나온 걸 깨닫고 뛰어들어간다. 안내하는 사람에게 이야기하자 어딘가 전화를 하더니 잠시 후 청소부 아저씨가 이게 맞느냐며 들고나온다. 그 사이 누가 가져갔을 것으로 생각해 잃어버린 줄 알았던 핸드폰을 다시 찾아 신이 난 갑자 씨가 가벼운 기분으로 구시가지 칼레이치로 우리를 안내한다.

칼레이치는 '성벽 안쪽'이라는 뜻이며 비잔틴 제국 시대 항구와 오스만제국 시대 전통 주택들을 복원해 보존하고 있다. 이 지역 안에서 새로 건물을 지을 때는 엄격한 규제를 받는다고 하는데, 서울의 북촌, 남촌 한옥 보존 구역같이 안탈리아를 찾는 관광객들이 꼭 들르는 곳이라고 한다.

제일 먼저 아치형 문 3개가 나란히 있는 하드리아누스 문을 만난다. 로마 하드리아누스 황제의 방문을 기념해 만든 대리석 문으로 이 문을 기준으로 구시가지와 신시가지가 구분된다. 고대 로마의 강력한 지역 강국으로서 이탈리아반도가 통일된 기원전 200년경부터 기원후 1400년 중반 동로마 비잔틴 제국이 멸망하기까지 1600년 로마제국 역사상 최고의 번영기였던 2세기 무렵에 로마를 다스린 하드리아누스 황제는 재위 20년을 넘는 동안 제국 방방곡곡을 순방한 것으로 유명하다.

구시가지에 들어서면 깨끗하게 정돈된 좁은 골목길 양쪽으로 호텔과 터키 전통공예품 '이블아이' 등을 파는 기념품점들과 카페들이 늘어서 있고 2층 베란다가 밖으로 돌출된 오스만제국 시

로마 하드리아누스 황제의 방문을 기념해 세운 하드리아누스 문

고대도시 올림포스에 숨어 안탈리아 앞바다를 주름잡던 해적선이 관광객을 노리고 있다.

대 전통 주택들이 많이 보인다.

담을 의지하며 햇살을 찾아 위로 뻗어 올라가는 나무의 초록 잎들이 상점마다 진열해놓은 파랑, 노랑, 하양의 원형 유리로 만든 이블아이와 어울려 골목길을 밝고 환하게 만든다. 동화 속 미로같이 예쁘게 장식된 골목길을 이리저리 돌다 보면 입구의 시계탑과 함께 칼레이치의 상징인 '이블리 미나렛'이라는 붉은 벽돌 굴뚝 같은 첨탑을 만난다. '이블리'는 홈이 파진 것을 의미하고, '미나

렛'은 첨탑이다. 이슬람 사원의 원통형 첨탑으로 탑 표면에 세로로 8줄 깊은 홈이 파여 있어 이채롭다.

한순 씨를 공항에 데려다준 지인이 우리를 데리러 오기로 해서 약속 장소인 박물관으로 다시 간다. 이 분은 우리를 자기 집으로 데려간다. 회사 일로 부부만 안탈리아에 와서 신도시 쪽에 아파트를 임대해 사는데, 여기가 너무 좋아서 회사 일이 끝나도 자주 오고 싶다며 안탈리아 자랑을 한다.

"우선 1년 내내 날씨가 너무 좋아요. 지중해가 바로 앞에 있어서 긴 해변을 따라 크고 작은 해수욕장들이 많은데, 아침 일찍 가면 독차지해 즐길 수 있는 조그맣고 아담한 미니 해수욕장도 있어요. 또 주변에 고대 유적지가 많아 멀리는 청동기시대 히타이트로부터 그리스, 페르시아, 마케도니아, 로마, 그리고 뒤를 이은 비잔틴, 셀주크투르크를 거쳐 14세기 오스만투르크에 이르기까지 긴 역사의 현장을 직접 찾아가 마음껏 공부할 수 있어 좋고, 무엇보다 물가가 싸서 생활비가 많이 안 들어 좋아요."

집에서 기다리던 사모님이 양갈비 구이를 준비해 주신다. 양갈

비는 이곳 사람들이 자주 찾는 전통 고급 음식으로 우리 한국 교민들도 즐겨 먹는다고 한다.

식사 후 갑자 씨 숙소로 돌아와 내일 아침 떠나려고 짐을 챙기는데, 이스탄불에 돌아간 한순 씨로부터 갑자 씨에게 전화가 온다. 집에 들어가서 보니 바지 뒷주머니에 넣었던 지갑이 없어졌는데, 혹시 이곳 숙소 어디나 지인 자동차에 떨어져 있지 않나 확인해달라는 것이다. 현금도 미화로 꽤 있고, 신용카드가 여러 개 있다고 한다.

즉시 지인에게 전화를 걸었으나 차 안 구석구석 다 뒤져도 지갑은 없다는 허무한 대답이 돌아온다. 숙소와 갑자 씨 가방 등을 다 뒤집어엎어도 지갑은 간 곳이 없다. 오늘 오후에는 갑자 씨가 박물관에서 핸드폰을 잃었다 다시 찾았는데, 또 한순 씨가 지갑을 잃었다니 우리 부부는 면목이 없다. 우리를 위해 여기까지 와준 부부가 둘 다 이런 일을 당하니 죄인이 된 것 같아 가시방석이다.

한순 씨에게 여기는 없다고 연락을 하니 마지막으로 공항에 가서 혹시 타고 간 비행기 안에 떨어지지 않았는지 확인해 보겠다고 한다. 그런데 시간이 지나도 연락이 없다. 우리 부부는 점점 더 가시방석이 되어서 짐이고 뭐고 정신이 없다. 그러다 자정이 다 된 시간, 갑자 씨가 환한 표정으로 우리 방에 들어와 지갑을 찾았다고 한다. 한순 씨가 터키항공 비즈니스석을 타고 가다 지갑을 빠뜨렸는데, 비행기 안을 청소하던 사람들이 발견해 사무실에 신고했다는 것이다.

오늘은 참으로 스릴 만점의 날이다. 두 번이나 불운의 사고가 해피 엔딩으로 마감되니 해피 중 해피, 최대 해피다, 아이고!

## 궁전의 모든 시계 9시 5분에 멈춰

*
*
*

아침 일찍 한순 씨 지인이 공항까지 데려다주어 비행기를 잘 타고 이스탄불 공항에 도착해 시내로 들어가 유명한 '탁심' 광장을 돌아본다. '분배' 라는 의미의 '탁심' 광장은 이스탄불 시내 교통과 관광 중심지다. 우리 시청 앞이나 광화문 광장 같은 곳으로 각종 시위나 데모 때 뉴스에 자주 언급되는 곳이다.

이 광장에서 가장 중요한 기념물은 공화국 기념비다. 1928년 터키공화국 건국 5주년을 기념해 건립된 기념비는 터키 사람들에게 가장 자랑스러운 기념물로 이 비를 통해 터키의 후손은 물론 터키를 찾는 외국 관광객들에게도 공화국 건국에 얽힌 자랑스러운 역사를 일깨워준다.

1918년 독일과 오스트리아, 헝가리, 오스만제국으로 이루어진 동맹국이 1차 세계대전에서 연합국에 패배한다. 영국과 프랑스, 그리스, 이탈리아 등 연합국은 오스만제국을 해체하기 위해 터키 영토를 나누어 차지하려는 협상을 벌인다. 이 협상을 저지하고 터키 영토를 지키려는 청년 장교들의 지도자 무스타파 케말 장군은 터키 민족주의자들과 함께 독립전쟁을 벌여 최종적으로 승리하고, 그리스까지 완전히 물리친다. 그리고 1923년 7월, 연합국과 로잔조약을 맺어 오스만제국의 후계국가로서 주권을 인정받는다. 뒤이어 623년간 끌어온 전제 왕정 지배를 무너뜨리고 터키공화국을 선포하며 초대 대통령으로 취임해, 신생 공화국의 근대화와 민주화를 성공적으로 이룩해낸다.

그 공로로 무스타파 케말은 10년 뒤 터키 국회로부터 '나라의 아버지[國父국부]'라는 뜻인 '아타튀르크'라는 경칭을 헌정 받아 자신의 성으로 사용한다. 그 후 모든 터키 국민의 존경을 받는 '아타튀르크 무스타파 케말'이 되며 나라 안 어디에서든 그를 기념하는 초상화와 동상, 기념물을 접하게 된다. 터키의 모든 지폐에도 그의 초상화만 올라있다.

얼마 전 이곳에서 있었다는 반정부 시위 때문에 경찰인지 군인

터키공화국 국부 '아타튀르크 무스타파 케말' 기념비 앞에서

인지 몇 명씩 그룹을 지어 순찰을 돌며 감시를 하고 있어, 광장을 떠나 전철을 타고 갑자 씨 집으로 간다.

집에서 짐을 풀고 점심을 먹은 후 전철을 타고 다시 시내로 나와 갈라타 타워에 도착한다. 보스포루스 해협과 골든 혼이 만나는 갈라타 지역에 있는 커다란 원기둥 모양의 타워는 제노바 사람들이 비잔틴 제국을 방어하기 위해 1300년 중반에 만들었다고 하는데, 1인당 25리라(7500원)를 내고 들어가 타워 위로 올라가면 이스탄불 시내와 보스포루스 해협을 한눈에 볼 수 있는 전망대가 있다. 우리 부부도 올라가 이스탄불 전경을 보고 내려온다.

전철을 타고 '파노라마 1453'이라는 터키 역사박물관으로 간다. 1453년 5월 29일은 오스만제국 제7대 술탄 메흐메트 2세가 지금의 이스탄불인 콘스탄티노플을 함락시킴으로써 비잔틴 제국을 역사에서 사라지게 만든 날로, 1453은 터키로서는 매우 자랑스러운 숫자다.

박물관이 자리한 곳은 당시 공성전을 벌이던 테오도시우스 성벽 주변이다. 박물관 안 중앙전시관에는 그날 콘스탄티노플 성을 정복하기 위해 총공격을 가하는 21세의 메흐메트 2세와 그의 엄청난 군대에 맞서 성을 지키려는 비잔틴 군대의 치열한 싸움을 재현한 360도 파노라마 입체 모델이 실제 모습 그대로 재현되어 현장의 소리로 박물관 전체를 쩌렁쩌렁 울려댄다. 양쪽 군대의 대포 소리와 군인들의 함성 속에 관람객은 전쟁터 한가운데 있는 것 같은 느낌을 받는다.

다른 전시관에는 메흐메트 2세의 초상화들과 당시의 치열한 전

터키 역사박물관 '파노라마 1453'의 전투 그림

투를 묘사한 대형 그림이 벽면 가득 전시되어 있어, 이런 처절한 전투를 통해 터키가 차지한 1453년의 영광을 재현하고 있다.

박물관 밖으로 나와 무너진 성벽 흔적이 그대로 남아있는 테오도시우스 성터를 걷는다. 이 성은 테오도시우스 2세 황제 시절 건조된 3중의 난공불락으로 이스탄불 서쪽 골든 혼과 마르마라 바다 사이의 육지를 완전히 가로막아 외적의 침입이 불가능하게 했다. 실제로 이 3중 성벽 축조 이후에는 이 성을 정면으로 공격해 성공한 외적의 침입은 없었다고 한다. 1453년 메흐메트 2세가 이 3중 성벽을 공격할 때도 10만이 넘는 대군으로 1만 명도 채 안 되는 비잔틴 군대의 저항을 뚫고 성을 함락시키는 데에 2개월 가까이 걸렸다고 한다.

이 성터는 내 생각에는 국보급 문화재로 보존되어야 할 것 같은데 무너져 폐허가 된 채 방치되어 있다. 사람들이 성벽에서 무너져내린 돌 위에 앉아 쉬는가 하면 그 뒤쪽은 아예 쓰레기장으로 변해 온갖 생활 쓰레기가 가득하다. 한쪽에는 노숙자가 사용하는 박스 집이 세워져 있어 여기저기 흔하게 차고 넘치는 터키의 문화재가 부러운 한편 너무 안쓰럽다.

다시 시내 쪽으로 나와 모자이크 타일 벽화가 아름답기로 이름난 카예리 성당을 들렀다 집으로 돌아온다. 내일 밤에는 터키를 떠나 불가리아로 간다. 짐을 대충 정리하고 한순 씨 퇴근을 기다린다.

오로지 한식만을 좋아하는 내 식성을 생각해 오늘 저녁은 '친절한 갑자 씨'가 참치 덮밥을 준비한다. 퇴근하고 집으로 돌아온 한순 씨와 마주 앉아 식사하며 또 소주를 나눈다.

터키의 마지막 날, '친절한 갑자 씨'를 따라 10시에 돌마바체 궁전에 도착한다. 탁심 광장 동쪽 보스포루스 해변에 있으며 바다 건너로는 위스퀴다르 지역이다. 19세기에 지어진 이 궁전은 오스만제국의 행정 센터로 사용되었다고 한다. 압둘 메시드 1세가 사저로 쓰기 시작해 여섯 명의 술탄이 이곳에 살았으며, 공화국 선포 다음 해인 1924년 아타튀르크 대통령이 이 궁전의 작은 방을 사무실로 사용하며 외국 손님을 만나고 국제회의를 주재하기도 했다고 한다. 그는 1938년 11월 10일, 이 궁전 중 가장 소박한 그의 침실에서 죽음을 맞았고, 그의 죽음을 기리는 뜻으로 이 궁전에

돌마바체 궁전. 세계에서 제일 큰 샹들리에가 있다고 한다.

있는 모든 시계는 그가 운명한 09시 05분에 멈춰있다고 한다.

　궁전 안으로 들어갈 때는 열 명 정도의 한 조가 만들어지기를 기다려 가이드를 따라 들어가, 가이드가 안내하는 코스만 따라다니며 보고 나와야 한다. 궁전 안은 유럽의 다른 궁전에서 보던 화려한 장식들이 가득하다. 메인 홀의 크리스털 샹들리에는 영국의 빅토리아 여왕이 선물한 것으로 750개의 크리스털 전구로 만든, 세계에서 제일 큰 샹들리에라고 자랑한다.

　2시가 넘어 케밥으로 점심을 먹고 터키 역사 공부를 총정리하기 위해 이스탄불 박물관에 들어가 둘러보고, 집으로 돌아오니 5시 반, 육개장으로 저녁 식사를 하고 가방을 꾸린다. 이제부터는 부부 두 사람만 손꼭 잡고 다니는 여행이라고 '친절한 갑자 씨'가 이것저것 잔뜩 챙겨준다. 소주도 큰 걸로 한 병 넣어주니 집에 갈 때까지 아껴 마셔야 한다.

　한순 씨가 퇴근해 돌아와 다 함께 시르케지 역으로 간다. 터키에 도착한 첫날 들렀던 기차역으로, 불가리아행 기차가 출발하는 북쪽 할칼르 역까지 가는 셔틀버스가 이 역에서 있다.

　시르케지 역에서 헤어지는데 이한순 씨 부부에게 적절한 감사의 말이 떠오르지 않는다. 요즘 세상에 이런 신세를 졌으니 갚아야 할 빚이 너무 많다. 몇 년을 두고두고 갚아도 못 갚을 것 같다.

　밤 10시 10분, 할칼르 역에 도착한다. 어두워 잘 보이지는 않아도 철도가 많고 기차도 많은 것 같다. 공사 중인지 칸막이가 여기저기 보인다. 10시 40분 발 불가리아행 열차에 올라 지정 침대칸에 자리를 잡는다. 우리 둘만의 전용 공간이라 다른 승객 눈치를 살필 필요가 없어 너무 편하다.

출발을 기다리는 사이 다른 방들을 돌아보니 빈방도 있고 4명이 꽉 찬 방도 있다. 모두 젊은이들이다. 큰 배낭을 짊어지거나 캐리어를 끄는 남녀 여행객들이 자기 방을 찾느라 부산하다.

드디어 기차가 움직이기 시작한다. 서유럽 기차는 수도 없이 많이 타봤으나 동유럽 기차여행은 처음이라 출발과 도착이 시간표대로 되는지 걱정했는데 완전 기우다.

이제부터 우리 둘만의 여행이다. 마나님 두 손을 꼭 잡는다, 둘이 아프지 말고 꼭 붙어 다니자고 두 손 꼭 잡는다.

# 제 4 장

# 발칸 기차 침대칸은
# 밤이 행복해

쌀을 씻어 밥을 짓고 된장찌개를 끓인다.

동유럽 불가리아 소피아,

강한 빗줄기가 굵직한 방범 창살을 덧댄 큰 유리창을

쉴 새 없이 두들기고 시커먼 하늘에서는

번개가 번쩍이며 천둥이 창문을 흔들어댄다.

온기 가득한 방 한쪽 밥솥에서 모락모락 마지막 김이 오른다.

식탁 위에는 방금 끓여낸 된장찌개와 소주가 있다.

마나님과 함께 사랑 넘치는 저녁,

이 사랑을 더 가득 채우기 위해 다른 또 무엇이 필요한가?

창밖 빗소리를 들으며 마나님과 마주 앉아서 '위하여!'

## '크로스', 단어 하나가 여행 좌우해

*
*
*
*

내일 아침 11시 30분에 불가리아 소피아 역 도착이니 꼬박 12시간을 가야 한다.

차장이 들어와 검표만 하고 여권은 달라지 않기에 물어보니 가지고 있다가 나중에 직접 출국심사를 받으라고 한다. 서유럽에서는 야간열차가 대부분 출발 때 검표와 동시에 차장이 여권을 걷어가 승객이 잠들었을 때 일괄적으로 출입국심사를 마치고, 내릴 때쯤 잠을 깨우며 돌려주는 게 관례인데 여기서는 그렇지 않은 것 같다.

차장이 나가자 바로 안에서 방문을 단단히 잠근다. 오래전 이탈리아에서 야간열차로 여행할 때 4인용 방에서 다른 승객이 함께 있어 미처 문을 잠그지 않고 잠이 들었는데 밤손님이 들었다. 옷걸이에 걸어둔 카메라를 슬쩍하려고, 누운 우리 마나님 얼굴 위로 손을 뻗치다가 예민한 촉감에 눈을 뜬 마나님에게 걸렸으나 전혀 아무 일도 없었다는 듯 시치미 뚝 떼고 '아, 미안' 하고 유유히 나가는 것이었다. 그 후로는 야간열차 여행 때는 방문을 철저히 잠그고 잔다.

차장이 문을 두드려 깨운다. 새벽 2시 50분, 역 구내를 밝히는 불빛에 창밖이 훤하다. 문을 열고 복도로 나가니 큰 역인 듯한데 차장이 방문마다 두드리며 승객들을 모두 깨운다. 역 안내판은

'카프쿨레' 로 되어있다.

할칼르 역을 출발해 4시간쯤 지났는데 터키와 불가리아 국경지역에 도착한 듯 출국심사 준비를 하라고 한다. 여권을 들고 기차에서 내려 역 안 사무실로 들어가 출국심사를 받는다. 한참 곤하게 자다 나온 젊은 친구들이 하품을 크게 하며 서늘한 밤공기에 몸을 잔뜩 웅크리고 놀란 표정으로 좌우를 살핀다. 모두 우리와 같은 의문을 갖는 것 같다.

'무슨 출국심사가 이렇게 까다로워? 서유럽 기차처럼 차장이 대신도장 받으면 되는 거 아냐? 특별한 질문이나 확인하는 것도 없는데, 왜 자는 사람을 깨워 차에서 내려 사무실까지 오라는 거야?

모두 돌아와 자리를 잡았는데도 기차는 출발하지 않는다. 나라가 바뀌면 객차를 끌고 온 기관차와 승무원이 교체되는 경우를 더러 보았는데 여기서도 그 작업 중인가? 1시간 반쯤 지나서야 기차가 움직이기 시작한다. 밖은 아직도 캄캄해 다시 잠에 빠져든다.

또 차장이 문을 두드린다. 기차가 출발하고 1시간 남짓인데 또 깨운다. 이번에는 여권을 달라고 한다, 불가리아 입국심사인 것 같다. 창밖을 내다보니 역 이름이

터키 출발, 불가리아 수도 소피아로 가는 야간열차 내부

스빌렌그라드, 이름으로 보아 불가리아가 확실하다. 창밖은 어둠이 많이 걷히고 회색빛 우중충한 2층 역사와 그 앞으로 사무실인 듯, 칠이 벗겨져 흉물스러운 컨테이너가 2개 보인다. 터키와 불가리아의 소득 수준 차이가 확연히 드러나는 것 같다.

여기서도 기차는 출발을 잊은 듯이 마냥 대기하다 1시간 반이 지나서야 출발한다. 준비해 온 빵과 삶은 달걀로 아침 식사를 한다. 밖은 이제 훤하다. 불가리아 농촌 풍경이 창밖으로 지나간다. 건물들은 대부분 시멘트로만 마감한 우중충한 회색빛으로 우리 70년대 건물과 비슷하고, 그렇게 보아서 그런지 주민들도 활기가 없는 것 같다.

아이를 자전거 뒤에 태우고 가는 사람들이 보인다. 학교에 데려다주는 것 같다. 우리도 요즘은 아이들 등하교 시간이면 학교 부근이 자동차로 붐비지만 그리 오래도 아닌 옛날에는 이렇게 자전거로 데리고 다녔다.

11시 반, 불가리아 수도 소피아 중앙역에 도착한다. 에어비앤비 숙소를 찾아가야 하는데 와이파이 단말기를 빌려오지 않아 여기서는 이동 중에 구글이나 인터넷을 사용할 수 없다. 복사해온 구글 약도를 보고 숙소를 찾아 나선다. 안내에 의하면 역에서 걸어 10분 정도라 했으니 멀지는 않은데, 방향이 틀리면 1분 거리도 찾을 수 없는 건 마찬가지다.

무거운 짐 가방을 끌고 마나님까지 헤매게 하기보다는 역사에서 짐을 보고 기다리면 나 혼자 숙소를 찾고 나서 다시 데리러 오는 게 좋지 않겠느냐고 했더니 혼자 있기 싫다며 힘들더라도 같이 찾아보잔다. 우리는 참으로 잠시도 떨어질 수 없는 찰떡 부부다.

역사 밖으로 나온다. 중앙역이라면 대개 시내 한복판에 있어 역사 주변이 가장 번화할 것으로 상상했던 우리는 많이 놀란다. 정면으로 큰 길이 뻗어있는데 건물들은 3~4층 정도로 낮고 회색 일변도로 음산하기 짝이 없다. 잔뜩 낡고 칠은 벗겨져 우중충한데 유리창마저 깨지거나 아예 사라져 텅 빈 창들이 군데군데 보인다. 유리창이 훼손된 곳은 안쪽도 어두워 사람이 없는 것 같다.

소피아라는 이름만 보면 배우 소피아 로렌의 아름다운 이미지가 떠올라 예쁜 도시일 것만 같았다. '소피아'가 또한 지혜를 뜻하니 아름답고 지혜로운 도시를 수도로 둔 불가리아는 그 이름에 걸맞게 아름다운 나라일 것으로 생각했는데 실제로 와보니 그렇지 않다. 지금

불가리아 자랑거리 소피아 성당은 이렇게 아름다운데 중앙역 근처는 너무나 허름해

우리가 세계적으로 얼마나 잘살고 있는지 다시 깨닫게 된다.

오래전 인도를 여행할 때 그들의 생활 수준을 보면서 상대적으로 우리가 얼마나 잘사는지 실감하며 불평불만을 가져서는 안 된다고 생각했는데, 오랜 세월이 지난 지금도 이렇게 사는 사람들이 있는 걸 보며 공연히 미안한 마음이 든다. 물론 겉으로 보이는 물질적 차이로 인간의 행복을 비교할 수는 없지만, 그래도 의식주 생활이 행복의 큰 요소인 것은 부정할 수 없지 않은가?

캐리어를 끌고 역사 앞 지하도로 내려가 큰길을 건너 보도로 올라간다. 인도의 보도블록들이 여기저기 깨진 채 울퉁불퉁 튀어 올라 걷기도 힘든데 캐리어 바퀴가 제대로 구를 수 있겠나. 약도로는 앞으로 계속 가다 골목에서 들어가야 하는데 아무리 가도 우리가 찾는 골목이 나오지 않는다. 그동안 편하게 사용하던 구글 지도 생각이 간절하다.

캐리어가 제대로 구르지 못하니 마나님은 한 곳에 서서 기다리라 하고 나 혼자 가던 길을 되짚어 역사 쪽으로 돌아와 큰길가에 있는 '소피아 플라자'라는 조그만 호텔 로비로 들어선다. 어둠침침한 조명에 소파가 몇 개 놓여 있어 옛 시골 다방 같은 분위기다. 프런트 아가씨에게 약도를 보여주니 이 근처인 것은 맞는데 자기도 잘 모르겠다고 한다. 전화번호를 주며 전화를 걸어 확인 좀 해줄 수 없느냐고 했더니 전화를 사용할 수 없다고 한다. 그럴 줄 알았지만 야속하다. 야속해도 이해는 한다. 우리도 살기가 어렵던 시절에는 전화 요금도 상당한 부담이지 않았는가?

거래를 청한다. 칵테일 바에 있는 주스를 가리키며 두 잔을 주문하고 내가 숙소를 찾는 동안 우리 마나님이 여기 소파에 앉아 쉬어도 되겠느냐고 묻는다. 주스 두 잔이 대단한 약효를 발휘한다. 그러라고 하면서 자기도 미안했던지 전화를 걸어 바꿔준다.

호텔 소피아 플라자에 있다고 하면 그쪽에서 오겠다고 할 줄 알았는데 '플라자 앞에 있는(in front of the Plaza)' 길을 따라오라고 한다. 이미 한참을 갔다 왔는데 공원밖에 없더라고 하니 공원이 아니고 '호텔 앞'이라는 말만 줄기차게 해댄다. 나는 그 앞길은 이미 '갔다 왔다'고 대답하며 답답해하다 순간, 호텔 앞 큰길을 건너라는 말인가 싶어 '건너(cross)'라는 말이냐고 했더니 그제야 '맞아요, 맞아! 건너요, 건너!'를 외친다. '크로스'라는 단어 하나 사용이 이렇게 중요하다.

마나님은 주스 마시며 기다리라 하고 호텔 앞 차도를 횡단보도 무시하고 과감히 '크로스'한다. 차도를 건너니 바로 좁다란 골목이 보이고 조금 들어가자 우리 숙소가 나타난다. 문을 열고 들어가니 아가씨 두 명이 방금 전화한 사람이냐며 방을 안내한다. 2박에 7만 5000원으로 주방과 화장실이 복도에 따로 있어 불편하지만 다른 손님이 없는 것 같아 다행이다.

호텔로 가서 마나님을 모시고 돌아오니 5분도 채 안 되는 거리다. 역에서 10분이면 족한 거리로, 차도를 '건너기만' 하면 금방인 것을 1시간 반이나 차도를 '따라 걸으며' 헤매고 다녔다.

이것이 바로 여행이다! 오래 살아온 동네에서도 새로 개업한 음식점 찾느라 헤매는데, 난생처음 와본 나라 조그만 동네 골목 속에 숨은 집을 찾는 게 쉬울 수는 없지 않은가?

다운타운 가는 길을 물으니 매니저 아가씨가 영어로 더듬더듬 설명한다.

"이곳은 다운타운에서 약간 떨어져 있어서 걸어서 30분 정도 걸리는데, 역 앞에서 버스를 타고 가면 되어요."

여기서는 2박이니 좀 여유 있게 움직이기로 하고 점심부터 해결한다. 아침 식사도 기차 안에서 빵으로 간단히 해결했으니 칼칼한 국물이 당긴다. 오후 3시 30분, 칼칼한 라면과 김치로 기운을 차리고 마나님 컨디션을 확인하니 좋단다. 집 찾느라 고생시켜 보디가드로서 죄송한 마음에 주변 약도와 다운타운 브리핑을 자세히 하고 손 꼭 잡고 집을 나선다.

중심가 쪽으로 걸어가 보니 길은 역 앞보다는 다소 나아 보이고 길가 상점들도 다양하게 이어져 있다. 사람들 옷차림은 어두운 단색 계통으로 컬러풀한 우리 부부 옷차림이 미안하게 느껴질 정도다. 오고 가는 자동차도 꽤 많은데 낡은 차들이 대부분이다.

하늘이 어두워지며 갑자기 빗방울이 떨어지기 시작한다. 배낭에 항상 판초 우의를 넣어 다녀 문제는 없으나 빗방울 굵기가 심상치 않다. 그러나 오늘과 내일 이틀밖에 소피아를 볼 시간이 없어 판초를 꺼내 입고 중심가 쪽으로 걸음을 빨리한다. 그러나 거리 풍경은 변화가 없고 번화가 빌딩이나 상점가는 나타나지 않는다.

빗방울이 굵어진다. 번개가 번쩍이고 천둥이 치며 장대비가 쏟아진다. 하늘은 잔뜩 어두워지는데 이대로 계속 비를 맞을 수 없어 일단 철수하기로 한다. 숙소로 돌아와도 창문으로 빗줄기가 강하게 부딪치며 천둥 번개가 계속된다. 빗줄기가 이렇게 창문을 때릴 때는 당연히 생각나는 게 있다. 빈대떡과 막걸리! 집에서 우리가 직접 담가 가끔 마시는 막걸리가 한없이 그립다.

내가 술을 워낙 좋아해 마나님이 오래전 한국의 전통술 제조로 유명한 '배상면주가'의 연구소에서 전통발효주 담그는 법을 본격적으로 배웠다. 그때 같이 배운, 전국 각지에서 올라온 사람들과 함께 '우리술사랑회'라는 모임을 만들어 각자 빚어온 막걸리 품평회를 하곤 했는데, 나는 마나님 보디가드 자격으로 참가해 막걸리 담그는 법을 익히게 되었다. 전통 누룩과 여러 가지 약초들을 섞어 빚어내니 그 향은 물론 약효까지 가득해 옛사람들이 얘기하는 약주(藥酒), 바로 그대로였다. 그 이후 가끔 집에서 막걸리를 담가 마시며 친구들을 집으로 초대해 맛을 보이기도 했는데, 돌아갈 때 병에 담아 들려주면 술에 잔뜩 취해 인사불성이 되어도 이 술병만은 놓치지 않고 가져가 고맙다고 인사를 잊지 않았다.

소피아의 장대비

집에서 담근 약주가 맛있게 익어간다.

오는 저녁, 갑자기 그 약주가 그리워진다. 이 수십만 리 타국 동유럽에서 막걸리는 구할 수 없겠지만 우리에게는 소주가 있다. 막걸리 대신 소주에 빈대떡은 된장찌개로 대신하기로 한다.

쌀을 씻어 밥을 짓고 된장찌개를 끓인다. 동유럽 불가리아 소피아, 장대비가 창문을 세차게 두들기는 초여름 저녁, 창밖 골목길에는 쏟아지는 비가 튀어 올라 바쁘게 집으로 돌아가는 행인들 바지를 흠뻑 적신다. 굵직한 방범 창살을 덧댄 큰 유리창에 강한 빗줄기가 쉴 새 없이 부딪쳐 흐른다. 시커먼 하늘 저 너머에는 번개가 번쩍이고 천둥이 창문을 흔들어댄다.

온기 가득한 방 한쪽 밥솥에서 모락모락 마지막 김이 올라온다. 식탁 위에는 방금 끓여낸 된장찌개와 소주가 있다.

마나님과 함께 사랑 넘치는 이 저녁, 이 사랑을 더 가득 채우기 위해 다른 또 무엇이 필요한가? 세상에서 가장 비싸다는 샤토 라피트 로췰드 와인과 샤토 브리앙 스테이크? 그것이 과연 세상 제일 사랑하는 마나님과 무릎 맞대고 앉아 창 너머로 쏟아지는 빗소리를 들으며 나누는 이 소주와 된장찌개의 크나큰 행복을 넘어설 수 있을까? 마나님과 소주잔 부딪치는 행복이 오래오래 계속되기만 빌 뿐이다.

소주가 한 병밖에 없어 맥주를 섞어 소주를 아낀다.


불가리아는 1990년까지 소련의 위성국가로 공산주의 체제였다가 자본주의 시장경제로 전환했으나 구체제를 고수하려는 공산주의 보수 세력과 새로운 체제를 받아들이려는 자유민주주의 개혁 세력 간에 대립이 심해 오랫동안 혼란을 거듭하다 동유럽 다른 나라들보다 7~8년 늦은 1998년 하반기에야 비로소 시장경제 체제를 도입했다고 한다. 그리하여 산업과 생활 수준은 아직도 별로 나아진 게 없는 것 같다.

오늘은 비 때문에 허송하고 말았으니 소피아 관광은 내일 하루밖에 없어, 효율적 관광을 위해 인터넷을 뒤져 '무료 도보 관광'을 찾는다. 관광지에서는 가이드 설명과 안내가 주변 소음 때문에 명료하게 들리지 않아 건성으로 따라다니게 되는데, 이번에는 시간도 충분치 않고 소피아 시내는 어디를 가야 하는지도 모르니 가이드를 따라다닐 수밖에 없다.

시내 다운타운에서 출발시각과 집결지를 찾아내고 소피아에서 첫 밤을 보낸다. 소피아 로렌 닮은 우리 마나님도 소피아에서 달콤한 꿈을 꾸기를 바라며 뽀뽀.

## 공산당 당사로 둘러싸 성당 봉쇄

*
*
*
*

아침 식사 전 화장실부터 들러 인사를 드리고 무사 귀환을 기원한다. 유럽에서는 화장실 때문에 당황스럽고 난감한 경우가 많아 초긴장이니 비상사태가 없기를 바랄 뿐이다. 그런데 숙소 화장실에서 먼저 난감한 경우가 발생한다. 화장실 휴지가 우리네 1970년

대처럼 누런 파지인데 너무 얇아서 여러 겹으로 두껍게 접어 사용하는데도 '뻥꾸 뽕'이다. 화장실에서 나와 손가락에 비누칠을 여러 번 해서 박박 문질러 닦고 냄새까지 확인하고서야 밥을 먹는다. 역시 최고 속풀이 누룽지 죽.

부지런히 숙소를 나와 지도 하나 들고 도보 관광 집결지로 향한다. 비는 안 오지만 하늘은 잔뜩 흐려있다. 세계 주요관광지에서는 현지 자원봉사자들이 관광객 10명 정도를 그룹으로 만들어 2시간 정도 관광코스를 걸으며 설명해주는 무료 도보 관광 프로그램이 있다. 지금까지는 일행이 있어 우리끼리 돌아다녔으나 이제부터는 이 프로그램을 따라다니며 효율적인 관광을 하려고 한다.

어제 갔던 큰길을 다시 걷는다. 상점과 길이 벌써 낯이 익다. 어제 돌아간 곳에서 조금 더 가니 건물들이 깨끗하고 상점들도 세련되어 보인다. 보도블록도 단정해 걷기에 불편하지 않다. 다운타운 한복판에 온 것 같다. 중앙역 앞과는 사뭇 다르다. 30분도 채 안 되는 거리인데 이렇게 다를 수가 있나?

비가 부슬부슬 뿌리기 시작해 냉큼 판초 우의를 꺼내 서로 씌워준다. 판초 우의는 혼자 뒤집어쓰기보다 서로 씌워주는 게 훨씬 편하다. 그것이 바로 보디가드가 자나 깨나 24시간 붙어 있어야 하는 이유이며, 보디가드가 튼튼하게 자랄 수 있도록 자나 깨나 24시간 정성을 기울여 주는 마나님이 있어야 하는 이유다.

집결지에는 벌써 많은 관광객이 모여 있다. 투어 시작까지는 아직 시간이 있는데 사람들은 계속 늘어간다. 시간이 되자 안내를 맡은 자원봉사자들이 10여 명씩 그룹을 만들고 간단한 안내를 한 후 관광을 시작한다. 비는 그쳤지만 바람이 불고 기온이 아주 쌀쌀해 우리 부부는 판초 우의를 벗지 못하는데, 우리 팀 가이드는 민소매 원피스 차림이니 용감무쌍한 젊은 미녀다.

제일 먼저 들른 곳은 성 네델리아 성당, 가이드가 제일 먼저 데리고 가는 곳이 성당이니 소피아도 역시 유럽이 맞는 것 같다. 성당의 역사와 구조를 설명하는데 큰 관심 없이 뒷줄에서 건성으로 듣다 한 가지 특이한 게 있어 청각을 집중한다. 공산주의자의 테러로 성당이 폭파되어 100명이 넘는 주요 인물들이 죽었는데, 테러범이 목표한 황제는 참석하지 않아 죽음을 면했다는 것이다. 자료를 확인하니 1925년 사건으로 그 며칠 전 암살된 장군의 장례식

소피아의 랜드마크 네델리아 성당

레닌 동상 자리에 세운 소피아 동상

에 참석할 황제를 암살하기 위해 기획된 테러였다.

성당을 마치고 길 건너 소피아 동상으로 간다. 레닌 동상을 철거하고 그 자리에 이 도시의 수호자인 소피아 동상을 세웠다고 하는데 검은 옷을 걸친 황금 여인, 지혜의 여인이다.

옛날에는 온천이었다는 곳도 지난다. 불가리아에 온천이 많다는 이야기를 듣고 한번 가보고 싶었으나 내일 루마니아로 떠나야 하니 온천에 들어앉아 있을 시간이 없다. 자유여행을 하는 이유가 넉넉하게 여유를 가지고 나 좋은 시간에 보고 싶은 곳 보고, 가고 싶은 곳 가자는 것인데 막상 여유를 갖고자 할 때 여유가 없다니 말이 안 된다. 돈 잔뜩 들여 여기까지 왔으니 많이 보고 가야 본전이 빠진다는 욕심을 버리지 못하기 때문이다. 그놈의 욕심은 왜 이토록 아등바등 쫓아다니는지 모르겠다.

소피아는 지하에 로마 시대와 그 이전의 고대도시 흔적이 많이 남아있어 성당이나 지하철역 또는 건물 지하에 내려가면 그리스와 터키에서 보던 돌덩어리 유적들을 많이 보게 된다. 공산당 체제에서는 이런 문화재 발굴이나 보존에 관심을 보이지 않았는데

성당 4면을 공산당 건물로 둘러싸 출입을 막은 아이디어가 눈부시다.

지금은 그것이 오히려 다행이 아닌가 싶다. 지하 곳곳에 발굴 안 된 유적들이 고스란히 남아있을 테니 말이다.

다시 육중한 건물들 쪽으로 이동한다. 앞뒤로 대통령궁과 쉐라톤 호텔이 있고 다른 건물들이 사방을 빈틈없이 둘러싸고 있다. 건물 사이의 좁은 골목을 통과한 것 같은데 사진으로 확인하니 대통령궁의 보초 두 명이 부동자세로 서 있는, 그 왼쪽 문으로 들어간 것 같다. 시야가 탁 트이며 가운데 넓은 주차공간 한쪽에 나지막한 원통형 붉은 벽돌 건물과 폐허 같은 낮은 돌담 마당이 나타난다. 베트남 사람들이 쓰는 원형 모자 같은 지붕 꼭대기에 작은 십자가가 보여 성당임을 알 수 있는데, 이 성당이 왜 육중한 건물 한가운데에 장난감처럼 서 있는지 궁금하다.

유럽의 성당은 모두 이야깃거리가 있다. 가이드가 성당 역사를 설명할 때는 흘려들었으나 갑자기 흥미로운 이야기에 귀가 쫑긋한다. 성당이 왜 여기 있는지가 아니라 옆 건물들이 왜 성당 주변에 있게 되었는지를 설명한다.

성당은 오래전부터 여기 있어서 주일이면 신자들이 많이 찾는 유서 깊은 명소였는데, 공산당 정부가 들어서면서 이 성당 폐쇄 문제로 고민하다 기발한 아이디어를 냈다는 것이다. 종교를 탄압한다는 말은 듣기 싫고, 마냥 자유롭게 둘 수는 없으니 주위 사방으로 공산당 건물을 높게 지어 사람들이 성당을 찾아 들어오기 어렵게 만들었다는 이야기다.

가이드는 공산당 시절의 재미있는 이야기를 하나 덧붙인다. 그때는 서방 영화를 볼 수 없었고 TV에서도 정부가 내보내는 프로그램밖에 볼 수 없었는데, 크리스마스 때는 서방 영화를 보여주었다는 것이다. 사람들이 성당에 미사 보러 갈까, 집에서 영화를 볼까 고민하게 만들려고 그랬다고 하자 사람들이 크게 웃는다.

이 성당 이름은 성 게오르기다. 4세기에 지어졌으며 돌담 안 폐허는 로마 시대 목욕탕 등이 있던 세르디카 유적지라고 한다. 세르디카는 기원전 7세기 소피아에 정착한 세르디 부족의 고대도시로 동로마 시대에 소피아를 지칭한 옛 이름이다.

거리를 건너 성 소피아 성당으로 간다. 3세기에서 5세기 초에 걸쳐 세르디카 고대도시 공동묘지 가운데에 세워졌으며 오스만 시대에는 이슬람 사원으로 쓰이다 1930년 이후 원래 목적이었던 정교회 성당

체리만 보면 신나는 우리 마나님

으로 쓰이고 있다.

　숙소로 돌아가는 길에 시장을 찾는다. 집에서도 시장 볼 때면 꼭 붙어서 갈 만큼 시장 구경을 좋아해, 여행 중 어느 도시를 가든 반드시 전통시장을 찾는다. 마침 체리가 제철인지 손수레 위에 산더미처럼 쌓아놓고 판다. 체리는 망고와 함께 우리 마나님이 제일 좋아하는 과일이라 1kg을 1.8레바(1100원)에 산다. 집에서는 이 가격에 어림도 없다며 마나님은 공짜로 얻은 듯 신이 난다. 바나나와 반찬용 고추까지 사서 숙소로 돌아오니 매니저 아가씨가 내일 체크아웃 때 아침에는 자기가 없으니 열쇠는 문밖 우편함에 넣고 가라고 한다.

## 차창 밖에는 우리 30년 전 풍경이

*
*
*

기차가 아침 9시 출발이라 일찍 서두른다. 역이 바로 코앞이니 걱정할 건 없지만 여유 있게 도착하려면 8시에는 출발해야 한다.

우편함에 열쇠를 넣는 내 손을 증명사진으로 잘 찍고 집을 나선다. 도로포장에는 문제가 있지만 아주 가까운 거리다. 남은 불가리아 동전을 모아 역사 안 가게에서 빵과 음료수를 사서 열차에 오른다. 좌석 예약이 안 된 경우는 선착순이니 1등으로 올라 객차 중간쯤에 테이블 있는 좌석을 차지한다.

기차는 여기서도 출발시각이 정확하다. 분침이 9시 정각을 가리키는 찰나 소리도 없이 미끄러진다. 북동쪽 1시 방향으로 올라가 저녁 7시 도착 예정이다. 하루 대낮을 온전히 이동에 소비하니 너무 아깝지만 이렇게 이동하는 것이 바로 여행이 아닌가. 욕심을 버리고 느긋하게 창밖 경치를 즐긴다.

불가리아 농촌 풍경이 들어온다. 철로 바로 옆 푸른 나무숲을 지나 멀리 퇴색한 빨간 지붕의 한가한 시골집들이 보인다. 한적하고 예쁜 풍경이다. 한쪽으로는 채소를 심고 지지대를 만들어 세운 아담한 밭이 보인다. 마나님은 또 분당 옆 판교에 있는 우리 밭을 생각한다.

기차가 지나갈 때마다 역사에서 나와 경례를 하며 신호를 보내

선착순으로 기차에 뛰어올라 테이블 있는 좌석 차지

는 역무원 복장이 우리 눈에는 거슬리는데 그들은 느끼지 못하는 것 같다. 모자는 쓴 게 아니라 잠깐 머리 위에 얹은 것 같고, 제복은 상의 단추를 채우지 않아 불량학생이 싸움이라도 하려고 웃통을 열어젖힌 것처럼 보인다. 나올 때 잠깐 걸쳤다가 기차가 지나가면 다시 벗는 게 아닐까? 그들의 허술한 근무 태도와 사회상이 느껴진다.

회색 구름이 낮게 드리워 곧 비가 올 것 같다. 차창 너머 지평선 끝까지 초록으로 뒤덮인 밭이 나타난다. 유채밭인 듯 끝도 없이 펼쳐진다. 자그마한 역에 기차가 멈추자 검은 투피스를 입은 아줌마 둘이 역사 안으로 들어가고, 뒤에는 추리닝 바지 입은 키 큰 남자가, 또 뒤에는 검은 잠바 차림 할아버지가 걸어 들어간다. 모두 쇼핑백이 하나씩 손에 들려 있다. 30여 년 전 우리 시골 역 풍경이다.

12시 지나 준비해 온 점심을 꺼낸다. 마나님이 정성 들여 만든 '사랑손밥'과 소피아 역에서 산 빵, 초콜릿 등을 테이블에 벌려놓으니 푸짐하다, 이걸 어떻게 다 먹나? 화장실을 달고 다니는 기차이니 걱정할 게 없다. '사랑손밥'부터 시작해 천천히 한 개씩 먹으며 차창 밖 구경을 놓치지 않는다.

넓은 숲을 지나고 마을을 건너 찻길과 철로가 교차하는 곳에 차단기가 나타난다. 차단기 저쪽에는 기차가 지나가기를 기다리는 차량 행렬이 보인다. 승용차와 화물차가 섞여 있다.

찻길 옆에는 잔뜩 빛이 바랜 빨간 지붕 단독주택 한 채가 나타나고 대문 앞에는 앞뒤가 직각으로 반듯반듯하게 잘린 모양의 동유럽 구식 자동차가 서 있다. 그 옆으로는 파라솔 몇 개가 있는 카페인 듯한 건물이 보이고 그 건너에는 하얀 단층의 네모난 상점이 보인다. 간판은 없고 포스터 같은 게 창문에 붙어 있을 뿐 사람들은 보이지 않는다.

잔뜩 기회만 엿보던 빗줄기가 드디어 창문을 두드리기 시작한다. 오후 2시 30분, 출발 후 5시간 반이 지났다. 밖이 어두워지며 빗줄기가 굵어진다. 또 1시간이 지나 기차는 꽤 큰 역으로 들어선다. 불가리아 국경도시 루세다. 안내방송도 없이 꼼짝 않고 서 있다가 한참 후 차장이 좌석을 돌며 여권을 걷어간다. 출국심사를 대신 해주는 것 같다. 창밖에서는 기관차를 교체하는 것 같고.

1시간쯤 지나 다시 출발, 강을 건넌다. 강폭은 상당히 넓고 양쪽 강변에는 공장인 듯 건물들이 보인다. 불가리아와 루마니아 국경에 다뉴브(도나우)강이 흐른다는데, 이 강이 그 강인 것 같다. 물은 맑지 않다.

루세를 출발한 지 40분 후 루마니아 국경도시 지우르지우 북역에 도착한다. 이번에도 차장이 여권을 걷어간다. 입국심사 후 2시간 정도 지나 저녁 9시, 드디어 루마니아 수도 부쿠레슈티 북역에 도착한다.

소피아 출발 전에 부쿠레슈티 에어비앤비 숙소 호스트와 문자를 주고받았다.

'역에서 나와 오른쪽으로 오면 아파트 건물이 보이고, 그 안으로 들어와 골목을 걸어오면 캐나다 국기가 걸린 집이 보일 거예요. 역에서 10분 정도예요.'

가방을 끌고 역사를 나서며 호스트가 일러준 대로 오른쪽으로 들어선다. 한참을 가도 아파트는 안 보이고 멀리 둘러보아도 그런 건물은 없다. 이렇게까지 멀리 올 게 아닌데, 무언가 잘못된 것 같다. 마나님이 다시 확인하고 움직이자고 한다. 지나가는 젊은 친구를 붙잡고 숙소 주소를 주니 대뜸 핸드폰을 꺼내 구글 지도를 살펴본다. 동구권 국가에도 구글 맵이 생활화된 것을 보고 새삼 세상 변화를 실감한다.

소피아에 이어 여기서도 숙소 찾기에 문제를 겪는다. 예전에 출장 다닐 때처럼 시내 중심가 큰 호텔에서 자는 것도 아니고, 역에서 택시 타는 게 불안해 걸어서 골목골목 찾아 들어가는데, 난생

처음 가는 나라 처음 가는 도시에서 약도 한 장 달랑 들고 집을 찾겠다고 나선 자체가 세상을 너무 쉽게 생각한 게 아닐까 뉘우치게 된다. 이동 중 사용할 수 있는 와이파이 수신기가 있어야 했다.

젊은 친구가 메모지에 있는 번호로 전화를 걸어 바꿔준다. 전화로 들으니 우리는 숙소로부터 점점 멀어지고 있다. 젊은 친구가 전화를 끊고 숙소 위치를 일러준다.

"오던 길로 돌아가 역 정문에 이르면 오른쪽으로 길을 건너가세요."

온 길을 돌아가 보니 우리가 나온 문은 역의 정문이 아니고 오른쪽 작은 샛문이다. 여기서 문제가 생긴 것이다. 호스트는 역 정문을 생각하고 오른쪽으로 오라고 했는데, 우리는 정문 오른쪽에 있는 샛문에서 오른쪽으로 갔으니 각도가 90도 달라진 것이다. 소피아에서는 '크로스'가 문제였는데 여기서는 '90도'가 문제다.

어렵게 아파트 건물을 찾아 골목으로 들어가니 2층에서 캐나다 국기가 손짓하듯 펄럭인다. 안으로 들어가니 오래된 집인데 낡았다기보다는 고풍스럽게 느껴진다. 2층으로 올라가자 젊은 부부가 반갑게 맞이하는데 영어가 미국식 악센트다. 인사를 하고 웬 캐나다 국기냐고 물으니 부부가 캐나다 유학 중에 만나 결혼을 했다고 한다. 우리 말고 투숙객이 몇 팀 더 있는 것 같고, 가족과 함께 와서 장기 투숙하는 사람도 있는 듯하다.

아침은 컨티넨탈(간단한 조식)이 무료로 제공된다고 한다. 2박에 겨우 4만 원인데, 아무리 간단하다지만 아침 식사까지 준다니 황송하다. 내일부터 이틀 시간이 있고 모레 저녁 기차로 헝가리로 떠나는데 어디를 가보아야 하느냐고 추천을 부탁한다.

"부쿠레슈티는 하루면 다 볼 수 있으니 내일은 브라쇼브를 다녀오고, 모레 오전에 시내를 본 후 기차를 타면 되겠네요."

젊은 부인이 영어도 잘하고 친절하다. 브라쇼브는 기차로 3시간 조금 안 걸린다는데, 우리는 유레일패스가 있으니 표를 따로 살 필요도 없다.

아침밥을 준다고 했으니 여기서는 한정식을 잠시 잊기로 하고 이튿날 아침 식당으로 내려간다. 유럽 호텔에서 보는 그런 간단한 뷔페로 생각했는데 식탁에 개인별 식기가 세팅되어 있고, 달걀도 주문을 받아 즉석에서 조리해주고, 커피도 각자 취향에 맞게 바로 끓여서 내준다. 프랑스 아를, 그리스 아테네 숙소에 이어 세 번째 감동이다.

시간이 되자 투숙객들이 모여 인사를 나눈다. 첫인사는 당연히 어디서 왔느냐로 시작되는데 우리가 '코리아'라고 하니 또 빠지지 않고 '남이냐, 북이냐'가 추가된다. 북은 아닐 거로 믿는다는 허한 웃음도 빠지지 않고.

숙소를 나서서 5분도 안 걸려 어제 내린 부쿠레슈티 북역으로 간다. 지척에 있는 숙소를 어제 40분이나 헤맸으니 분하다. 이번에는 방향이 틀렸는데 실은 기준이 문제였다. 가르쳐준 사람은 정문이 기준이었고 우리는 샛문이 기준이었으니, 세상사 모두 먼저 기준이 잡힌 후에야 방향이 의미가 있는 게 아닐까?

북역에서 기차를 기다리며 역 구내를 구경하다 현지 화폐 환전을

부쿠레슈티 북역. 출발 편과 도착 편을 보여주는 열차 시각표가 빨갛게 표시되어 있다.

한다. 1유로에 4.4레이(1레이는 약 300원)로 터키의 리라와 비슷하다.

환전하고 다음 날 저녁 5시 45분에 떠나는 부다페스트행 야간열차 침대칸을 예약한다. 2인실이 없어 4인실로 예약한다. 내일은 행운을 빌어야 한다, 우리 칸에 다른 승객이 끼어들지 않도록 말이다.

출발시각이 가까워 기차에 오른다. 동유럽 미지의 나라 국내 단거리 기차이니 차량이나 실내가 오죽할까 싶었는데 웬걸, 실내가 산뜻하다. 좌석이 한쪽은 2인, 한쪽은 1인 의자로 중간통로도 넓고 좌석 사이 거리도 넉넉하다. 더구나 의자 커버가 짙은 빨강, 내가 좋아하는 색이다. 오늘 여행은 무언가 좋은 일이 있을 것 같다.

기차가 지나는 역마다 나와서 신호를 보내는 역무원 복장도 마음에 든다. 모자도 반듯하게 잘 쓰고 제복 상의 단추들도 단정하게 채워져 있다. 같은 공산권이었어도 자유경제 체제를 받아들인 시간적인 순서대로 잘 살고 못 살고 차이가 명확하게 드러난다.

3시에 브라쇼브에 도착한다. 6시 반 기차로 돌아가야 하니 3시간 반밖에 시간이 없다. 어디로 가야 하지? 역사 건물을 나오니 버스 터미널이다. 버스표 파는 매점에서 '시티 센터' 가는 버스를 물으니 관광객이라면 당연히 가야 할 곳이라는 듯 주저 없이 4번 버스를 타고 올드 시티로 가라고 한다. 유럽에서는 다운타운을 '시티 센터'라고 한다. 버스비는 1인당 2레이, 패키지가 아닌 경우는 이런 대중교통 여행이 재미있다.

씨티 센터에 내리니 서유럽 어느 나라에 온 것 같이 건물들이 친숙하다. 중세기 독일계 색슨족들이 세운 도시라는 말이 그대로 입증된다. 독일에서 많이 본 깨끗하고 아담한 건물들이 많다.

큰길을 따라 걷다 보니 한자로 된 간판이 눈길을 끈다. '공자학원(孔子學院)'. 밑에 영어로 '트란실바니아대학교 공자학원'이라고 적혀있다. 브라쇼브를 포함한 루마니아 중부 지역을 트란실바니아 지역이라 하는데, 이곳 트란실바니아대학교에 공자학과나 연구소가 있는 것 같다. 개인적으로 좋아하는 인물이기는 하지만 우리나라와는 직접 관련이 없는데도 반갑다.

공자 말씀 중에 내가 가장 좋아해서 직접 글씨를 쓰고 서각(書刻)을 해서 거실에 걸어두고 항상 되새기는 구절이 생각난다.

"군자는 식사함에 배부름을 구하지 않고, 거처함에 편안함을 구하지 않으며, 일을 처리함에 민첩하게 하되 말은 삼가서 해야 한다[敏於事而慎於言민어사이신어언]."

또 제자 자공의 군자 됨에 대한 질문에 답한 구절도 생각난다.

"군자는 말에 앞서 행동으로 실천한 후에 말이 뒤를 따르게 해야 한다."

제자 자공이 정치란 무엇인지 묻자 대답한 일도 생각난다.

"식량을 풍족하게 하는 것, 군비를 넉넉히 하는 것, 백성이 믿도록 하는 것이다."

자공이 다시 물었다.

"어쩔 수 없어 한 가지를 버려야 한다면 무엇을 버려야 합니까?'"

"군대를 버린다."

자공이 또 물었다.

"어쩔 수 없어 한 가지를 더 버려야 한다면 무엇을 버려야 합니까?"

"식량을 버린다. 예로부터 모두에게 죽음은 있으나 백성에게 믿음이 없으면 나라는 존립하지 못한다."

관광객이 많이 다니는 길을 따라가니 늘어선 건물 뒤로 낮은 산이 보인다, 지도에는 탐파산으로 되어있다. 이미 6월 중순이 가까워 산은 온통 초록빛으로 나무들이 꽉 들어차 있다. 파란 하늘에 하얀 조각구름이 한가로이 흘러간다. 정상 부근 나무들 사이로 하얀 글씨가 보인다. 영어로 '브라쇼브'라 쓴 간판이 보인다. 미국 LA의 '할리우드' 간판을 따라 만든 건 아니겠지?

교회 건물을 만난다. 안내 지도를 보니 '흑색교회'라는 이름의

산 정상 아래에 보이는 '브라쇼브' 간판(사진 왼쪽)과 '흑색교회'

루터교회다. 오래전 오스트리아와 전쟁을 벌일 때 불이 나 건물 외관이 검게 그을려 흑색교회로 불렀다는데, 지금은 돌의 원래 빛깔을 되찾은 것 같다.

조금 더 걸으니 시야가 탁 트이며 광장을 만난다. 스파툴루이 광장. 브라쇼브 중심 광장으로 사람들이 북적거린다. 주말이라 그런지 여기저기 큰 그늘막을 쳐놓고 상품선전을 하거나 다양한 행사가 진행된다.

펩시콜라에서 사람들을 불러 모은다. 블라인드 테스트로 자사 제품을 맞추면 경품을 준다는 것이다. 두 사람이 참가하면 맛볼 필요도 없이 각기 다른 걸 써내서 하나는 맞출 수 있다. 당연히 우리 부부도 참가해 시원한 콜라도 한 잔씩 마시고 두 사람 경품으로 '펩시' 로고가 인쇄된 커다란 컵 두 개를 받는다. 맞춘 건 한 사람이지만 부부가 왔으니 둘 다 준단다.

부쿠레슈티로 돌아가야 할 시간이 다가와 부지런히 걸어 노천 카페가 늘어선 거리를 지난다. 제법 뜨거운 햇볕 아래 카페 그늘에서 커피를 앞에 놓고 사랑 이야기를 나누던 커플이 우리에게 눈인사를 전한다. 우리도 손을 흔들어 인사에 답한다.

## 부쿠레슈티에는 드라큘라가 산다

＊
＊
＊
＊

오늘도 식당에서 우아한 아침 식사를 하며 어제 인사한 사람들이 브라쇼브 잘 다녀왔느냐고 묻는다. 경품 받은 자랑 좀 하고 어제 확인한 도보 관광 출발지를 물으니 지하철 M7을 타고 유니리 역에서 내리라고 한다.

그러나 유니리 역에서 지상으로 올라와 광장을 아무리 둘러봐도 도보 관광 그룹이 안 보인다. 10시 30분 출발이라고 했으니 시간은 맞는데 사람들이 모인 곳을 찾을 수가 없다. 폭이 대단히 넓은 도록 저쪽 끝에 어디서 많이 본 듯한 엄청 큰 건물이 보여, 무슨 관광 포인트일 것 같아 부지런히 가본다. 관광객이 서너 그룹 있긴 한데 버스로 온 단체관광객들이다. 도보 관광 그룹 찾는 건 포기하고 둘이 손 꼭 붙잡고 느긋하게 구경하기로 한다.

그런데 이 건물이 왜 낯이 익을까, 부쿠레슈티는 처음인데. 여기 오기 전에 검색하면서 본 기억이 어슴푸레 떠오른다. 이게 바로 그 유명하다는 인민궁전인가? 루마니아 독재자 차우셰스쿠가 북한을 방문해 인민궁전을 보고 감명을 받아 지었다는 그것?

독재자끼리는 통하는 게 있었던 것일까? 어떻게 해야 인민에게 '어마무시'한 위엄을 보이고 잘 통제할 수 있을지 서로 느낌을 공유했던 것일까? 사진에서 가끔 본 북한의 인민궁전을 닮아 낯이 익었던 것 같다.

건물은 엄청 큰데 왜 어색해 보일까? 너무 반듯반듯한 콘크리트

북한 인민궁전을 보고 감명을 받아 지었다는 루마니아 인민궁전이 정면에 멀리 보인다.

건물이라 그런가? 자료에 의하면 몇 년 전 발표인지 몰라도 이 건물이 단일 건물로는 세계에서 미국 펜타곤 다음으로 두 번째 큰 건물이라고 하니 놀라울 뿐이다. 구경하는 사람에게 건물이 뭐냐고 물으니 자기도 잘 모르는데 의사당이라고 들은 것 같고, 오늘은 무슨 회의가 있어서 들어갈 수가 없다고 전해준다.

도보 관광 그룹이 혹시 이 근처를 지나지 않을까 유심히 보면서 유니리 역 광장으로 돌아와 앞에 보이는 분수대 쪽으로 걸어간다. 바로 여기서 관광객 한 그룹을 상대로 가이드인 듯한 젊은 여자가 안내 설명을 한다. 한 사람에게 물으니 도보 관광 그룹이 맞다고 한다. 이제부턴 이들만 졸졸 따라다니면 된다.

다행히 인민궁전 쪽으로 안 가고 골목 안 올드시티 쪽으로 들어가 어떤 2층 건물 앞에서 설명한다. 건물 앞 아치형 문 위에 'HANUL MANUC'이라 쓰여있다. 19세기 초 지어진 목조 여관 건물이라는데 보존 상태가 좋아 지금은 호텔과 레스토랑으로 사용되고 있다고 한다. 안마당으로 들어가니 복도를 통해 사방으로 방들이 이어지고 가운데 마당이 꽤 넓다.

여관 건물을 돌아 나와 그 앞 붉은 벽돌의 폐허로 안내한다. 낮은 펜스가 둘러쳐져 있고 안쪽에 왕 같은 인물 흉상이 하나 있다. 드디어 드라큘라 왕을 알현하는 순간이다.

흉상 밑에 '블라드 체페슈 1456-1462'라는 글자가 새겨져 있다. 이 아저씨가 바로 소설 《드라큘라》의 주인공으로 오인되어 누명을 흠뻑 뒤집어쓴 블라드 백작이다. 가이드가 블라드 백작은 적의

드라큘라로 잘 못 알려진 블라드 백작의 흉상이 있는 궁궐터

포로나 범죄자들을 처형할 때 창 같은 날카로운 물건을 항문에 찔러 넣어 죽였다는 설명을 하는데, 내가 잘못 알아들었나 싶다. 어떻게 사람을 그렇게 죽일 수 있단 말이야?

그의 흉상을 다시 보니 얌체 같은 콧수염과 뾰족한 턱 때문인지 자비로워 보이지는 않는다. 자료에는 블라드 백작이 꼬챙이나 창과 같은 뾰족한 무기로 적군 포로를 처형시킨 것을 가리켜 가시라는 의미의 '체페슈' 라 하여 이름 밑에 붙였다고 하는데, 영어권에서는 '임페일러(impaler, 찌르는 사람)' 라는 별명으로 불린다고 한다.

블라드 백작은 왕자 시절 어린 나이에 오스만제국에 인질로 잡혀가 동갑내기 오스만 황태자 메흐메트 2세와 그의 아버지 무라드 2세에게 온갖 희롱을 당하고 오스만 사람들로부터 잔혹한 일들을 많이 당했다고 한다. 그런 아픈 기억 때문에 오스만제국 포로들에게 그토록 잔혹한 분풀이를 했다고 역사학자들은 설명한다. 어린 나이에 아픔이 얼마나 크게 사무쳤으면 그런 행동을 했을까 생각하니 그를 무작정 욕하기도 어렵게 느껴진다.

우리네 세상사가 진실을 제대로 알지도 못하면서 한마디로 무자르듯 단정해 이러쿵저러쿵, 쿵쿵쿵 하는 것이 그래서 참 어려운 일인 것 같다. 세상을 많이 살고 많이 알수록 입이 무거워질 수밖에 없다.

그런데 이 블라드 공과 아일랜드 작가 브램 스토커의 소설《드라큘라》는 전혀 관계가 없다고 한다. 소설 무대가 루마니아였고 블라드가 자기 이름 뒤에 아버지 별명 드라쿨(Dracul, 영어 dragon)을 이어받아 드라쿨의 아들, 즉 드라쿨레아라고 즐겨 썼다고 하는데, 소설에서 이와 비슷한 드라큘라라는 이름을 쓴 까닭에 자손 대대로 오명을 뒤집어쓰고 있다고 하니, 명예훼손으로 고소를 해도 세기의 큰 소송이 되지 않았을까?

여기서 반전이 있다. 루마니아 사람들에게 블라드 백작은 수많은 외적의 침략에서 조국을 지켜낸 영웅으로 존경받는다. 그렇기에 그의 흉상을 그의 옛 궁전터에 자랑스럽게 세워둔 것이다.

성당 건물을 지나 희한하게 생긴 동상을 본다. 발가벗은 남자가 늑대를 안고 있는 모습이라는데 자세히 보면 남자의 손이 비어 있어 늑대가 안겨 있는 것도 아니고 남자의 배에 얹혀 떠 있는 것 같다. 남자의 생식기가 자연스레 드러나 있는데 그 부분을 탐내는 사람들이 많이 쓰다듬었는지 다른 곳보다 반짝반짝 빛난다. 벌건 대낮에 이 물건을 얌전히 쓰다듬고 있을 대담한 사람은 없을 텐데.

역사박물관 앞에 세워져 있는 이 동상은 로마 트라야누스 황제가 루마니아 동물을 상징하는 늑대를 껴안는 것이라고 한다. 과거의 유물이 아니고 현대 조각가가 만든 것이라 하는데, 서기 100년 무렵 고대 루마니아를 침공해 로마 영토로 만든 황제이니 루마니아로

벌거벗은 남자가 늑대를 안고 있다.

서는 기억할 인물은 아닐 텐데 어딘지 어색하다.

나라 이름 '루마니아(Romania)'도 '로마(Roma)'에서 온 것 아닌가 하는 어리석은 생각이 드는데, 2014년 주한 루마니아 대사가 인터뷰에서 밝힌 내용을 보면 나라 이름과 로마제국은 아무 관계가 없으며, 로마가 루마니아 전역이 아니라 중부 트란실바니아 지역 일부만 지배했을 뿐이니 그 영향도 유럽 다른 나라와 비슷할 뿐이라고 한다.

카페에서 잠시 휴식을 취하고 바로 앞, 이슬람 사원 같은 건물로 안내한다. 꽤 유명한 곳인 듯 관광객들이 그룹별로 많이 모여 있어 각자 내부로 들어가 보고 나온 후 가이드가 설명한다.

외부의 이슬람 사원 양식과는 달리 방안에 성화(聖畵)가 가득한 것으로 보아 정교회 성당으로 보인다. 밖으로 나오니 가이드가 수도원이라는 단어를 사용한다. 지진으로 파손되었다가 복원해 1940년 문을 열었는데, 초대 주임신부가 반공산주의 운동으로 감금되어 옥사하고, 공산주의 시절 폐쇄되었다가 자유화 이후 미사 집전이 시작되었다고 한다.

큰 건물 앞 광장에서 도보 관광이 종료되자 우리 부부는 가장 충격이 컸던 블라드 드라큘레아 백작이 외롭게 서 있는 곳으로 다시 간다. 그의 인생이 얼마나 처절했기에 그런 끔찍한 사람이 되

도보 관광 그룹이 가이드 설명을 듣고 있다.

었는지 그에 대해서는 특별히 공부를 다시 해보고 싶다.

밖으로 나오니 까르푸 매장이 보여 오늘 저녁 헝가리행 밤 기차에서 먹을 간식을 몇 가지 준비하고 전철을 타고 숙소로 돌아와 잠시 쉰다. 3시가 넘었는데 아직 점심을 못 먹었으니 식당에 내려가 라면을 끓이고, 마침 아무도 없어 안심하고 김치를 꺼내 모처럼 칼칼한 식사를 하고 나니 그렇게 개운할 수가 없다. 아침 식사가 제공되어 신세를 지기는 했으나 방 안에 주방이 없어 우리 음식을 못 먹어서 어제오늘 무언가 빠진 듯 허전했는데 드디어 제대로 된 식사를 한 것 같아 행복하다.

여행에서는 먹는 것만큼 중요한 게 또 없다. 오랜 여행 경험을 통해 체득한 건, 육체적으로나 심리적으로 스트레스를 많이 받게 되는 여행 중에는 영양가를 따지기에 앞서 먹고 싶은 것을 신나게, 맛있게 먹는 게 소화 작용에는 물론 심리적으로도 가장 중요하다는 것이다.

숙소 옆 부쿠레슈티 북역으로 가서 5시 45분에 떠나는 기차를 기다린다. 맥도날드에 자리 잡고 커피 한잔하면서 루마니아 동전과 남은 지폐를 다 모아 햄버거 세트를 사서 기차에서 저녁 식사를 대신하기로 한다.

기차에 올라 우리 침대칸을 찾으니 4인실 아래 침대 2개다. 네 사람이 다 들어차면 가방 놓기도 그렇고 좁아서 옴짝달싹 못 하겠다. 2층 침대에 사람이 들어오지 않기를 바랄 뿐이다. 15시간을 가야 하니 편하게 가고 싶다. 이 기차에는 왜 2인실이 없는 걸까?

다행히 우리 방을 기웃거리는 승객이 없다. 기차는 안내방송도 없이 정확하게 정시에 미끄러지듯 출발한다. 그때까지 우리 방에 아무도 안 들어온 것이 너무 반갑다. 아, 착한 기차! 중간에서 탑승할 수도 있으니 안심하긴 이르겠지만 출발은 좋다.

밖을 내다보니 어제 브라쇼브 갔던 길을 다시 간다. 7시 반, 출발 전 사둔 치킨과 햄버거로 저녁 식사를 한다. 마나님과 둘만의 공간에서 오붓한 저녁 식사에 맥주 한 잔 짠! 부딪친다. 이런 순간이 여행 중 가장 행복한 순간이다. 이런 행복한 순간의 연속이 바로 여행이다.

밤 10시 50분, 속도를 늦추며 역으로 진입한다. 시기쇼아라 역이라고 쓰여있다. 블라드 체페슈, 드라쿨레아 백작이 어렸을 때 자란 곳이다. 여기서도 우리 방을 기웃거리는 사람은 없다. 이제

4인용 침대칸을 우리 부부가 독차지

더 걱정을 안 해도 될 것 같다. 간단한 작은 짐들을 2층 침대로 올리고 우리 의자에 차장이 준 침대 시트를 깐다. 문을 단단히 잠그고 마나님께 뽀뽀하고 다리 쭉 뻗고 눕는다. 행복하다. 우리가 편히 잠든 사이 착한 기차는 우리를 부다페스트까지 데려다줄 것이다. 세상은 편하다.

차장이 창문을 노크한다. 아침 5시 35분. 창밖 역사 안내판을 보니 쿠르티치라 쓰여있다. 국경도시에 온 것 같다. 차장이 여권을 준비하라고 한다. 사무실로 나갈 필요가 없는 것 같다. 잠시 후 제복을 입은 사람이 와서 여권을 달라고 하여 차장인 줄 알았더니 출국심사 관리란다. 말없이 여권에 도장 팍 찍고 돌려준다.

그리고 30분 후 출발. 터키와 불가리아에서는 이럴 때 보통 2시간을 서 있었는데 여기는 상당히 빠르다. 마음에 든다. 밖은 아직 어두워도 기차는 우리 부부를 위해 열심히 달려간다. 마나님은 오늘도 건강하게 안전한 여행을 계속할 수 있도록 묵주를 돌리며 감사기도를 드린다. 거기에 내 기도도 얹는다.

1시간가량 지나 헝가리 입국심사다. 역시 제복을 입은 사람이 들어와 묻지도 않고 도장 팍팍 찍고 돌려준다. 세계 어느 나라에서나 존경받는 대한민국 여권 소지자에다 칠순 청춘 부부가 방글방글 사랑 여행을 하는 게 확실한데 물을 게 무엇이란 말인가? 헝가리에는 시차가 있으니 시계를 1시간 늦추라고 일러준다. 금세 1시간을 번다. 평생 출장과 여행으로 이렇게 번 시간이 상당할 텐데, 그 시간을 다 어디다 썼을까? 70년 세월에 묻혀 흔적도 없이 사라졌다.

3시간이 지나 드디어 부다페스트 켈레티 역에 내린다. 현지 시각 아침 9시. 이번 숙소는 헤맬 일 없이 단순해 보인다. 역에서 나와 오른쪽 큰길을 따라 걷다 주소만 찾으면 된다. 대문 비밀번호도 받았으니 문제 될 게 없어 보인다. 그대로 따라 하니 정말 금방이다, 역에서 5분? 10분? 대문을 열고 들어서니 4층 연립주택 비슷한 건물이 4면으로 둘러싸 복도를 통해 연결되어 있고, 가운데는 중정으로 하늘이 그대로 보인다.

그러나 이번에도 간단치 않다. 숙소 번호를 찾아야 하는데 집마다 번호 표시가 없다. 예약 때 받은 번호에 2자가 있어 2층을 다 돌아봐도 마중 나오는 사람도 없고, 모두 문을 꼭꼭 닫고 커튼까지 쳐놓아 어느 집인지 막막하다. 마침 한쪽 끝 집에 현관문이 열려 있어 중동계로 보이는 젊은 친구에게 번호를 대니 모른다고 한다. 1층에 있는 집일 것 같다고만 한다.

1층으로 내려가 네 면을 다 돌아도 찾을 길이 없어 다시 2층으로 올라가 그 친구에게 사정한다. 번호를 주며 이 나라 전화기가 없다고 사정을 하니 못마땅하지만 할 수 없다는 표정으로 전화를 걸더니 호스트가 곧 온다면서 마당에서 기다리라고 한다. 건물은 잘 찾고도 그 안에서 집을 못 찾아 헤매니 세상사 참 여러 가지다. 에어비앤비 숙소를 쉽게 찾는 방법을 하루라도 빨리 개발하는 것이 회사도 그렇고 게스트에게도 절대적으로 필요할 것 같다.

10분 정도 기다리자 젊은 아가씨가 들어와 2층으로 올라가자면서 바로 전화하지 그랬느냐며 사과한다. 원래는 이 집도 공식 체크인 시간은 3시인 것을 우리가 아침에 도착하니 일찍 들어가자고 양해를 구한 상황이라 불평을 할 자격도 없다. 오늘과 내일 2박에 8만 5000원.

집 청소를 못 했다면서 몇 시간 시내 구경을 하고 돌아오라고 해서 짐만 내려놓고 다시 켈레티 역으로 나간다. 6월 중순, 날씨가 꽤 덥다. 역 앞 환전소에서 50유로를 현지 화폐 포린트로 환전한다. 1유로에 302포린트. 역에서 오스트리아 잘츠부르크행 기차에 1등석이 있다고 하여 돈을 더 내고 예약한다. 전에는 유레일패스에는 1등석이 배정되었는데 요즘은 2등석으로 바뀌었다. 전철을 타고 부다페스트 시내로 들어간다. 여기도 젊은 사람들은 핸드폰에 열중이지만 아직은 핸드폰 안 보는 사람이 더 많다.

15분 정도 걸려 호스트에게 안내받은 데악 페렌츠 광장에 도착한다. 다뉴브강을 기준으로 동쪽인 페스트와 서쪽인 부다로 나뉘는데, 페스트 쪽 다운타운의 관광 시작점이다.

특정한 목표 없이 주변을 걸으며 두리번거린다. 아침을 안 먹어 12시도 안 되었는데 시장기가 올라와, 우아한 레스토랑을 찾아 헝가리 전통음식을 먹어보기로 한다. 시간이 일러 다른 손님은 없다.

메뉴를 보다 화장실 먼저 다녀오려고 물으니 계산하고 영수증이 있어야 화장실 비밀번호를 알려줄 수 있다고 한다. 주문할 듯 폼만 잡다 화장실만 사용하고 나가는 사람이 있어 그런지 몰라도 너무 과한 것 같다. 이 사람들은 식사 전에 손도 안 씻나? 기가 막힌다는 표정으로 얼굴을 노려보니 번호를 알려주며 2층으로 올라가라고 한다. 화장실 인심은 서쪽이든 동쪽이든 유럽은 다 똑같이 사납기만 하다. 관광객이 너무 많아 그런가? 사나운 화장실 인심 때문에 관광객 끊기면 어떡하려고 이러나?

육개장 같은 굴라시와 잡채 같은 소고기 버미첼리로 배를 채우고 다시 걷는다. 성 이슈트반 성당으로 간다. 헝가리 초대 국왕으로 1000년부터 30여 년 재임하면서 기독교 전파에 온갖 노력을 기울인 공로로 인해 성인으로 시성 받은 이슈트반 1세를 기리는 성당이다. 그런 까닭에 교황청으로부터 의미가 크다고 인증받은 성당에만 표기한다는 '바실리카'로 표기되어 있다. 그의 세례명이 스테판이라 성 스테판 성당이라고도 한다.

이곳에는 이슈트반 성인의 손이 보관되어 있다는데 어떤 사연으로 보관하게 되었을까? 성당 내부는 유럽 성당들을 너무 많이 보아온 탓인지 특별한 줄 모르겠으나 천장 돔의 스테인드글라스와 주변 장식들이 화려하고 깨끗하다는 느낌이다.

성당에서 나와 다뉴브강 쪽으로 조금 걸으니 사자 두 마리가 길 양쪽을 지키는 유명한 세체니 다리가 나온다. 1800년대 헝가리 국민적 영웅으로 이 다리 건설을 후원한 세체니 백작의 이름을 땄다고 한다. 영국 템스강의 런던 브리지를 만든 설계자와 건축가를 초빙해 만들었다는데 모양도 런던 브리지와 유사하다.

강 한가운데에 있는 다리 양쪽의 큰 타워가 멀리서 보면 두 다리의 모양을 비슷하게 만드는데 타워의 윗부분이 런던 브리지는 웨스트민스터 첨탑을 닮은 것 같고, 세체니 다리는 파리 개선문을

부다페스트 일몰. 가운데가 세체니 다리다.

닮아 평평하다는 차이가 내 눈에는 두드러진다. 어떻든 아름답다. 규모는 크지 않으나 다리 전체가 아기자기하고 예쁘다.

부부가 손잡고 걸어서 다리를 건넌다. 다리 오른쪽 한가운데에서 보는 다뉴브강 양안 경치가 아름답다. 유람선 한 척이 빠르게 지나간다.

부다 쪽으로 건너 관광버스와 사람들이 많이 가는 곳으로 따라간다. 언덕길을 올라가니 부다 성채에 이른다. 성채 왼쪽으로는 왕궁이 자리하고 오른쪽으로는 성곽 안 주거지역과 성당이 보인다. 왕궁으로 먼저 간다. 왕궁 성벽에서 내려다보는 다뉴브강과 강변 건물들이 그림 같다. 유럽에서 많이 보이는 4~5층 아담한 옛 건물들이 강변을 따라 늘어서고 강은 왼쪽으로 굽어 돌아 자취를 감추며, 사라진 강을 대신하듯 또 다른 다리가 가냘프게 걸쳐 있다. 그 다리의 페스트 쪽 끝에는 빨간 돔 지붕의 하얀 건물이 파란 하늘을 배경으로 웅장하게 자리 잡고 있다. 강에는 유람선과 모터보트들이 하얀 파도를 일으키며 바쁘게 달려간다.

이쪽 강가에도 빨간 지붕 건물들이 빽빽하다. 하늘은 파랗고 하얀 구름이 작은 원들을 만들며 천천히 흘러간다. 그림에 소질이 있으면 스케치를 하고 싶은데 아쉽다, 사진으로만 남긴다.

부다 왕궁 건물은 화재와 전쟁으로 파괴와 복구를 거듭하다 근세에 들어 대부분이 다시 지어졌다고 한다. 그동안 여러 왕이 이곳 옛 성에서 거처했다고 하니 왕궁의 역사적 의미는 변함이 없을

부다 왕궁

것이다.

왕궁 정원에서 오른쪽으로 걸어가니 경비병 둘이 양쪽에서 보초를 서는 작고 아담한 2층 건물이 보인다. 정면 벽 위쪽으로 MDCCCVI 라는 영문자가 음각되어있다. 대통령궁인데 건물이 완공된 해인 1806년을 뜻하는 로마식 표기법이라 한다. M=1000, D=500, CCC=300, VI=6을 가리킨다고.

빈센트 산도르 백작에 의해 건물이 최초로 지어진 해가 1806년이며 그의 이름을 따 산도르 궁으로 불린다고 한다. 그 후 역대 총리 19명이 거주하며 정부 건물로 쓰이다 2차 대전 때 완전히 파괴되어 방치되었으며 공산당 정권이 무너진 1989년 이후 다시 세워져 현재는 대통령 사무실과 사저로 사용된다고 한다. 이곳 경비병 교대식도 큰 구경거리라는데 보지 못한다.

대통령궁. 영문자는 건물이 완공된 1806을 뜻하는 로마 숫자다.

마차슈 성당 모자이크 지붕은 미술품 같다.

　오른쪽 언덕 밑에는 언덕 위 성채를 오르내리는 푸니쿨라 정거장이 있다. 우리는 다시 오른쪽으로 걸어 왕궁 근무자들이 살았다는 거주 지역으로 간다.

　바로 마차슈 성당이 나타난다. 하얀 뾰족 타워와 색색의 알록달록한 모자이크 지붕이 눈에 쏙 들어온다. 가까이 다가가 보니 지붕 색깔이 정말 예쁘다. 왜 이처럼 지붕을 예쁘게 만들 생각을 했을까? 크로아티아 자그레브의 성 마르코 성당 모자이크 지붕이 이 성당을 벤치마킹해 만든 게 아닐까? 완벽하게 벤치마킹하지는 않았는지 여기가 훨씬 크고 아름답다. 건물 전체의 하얀 색과 어울려 건물이라기보다 조각품 같다.

　성채 안에 있는 성당이라 여기서 왕들의 대관식이 있었고, 작곡가 리스트의 대관식 미사곡이 이곳에서 있었던 대관식을 위해 작곡한 것이라고 한다.

오른쪽 성벽 쪽으로 보이는 원뿔 모양 낮은 타워들이 있는 곳이 어부의 요새다. 현대의 조합 같은 형태로 길드를 이루며 이 근처에 살고 있던 어부들이 왕궁을 지켰다고 해서 어부의 요새로 불린다고 한다. 그 앞으로 말을 탄 헝가리 초대 국왕 이슈트반이 마차슈 성당의 아름다운 모자이크 지붕에 시선을 고정하고 혼을 빼앗긴다.

부다 성채 관광은 여기서 마치고 시내를 구경하며 숙소로 돌아간다. 더위까지 겹쳐 마나님도 지치고 보디가드도 맥이 빠졌으니 버스를 타고 시내로 들어간다. 버스 창밖으로 시내를 구경하다 전철역 근처에서 내려 잠깐 걸으며 약식 관광을 한다.

시원한 곳이 나타난다. 풀장으로서는 깊이가 얕고, 분수대도 아

부다페스트 어부의 요새

니고, 자연 개울도 아닌 널찍하고 얕은 인공저수지 가장자리에 발을 담그고 걸터앉아 더위를 식히는 사람들이 많다. 꽤 시원할 것 같다. 저수지 주변을 넓게 해 시민들 여름 휴식처로 만든 것 같다.

4시, 숙소로 돌아오니 깨끗이 청소해 놓았다. 식료품을 사러 가는데 호스트가 일러준 슈퍼가 가도 가도 안 보인다, 분명히 방향은 맞는데. 행인을 잡고 물으니 조금 더 가라고 한다. 초행길은 언제나 생각보다 한참 멀어 보인다는 걸 알면서도 더 멀게 느껴진다.

이것저것 사 들고 돌아와 밥을 지으려고 가스를 켜자 점화가 안 되더니 겨우 점화가 되어도 불길이 커지지 않는다. 도시가스를 사용한다고 했는데 부다페스트 도시가스 압력이 원래 이런지 몰라도 요리는 불가능하다. 집에서 하던 대로 노즐을 빼 구멍을 확인해도 마찬가지다.

와이파이가 연결되어 호스트에게 메시지를 보내 빨리 손을 봐주어야겠다고 SOS를 보내 회신이 바로 들어온다. 이런 일을 손볼 줄 아는 친구를 데려가야 하는데 시간이 걸릴 것 같다고 한다. 배가 고프다. 이런 불로도 천천히 물은 끓일 수 있으니 간단히 누룽지 죽으로 때우기로 한다.

저녁을 먹고 기다리니 호스트 아가씨가 젊은 남자와 같이 와서 친구라고 소개한다. 이 친구가 노즐부터 시작해 열심히 손은 보는데 해결될 기미는 안 보인다. 이것저것 한참을 만지다 조금은 나아졌으니 그냥 사용하셔야겠다고 양해를 구한다. 우려하던 대로 도시가스 공급에 압력이 충분치 못한 것 같다.

# 의사당이 멋지면 정치도 멋지겠지?

*
*
*
*

이곳에서 하루를 더 머무르니 오늘은 마나님 피곤하지 않도록 느긋하게 페스트 쪽을 구경하기로 한다. 가스레인지 불길이 시원치 않지만 그래도 칼칼한 된장국으로 아침 식사를 한다. 내가 제일 좋아하는 된장국을 먹으니 든든해, 보디가드 역할을 잘해 낼 수 있을 것 같다. 화장실 휴지도 부쿠레슈티보다 좋다. 불가리아에서 루마니아, 헝가리로 오면서 계속 좋아지니 이제 걱정을 안 해도 되겠다.

어제 갔던 데악 역에서 내려 국회의사당 쪽으로 조금 걸으니 오른쪽으로 안드라시 거리를 만난다. 듣던 대로 고급 유명브랜드 상점들이 있고 행인들도 세련되어 보인다. 서유럽에서 보던 세련된 건물들이 길을 따라 늘어서 있다. 조금 더 걸어가니 길 건너에 오페라하우스가 눈에 띈다.

길을 건너 오페라하우스를 둘러보고 처음 오던 곳으로 되돌아간다. 다뉴브강까지 걸어가 둘이 손잡고 강변을 걷는다. 강 건너편 왼쪽 언덕 위에서 어제 우리가 구경한 부다 성이 오늘은 이쪽을 내려다본다.

여행은 이래서 좋다. 동네 주변에서야 마나님 손 시릴까 봐 자주 손잡고 걸었으나 한강에서 언제 이렇게 둘이 손잡고 걸어봤는지 기억이 없다. 하긴 한강 유람선도 타 본 기억이 없다.

국회의사당. 한낮의 파란 하늘 배경도 아름답다.

다시 큰길로 나와 국회의사당 쪽으로 간다. 런던 국회의사당 다음으로 세계에서 규모가 크기로 유명하다는 이 건물은 크기도 크기지만 그 아름다움에 더욱 가치가 큰 것 같다. 이곳 주변은 야경이 너무 멋있다고 하며 그중에서도 이 의사당 건물은 환상적이라는데 그런 얘기를 듣기에 충분할 것 같다.

야경과는 또 달리 맑고 파란 하늘을 배경으로 화창한 햇살에 하얗게 빛나는 고딕의 아름다운 건물 주변을 돌며 다른 관광객들과 함께 건물을 감상한다. 이런 아름다운 건물에서 일하는 이 나라 국회의원들은 건물에 걸맞게 멋있고 우아한 정치를 하리라고 꼭, 꼭, 꼭, 믿고 싶다.

큰길로 나오니 은행이 보인다. 현지 화폐가 필요해 환전소를 들려야 하는데 잘 되었다 싶어 안으로 들어가 대기표를 받고 기다리는데 아무리 기다려도 순서가 줄지 않는다. 카운터에 앉는 사람마다 무슨 일이 그렇게 많은지 도무지 일어날 생각을 않는다. 30분이 지나 기분으로는 1시간은 지난 것 같은데 우리 순서는 오지 않고, 여태 기다린 게 억울해 중간에 나갈 수도 없다. 일반 입출금 업무와는 달리 단순한 환전 창구는 따로 있지 않을까 싶어 카운터에 가서 묻는다.

"환전도 여기서 하는 게 맞나요?"

"네에, 맞습니다. 순서 되면 번호 불러드립니다."

대답은 시원하다. 환전 몇 푼 한다고 아까운 시간을 이렇게 허송하며 앉아 있는 게 너무 억울하다. 환율이라도 일반 환전소보다는 좋기를 기대하며 끝까지 버틴다.

드디어 왔다! 번호를 불러 카운터로 가니 기다리게 해서 죄송하다는 인사는 그래도 잊지 않는다. 그러나 환율을 물어보니 1유로에 298.88포린트! 완전 절망이다! 너무 억울하다! 어제 아침 숙소 근처 켈레티 역 앞 조그만 사설 환전소에서는 302포린트였다. 그것도 가자마자 즉석에서!

은행을 나오면서 다시는 은행에서 환전하지 않기로 한다. 아주, 아주 옛날, 체코슬로바키아가 분리되기 전인 오래전에 출장을 갔다가 지인의 귀띔으로 암시장에서 좋은 환율로 현지 화폐를 바꿨는데, 다음날 알고 보니 내가 받은 돈이 은행에 회수되어 소각을 위해 펀치 구멍을 뚫은 못 쓰는 지폐여서 크게 당했던 기억이 있고, 아직도 '기념으로' 그 지폐를 보관하고 있는데 오늘 환전도 대

실수다. 시간 잃고 돈 잃고.

바로 앞에 맥도날드가 보인다. 마나님이 커피 한잔으로 분한 마음을 진정시키자고 한다. 커피를 주문하고 영수증을 받아 마나님이 화장실 인사를 드리러 간다. 예상대로 굳게 잠긴 화장실 문 앞에서 폼을 잡고 영수증을 펼쳤으나 비밀번호가 없더란다. 커피 한잔 정도로는 화장실 사용을 허가할 수 없다는 비장함인가? 황당한 마음을 안고 돌아오려는데 마침 다른 사람이 나오면서 들어가라고 문을 잡아 주더란다. 동병상련의 서러움을 아는 '친절한 헝가(헝가리 여자) 씨' 덕에 화장실 은혜를 입어 우리 부부는 '날아갈 듯' 기쁜 날이 되었다.

기쁜 마음으로 점심 식사하러 강변으로 향한다. 당연히 맥도날드에서는 더는 아무것도 팔아줄 이유가 없어졌다. 강변 멋진 곳에 자리 잡고 앉아 숙소에서 맛깔나게 싸 온 '사랑손밥'과 김치로 맛있는 런치! 독일에서 출발해 동쪽으로 오스트리아를 거쳐 여기까지 왔다가 남쪽으로 방향을 바꾸어 세르비아의 베오그라드까지 내려간 후 다시 동쪽으로 루마니아와 불가리아를 거쳐 흑해로 합류한다는 장장 2800km의 다뉴브강을 바라보며 마나님과 마주 앉아 런치 속에 보이는 고국을 그린다. 저쪽 옆에 샌드위치를 먹는 사람들이 보인다. 니들이 김치를 곁들여 먹는 이 고소한 '사랑손밥' 맛을 아니?

식사 후, 또 재래시장을 찾는다. 지도를 보니 트램을 타면 될 것 같아 트램 길을 따라 걷자 반환점인 종점이 나타난다. 트램에 느긋하게 앉아 시내를 구경할 생각을 하니 횡재한 기분이다. 잠시 쉬는 트램 기사에게 물어 2번 전차를 타고 포밤이란 곳에 내리기로 한다. 시내 이동에서 빠르기는 지하철이지만 지상에서 이것저것 구경하기는 트램이 최고다.

역에서 내리자 바로 중앙시장이다. 시장 건물이 너무 멋지다. 이슬람식 건물 같기도 하고 아닌 것 같기도 하고……. 이젠 건물 양식도 마구 헷갈린다. 돔을 많이 쓰는 비잔틴 양식, 단단한 벽과 대칭 구조가 특징인 로마네스크 양식, 첨탑과 뾰족한 아치형 창문으로 특정 짓는 고딕 양식, 아치형 입구와 다양한 기둥의 르네상스 양식에 이어 바로크와 로코코 양식 등, 그게 이것 같고 이게 그것 같기만 하다. 우리 같은 비전문가가 건축물까지 구분해 볼 필요가 어디 있을까마는 특히 유럽에 오면 오래된 건물들이 많아 그 외관에 흥미를 갖지 않을 수 없다.

부다페스트 시내 트램

시장 안은 상당히 넓다. 2층까지 구석구석을 다 보고 밖으로 나온다. 아침부터 3시까지 계속 걸어 마나님이 많이 피곤해한다. 이 보디가드도 체격은 '우람하지만' 피곤한 건 마찬가지. 숙소로 돌아간다. 지하철 대신 트램을 이용해 동네 구경을 하면서.

숙소 주변, 어제 그 슈퍼에서 술과 식료품을 사서 숙소로 돌아와 엉덩이를 내려놓으니 피로가 한꺼번에 밀려온다. 잠시 쉬었다가 저녁 메뉴를 정한다. 빨간 감자찌개, 우리 젊을 때 등산 가서 많이 해 먹던 빨간 감자찌개.

저녁 식사를 하고 다뉴브강 야경을 보러 가기로 했던 마음에 갈등이 생긴다. 오늘은 야경이 별로야, 조명이 고장 나 세체니 다리와 건물들을 제대로 비추어주지 못할 것 같아, 오늘 밤은 날씨도 차가워, 또 무슨 이유 없을까? 그래, 원래 야경은 사진으로 보는 게 더 멋져!

이제 마음이 편해졌으니 기쁜 마음으로 사랑하옵는 마나님과 쨍, 잔을 부딪친다. 두 손 꼭 붙잡고 야경보다 더 예쁜 꿈나라를 보러 가기로 한다. 내일은 오스트리아 잘츠부르크다!

내 사랑 변함없음에 동의하나요?

*
*
*
*

오늘은 미지의 동유럽 여행을 마치고 친숙한 서유럽으로 넘어간다. 이름만으로도 알프스 냄새가 물씬 풍기는 잘츠부르크로.

어제 남은 감자찌개로 아침을 든든히 먹고 기차에서 먹을 점심으로 이것저것 골고루 넣고 고소한 '사랑손밥'을 만든다. 집 열쇠는 현관문 밖 우편함에 넣으며 사진까지 확실하게 찍고 켈레티 역으로 간다.

역에 도착해, 쓰고 남은 헝가리 지폐를 다시 유로로 바꾸고 동전은 간식거리와 맥주 사는 데에 다 쓴다. 동전은 어디서나 구박덩어리, 자기들 돈인데도 동전까지 환전해 달라고 밀어 넣으면 동전은 쏙 빼서 돌려주고 지폐만 바꿔준다, 거 참!

오스트리아 가는 기차라 그런지 내부도 깨끗하고 세련되어 보인다. 한쪽은 1인용, 다른 쪽은 2인용 의자라 혼자 여행하는 사람도 불편하지 않을 것 같다. 테이블 있는 좌석을 예약해 마나님 좋아하는 체리 한 보따리와 간식거리, 맥주를 올려놓고 5시간 동안 맛있는 여행을 준비한다.

9시 50분, 기차가 미끄러진다. 북서쪽으로 가다 비엔나를 거쳐 서쪽으로 방향을 바꾸어 오후 2시 52분 잘츠부르크에 도착이다. 그곳에서는 에어비앤비 숙소가 아닌 역 앞 주방 딸린 호텔을 예약했다.

체리부터 풀고, 간식도 풀어 맥주 한잔 짠! 창밖으로 부다페스트가 지나간다. 감추어둔 경치를 재빨리 펼쳐 보이며 우리 부부에게 다음에 꼭 다시 오라고, 한 번 더 보고 싶다고 인사한다. 예쁜 건물도 보여주고, 산도, 들도, 나무도 보여준다.

헝가리 국경도시 헤게샬롬 역에 도착하는데 여권 검사가 없다, 혹시 있었나? 오래지 않아 오스트리아 비엔나 역에 도착한다. 역사 건물이 세련되고 플랫폼 지붕 디자인이 개성적이다. 부자나라에 오니 건물부터 멋스럽다. 예술의 도시에 오니 디자인이 예술적이다.

비엔나는 이름만 들어도 가슴을 설레게 한다. 무엇 때문일까? 비엔나커피? 정작 비엔나에서는 '아인슈패너'라고 해야 알아듣는 다지만, 고작 커피 하나가 우리 가슴을 이렇게 설레게 할 리는 없을 것이다. 그래, 음악이 아닐까? 모차르트, 슈베르트, 요한 슈트라우스……, 수많은 음악가의 고향이며 우리가 들어온 수많은 음악으로 젊은 우리 가슴을 설레게 하지 않았던가?

하지만 차창 밖으로만 비엔나를 보고는 서쪽으로 달려간다. 긴 터널을 지나자 초록 들판이 시원하게 펼쳐진다. 지평선까지 이어진 넓은 들판, 무언지 모를 작물이 가득 자라며 아직은 낮게 깔려 햇살을 받는다. 아름다운 전원마을이 창밖에 다가왔다가 사라지고 또 예쁜 마을이 다가와 인사한다. 야트막한 언덕, 초록 들판이 멀리 지평선까지 이어지고, 그 끝 하늘과 맞닿은 곳에 빨간 지붕 2층집 서너 채가 나무숲에 둘러싸여 있다. 새털구름이 한낮의 햇살을 살짝 가려준다.

오스트리아로 들어오니 다른 곳과는 다른 몇 가지가 눈에 뜨인다. 화장실 휴지는 당연히 튼튼하고, 기차선로 주변에 쓰레기가 없어 깨끗하다. 선로 주변 들판이 잘 정돈되어 있고 지평선마다 그림 같은 집들이 예쁘다.

'저 푸른 초원 위에 그림 같은 집을 짓고~~'

이 노래는 이곳에서 가사를 지은 게 아닐까?

그리고 무엇보다 기차 차장이 여유롭다. 휘파람을 불며 신나는 표정으로 다가와 정답게 인사하며 표 검사를 해주니 우리도 덩달아 신이 난다. 그동안 거쳐 온 동부 유럽 나라들도 곧 이런 모습을 보여줄 거라 믿으며.

드디어 잘츠부르크 중앙역에 도착한다, 정확히 오후 2시 52분. 호텔은 역에서 10분도 안 되는 거리에 있다고 했으니 바로 찾을 수 있겠지. 에어비앤비 숙소가 아니라 골목에 숨지 않고 큰길에 나와 있을 테니 말이야.

그러나 역시 지도만으로는 안 된다. 방향이 틀리면 10분 아니라 1분 거리도 찾지 못하는 건 마찬가지. 뜻밖에도 역 앞에 길이 여러 갈래라 어느 방향인지 알 수 없다. 마나님은 역 앞 벤치에 잠시 쉬라 하고 혼자 이리저리 뛰어다니며 찾아낸다.

마나님을 모시고 와서 체크인하면서 이름을 대니 인터넷으로 2박 요금 16만 원을 내고 받은 영수증을 내놓으란다. 가방을 다 뒤져도 안 보인다. 분명히 하나로 모아서 가지고 왔는데 이것만 없다. 못 찾겠다며 본인 확인을 위해 여권을 주어도, 영수증이 없으면 안 된다고 한다.

"예약은 되셨고 컴퓨터에 기록도 있는데 영수증이 없으면 체크인을 할 수 없어요."

그럼 어떡하라고, 가방을 다 뒤져도 안 보이는데?

"체크인할 때 영수증을 제시해야 한다는 안내를 본 건 맞고, 그래서 잘 챙겨온다고 왔는데 못 찾겠으니 어떻게 하니?"

프런트 아가씨도 황당하긴 마찬가지다. 결국은 매니저를 불러 허락을 받고서야 체크인을 진행한다. 다른 모든 호텔에서는 예약이 되어있으면 신용카드만 제시하면 그만인데, 영수증에서 무슨 코드가 필요했던 건지 지금도 이해가 안 된다.

방에 들어와 짐을 풀고 호텔 가까이 잠깐 시내 구경만 하고 오려고 프런트에서 대충 안내를 받고 호텔을 나선다. 먼저 역에 들려 모레 체르마트 가는 기차를 예약하고 시내 쪽으로 걷는다. 잘츠부르크는 특별히 역사 깊은 관광지라기보다 이름만 들어도 가슴을 설레게 하는 알프스에 흠뻑 빠지고 싶었고, 특히 내가 좋아하는 영화 〈사운드 오브 뮤직〉의 촬영지라 주인공 폰 트랩 대령과 마리아 가족처럼 서혜원과 유근복 부부도 그렇게 사랑 노래를 부르며 쉬어가고 싶었다.

호텔에서 안내받은 대로 도심의 잘차흐 강가 미라벨 궁전까지 걷는다. 도시가 크지 않아 아담하며 시내로 들어가는 길이 구불구불 이어진다. 저녁인데도 단체 관광객이 많다. 그동안 여행 중 그리스 이후 비로소 관광객을 많이 본다.

터키는 이슬람국가(IS)가 국경 너머 시리아에 자리를 잡아 관광객이 전무였다시피 했고, 불가리아와 루마니아는 서유럽보다 가난한 탓

영화 〈사운드 오브 뮤직〉의 유명한 장면

인지 관광객이 많지 않았다. 헝가리 부다페스트에서 좀 보이기 시작하더니 오스트리아에 와서야 대폭 늘어난다. 단체관광객은 대부분 중국에서 온 것 같다.

오스트리아 서부, 독일과의 국경 근처에 있는 도시 잘츠부르크는 로마 시대에 생겼으며, 8세기에 주교청이 설치되어 가톨릭 주교가 통치하는 가톨릭 문화의 중심지로 발전했다. 도시 이름이 '소금의 산'인 것처럼 소금 산지로 유명해 지금도 전국에 소금을 공급하고 있다. 모차르트의 출생지로, 1920년부터 해마다 여름철이면 그를 기념하는 '잘츠부르크 음악제'가 개최된다.

해마다 수많은 관광객이 찾아오며 모차르트의 생가 외에도 바로크 건축 양식의 아름다움을 잘 보여주는 잘츠부르크 대성당과 잘츠부르크 성, 미라벨 정원 등 볼거리가 많다. 도시의 동쪽에는 잘츠캄머구트라는 아름다운 호수 지대도 있다.

미라벨 궁전에서 키 작은 빨간 꽃과 노란 꽃으로 잔디 무늬를 만든 정원을 돌아본다.


Doe-a deer a female deer

도는 암사슴

Ray-a drop of golden Sun

레는 황금빛 햇살

Me-a name I call myself

미는 나를 부르는 말

빨간 꽃, 노란 꽃으로 무늬를 만든 미라벨 정원

　노래를 좋아하는 수녀 지망생이던 주인공 마리아가 퇴역한 폰 트랩 대령 집에 가정교사로 들어가 아이들 일곱과 함께 부른 노래 '도레미 송'은 여기서 부른 것이다. 아이들을 데리고 정원 입구 반대편 끝 계단으로 가서, 맨 아래 계단에 서서 도, 한 계단 오르며 레, 또 한 계단 오르며 미, 다시 한 계단 내려가며 레…….

　그 계단과 옆의 궁전 1층까지 한 바퀴 돌고 큰길을 건너니 〈사운드 오브 뮤직〉 투어 안내판이 보인다. 영화 촬영지를 돌아보는 반나절 투어로 잘츠부르크의 아름다운 곳을 다 보여줄 테니 좋아 보인다.

　모레 밤 기차로 스위스로 떠날 예정이라 이틀은 여기서 시간을 보낼 수 있으니 내일은 〈사운드 오브 뮤직〉 반나절 투어를 한 후 시내를 돌아보고, 모레는 잘츠부르크에서 절대로 빠뜨려서는 안 된다는 곳, 시내에서 1시간 거리의 산과

〈사운드 오브 뮤직〉 투어 버스

호수로 둘러싸인 그림 같은 잘츠캄머구트 지역을 다녀와 저녁을 먹고 호텔에서 기다려 기차를 타기로 한다. 숙소 호텔 프런트에서 〈사운드 오브 뮤직〉 반나절 투어 예약을 한다, 1인당 42유로.

다음날 8시 반에 호텔 앞에서 밴을 타고 호텔들을 돌며 예약자들을 모아 미라벨 궁전 앞에서 대형 관광버스를 탄다. 주인공 마리아와 일곱 남매가 어울려 노래를 부르는 유명한 그림을 배경으로 '사운드 오브 뮤직 투어'라는 글자가 버스 옆면에 크게 그려져 있다.

9시 정각, 할머니 가이드가 올라오며 버스가 출발한다. 오스트리아 특유의 앞치마 같은 전통복장을 한 할머니가 자기를 소개하며 인사를 한다. 젊은이 못지않게 활달하고 유쾌한 할머니가 이동하는 내내 마이크로 영화 줄거리를 소개하며 영화와 실제 가족 이야기에 어떤 차이가 있는지 재미있게 설명해 승객들 호기심을 끌어낸다.

먼저 폰 트랩 대령 집이던 레오폴츠크론 저택으로 간다. 이름 앞의 폰(Von)은 오스트리아에서 귀족이나 나라를 위해 큰 공을 세운 사람

마리아와 아이들 일곱이 풍덩풍덩 빠지며 생쥐가 되어 나온 저택 앞 호수

과 가족 이름 앞에 붙이는 경칭으로, 트랩 대령은 1차 대전 때 독일과 동맹을 맺어 연합군에 맞서 싸운 오스트리아 해군 장교로, 큰 공을 세워 최고 훈장을 받았다고 한다. 지금은 호텔로 개조되어 운영된다는 저택 앞에는 영화에서 보던 바로 그 호수가 있다.

다음은 헬브룬 궁전으로 간다. 영화에서 저택 앞마당 숲속에 있던 가제보라는 새장 같은 정자가 이곳으로 옮겨졌다고 한다. 촬영 때 이용한 정자는 이미 오래되어 새로 만들었다는데 사진으로는 똑같이 나올 테니 관계없다. 소낙비가 쏟아지던 날 밤, 이 정자에서 16살 큰딸과 우체부가 사랑을 속삭이며 노래를 부른다. 후에 폰 트랩 대령과 마리아가 첫 키스를 나눈 곳도 역시 이 정자다.

You are sixteen going on seventeen

당신은 16살, 곧 17살이 되네요

Baby, it's time to think

이제 생각을 해야 할 때죠

Better beware, be canny and careful

더 조심하고 신중해야 해요

Baby, you are on the brink

당신은 위험한 시기이니까

You need someone older and wiser

당신은 나이 들고 현명한 사람이 필요해요

Telling you what to do

무얼 할지 말해줄 사람이 필요해요


나는 일흔하나

당신은 예순하고도 일곱

우리는 생각을 더 깊이 해야 해요.

나이만큼 더 조심하고 신중해야 해요.

앞선 이들의 길을 찾아야 하는 시기에요.

우린 아직 현명함과는 거리가 멀어요.

얼마나 더 나이가 들어야 할까요?

나는 스물다섯

당신은 스물하나

우리가 처음 만난 건 1972년 여름

나는 제대하고 3학년에 복학한 아저씨

당신은 재학생 3학년

당신은 막 피어오르며

향기 가득 품은 꽃 같은 나이였지요.

학교 서예반 동아리에서 탁구장 빌려

서예 연습하던 어느 날

나는 서예반 활동 몇 달 먼저 시작한 선배

당신은 그 날 처음 들어와

내 바로 옆에서 붓을 잡기 시작한 후배

운명이라는 게 바로 그런 거였나 봐요.

순박하고 청순한 당신을 처음 본 순간,

당신은 이미 나의 모든 게 되어버리고

서예는 나에게 아무것도 아닌 게 되어버렸어요.

오로지 당신을 만나려고 서예실을 열심히 들락거렸어요.

내 마음을 들켜 당신이 나를 멀리할까 두려워

당신을 만날 때는 언제나 당신 친구들도 함께하며

그렇게 당신에게 밀착해가던 1년 후 4학년 여름,

남산을 오르는 택시 안에서

술 힘을 빌려 어려운 사랑 고백을 했고,

당신은 아무 말도 없이 미소만 지어 보였지요.

그 후 당신은 나에게 거부 의사를 밝혔지만

스물둘 꽃 같은 나이에 받은

갑작스러운 프러포즈에 대한 반응은 그럴 수 있다고,

그래야 한다고 이해했지요.

그러나 내 인생에서 당신 같은 짝이 꼭 필요하다고,

당신이 없으면 나는 살아갈 수 없을 거라고

막무가내 생떼를 썼어요.

끝내 당신은 내게 마음을 주었어요.

포항 보경사에 갔던 날

그 숲길에서 당신에게 불러준 내 노래를 기억하나요?

〈투 영 (Too young)〉

나는 스물여섯

당신은 스물둘

남들 보기에 우린 아직 너무 어린 것 같지만

당신에 대한 나의 사랑은

세월이 아무리 흐르고 흘러도 변함없으리라고 맹세했지요.


나는 일흔하나

당신은 예순하고도 일곱

세월이 아무리 흐르고 흘러도

당신에 대한 나의 사랑은 변함없었음에 동의하시나요?

아니, 그때보다 더 뜨거워졌음에 동의하지 않으시나요?
이제 남은 세월, 당신에 대한 나의 사랑은
지나온 세월처럼 언제고 변함이 없으리라고 맹세하지요.
여기 이 세상만이 아닙니다.
하느님 나라에 가서도 변함이 없을 거라고 맹세해요.
하느님 나라 이후에도 마찬가지일 거라고.

그러나 여보, 혜원 씨!
나는 당신에게 크나큰 빚을 지고 있답니다.
나를 믿고 일생을 내게 맡겨준 당신을
호강 한번 시켜주지 못한 큰 빚을 지고 있어요.
사랑으로 이 빚이 갚아질까요?
미안합니다, 혜원 씨.
그래서 더욱 사랑합니다.


그림 같은 마을은 삶도 그림 같을까?

   *
   *
   *
   *

가이드 할머니는 마리아가 수녀원에서 처음 나와 대령 집에 들어가기 전, 낯선 곳에 대해 두려움을 떨쳐버리고 자신을 갖자며 자신에게 노래를 불러주던 가로수 길로 우리를 안내한다.

Face my mistakes without defiance

실수를 두려워 말고

Show them I am worthy

내가 얼마나 가치 있는지 보여줄 거야

I will do better than my best

최선을 다해 잘 해낼 거야

I will make them see I have confidence in me

내가 자신 있다는 걸 보여줄 거야


나는 지금까지 살아오며 만난 수많은 환경에서 진정 자신을 가지고 당당히 임했던가? 실수가 두려워 주저하며 기회를 놓친 적은 얼마나 많았던가? 그러나 적어도 한 가지만은 내 인생을 통해 크게 성공한 게 있지 않은가? 마리아가 첫 도전에 성공한 것 같이, 프러포즈 거절에도 굴하지 않고 자신을 가지고 최선을 다해 성공하지 않았던가?


투어버스는 다음 목적지로 달려, 마리아가 가정교사로 가기 전 생활하던 논베르크 수녀원에 도착한다. 영화에서는 폰 트랩 대령과 마리아가 잘츠캄머구트 지역 몬트제에 있는 성 미카엘 성당에서 결혼한 것으로 나오지만 실제로는 이 수녀원에서 결혼식을 올렸다고 한다. 수녀원 규칙상 외부인이 들어갈 수가 없어 버스만 잠깐 세우고 차 안에서 사진만 찍기로 한다.

곧 1시간 거리의 잘츠캄머구트 지역으로 가서 영화에서 결혼식을

잘츠캄머구트 지역 볼프강 호숫가 마을

올린 성당으로 간다. 중간에 차창 밖으로 보이는 모든 경치가 다 멋진 그림이다. 멀리 겹겹이 쌓여 희미하게 보이는 알프스 자락과 그 앞으로 언덕을 이루며 끝없이 펼쳐지는 초원지대, 사이사이에 간간이 나타났다 사라지는 마을들이 그대로 모두 멋진 그림이다.

50분쯤 후 가이드 할머니가 버스를 멈추고 경치 감상을 하라며 다 내리라고 한다. 어디선가 많이 보던 경치인 듯싶다. 달력인가? 양옆과 뒤쪽으로는 높은 산들이 겹겹이 자리하고 바로 앞에는 널찍한 초원이 경사를 이루며 아래쪽으로 내려가다 숲속에 숨어있는 마을을 만나, 그 앞의 바다 같은 호수로 한꺼번에 미끄러져 빠져들 것만 같다.

파란 하늘 저 끝에는 높은 산에 붙들려 꼼짝하지 못하고 내려앉은 하얀 구름이 한낮의 태양 볕을 받으며 땀을 흘린다. 하늘에서는 빨강, 하양 패러글라이더가 하늘을 가로질러 날아 내려온다.

잘츠캄머구트 지역 볼프강 호숫가 마을의 장크트 길겐이다. 이런 그림 같은 곳에 사는 사람들 마음은 어떨까? 당연히 그림 같은 마음을 가지고 있지 않을까? 우리네 인생살이가 결코 그림 같지만은 않을 텐데, 그들은 그림 같지 않은 환경을 만나면 제대로 대처해나갈 수 있을까?

몬트제 호수로 이동해 몬트제 교구성당으로 안내한다. 영화에서 결혼식 장면을 촬영한 곳이다. 성당 내부가 얼마나 아름답기에 여기까지 와서 촬영했을까? 영화 투어의 클라이맥스인 것 같다. 우리 일행 외에도 관광객이 상당히 많다.


우리는 1974년 10월 5일 결혼식을 올리며 청첩장은 신랑 신부가 못 쓰는 글씨지만 일일이 붓으로 써서 돌렸다.

아버지와 어머니는 그때 이미 칠순을 넘기셨고 어머니는 꼬부랑 할머니셨다. 막내 결혼식 날 어머니는 종일 싱글벙글하셨다. 어머니는 막내 며느릿감이 인사드리던 첫날부터 마음에 드셨다. 몸이 많이 불편해 말이 없으신 어머니는 그 이후 막내 며느릿감만 보면 두 손을 꼭 잡고 싱글벙글하시곤 했다. 그 눈빛에는 어머니의 사랑이 그대로 다 묻어있었다. 막내아들보다 그 짝을 더 사랑하셨던 것 같다.

이 성당은 관광객 방문이 많아서인지 자주 단장하는 것 같다.

몬트제 성당의 제단
영화에서 마리아와
폰 트랍 대령이 결혼식을
올린 곳이다.

칠도 새로 한 듯 깨끗하고 제단이 특히 아름답다. 성당은 유럽에서 너무 많이 보아 특별한 감흥은 없으나 제단만큼은 확실히 화려하다.

우리 부부는 몬트제 호수로 가서 와플을 사서 점심으로 먹고 손을 꼭 잡고 호숫가를 걷는다. 저 멀리 산꼭대기에서 호수를 건너 우리 부부의 사랑 노래를 들으러 오는 바람이 싱그럽기만 하다. 백조 한 쌍이 우리를 위해 자리를 피해 미끄러져 간다.

12시 30분, 투어가 끝나고 잘츠부르크로 돌아간다. 가이드 할머니는 마리아의 노래를 부르며 분위기를 즐겁게 해준다. 관광객들도 신나게 따라 부른다.

Edelweiss, Edelweiss
에델바이스, 에델바이스
Every morning you greet me
매일 아침 나에게 인사하네
Small and white, clean and bright
작고 하얗고 깨끗하게 반짝이네
You look happy to meet me
나를 보며 행복해하네

에델바이스보다 더 청순하고

에델바이스보다 더 예쁜 혜원 씨

당신은 우리 집 해님입니다.

송희와 칼로스 부부

단희와 재은 부부

연희와 영인 부부

또 우리 귀여운 보물 아라와 아윤

우리 가족 모두를 위해

당신은 언제나 해님처럼 반짝입니다.

매일 아침 나는 그런 당신을 보며

행복한 하루를 시작합니다.


  잘츠부르크 미라벨 궁전에서 내려 지도 하나 들고 시내를 걷는
다. 모차르트의 생가와 그가 살던 집을 찾아보고 잘차흐강을 따라
걷다 언덕 꼭대기 호엔 잘츠부르크 성채를 찾아 올라간다. 한참을
걸어 올라가 중간쯤에서 내려다보니 바로 아래 예쁜 건물과 그 너
머 시내가 잘 보인다.

  더 올라가 입구에 도착하니 입장료를 내란다. 같이 올라가던 관
광객들이 모두 당황해한다. 입장료를 내야 한다면 올라오기 전에

몬트제 호수. 백조 한 쌍이 우리를 위해 자리를 피해준다.

호엔 잘츠부르크 성채

저 밑에서 안내를 해야 할 것 아니냐며 항의한다. 사람들이 투덜거리며 다시 내려간다.

우리도 바로 아래에서 시내 조망을 다 했으니 돈 내고 들어갈 필요가 없을 것 같아 발길을 돌린다. 다 내려와 성채 위를 바라보며 사진 한 장만 찍어둔다.

오늘은 기온도 높은 데다 많이 걸은 탓인지 마나님은 괜찮은데 보디가드가 피로를 많이 느끼고 몸에 열까지 있는 것 같아 이쯤에서 숙소로 돌아가기로 한다. 숙소에 들어가기 전 역사 안 슈퍼에서 소고기와 상추 등 반찬거리를 한 아름 산다, 와인과 함께. 오늘은 보디가드가 마나님 특별 배려를 받는 날이다.

이튿날, 마을 전체가 유네스코 세계문화유산으로 지정되어 세계인의 사랑을 받는 할슈타트 마을, 잘츠캄머구트 지역 가장 안쪽에서 산과 호수로 둘러싸인 동화 속 마을을 간다. 그곳에 다녀와서는 밤 기차를 타고 이번 여행의 대장정을 마감하는 스위스 체르마트로 간다.

할슈타트에서 돌아오면 저녁때가 될 테니 아침에 미리 체크아웃한다. 이 호텔은 프런트에서 짐을 맡아주지 않는 대신 유료 로커가 가방 규격에 맞추어 구비되어있다.

할슈타트는 작은 마을이라 잘츠부르크에서 단번에 가는 기차는 없다. 역에서 50분 거리인 아트낭 푸크하임에서 기차를 갈아타고 1시간을 가서, 다시 배를 타고 호수를 건너야 한다. 꽤 복잡한 것 같지만 부딪쳐보기로 한다.

기차 내부는 역시 산뜻하다. 할슈타트 역으로 들어가는 기차는 뜻밖에도 단선이다. 마을이 워낙 산속 깊이 있고 드나드는 사람이 많지 않아 복선까지는 필요치 않나 보다. 역사만 달랑 있을 뿐 역 주변에는 산과 숲 외에 아무것도 없다. 역사 아래쪽으로 호수가 보인다. 호수 이름도 할슈타트, 호수를 건너면 할슈타트 마을이다.

역사 앞에서 사진을 찍고 여기저기 두리번거리다 보니 기차에서 내린 사람들이 모두 호수 쪽으로 내려가고 없다. 우리도 급히 뛰어 내려간다. 호숫가에 배가 하나 기다리고 있어 사람들이 자리를 잡고 건너편 마을을 보며 탄성을 지른다. 기차가 들어오는 시간에 맞추어 배가 와서 대기하다 마을로 실어 나르나 보다. 자칫 우물쭈물했으면 배를 놓칠 뻔했다. 거의 마지막으로 올라타고 호수를 건너며 할슈타트 마을을 보니 달력이나 경치 사진에서 늘 보던 그림이라 자주 와본 것처럼 친숙하다.

바닥이 훤히 보여 거울 같은 호수는 나뭇잎만 더러 떠다닐 뿐 너무나 맑고 깨끗해서 마셔도 될 것 같다. 호수 뒤쪽으로는 알프스의 일부인 듯 산이 좌우로 촘촘하게 솟아있다. 오른쪽 초록산과 왼쪽 바위산이 서로 노려보며 으르렁거린다. 하늘에는 비가 곧 뿌릴 듯 검은 구름이 잔뜩 끼어 있는데 호숫가 예쁜 집들이 그 아쉬움을 달래준다. 마을 전체가 100집도 안 될 것 같다.

6월 초여름 햇살에 자랄 대로 자란 나무들로 울창한 초록산은 호수 끝까지 달려 내려와 비스듬한 언덕을 이루고, 호숫가 여기저기 숲속에는 까만 삼각형 지붕을 한 노란색, 갈색, 빨간색 집들이 꼭꼭 숨어 이쪽 호수를 내려다본다.

마을 가운데에는 까만 첨탑이 성당인 듯한 건물이 보이고 호수와 맞닿은 아래쪽 길가에는 3층, 4층 색색의 집들이 금방이라도 호수에 풍덩풍덩 빠져들 듯 물 위에 그림자를 드리운다. 호수는 오른쪽으로 굽어져 더 깊은 산 속으로 사라져간다.

호수를 건너 마을에 도착한다. 또 '명불허전!' 탄성이 나온다. 역 쪽에서 배를 타고 이쪽을 바라본 모습보다 더 예쁘다. 빠질 듯

잘츠캄머구트 지역 할슈타트 호수. 색색의 집들이 호수에 빠질 것만 같다.

호숫가에 들어선 색색의 집들이 호수와 산과 어울려 한 폭 명화를 만들어낸다. 관광객들로 마을을 걷기가 힘들다. 중국인 단체관광객들이 많다.

잔잔한 물결을 일으켜 반겨주는 호수를 바라보며 샌드위치로 점심을 먹고, 힘을 내 본격적으로 마을 구경을 한다. 마을이라야 다 돌아봐도 한두 시간이면 될 것 같아 천천히 걷는다. 창가 화분에 빨간 꽃, 노란 꽃들이 예쁘게 장식된 집 앞에서 사람들이 집을 배경으로 사진을 찍느라 더 붐빈다.

안내판을 보니 이 마을에 소금의 역사가 무척 오래다.

'기원전 5000년 선사시대부터 사슴뿔로 소금을 캐기 시작했다.

소금 광산으로 알려져 중세에는 여러 나라 상인들이 하얀 금으로 불리는 소금을 사기 위해 모여들었으며 그로 인해 마을 전체가 상당한 부(富)를 누렸다.'

그러나 그 뒤에는 남모르는 아픔도 있었다고 한다. 돈이 되는 소금을 조금이라도 더 캐기 위해 부녀자들까지 광산 깊숙이 들어가 소금 캐기에 동원되며 엄청난 육체적 고통을 겪었다는 것이다.

소금 광산은 산 중턱에 입구가 있어 마을에서 케이블카를 타고 올라가야 한다. 마나님이 굴 안으로 들어가는 걸 원치 않아 케이블카 타는 곳까지만 갔다가 나온다. 잔뜩 흐린 하늘에서 빗방울이 흩날리기 시작한다. 배낭에서 판초 우의를 꺼내 입고 계속 마을을 걷는다. 천천히 다 돌아보고 나니 3시가 조금 넘는다. 배를 타고 호수를 건너 역 주변 숲길을 잠깐 걷다 기차를 탄다.

잘츠부르크에 도착하니 오후 7시 5분. 스위스로 가는 기차는 새벽 2시 30분 출발이라 시간이 너무 많이 남았다.

점심에 느끼한 빵을 먹었으니 칼칼한 라면이라도 먹고 싶어 로커에서 가방 하나를 꺼낸다. 5유로가 결제된다. 공동주방에서 라면을 끓여 김치를 곁들여 먹고 나니 입안이 개운하고 피로가 가시는 듯하다. 밤 8시가 넘어서 밖으로 나갈 데도 없어 호텔 로비에서 휴식을 취한다. 우리 같은 여행객들이 로비 여기저기서 시간을 보낸다.

죽기 전에 꼭 봐야 한다는 알프스 3대 미봉이 프랑스 쪽 몽블랑, 스위스 쪽 융프라우와 마터호른이다. 융프라우는 고산병으로 바로 내려오긴 했지만 한 번 올라갔었고, 이번 여행 둘째 날 샤모니

마을에서 자며 비와 안개로 제대로 보지는 못했으나 몽블랑도 밟
아는 보았으니 이제 마터호른만 만져보면 된다. 그 다음에는 뭘
보러 가지? 여행 생각에 가슴이 설렌다.

11시가 되어 일찍 역으로 가니 대합실에 사람이 가득하다. 바닥
에 누워 자는 사람, 의자에 길게 누운 사람. 그 가운데 노숙자로
보이는 술 취한 사람이 혼자 중얼거리며 주변 사람들을 신경 쓰이
게 만든다. 오스트리아같이 아름다운 나라에도 노숙자가 있었던
가? 보안요원들이 몇 명 들어와 그에게 나가라고 한다. 조금 더 있
다 나간다고 버티는 것 같다. 그렇게 믿겠다고 한 듯 보안요원들
이 나간다. 노숙자는 계속 중얼거리며 소란을 떤다. 한참 후 보안
요원들이 다시 들어와 강력하게 쫓아버린다.

이제 잘츠부르크와 작별인사를 나누어야 할 시간이다. 폰 트랩
대령과 마리아가 아이들과 함께 가족 합창 경연대회에서 노래하
며 나치의 눈을 피해 한 사람씩 몸을 뺄 때 부른 노래가 있다.

So long, farewell, auf wiedersehen, good night
안녕, 안녕 굿 나잇
I hate to go and leave this pretty sight
이 아름다운 곳에서 떠나가기 싫어요

## 알프스 걸어 내려오며 만난 작은 꽃

*
*
*
*

새벽 2시 30분, 기차에 올라 예약된 우리 자리를 찾아가자 다른 승객들이 차지하고 잠이 들어 누워버렸다. 이 기차는 비엔나에서 출발해, 거기서 승차한 사람들이 자리를 모두 차지해 불까지 다 끄고 깊은 잠에 빠졌다. 새벽 2시 반이니 그럴 만도 하다.

누워 곤히 잠든 사람들을 깨울 수도 없는 노릇이라 우리 부부도 좌석을 포기하고 다른 빈칸을 찾아가 눕는다. 이 다음 어느 역에서 우리가 누운 좌석을 찾아오는 사람도 다른 빈칸을 찾아가 주겠지 하는 마음으로. 중간에 잠을 깨 주위를 둘러보니 상황에 변화가 없이 평화롭다. 카오스, 혼돈 속에도 나름의 규칙이 있어 질서가 유지된다는 '카오스의 역설' 이야기를 들은 것 같다.

아침 8시쯤 준비해온 와플로 식사를 하고, 9시 20분 취리히에 도착해 기차를 갈아탄다. 기차는 다시 비스프 역을 향해 알프스 산속으로 깊이 들어간다. 12시 2분에 다시 종착역인 산마을 체르마트행 산악열차로 갈아탄다. 이 기차는 취리히에서 오는 승객을 기다렸던 듯, 승객들이 모두 탄 것이 확인되자 바로 출발한다. 비스프 역과 체르마트 역만 운행하는 특별열차다.

곧 알프스 산속으로 들어간다. 기차 옆으로 골프장처럼 예쁘게 깎인 초록색 나지막한 잔디 언덕이 오후 햇볕을 받아 눈을 시원하게 해준다. 유럽 어디를 보아도 마을 주변 초원은 〈사운드 오브 뮤직〉 첫 장면 같은 시원함이 있다. 유럽 사람들은 마을 가까운 언덕이나 산에 멋대로 자라는 풀도 주기적으로 깎아주며 예쁘게 관리하는 것이 아닐까? 언덕 군데군데 키 큰 나무들이 밀집되어 자라고 나무 밑에는 갈색 지붕을 한 2층, 3층 집들이 옹기종기 모여 햇볕을 쬔다.

그 바로 뒤에는 야트막한 산이 기차선로를 따라 이어지고 먼 뒷줄로는 하얀 눈이 쌓인 산봉우리들이 나타났다가 사라지고, 사라졌다 다시 나타난다. 파란 하늘에는 하얀 구름이 몇 점 산마루를 넘어가느라 애를 쓴다.

오후 1시 14분, 드디어 오늘의 종착역이자 우리 부부 50일 여행의 종착지인 체르마트에 도착한다.

역에서 나오니 바로 마을 중심이다. 관광객들이 분주하게 왔다 갔다 한다. 역 앞에는 자동차 대여섯 대가 주차하면 꽉 찰 것 같은 자그마한 광장이 있고, 주변에 기념품 상점이 몇 개 보인다. 광장 앞에는 오른쪽 산 쪽으로 왕복 2차선 정도 포장도로가 이어지는데 마을의 유일한 큰길인 것 같다. 배터리 차가 관광객들 짐을 싣고 바쁘게 다닌다. 공해를 막으려고 배터리 차만 허용되는 듯 일반 자동차는 보이지 않는다. 그리고 보니 기차가 역에 들어오기 전 차창 밖으로 꽤 넓은 주차장을 보았는데, 일반 차량은 마을 밖 주차장에 세우고 배터리 차를 이용해 마을로 들어오는 것 같다. 마을과 연결된 포장도로 양쪽에는 카페와 음식점, 기념품 가게들이 연이어 있다.

예약한 에어비앤비 숙소를 찾아 들어간다. 역 바로 옆으로 큰길이 하나밖에 없어 바로 찾을 수 있다. 호텔을 겸해 에어비앤비 영업을 하는 곳이라 프런트도 있고 근무자도 있어 편하다. 물가가 비싸기로 악명 높은 스위스, 그것도 1년 내내 관광객이 가득가득 찾아오는 알프스 산속 마을이니 각오는 했지만 2인 2박에 34만 원이나 된다. 고급 호텔 수준이다. 그러나 방도 깨끗하고 주방도 잘츠부르크 호텔과는 달리 내부에 같이 있어 본전 생각은 나지 않는다.

미역국으로 점심을 먹고 프런트로 내려가 마을 지도와 안내를 받는다. 해발 3000m 고르너그라트 봉우리까지 산악열차가 운행되니 거기서 바로 건너 마터호른 정상을 감상하고 내려오라고 한다.

역 앞에 산악열차 출발역이 따로 있어 표를 산다. 1인 왕복 94스위스프랑, 바로 94유로다, 되게 비싸다. 표를 사고 유일한 큰길을 걸어 올라가며 마을을 구경한다. 완만한 경사길을 올라가 상가 거리를 벗어나니 상점 건물과 장식물 등에 가려 잘 보이지 않던 산이 눈앞에 바로 나타나고, 오른쪽으로 뾰족한 삼각형의 마터호른 봉우리가 웅장한 자태를 드러낸다. 6월 중순 태양 볕이 뜨거웠던지 겨우내 쌓였던 눈을 훌훌 다 털어내고, 정상 부근 응달쪽 절벽에만 군데군데 하얀 눈이 간신히 남아있다.

실망이긴 하지만 여행이 원래 그렇지 않은가. 세상일이 다 내가 원하는 대로 되는 건 아니다. 그동안 지나온 관광지에서도 공사 중이라며 가림막을 설치해 못 본 것이 꽤 되지 않았던가. 나머지는 다른 사람들의 직접 경험을 빌려 사진과 상상으로 채우면 된다.

올라온 길을 내려다보니 산기슭에 자리 잡은 마을 집들이 다 보인다. 우리네 산속 작은 동네 정도 크기다. 큰길을 따라 산에서 꽤 넓은 개울이 흘러내리고 개울가에는 서너 사람이 나란히 걸을 수 있을 정도의 넓은 산책길이 큰길과 나란히 마을을 따라 내려간다.

마터호른의 환영 인사를 받았으니 내일 산악열차로 높이 올라가 다시 보기로 하고 숙소로 돌아간다. 오늘 저녁은 무얼 먹을까? 알프스 산속에 왔으니 삼겹살로 할까? 옛날 우리 젊었을 때는 고기 구워 먹는 재미로 등산을 했는데.

역 앞 슈퍼에서 삼겹살과 겉절이용 배추를 사서 숙소로 돌아온다. 마나님은 겉절이를 무치고 나는 오늘을 위해 아끼고 아낀 소주를 꺼내 상을 차린다. 삼겹살을 구워 겉절이를 한 잎 올린다. 아끼고 아낀 소주로 아끼고 아끼는 마나님과 짠! 이틀 후면 두 달간의 여행을 마무리하고 드디어 귀국이다.

알프스 산중 마을 체르마트에서 해발 4400m 마터호른이 내려다보는 가운데 우리 부부는 이렇게 첫날을 보낸다.

이튿날, 마터호른 정상을 가까이에서 볼 수 있는 옆 봉우리 고르너그라트 정상으로 올라간다. 기차표를 사며 받은 지도를 보니 체르마트 마을 주변에는 4000m 봉우리가 7개나 된다. 그 많은 봉우리가 모두 마을에서 케이블카로 연결되어 있고 꼭대기에 스키장이 있다. 지도 제목도 '스키 파라다이스'다. 겨울에는 이 마을이 얼마나 붐빌지 상상이 간다. 그러나 아쉽게도 지금은 눈이 많이 녹아 스키를 타지 못한다. 기후변화로 인해 '만년설' 빙하가 극지에서도 녹아내린다고 하니 여기서는 의문의 여지가 없다.

산악열차 차창 밖으로 나타난 마터호른 봉우리

10년 전 알래스카 부부 여행 때 배를 타고 빙하 가까이 가는 일정에 참가해 빙하가 무너져내리는 모습을 보며 환호하는 사람들을 본 적이 있다. 전혀 환호할 일이 아닌 것 같은데 사진을 찍어대며 좋아하는 것을 보고 멋쩍어하던 생각이 난다.

차창 바로 앞 산기슭에는 우리네 연립주택 같은 건물들이 옹기종기 햇빛 속에 모여 있다. 기차가 더 높이 올라가면서 다른 봉우리들이 경쟁하듯 모습을 보여준다. 태양 볕을 온전히 받지 못하는 쪽은 아직 눈이 다 녹지 않고 띄엄띄엄 남아있다.

3000m 고르너그라트 정상에 내리니 눈이 다 녹아 흙바닥에 먼지가 날린다. 여기서 스키를 한번 타 볼까 하는 생각을 했으니 웃음이 난다. 하늘은 유난히 새파랗고 구름 한 점 없다. 높은 산에

올라가니 혹시나 하고 얇은 패딩을 덧입고 올라와 땀이 날 지경이다. 사람들은 마터호른을 뒤에 두고 사진 찍기에 바쁘다.

마터호른 정상을 배경으로 사진을 몇 장 찍고 벤치에 앉아 빵과 과자로 점심을 먹는다. 중국 단체 관광객들도 가이드가 냄비 같은 그릇에 음식을 담아 한 사람씩 나눠주어 여기저기 모여 앉아 식사한다.

다시 마을로 내려간다. 체르마트에서 올라올 때 기차가 두 군데를 들렀다. 1774m 핀델바흐와 2582m 리플베르그에서 승객을 내려주고 태웠다. 아마도 이쯤 어디에 스키장이 있는 게 아닌가 싶은데 우리 부부는 정상에서 체르마트까지는 걷지 못해도 바로 아래 리플베르그까지는 걸어 내려가 기차를 타기로 한다.

걸어 내려가는 길은 생각과 달리 삭막하다. 너무 높아 나무는 전혀 없고 흙길에 눈이 녹아 돌들이 드러난다. 잔돌을 밟아 미끄러지지 않도록 조심해야 한다. 다른 사람은 아무도 없고 우리 부부만 손을 꼭 잡고 미끄러지지 않게 조심조심 내려가느라 시간이

알프스 내려가다 만난 작은 꽃

꽤 걸린다. 가끔 바위틈에 붙어 낮게 자란 풀 사이로 노란색과 하얀색의 예쁘고 귀여운 꽃들이 반겨준다. 에델바이스인지 확실치 않지만 하얀 꽃이 또 우리 부부에게 인사한다.

개울물이 산에서 마을까지 내려간다.

리플베르그에 도착해 기차를 탄다. 잠시 편하게 내려가다 다음 역 핀델바흐에서 다시 내려 마을까지 또 걷기로 한다. 그곳에서 걸어 내려가는 길은 예상대로 예쁜 길이다. 길 좌우로는 나무들이 높이 자라고 군데군데 예쁜 집들도 있어 걷기가 재미있다. 통나무 집이 보인다. 집 밖 처마에 빨간 꽃 화분이 여러 개 걸려있어 알프스의 전통 주택 형태를 보여준다.

이윽고 올라갈 때 차창으로 본 마을이 나타나며 3층, 4층 연립 다가구주택 같은 집들이 보인다. 창가에는 어김없이 예쁜 꽃들이 장식되어 있다. 오솔길로 이어지다 곧 넓어지며 밀집된 마을이 나타나고 언덕 저 아래까지 집들이 지붕과 지붕을 맞대고 이어진다.

언덕을 다 내려와 큰길 오른쪽 산에서 내려오는 개천가 산책길을 걷다 벤치에 잠깐 앉아 쉰다. 이곳 주민인 듯 노부부가 우리처럼 손을 꼭 잡고 우리 앞을 지나쳐 정답게 걸어간다. 조금 가던 부부가 발걸음을 멈추고 다가와 어디서 왔느냐고 묻는다. 한국에서 왔다고 하자 완전 자동으로 남이냐, 북이냐가 나온다. 우리가 웃으며 남이라고 대답하니 안심이라는 듯 웃는다.

개울물은 수량이 꽤 많아 바닥의 돌들에 부딪혀 하얀 거품을 일으키며 빠른 속도로 아랫마을로 달려 내려간다. 알프스에서 시작된 유럽 여러 나라 강물이 다 그렇듯 이 개울물도 석회질 때문에 시멘트를 풀어 놓은 것처럼 뿌옇게 보인다.

마을 한가운데에 있는, 작은 휴식처같이 아담한 공원은 마을 사람들의 공동묘지다. 묘지 바로 옆에 5층짜리 호텔이 있다. 마을 사람들이야 묘지를 공원 정도로 생각하겠지만 혹시 우리나라 사람들이 이 호텔에 투숙하면 어떻게 잠을 이룰지 걱정이다.

역에 다다르니 4시, 또 역 앞 슈퍼에 들른다. 오늘이 사실상 이번 여행의 마지막 밤이니 멋진 브라보를 하지 않을 수 없다. 와인과 몇 가지를 사서 숙소로 돌아간다. 어제 남긴 삼겹살을 오늘은 삶아서 강된장 만들어 찍어 먹기로 한다. 마나님은 삼겹살 삶고 나는 프런트에 내려가 와인 병따개 빌려와 멋진 만찬을 준비한다.

내일은 아침 일찍 체르마트를 떠나 비스프를 거쳐 제네바에 내려서 잠시 레만 호수를 돌아보고, 밤 9시 넘어 파리 숙소에 도착해 하룻밤 자고 모레 샤를 드골 공항에서 귀국 비행기를 탄다.

여보, 그동안 힘들었지? 더 편하고 호사스러운 여행을 해야 하는데 신랑 잘못 만나 고생했지? 남들처럼 호텔로 다니며 우아하게 밥 사 먹고 다니는 편안한 여행을 해야 하는데 촌스러운 식성 때문이기도 하지만 그렇게 호강 못 시켜드려 미안하오. 그래도 보디가드 노릇은 열심히 한다고 했는데 잘 되었나 모르겠네. 당신이 화장실 찾을 때만은 물불 안 가리고 뛰어다니며 실수 없이 타이밍 맞춰 안내했는데. 걷다가 갑자기 비라도 오면 판초 우의 냉큼 꺼내 입혀드리는 것까지도 잘했지?

다른 집 마나님들은 1주일짜리 패키지여행 따라다니면서도 힘들다고 한다는데, 아프지 않고 지금까지 잘 따라와 주어 고맙네요, 고마워! 삶은 삼겹살에 와인 한 잔 더, 쨍!

## 레만 호수는 30년 그대론데 우리는

*
*
*
*

내일이면 집으로 돌아간다. 역으로 나와 8시 37분 비스프행 기차를 탄다. 하늘은 어제보다 더 새파랗다. 9시 45분, 비스프에서 내려 제네바행 기차로 갈아타고 11시 10분, 레만 호수 동쪽 끝 몽트뢰 역에 도착한다.

지도를 보니 이제부터는 기차가 레만 호수 북쪽을 따라 서쪽으로, 서쪽으로 달린다. 동서 길이가 75km라는 레만 호수는 동쪽 끝과 서쪽 끝을 제외한 호수 가운데 부분을 남북으로 나누어 북쪽은 스위스, 남쪽은 프랑스다. 넓이는 우리 소양호의 8배에 달한다고 한다.

11시 45분 로잔 역에 정차한다. 레만 호수는 동쪽 몽트뢰에서 시작해 이 로잔을 정점으로 아래쪽으로 휘어져 제네바에서 끝나는 초승달 모양을 하고 있다. 호수를 따라 계속 남서쪽으로 내려가 12시 30분, 제네바 코르나빈 역에 도착한다.

　이곳에서 내려 역사로 나온다. 제네바에서는 파리 리옹 가는 기차가 5시 42분에 있으니 5시간 정도 여유가 있어 가방을 역의 로커에 넣고 배낭만 챙겨 나온다. 역사 안에 '미그로'라는 큰 슈퍼가 보여 점심용 도시락을 사서 호숫가를 향해 걷는다. 기온은 한여름 더위다.

　호숫가 잔디밭 커다란 나무 그늘을 찾아 자리를 잡는다. 호수 한가운데를 보니 분수가 힘차게 솟아오른다. 30년쯤 오래전에 마나님을 모시고 여기 제네바를 온 적이 있었는데, 그때도 분수는

레만 호수 분수는 30년 전과 다름없이 힘차게 솟아오른다.

이처럼 힘차게 솟아오르며 우리 부부를 환영해 주었다.

분수 물줄기는 30년 세월을 변함없이 힘차게 솟아오르는데, 우리 부부는 30년 동안 너무나 많이 변했다. 그때는 내 나이 40대 초반, 새까만 머리카락의 한창 어린 시절이었다. 레만 호수가 기억하는 우리 부부 모습은 어땠을까? 장발에 나팔바지 차림이었을까? 앞으로 30년 후면 레만 호수가 우리를 볼 수는 없겠지.

역에서 사 온 도시락으로 점심을 먹고 일어나 호숫가를 한참 걷는다. 거울처럼 맑은 호수 위로 백조가 한 마리 우리를 향해 헤엄쳐온다. 우리 부부가 다정하게 손잡고 걷는 것을 보더니 샘이 났는지 저도 짝을 찾아 부리나케 헤엄쳐 멀어진다.

둑처럼 호수 안쪽으로 난 보트 접안 시설에 이르니 둑에 누워 선탠을 하는 사람들이 보인다. 우리는 나무 그늘에 앉아 잠시 쉬고 큰길 쪽으로 나와 제네바 시내를 걷는다. 30년 전 건물은 기억이 없어 어떻게 변했는지 모르지만 7~8층 건물이 가장 높아 보이고 대부분 그보다 낮은 빌딩들이 밀집해 있다.

4시 지나 역으로 돌아가 '미그로'에서 다시 기차에서 먹을 저녁거리를 사서 파리행 TGV 기차에 올라, 출발 30분도 안 되어 프랑스 국경 벨레가르드 역에 도착한다. 여기서는 여권 검사 없이 다시 출발, 제네바에서 약간 남쪽으로 내려갔다 다시 북진한다. 20분쯤 올라가니 여행 셋째 날 들렀던 파리 남쪽 도시 리옹을 지난다. 다시 30분 후 부르크앙브레스 역에 도착해 고속열차 전용선로에 진입한다. 이제부터 시속 300km로 파리로 향한다. 제네바에서 한낮에 5시간가량을 걸어 피곤한 우리 부부는 금방 잠에 떨어진다.

오후 8시 40분, 이번 여행 종착역 파리 리옹 역에 도착한다. 서울로 가는 비행기는 내일 오후 1시 예정이니 체르마트에서 내일 올 수도 있었으나 하루 전에 파리로 들어와 푹 쉬고 편안한 마음으로 공항으로 나가려고 일찍 왔으니 이제 숙소를 찾아 쉬는 일밖에 없다. 여기서도 숙소는 에어비앤비인데 호스트의 길 안내가 상세하지 않고 늦은 시간이라 택시를 탄다.

9시가 넘었으나 아직 어둡지는 않다. 아파트 건물에 도착해 현관에서 숙소 벨을 누르자 젊은 남자가 내려온다. 에어비앤비에 올라있는 호스트 사진은 여자였던 것으로 기억되는데 남편인가?

집안에 들어서니 완전 실망! 오늘 1박에 7만 7000원이나 냈는데 너무하다. 우리네 15평 정도 되는 작은 아파트에 침실이 두 개 있는데 하나는 자기와 여자 친구가 쓰고 하나를 쓰라고 한다. 침대하나만 간신히 들어가 있고 가방을 놓을 자리조차 없다. 여자 친구는 지금 근무 중이라 밤에나 돌아올 것이라며 '친구'라고 부르는 걸 보니 부부도 아닌 것 같다.

이번 여행에서 호스트와 함께 쓰는 에어비앤비 숙소는 처음이다. 더구나 짐 놓을 공간도 없이 이렇게 작은 방에서 지내야 한다니 실망 중 대실망! 화장실도 하나밖에 없어 그들과 같이 써야 하니 기가 막힌다. 날이 더워 땀을 뻘뻘 흘리는데 에어컨은커녕 선풍기도 없이 창문을 열고 자라고 한다. 창문을 열어도 더운 공기만 들어오니 오히려 역효과다. 최악 중 최악이다.

일단 세면도구와 라면 몇 개를 꺼낸 후 침대 옆에 가방을 세우고 주방으로 나간다. 설상가상, 주방 싱크대에는 자기들이 먹은 식기조차 그대로 팽개쳐 놓고, 식탁도 지저분하다. 이 숙소야말로 리뷰에 올려 다른 사람들이 오지 못하게 막아야 한다는 생각이 든다. 배가 그다지 고프지는 않았지만 칼칼한 라면을 끓여 먹고 자고 싶었는데 식욕이 사라져 그냥 방으로 들어온다.

파리는 나에게 왜 이토록 질긴 악연을 맺었을까? 이전의 수많은 악연은 그렇다 쳐도 이번 여행 첫날 공항 렌터카부터 마지막 날 숙소까지 단 이틀 머무르는 파리가 이틀 모두 나에게 최악의 실망을 안겨준다.

방으로 돌아와 방문을 단단히 잠그고 후덥지근한 밤을 지낼 수밖에 없다. 호스트와 게스트가 한 집에 있으면서 호스트도 게스트를 믿지 못하겠지만 게스트는 호스트가 더 미덥지 못해 불안하다. 에어비앤비 경험에서 잊을 수 없는 참담한 날이다.


오늘 드디어 귀국이다. 숙소에서 빨리 벗어나고 싶어 간단히 라면을 끓여 먹고 나와 전철을 타고, 공항 가는 RER 전철로 갈아타려고 샤틀레 역에서 내린다. 유레일패스가 있으면 따로 표를 사지 않아도 된다는 말을 들은 게 있어 출구 밖으로 나가 마나님은 가방을 지키고 나는 사무실을 찾는다.

출구 밖이지만 환승역이라 아직도 지하에 있어 아무리 둘러보아도 역 사무실이 보이지 않는다. 수많은 출구와 환승장이 미로처럼 얽혀 자칫하면 돌아올 곳을 못 찾아 마나님과 생이별 할 수도 있으니 사진까지 찍어놓고 뛰어다니며 직원을 찾는다. 한참 만에 겨우 직원을 만나 물으니 한 번 더 밖으로 올라가라고 해서 출발점을 확인하고 계단을 올라가 직원 두어 명이 있는 조그만 사무실을 간신히 찾는다.

젊은 사람들이라 일단 영어는 통해 안심하는데, 대답이 매우 퉁명스럽다.

"여기는 RER 사무실이고, 유레일패스는 RER과 관계가 없으니 SNCF 사무실로 가쇼."

마치 우리의 서울메트로에서 구매한 표로는 코레일 철도공사구간 기차를 탈 수 없으니 서울메트로에 가서 표를 받아야 한다는 논리다. 우리나 일본은 이렇게 회사가 달라도 대부분 통용이 되는데, 파리는 아직 전산시스템 공유가 안 되는 것 같다, 거 참!

"그 사무실은 어디 있지요?"

"이 역에는 없으니 다른 역으로 가쇼."

역 이름만 가르쳐준다. 황당하다. 여기서 또 다른 역으로 가라고? 그래, 파리가 나에게 언제 단 한 번이라도 친절하게 대해 준 적이 있었더냐? 하는 수 없다. 이쯤에서 포기하고 그냥 RER 표를 살 수밖에 없다.

그냥 샤를 드골 공항 가는 표 두 장 달라며 신용카드를 내밀자 현금만 받는단다. 참 가지가지다. 마침 주머니에 현금이 있어 두 장을 사고 기억을 잘 더듬어 마나님 있는 곳을 찾는다. 이리 돌고 저리 돌며 계단을 돌고 돌아 수많은 출구와 환승구를 헤쳐 나오며, 출근길 바쁘게 움직이는 승객들 사이를 비집고 내려간다.

그런데 마나님이 없다, 분명 구조는 똑같고 방향도 같은데! 마나님이 움직이지는 않았을 테니 내가 잘못 찾아온 것 같다. 몇 번을 오르내리다 보니 처음 있던 곳이 지하 몇 층인지 모르겠고, 지금 내가 있는 곳도 지하 몇 층인지 모르겠다. 진땀이 난다. 잠시 마음을 진정시키고 심호흡을 하며 주변의 비슷한 곳을 하나씩 돌아보았으나 없다. 마음은 점점 초조해지고 등에서는 식은땀이 흐른다. 계단을 올랐다 내렸다 하고 오른쪽으로 왼쪽으로 돌며 몇 번을 실패한 끝에 겨우 마나님을 찾아낸다. 너무 반가워 울음이 터져 나올 것 같다.

여보, 이래서 우리는 헤어져서는 안 돼요. 나 없이 당신도 어렵겠지만 당신 없이 나는 존재 자체가 성립이 안 된다오. 당신에게 거절당했던 45년 전 대학 4학년 때 이미 나는 당신에게 고백했지요. 나는 당신 없이는 살아갈 자신이 없다고.

10시가 되어서야 공항 제2터미널에 도착한다. 그런데 이번엔 또 무슨 일? 사람들이 터미널 안으로 들어가지 못하고 전철역 출구부터 꽉 차 있어 시장바닥 같다. 무슨 테러 신고가 있었는지 보안검사 때문에 승객 한 사람 한 사람 자세히 보느라 시간이 지체된다는 것이다.

1시 출발 비행기라 다행이지 시간 맞추어 느긋하게 나왔다가는 낭패 볼 뻔했다. 터미널 안으로 들어가는데 1시간, 체크인하고 터미널에 들어가 보안검사에 또 1시간이 걸린다.

파리와 나는 왜 이다지도 인연이 없을까? 파리를 떠나는 순간까지 나를 편안하게 해주지 않는다. 다행히도 에어프랑스는 예정대로 오후 1시에 나를 파리에서 떼어 놓아 주었다. 잘 있어라, 파리! 다음엔 부디 좋은 인연으로 다시 보기를!

또 다른 사랑 여행을 기약하며 우리 부부는 뜨겁게 포옹한다.

　여행은 항상 그렇듯, 계획하고 준비할 때가 제일 신나는 일이다. 여자들은 밥을 하지 않아도 되는 즐거움을 생각하며 신이 나고, 나 같은 주당 급 남자들은 아침저녁 상관없이 부어라 마셔라 할 수 있다는 생각에 신이 난다. 나는 마나님 오른쪽으로 붙었다 왼쪽으로 붙었다 하며, 오른손 한번 잡고 왼손 한번 다시 잡고 하면서 24시간 밀착 경호한다는 핑계로 같이 붙어 있을 수 있어 더 신이 난다.

　이 자유여행을 어떻게 기획하고 진행했는지 물어오는 지인들이 많다. 사람마다 여행 목적이 다르고 취향도 달라 우리와 똑같이 여행할 수는 없지만, 이번 여행 경험을 상세히 설명함으로써 그 질문에 답하고, 다른 분들이 이와 비슷한 여행을 계획할 때 좋은 참고가 되기를 바라 간단히 정리한다.

　이번 여행의 기획은 3년 전에 시작되었다. 2014년 5월 김홍식 부부와 스페인 산티아고 순례길을 걷고 난 후였다. 800km 풀 코스를 완주하지 않고, 중간에 폰페라다에서 끼어들어 200km만 걸은 두 집 부부는 순례길 주인이신 야고보 성인께 살짝 죄송한 마음도 들고, 오랜 걷기의 결과인 듯 귀국 후 정기 검진에서 마나님의 모든 검사 수치가 대폭 좋아져, 3년 후 풀 코스에 다시 도전하자고 야무진 결의를 하게 되었다.

　그러나 시간이 지나면서 산티아고 '포도원 결의'의 굳은 다짐

몽생미셸 가는 길에서 바라본 프랑스의 하늘과 바다.

은 점점 희미해지고, 일부라도 이미 다녀온 길을 다시 가는 것에는 흥미를 잃어 다른 목표를 찾았다. 김흥식 부부 제안에 따라 자동차로 프랑스를 일주해 보기로 한 것이다.

그러다 우리 부부는 욕심이 더 커져, 2017년이면 내 칠순이니 좀 더 특별한 여행을 하자며 기왕 유럽에 건너갈 거면 우리 부부만이라도 전체를 돌아다녀 보기로 했다. 서부 유럽 나라들은 길을 훤히 꿸 정도로 꽤 다녔으니, 그리스와 터키로 내려갔다 다시 북상하며 동유럽 나라들을 거쳐 파리로 돌아가 귀국하는 일정을 잡았다. 백수의 가장 큰 무기인 시간을 충분히 가지고 여유로운 여행을 하며, 성수기를 피해 5월 초에 출발해 우리 텃밭 농작물이 주인을 애타게 기다리는 6월 말에 돌아오는 두 달 일정으로 스케줄을 짰다.

자유여행의 '자유'도 공짜로 주어지는 것은 절대 아니다. 자유를 위해서는 투쟁이 따르듯, 가이드를 따라다니며 모이라면 모이고, 밥 먹으라면 밥 먹고, 화장실 가라면 화장실 가는 패키지여행과 달리, 여행의 주도권과 자유로움을 쟁취하기 위해 치러야 하는 고생이 만만치 않다. 경비도 패키지여행보다 많이 드는 게 일반적이다.

이런 자유로운 여행을 위해, 계획 세우기부터 세밀한 실행계획 짜기까지 지루한 컴퓨터 검색 싸움이 이어졌다. 언제 끝날지 모르는 싸움이라 자칫 중도 포기하고, 머리를 뜨겁게 달구지 않아도 되는 쉬운 패키지여행을 선택하고 싶은 강한 유혹에 빠질 때도 있었다. 6개월 이상 충분한 준비 기간을 잡고 컴퓨터와 마주해 즐거운 마음으로 손품을 팔아야 한다. 고귀한 자유를 얻기 위해 프랑스 혁명에서 피를 흘리며 싸운 사람들을 생각하며 피 한 방울 흘리지 않는 손품을 웃으며 견뎌야 한다.

# 1 비자 확인

이번 여행은 여러 나라를 방문하고 과거 공산권이었던 불가리아, 루마니아 등 동구권이 포함되어 있어 비자 필요 유무를 확실하게 확인해야 했다.

우리 외교부 홈페이지에 들어가 여행하려는 나라가 '무사증입국 가능' 나라에 포함되어 있는지 1차 확인하고, 더욱 확실한 확인을 위해 이 홈페이지에서 제공하는 '주한 공관 문의하기'에 접속해 그 나라 주한 공관 전화번호와 이메일주소를 받아, 방문할 나라 공관 모두에 이메일로 문의하고 응답을 요청했다. 우리가 가려는 모든 나라에서 별도 입국비자가 필요하지 않다는 회신을 받았다.

# 2 국제 운전면허증

유효기간이 1년인 국제 운전면허는 전국 운전면허 시험장과 경찰서에서 발급되며, 여권과 함께 동시 발급은 지방자치단체에서도 가능하다고 안내되어 있다. 이 경우에도 지방자치단체 모두가 가능하지는 않다고 하니 사전 확인이 필요하다.

여권과 운전면허증, 여권용 사진 1매가 필요하며 발급수수료 8500원으로 신청 즉시 발급된다.

# 3 항공권

서울과 파리 왕복 항공권은 일찍 준비되어 좌석 배정까지 받았고, 파리 샤를 드골 공항에서 아테네 베니젤로스 공항까지와 베니젤로스에서 이스탄불 아타튀르크 공항까지 항공권을 사야 했다.

여행사에 부탁하는 것이 제일 손쉬운 방법이지만 백수의 강점을 살려 인터넷 바다에 휩쓸려 다니며 손품을 팔아, 우리에게 가장 적절한 표를 구하는 것이 비용도 절약되고, 보람도 있고, 재미있는 경험이 될 것 같았다.

스카이스캐너(www.skyscanner.com)와 익스피디아(www.expedia.com), 두 군데 사이트 정보를 여행사에서 추천받아 은근과 끈기를 발휘했다. 이들 홈페이지에 들어가 출발지와 목적지를 입력하고 출발 날짜와 편도, 왕복 여부를 표시하면 조건에 맞는 모든 항공편이 가격과 함께 좌르륵 쏟아진다.

요즘 말로 '가성비' 좋은 항공편을 고르려면 가격과 성능을 대비해야 하니 다음 몇 가지 사항을 비교했다. 먼저 직항편인지 환승 편인지, 환승은 몇 번이나 하는지, 공항에서 기다리는 시간은 적절한지 등을 살폈다. 예전에 업무출장으로 비행기를 지겹게 타던 시절에는 열 몇 시간씩 타고 가는 게 너무 지루해 일부러 중간에서 내려 갈아타고 다닌 적도 있는데, 환승 때는 대기시간이 중요하다.

항공기 연착이나 게이트 간 이동시간 등을 고려해 최소 두 시간은 여유를 두고 발권이 되지만 어쩌다 두 시간 이하인 경우도 있어서 그런 표를 받게 되면 반드시 여행사에 재확인해 환승 공항의 규모와 게이트 간 이동시간에 문제가 없는지 확인해야 한다. 대기 시간이 너무 길어도 문제이니 3시간 이상은 무조건 피하는 것을 원칙으로 삼는다.

그런데 이번 여행에서 그 원칙이 깨졌다. 파리 샤를 드골 공항에서 아테네 베니젤로스 공항까지 가는 가장 저렴한 항공편으로 에게항공이 검색되는데 직항이 아닌 1회 환승이었다. 파리에서 저녁 6시 출발해 그리스 남쪽 크레타섬 이라클리온 공항에 밤 10시 도착이었다. 다음 날 아침 6시 35분에 출발해 7시 15분 아테네 도착.

"오 마이 갓!"

40분을 날아가기 위해 무려 8시간 반을 기다려야 한다고? 우리 마나님까지 모시고 가는데?

프랑스 여행의 마지막 목적지 브뤼셀에서 자동차로 부지런히 샤를 드골 공항까지 와서 차를 반납해야 하니 더 이른 시각에는 탈 수도 없고, 직항편과는 금액 차이가 너무 크다. 파리에서 4시간을 날아 크레타섬에서 8시간 반을 기다려야 하지만 아테네까지 항공료가 1인당 겨우 20만 5000원이다. 그렇다면 긴 대기시간도 감수할 가치가 있는 게 아닐까? 남는 게 시간인데 낮도 아니고 밤이니 어디에서든 자야 하는 게 아닌가? 그래서 난생처음 공항 로비 노숙을 하게 되었다. 여행 다니면서 공항에서 배낭 베고 누워 자는 환승객들을 수없이 보아왔으니 나 자신이 그런 모습이 되더라도 그리 낯선 모습은 아닐 것 같았고, 젊은 친구들이 이렇게들 여행한다니 나도 한번 따라 해보고 싶었다.

인터넷 사이트에 올라오는 항공권 가격은 주식가격과 같아서 가장 싸게 나온 것부터 순서대로 팔려, 수시로 가격변동이 생기니 처음 보았을 때 바로 잡아야 한다. 카드 결제 후 발권 완료하고 e 티켓을 다운 받아 고이 모셔놓았다.

## 4 자동차 렌탈

직장 업무출장 때는 영국과 일본 같이 자동차 도로가 우리와 반대 방향인 나라가 아니면 거의 렌터카를 이용했다. 사전 예약 없이 공항 건물이나 근처 렌터카 사무실로 찾아가 차를 빌렸다. 이렇게 예약이 없는 경우를 호텔과 같이 '워크인' 이라 하는데, 예약보다 비쌀 것 같지만 오히려 쌀 때가 많다. 인터넷 예약이 없던 시절에는 바이어 상담 일정이 유동적일 때가 많아, 호텔과 자동차 모두 워크인이었다. 워크인은 프런트에서 가격 흥정이 가능하다. 내가 자주 써먹은 흥정 무기는 얼마 전에도 왔고 다음에 곧 또 올 거라는 거짓말이었다.

이번 여행에서도 워크인으로 할까 하다 여러 사람을 기다리게 하지 않으려고 항공권 예약 사이트에서 자동차 렌탈 예약까지 했는데 그만 렌터카 사무실에서 그 모양이 되고 말았다.

렌터카는 반드시 보험료가 따르는데 대상에 따라 다르지만 큰 몫을 차지한다. 내비게이션이 안 달린 차는 별도로 빌려주는데 역시 날짜에 비례해 계산되고 임대비용도 만만치 않다. 그래서 외국에서 많이 사용한다는 핸드폰 구글 맵으로 대신해 보기로 했다.

## 5 유레일패스

터키 이후는 기차를 타야 하니 이미 많이 경험해 본 유레일패스를 다시 이용하기로 했다. www.raileurope.co.kr에 들어가니 다양한 상품이 나열되어 있다. 유효기간 관계없이 타는 횟수가 정해진 것, 타고 내리는 횟수는 제한이 없고 유효기간만 정해진 것, 한 나라에서만 이용 가능한 것, 여러 나라 모두 이용 가능한 것 등 여러 종류 중에 나는 15일간 횟수 제한 없이 여러 나라에서 이용하는 '글로벌 패스'로 결정하고 시청 뒤 남강빌딩 7층에 있는, 국내 유레일패스 대리점인 서울항공을 찾아갔다.

이곳은 이미 여러 번 유레일패스를 사려고 방문한 적이 있어 담당 직원과 상담하니 마침 15일에 보너스 2일짜리 프로모션 패스에 두 명이 항상 같이 탑승하는 조건으로 할인해 주는 '세이버 패스'로 해서 발급수수료 포함 2인분을 1018유로에 샀다. 유효기간 17일은 내가 처음으로 기차를 타는 날 역무원에게 패스를 제시하고 시작 일자 확인스탬프를 받는 것으로 시작된다.

## 6 숙소 예약

숙소는 사전에 완벽하게 확정해 출발하는 것이 편할 것 같다. 숙소를 예약하려면 미리 날짜별로 여행지가 정해져야 한다. 첫 목적지 프랑스에서 15일간은 김홍식 친구가 과거 대한항공 종합통제본부장 때 항공기 운항 스케줄을 관리하던 거창한 경험을 살려 완벽하게 정리한 일정표를 만들었다.

다음 목적지인 그리스에서는 내가 여행사들의 패키지여행 일정을 참고해 코스와 목적지를 정한 후 구글을 통해 이동 거리와 시간을 확인해 숙소를 예약할 도시를 결정했다. 터키에서는 이한순 부부에게 모든 여행일정을 맡기기로 했으니 숙소 역시 걱정할 게 없었다.

그 이후 불가리아, 루마니아, 헝가리까지는 각국의 수도인 소피아, 부쿠레슈티, 부다페스트에서 이틀씩 묵기로 하고 오스트리아에서는 여러 도시를 여행한 적이 있으니 이번에는 잘츠부르크와 그 인근을 여행하기 위해 그곳에 숙소를 정했다.

마지막 목적지인 스위스도 많은 도시를 여행한 적이 있어 이번에는 좀 특별한 여행으로, 알프스 산속 아담한 마을에서 긴 여행을 마무리하며 쉬었다 오기로 하고, 마터호른이 있는 체르마트라는 작은 마을에서 자기로 했다.

50일간 머무를 숙소 예약은 다시 생각해도 너무 지루하고 힘든 컴퓨터 싸움이었다. www.airbnb.co.kr을 통해 에어비앤비 숙소를 먼저 살피고, 추가로 www.agoda.com을 이용해 주방을 갖춘 서비스 아파트 호텔을 비교해가며 원하는 날짜와 위치의 숙소를 차례대로 검색해나갔다. 좋은 위치에 있는 숙소라면 어디여야 할까? 자동차로 이동할 때는 당연히 혼잡한 도심 한복판으로 들어가서는 안 된다. 그렇지만 도시의 중심지는 반드시 들어가 보아야 하니 도심에서 멀리 떨어져서도 안 된다. 전철 등 대중교통을 이용해 시내로 들어가기가 편해야 한다. 숙소 주변에 바로 전철역이 있어야 하며 도심까지 거리도 가까워야 한다. 또 자동차 이동이니 고속도로 진입도 빠르고 편해야 한다.

숙소 소개에서 제공되는 구글 맵의 숙소 위치를 보면서 이 모든 조건을 확인해, 검색되는 모든 숙소를 하나하나 비교해야 하니 얼마나 힘든 일인가.

숙박료도 중요하나 숙소는 우리가 하루 여행을 마치고 편안한 휴식을 취하며 다음 여행을 준비해야 하는 곳이니 여러 가지를 확인해야 한다. 웹사이트에 올라온 숙소 사진들을 살피며 숙소 내부를 그려보고 숙소 설명을 꼼꼼히 읽으며, 방은 몇 개에 화장실은 아침 비상사태 발생을 피할 수 있는지 조목조목 확인해야 한다.

숙소 소개에 공식적으로 올려진 내용도 중요하지만, 그에 못지 않게 중요한 것이 숙소 이용자들이 올려놓은 후기다. 인터넷 쇼핑 등의 후기를 나는 별로 신뢰하지 않는데, 에어비앤비 후기만큼은 본사 시스템을 통해 조작 가능성을 철저히 배제해서, 객관성을 보장한다는 느낌을 이번 여행을 통해 확실하게 받았다. 충분히 신뢰할만하며 숙소를 결정하는 데에 큰 도움이 된다.

등록된 후기 수효가 적은 것보다는 수효가 많은 숙소가 그만큼 이용자가 많았다는 증거이니 후기의 수효도 보아야 하고, 이용자들이 준 평점도 높은 게 당연히 좋다. 그러므로 먼저 공식적인 소개를 살피고, 후기 수효와 평점을 확인하고, 후기들을 하나하나 읽으며 사소한 사항들을 파악해야 한다. 교통은 불편하지 않은지, 아파트라면 몇 층이며 엘리베이터는 있는지 같은 사소하지만 중요한 사항들은 이용자들이 후기에 불만 또는 추천 내용으로 등록해주니 꼼꼼히 확인할 필요가 있다.

기차여행은 역에서 숙소까지 거리가 중요하다. 역에서 택시를 타야 한다면, 바가지요금도 문제지만 낯선 곳에서 말이 안 통하는 택시기사를 만나기도 두려울 수 있으므로 나는 역에서 도보로 10분 이내에 있는 숙소를 찾았다. 또 기차 예약은 목적지 도착이 아침 9시 이전이나 저녁 5~6시 이후는 피하기로 했다.

50일간 여행이니 이틀씩 묵는 곳을 고려해도 30개가 넘는 숙소를 찾아야 했다. 1차로 도시별로 서너 곳씩 검색해 '위시 리스트'에 저장하고, 마나님 의견을 들어 후보를 압축해가면서 프랑스 숙소는 여행일정을 마련한 김홍식 친구에게 리스트를 보내 의견을 묻고 결정해 나갔다.

여행 기간이 짧고 숙소도 한두 군데라면 현지에 도착해 상황을 보아가며 예약하는 방법도 좋은데 여행 기간이 길어 매번 숙소 예약에 시간을 소비하다 보면 여행 재미가 떨어질 것 같아 미리 다 끝내고 가기로 했다.

호텔 예약과 달리 에어비앤비는 예약과 동시에 대금결제까지 해야 하며, 특히 처음 보는 낯선 사람을 믿고 자기 집을 내주는 재산상, 보안상 우려 때문에 결제 과정에서 게스트에 대한 추가 정보조회를 허락한다는 서명과 함께 여권 복사를 요구하는 경우가 한 곳 있었다. 내가 호스트 입장이라도 그럴 수 있을 거라는 생각에 동의했다.

여행 전에 일정이 변경되어 취소하고 환불을 요구하는 경우에는 체크인 며칠 전이냐에 따라 금액이 달라지는 등 조건이 상당히 까다롭다. 그래서 시간이 많이 남은 상황에서 선뜻 예약과 대금결제까지 하기에는 마음이 놓이지 않아, 숙소 후보군 검색과 압축을 되풀이하며 예약은 최대한 미루어 여행 출발 직전에 몰아서 하기로 했는데, 내가 원하는 날짜에 집이 나가버려 예약이 안 될 수도 있을 거라는 불안감은 감수해야 했다.

호텔은 프런트에서 대금을 결제하는 것으로 되어있으니 예약만으로 충분하다.

# 7 내비게이션(GPS)

프랑스와 그리스에서는 자동차를 운전해야 하니 내비게이션이 꼭 필요한데 이것을 빌려야 하나 말아야 하나 고민했다.

요즘은 많이 달라졌다지만 미국이나 유럽 렌터카는 GPS가 내장되어 있지 않아, 원하는 경우는 별도로 렌트해 달아야 한다. 운행 중에는 GPS를 연결하고, 주차 때는 떼어내 바깥에서 안 보이는 곳에 감추어두라는 주의사항을 듣곤 했는데, GPS 빌리는 비용이 자동차 렌트료의 반 정도나 되어 보험과 함께 큰 부분을 차지하므로 GPS를 빌릴지 말지 항상 고민하게 한다. 이번에는 기간이 길어 비용이 만만치 않으니 더욱 머리를 잘 굴려야 했다.

좋은 생각이 떠올랐다. 한국에서 쓰던 내비게이션을 가져가서 연결해 사용하면 어떨까? 인터넷 검색을 해보니 나처럼 어리석고도 영악한 생각을 하는 사람이 꽤 많아, 그래도 된다는 의견과 안 된다는 의견이 분분했다. 며칠 고민하면서 예전 차에서 떼어둔 내비게이션과 연결 케이블까지 찾아 치밀한 준비를 마치는 순간, 번쩍! 깨달음이 왔다. 내비게이션은 몇 개월에 한 번씩 업데이트하지 않으면 새로 생긴 길을 만날 때 미스 김이 갈팡질팡하는데, 우리는 프랑스 지도를 받아 업데이트한 적이 한 번도 없었다는 사실이 생각난 것이다. 그동안의 심각한 고민과 검색은 모두 시간 낭비였음이 분명해졌다.

그러는 사이 외국에서는 핸드폰 구글 맵의 내비게이션 기능이 꽤 쓸만하다는 정보를 듣게 되어 구글 맵의 현지 테스트를 겸해 GPS 없이 도전해보기로 하고, 출발 전까지 구글 맵 사용법을 익혔다.

# 8 핸드폰 데이터 수신

핸드폰 구글 맵을 사용하려면 핸드폰의 현지 데이터 수신을 위한 조치가 필요하다. 핸드폰 데이터 수신은 구글 맵 이외에도 여러 목적으로 필요하다. 난생처음 찾아가는 길을 헤매지 않고 찾을 수 있고, 주소와 약도만으로 숙소를 찾아가기 위해서도 꼭 필요한 기능이다. 현지 언어소통 문제를 해결하기 위해서도, 아직 문장 통역 기능이 완전하지는 않아도 단어 하나하나의 통역 기능은 거의 만족에 가까운 구글 번역기 도움도 받아야 하는데, 모두 인터넷 접속처럼 데이터 송수신이 이루어져야 가능한 일이다.

통신사의 데이터로밍을 하든가 아니면 와이파이 수신기를 빌려 가야 하는데, 이 결정 또한 인터넷을 통한 공부가 필요하다. 이 두 가지 외에 핸드폰에 유심칩을 끼워 현지 핸드폰 전화기처럼 사용하는 방법도 있다.

세 가지의 가격과 장단점을 비교한 결과 통신사 로밍은 신청자 혼자만 이용 가능하니 운전 때 내비게이터 역할을 해주어야 할 옆 좌석 조수는 따로 로밍해야 하는 문제가 있고, 유심칩 사용은 기존 전화번호가 바뀌어 현지 전화번호를 새로 부여받게 되므로 기존 통신수단이 불편해지며, 역시 혼자만 사용 가능하다는 문제가 있다.

여럿이 함께 여행할 때는 2~3명까지는 속도에 큰 문제 없이 한 개의 단말기로 핸드폰뿐 아니라 컴퓨터 등 디지털 기계를 동시에 사용할 수 있고 가격이 상대적으로 저렴한 와이파이 수신용 단말기 '와이파이 도시락'을 빌려 가기로 했다.

이 회사 홈페이지에 접속해 필요한 기간과 사용할 나라 등을 정해 예약하고 핸드폰 크기의 실제 기계는 출발 전 공항에 있는 이 회사 부스에서 받고, 귀국 때 그곳에 반납하면 되는 것이다. 보조 배터리까지 포함해 15일간 프랑스 국내 데이터통신 수신 비용으로 15만 2790원 결제.

# 9 여행 가방 꾸리기

여행 가방을 꾸릴 때 필요한 준비물을 한 번에 다 넣는 것은 내 오랜 경험상 꼭 필요한 걸 빠뜨리는 실수를 범하기가 아주 쉽다. 내가 출장을 통해 터득한 요령은 여행 전부터 생각날 때마다 준비물을 하나씩 찾아, 쉽게 확인할 수 있도록 거실 한쪽에 종류별로 펼쳐 놓았다가 출발 전날 가방을 꾸릴 때 '여행준비물 리스트'와 하나하나 비교해가며 가방에 집어넣는 것이다.

나는 직장에서 출장 다닐 때면 라면과 같은 간단한 우리 음식을 가지고 다녔다. 양식을 싫어하는 식성 때문이기도 했으나 무엇보다도 출장 중 혼자 음식점에 들어가 식사를 하는 게 그렇게 싫었다. 지금은 1회 용 간편식들이 많이 개발되어 내 여행 가방에는 이 한식 간편식과 소주가 큰 자리를 차지한다.

실제로 짐을 꾸리니 '이삿짐' 수준이 되어버렸다. 저울에 올려 무게를 확인하니, 항공사 공동 국제기준인 23kg을 많이 초과했다. 무게가 많이 나가는 소주를 몇 병 빼야 하나? 쌀을 뺄까? 소주는 현지에서 사기 어려우니 현지에서 쉽게 구할 수 있는 쌀을 덜어내기로 했다. 산티아고 순례길 경험에 의하면 유럽 마트에서도 우리 쌀과 비슷한 맛있는 쌀을 충분히 구할 수 있고 가격도 비싸지 않았다.

# 10 예산 짜기

여행 경비가 정해져 있는 패키지여행과 달리 자유여행은 필요한 총경비를 추산해 자금계획도 잡고 또 현지에서 쓸 돈을 환전해 둘 필요가 있다.

여행 전에 경비를 정확히 계산해 내기는 어렵지만 내가 단순하게 계산하는 방식은 왕복 항공료 제외하고 하루 한 사람당 100달러로 잡는 것이다. 여행지 물가와 여행 방법에 따라 경비가 달라질 수밖에 없지만, 잡비 : 식비 : 숙박비 : 교통비 배분을 1 : 2 : 3 : 4로 보고 1인당 하루 100달러로 전체 예산을 짠다.

전체 예산 중 여행 준비 때 카드로 결제한 비용을 제외한 나머지 금액을 여행목적지에 따라 미국 달러나 유로화, 중국 인민폐, 일본 엔화 등 주요 기축통화로 환전을 한다.

이번 여행에서는 나라가 많은데 유로화 사용이 되는 나라도 있고 안 되는 나라도 있지만 모두 유로화로 환전하고, 필요할 때는 현지에서 유로화를 현지 화폐로 환전할 생각을 하고 하루 100달러에 100(2명×50일)을 곱한 1만 달러의 절반인 5000달러, 즉 5000유로를 환전했다. 우리 돈으로 600만 원 안팎의 큰돈이라 환율에 따라 제법 큰 차이가 날 수도 있으므로 환율을 주시하다 드디어 2월 21일이 가장 유리하다고 보고, 우대환율을 적용해 1유로 1217원에 5000유로를 환전했다.

# 11 소요경비 정산

나는 직장생활 때 출장 후 정산을 쉽고 빨리하기 위해 여행 중 반드시 그날 쓴 경비를 항목별로 분류해 노트북에 엑셀 파일로 정리하는 습관이 있었다. 이 습관은 지금도 계속되어 여행에서 돌아오니 어느새 내 귀여운 컴퓨터가 그날로 바로 집계해서 보고했다.

우리 부부 두 사람이 쓴 경비 합계는 1050만 원이었다. 내가 애용하는 1인당 하루 100달러라는 단순 셈법과 비교해 크게 차이가 없었다. 항목별로는 다음과 같다.

▶ 인천 ➡ 파리 왕복 대한항공 항공권(1인) : 94만 4800원

　인천 ➡ 파리 왕복 대한항공 보너스 티켓 세금(1인) : 9만 4800원

▶ 현지 항공(파리 ➡ 아테네, 아테네 ➡ 이스탄불)과 선박(아테네-산토리니 왕복) : 96만 9831원

▶ 현지 기차(유레일패스 2인) : 126만 700원

　야간열차 침대칸과 1등석 : 45만 9303원

▶ 현지 자동차 비용 : 95만 5697원

▶ 숙박비 : 프랑스(15일) 114만 8315원, 그리스(7일) 41만 4306원, 그리스 이후(28일) 80만 9632원

▶ 터키 현지 여행(5일) : 98만 4000원

　터키 일반 경비(11일) : 38만 2650원

여행 일정 내내 모든 항목에 지출된 내역을 꼼꼼히 기록한 여행일지.

▶ 식비 : 168만 4285원

▶ 여행자 보험 : 13만 9750원

▶ '와이파이 도시락' 및 잡비 : 28만 176원

  〈총액 : 1052만 8245원〉

# 12 여행준비물 체크 리스트

여권(유효기간 확인), 비자 확인(비자 필요한 국가), 현금(4등분 해 부부가 각각 보관), 현지 화폐와 신용카드, 항공권(e티켓으로 프린트 보관), 의류(현지 날씨에 맞춘 겉옷, 점퍼, 실내 간편복, 속옷, 양말), 신변용품, 세면도구(칫솔, 치약, 비누, 머리빗), 면도기(면도 로션), 화장지와 물티슈, 화장품, 선글라스, 선크림, 모자, 안경렌즈 천, 노트북 컴퓨터, 부식과 소주, 와이파이 수신기, 여벌 신발(운동화, 샌들), 우산 또는 우비, 작은 배낭, 허리 전대, 카메라(핸드폰 대체), 상비약, 메모 노트와 펜, 핸드폰(충전기, 보조배터리, 충전 케이블), 셀카봉.

〈끝〉